Lafcadio Hearn's Ear, Voicing Women

Rakuhoku-Shuppan

ラフカディオ・

ハーンの耳、語る女たち

声のざわめき

西 成彦

洛北出版

ハーンの耳

ハーンと女たち

ハーンと文字

宿命の女

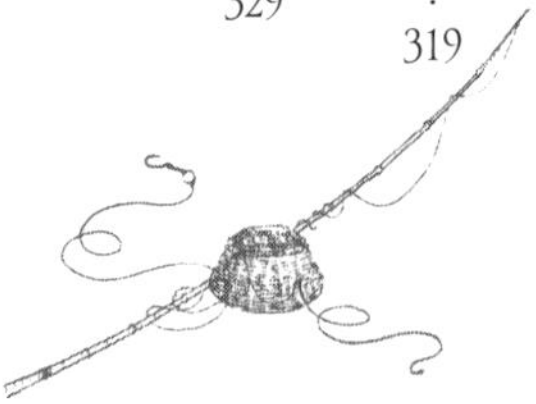

ハーンと世紀末

ハーンを交えて議論してみたいこと

凡例

1

ラフカディオ・ハーンの著作物（書簡を含む）は、基本的に *Collected Writings of Lafcadio Hearn in Sixteen Volumes*, Houghton, Mifflin & Co., 1922.（引用にはその巻数とページ数のみ記した）、及びその他から引用者が訳出したが、以下の著作に関しては既訳を使わせていただいた。

「ハーメルンの笛吹き」The Piper of Hamelin：「ハメルンの笛吹き」平川祐弘 訳（『ラフカディオ・ハーン著作集』第一巻、〔責任編集〕平川祐弘、恒文社、一九八〇）

「奇妙な体験」Some Strange Experiences 河島弘美 訳（前掲『ラフカディオ・ハーン著作集』第一巻）

「東洋の珍しき品々」Some Oriental Curiosities　寺島悦恩 訳（『ラフカディオ・ハーン著作集』第四巻、〔責任編集〕篠田一士、恒文社、一九八七）

「言語学習における目の効用、耳の効用」Use of the Eye or the Ear in Learning Languages 千石英世 訳（前掲『ラフカディオ・ハーン著作集』第四巻）

「幽霊」Un Revenant：「亡霊」平川祐弘 訳（『小泉八雲名作選集・クレオール物語』平川祐弘 編、講談社学術文庫、一九九一）なお、平川訳の「マルティニーク」は全体と統一すべく「マルチニーク」に変更した。

「東洋の第一日」My First Day in the Orient 仙北谷晃一 訳（「東洋の土を踏んだ日」『小泉八雲名作選集・神々の国の首都』平川祐弘 編、講談社学術文庫、一九九〇）

「盆踊り」Bon-odori 仙北谷晃一 訳（前掲『小泉八雲名作選集・神々の国の首都』）

「狐」Kitsune 銭本健二 訳（前掲『小泉八雲名作選集・神々の国の首都』）

「永遠に女性的なもの」Of the Eternal Feminine 仙北谷晃一 訳（同題：『小泉八雲名作選集・日本の心』平川祐弘 編、講談社学術文庫、一九九〇）

「男女平等の問題」The Question of Male and Female Equality および「日本女性と教育」Japanese Women and Education 佐藤和夫 訳（『ラフカディオ・ハーン著作集』第五巻、〔責任編集〕斎藤正二、恒文社、一九八八）

「焼津にて」At Yaidzu 森亮 訳（前掲『小泉八雲名作選集・日本の心』）

「英国バラッド」English Ballads 伊沢東一 訳（『文学の解釈』より、『ラフカディオ・ハーン著作集』第七巻、〔責任編集〕池田雅之、恒文社、一九八五）

凡例 2

「虫とギリシャの詩」Insects and the Greek Poetry 伊藤欣二訳（『ラフカディオ・ハーン著作集』第十巻、〔責任編集〕由良君美、恒文社、一九八七）

「俗謡に関する覚え書」On The Stories of the Best English Ballads 神田庄二訳（『詩論』より、『ラフカディオ・ハーン著作集』第十三巻、〔責任編集〕西脇順三郎・森亮、恒文社、一九八七）

「妖精文学」Some Feiry Literature：「妖精文学と迷信」池田雅之訳（『人生と文学』より、『小泉八雲東大講義録／日本文学の未来のために』池田雅之編訳、角川ソフィア文庫、二〇一九）――ただし、イエイツの詩の引用個所は、拙訳。

「アメリカ文学覚書」Notes on American Literature 野中涼・野中恵子訳（『英文学史』より、『ラフカディオ・ハーン著作集』第十二巻、〔責任編集〕野中涼、恒文社、一九八二）

本書の元になった論考の初出は以下の通りである。いずれも、本書をまとめるにあたって全面的に改稿を加えている。特にハーンの著作からの引用にあたっては、一から訳しなおしたものもある（ハーンの著作については、凡例1を参照されたい）。

序　文字の王国／大黒舞／ざわめく本妙寺／門づけ体験／ハーメルンの笛吹き／耳なし芳一考――→『ラフカディオ・ハーンの耳（Image Collection 精神史発掘）』岩波書店、一九九三年 ⇩『ラフカディオ・ハーンの耳』岩波同時代ライブラリー、一九九八年

ゴム靴・トマト・南京虫――→「ラフカディオ・ハーンにおける耳の戦略――ニューオーリンズ時代のハーンの一日」、『ユリイカ』一九八七年八月号（特集：旅行のフォークロア／異次元へのトリップ）、青土社 ⇩ 前掲『ラフカディオ・ハーンの耳』（Image Collection 版）

馬頭観音――→「馬頭観音にすがる」、『西日本新聞』一九九二年六月十四日 朝刊 ⇩ 前掲『ラフカディオ・ハーンの耳』（Image Collection 版）

蚊――→「蚊とのつきあい方」、『ラフカディオ・ハーン著作集』第二巻 月報、一九八八年 ⇩ 前掲『ラフカディオ・ハーンの耳』（Image Collection 版）

ハーンからイェイツへ――→「イェイツの郷里と墓を訪ねて」、『熊本大学学報』五三一号、一九九六年十月 ⇩ 前掲『ラフカディオ・ハーンの耳』岩波同時代ライブラリー版

語る女の系譜――→「語る女の系譜」、『比較文學研究』60號 所収、東大比較文學會、一九九一年 ⇩『耳の悦楽／ラフカディオ・ハーンと女たち』紀伊國屋書店、二〇〇四年

女の記憶という名の図書館――→「フェミニストな夢／女の記憶という名の図書館」、『國文學／解釈と教材の研究』一九九八年七月号（特集：ラフカディオ・ハーン　小泉八雲）、學燈社 ⇩『クレオール事始』紀伊國屋書店、一九九九年

文字所有者の優位から文字の優位へ――カフカ・ハーン・アルトー――→「文字所有者の優位から文字の優位へ　カフカ・ハーン・アルトー」、『現代思想』一九九三年十月号（特集：文字と共同体）、青土社

盲者と文学――→「盲者と文芸／ハーンからアルトーへ」『國文學／解釈と教材の研究』二〇〇四年十月号（特集：没後百年　ラフカディオ・ハーン Lafcadio Hearn（小泉八雲））、學燈社

「おしどり」とマゾヒズム――→「ハーンのマゾヒズム　「おしどり」を読む」、『ユリイカ』一九九五年四月号（特集：ラフカディオ・ハーン）、青土社 ⇩ 前掲『耳の悦楽』

怪談浦島太郎――→「ラフカディオ・ハーンと浦島」、『熊本の文学　第三』所収、熊本近代文学研究会、審美社、一九九六年 ⇩「ハーンと浦島」、『続・ラフカディオ・ハーン再考／熊本ゆかりの作品を中心に』、熊本大学小泉八雲研究会編、恒文社、一九九九年 ⇩ 前掲『耳の悦楽』

ラフカディオ・ハーンの世紀末――黄禍論を越えて――→「ラフカディオ・ハーンの世紀末――黄禍論を越える」、『國文學／解釈と教材の研究』一九九五年九月号（特集：明治世紀末――イメージの明治）、學燈社 ⇩「ラフカディオ・ハーンの世紀末――黄禍論を越えて」、『世紀転換期の国際秩序と国民文化の形成』所収、西川長夫・渡辺公三編、柏書房、一九九九年

ハーンを交えて議論してみたいこと――あとがきに代えて――→「ハーンを交えて議論してみたいこと」、『平川祐弘著作集　西洋人の神道観』、勉誠出版、二〇二〇年

凡例 3

- 原則として、旧仮名づかいで書かれている引用文は現代仮名づかいに、旧字で書かれているものは新字に改めたが、本文を尊重して原則を枉《ま》げた個所もある。また、引用文および本文中の読みにくい漢字には振り仮名をつけた。本書が（なによりもハーンの著作が）、現代の若い読者を含めた幅広い読者にむかえられるよう工夫した。
- 引用文中の〔　〕内は、引用者による補足や註記である。また〔…〕記号は中略・前略・後略を示し、／記号は改行位置を示している。
- 本文中の（　）内の数字は、文献の出版年や出来事の発生年などを示す。
- 本文中の▼99といった数字は、著者による註を示す。註はその番号近くの左側ページ端に載せている。
- 本文中の〔↓99頁〕という表記は、「本書の99ページ以下を参照」を意味している。そのページ以下に、関連する記述や語があることを示している。煩雑だとお感じの場合は無視して読み進めていただきたい。本書巻末の「索引」からも知ることができる。
- 絵図・写真の「　」内のキャプションは原則として、所蔵元の題名である。

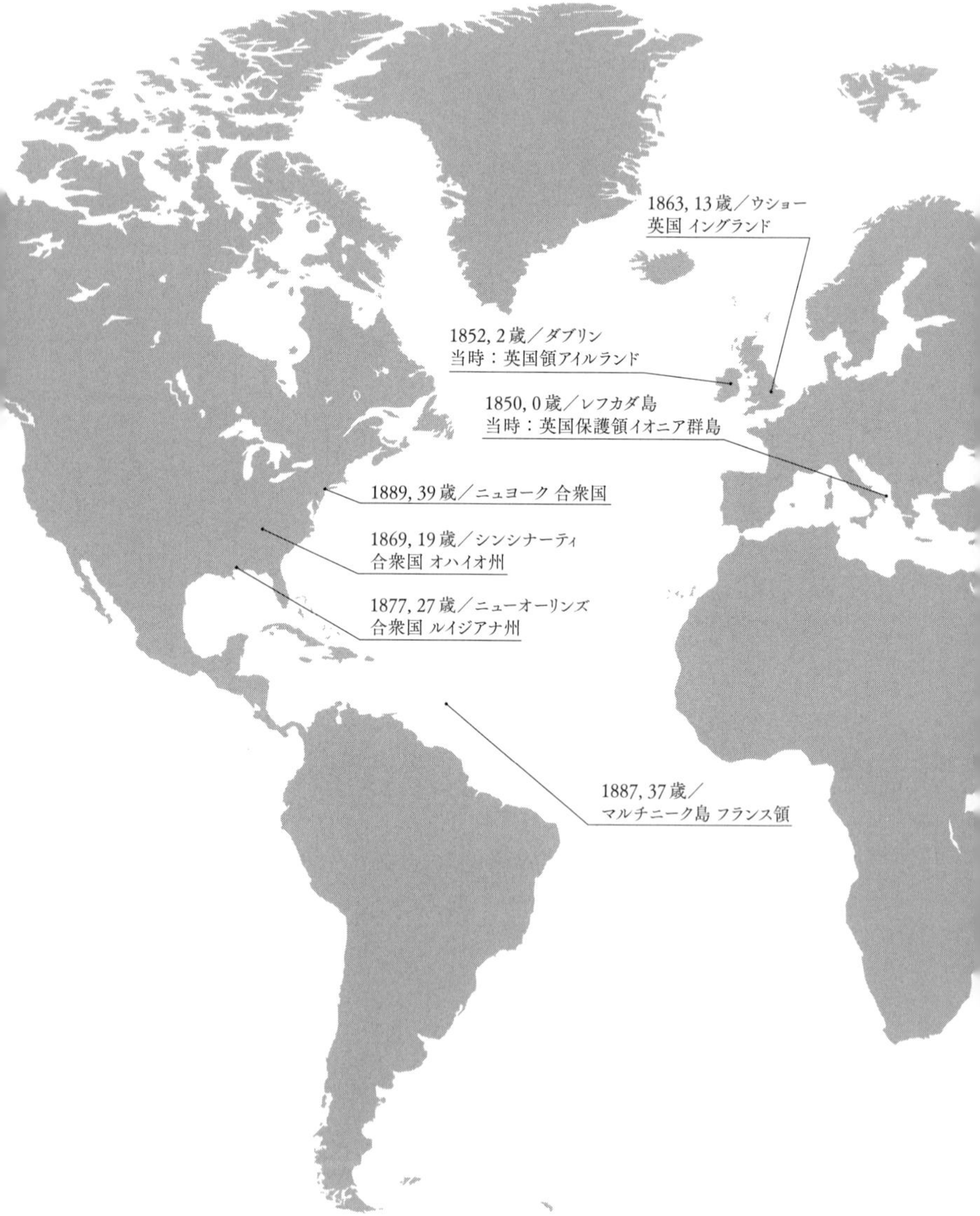
1863, 13歳／ウショー
英国 イングランド
1852, 2歳／ダブリン
当時：英国領アイルランド
1850, 0歳／レフカダ島
当時：英国保護領イオニア群島
1889, 39歳／ニューヨーク 合衆国
1869, 19歳／シンシナーティ
合衆国 オハイオ州
1877, 27歳／ニューオーリンズ
合衆国 ルイジアナ州
1887, 37歳／
マルチニーク島 フランス領

ラフカディオ・ハーンの足跡
LAFCADIO HEARN

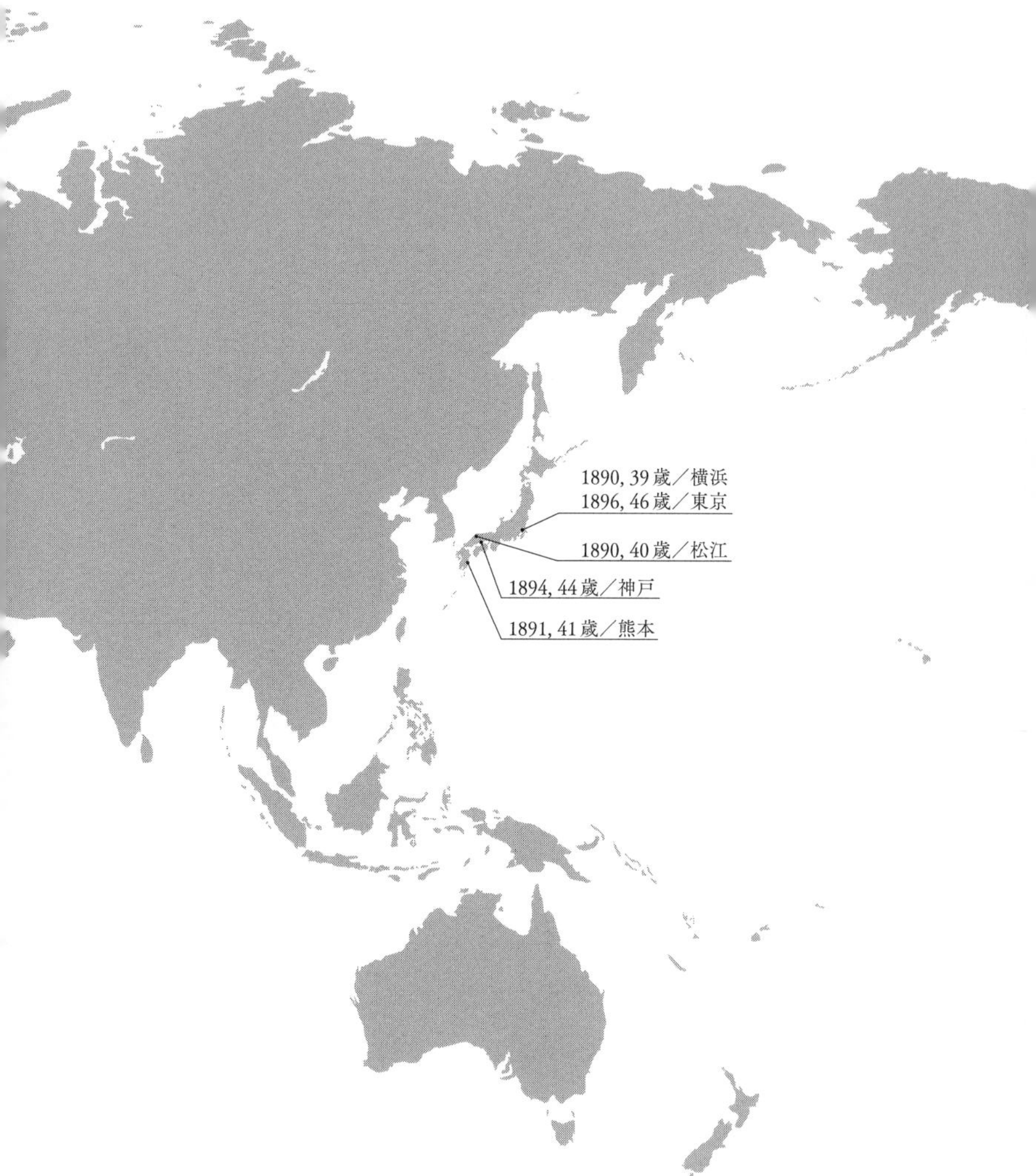

Lafcadio Hearn's Ear, Voicing Women

Nishi Masahiko

ハーンの耳

日本に向けてニューヨークを発つハーン（C.D.ウェルドン筆）
E. L. Tinker, *Lafcadio Hearn's American Days*, London, 1925.

ラフカディオ・ハーンの耳

LAFCADIO HEARN

序・文字の王国

1

ラフカディオ・ハーンは、日本に来て間もない頃、人力車夫《じんりきしゃふ》のチャを雇って横浜の街路を走らせたときの新鮮な印象を、こんなふうに語っている――「日本人の頭脳にとって、表意《ひょうい》文字は、生命感にあふれる一幅《いっぷく》の絵なのだ。それは生きて、物をいい、身ぶりまでする。そして日本の街は、いたるところに、こうした生きた文字を充満させているのだ」と〔V:7 仙北谷晃一訳〕。

巷間《ちまた》に溢れかえる文字の群《む》れを、ひとつひとつ意味を持った文字として読むわけでも、通り過ぎる景観の一部としてただ眺めてしまうわけでもなく、こんなふうにしてまるで妖精《ようせい》たちが踊る光景を眺めるように味わえる能力というものを、われわれもまたいつかは身につけていたはずである。たとえば漢字が日本に伝わってきた時代、あるいは漢字や仮名が一握りの文字所有者の専有《せんゆう》であった時代、日本の一般庶民にとって、文字というものは、同じく神秘的な生物として受けとめられていた可能性がある。ところが、今日のわたしたちは、ハーンのような渡《と》来人《らいじん》のことばを通してでなければこの幼稚すぎる感動を味わえない。

ハーンの日本研究は、それまでのチェンバレンやアストンらの文献学的な日本研究とは一線を画《かく》し、来日以前の合衆国や西インド諸島時代、現地の非文字文化に探究を推《お》し進めた時と同じく、目よりも耳に、より大きな役割を課して、いわゆるフィールドワークの方法を日本研究に適用した点に最大の特徴がある。しかし、だからと言って、日本の漢字や仮名に注目しなかったわけではない。彼は日本の書物を文献として読む代わりに、かつて「文盲《もんもう》」の名でカテゴライズされた一般庶民の感性で文字文化を体験し、社会的には低い位置から日本文化を探る特権的な視線を用いたのである。

「耳なし芳一《ほういち》」The Story of Mimi-Nashi-Hōïchi の主人公は、目も見えないし教養もない。ただ平曲《へいきょく》を語る以外に能のない男である。琵琶法師《びわほうし》の法師姿は、外敵から身を守る擬態《ぎたい》のようなものだった。琵琶法師に限らず、逢坂山《あふさかやま》の蟬丸《せみまる》を始祖《しそ》として仰《あお》いだ中世の芸能民は、みずからの安全を保障するためにも宗教的なよりどころを必要とした。そのために、彼らは時として僧《そう》衣《い》をまとい、あるいはみずから「説経語り」を自称して、唱導《しょうどう》文学としてのうわべを繕《つくろ》いながら、自由奔放《ほんぽう》な想像力によって語りの世界を膨《ふく》らませた。一方、僧侶たちは、知識人階級に属するものとしての特権を十二分に利用したが、同時に、放浪民の生活を助ける役割を積極的にかってでた。

かたや特権的な文字所有者としての僧侶。かたや平曲をものにするにも耳を通して習得する以外に方法のなかった盲目の琵琶法師。「耳なし芳一」の世界は、平安朝時代の公家《くげ》社会の尺度によっても、江戸期の武家《ぶけ》社会・町人社会の尺度によっても量《はか》ることのできない人間関係によって支えられている。しかも阿弥陀《あみだ》寺の和尚《おしょう》は、みずからの文字能力をもって、芳一に対する庇護者《ひごしゃ》としての立場を貫徹してみせたのであり、このとき盲目の芳一ははじめて文字の有難味に浴《よく》した。

ハーンの日本体験をさぐることは、最終的には「耳なし芳一」を、よりよく味わうための準備運動になるだろう。そこで、ひとまず横浜に上陸した一八九〇年の春から順にハーンの足跡を追いながら、この不思議な西洋人作家の秘密を探っていきたい。

日本文化を前にしたとき、日本人はともすればみずからが日本人であるということに甘え過ぎる。だからこそ、時としては渡来人の目と、それから耳を通して、日本を捉えなおす機会を確保することが肝腎なのである。

2

三十九歳で日本にやってきたハーンは、重度の視力障害を負っていた。十六歳の学生時代に不慮の事故で左目を失明し、読書が過ぎて右目の方も視力は衰えるばかりだった。日本滞在中にも、ハーンは全盲《ぜんもう》の恐怖に脅え、「乙吉のだるま」Otokichi's Darumaと題するエッセイの中で、隻眼《せきがん》のだるまに共感を示すなど、だるまとみずからの像をユーモラスに重ね合わせている。もし生まれ故郷のレフカダで洗礼を受けたギリシャ正教会の守護聖人が、眼病の守り神として知られる聖女パラスケヴィでなければ、とっくに視力を失っていたところかもしれない。ところが、いわゆる視力の面で人並みの旅行者に比べて劣っていただけ、ハーンの日本の第一印象の中では、視覚の優位がこれみよがしに思えるほど他を圧倒している。

朝の大気には言い知れぬ魅力がある。〔…〕何かはっきりと目に見える色調によるのではなく、いかにも柔かな透明さによるのだろう――大気全体が、こころもち青味を帯びて、異常なほど澄《す》み渡っている。そのためにどんなに遠くにあるものも、驚くほどくっきりと焦点が定まって見えてくる。〔V: 4〕

アビシニア号上のハーンは、太平洋上から望遠鏡ごしに富士山を眺め、日本上陸の時が迫っていることに心を踊らせたのだったが、それから間もなく、横浜の街路を人力車に揺られながら走るハーンは、裸眼《らがん》で見る日本の都市風景に酔った。来日以前に多少の予習なら済ませていたハーンであったはずだが、彼は目の中に飛びこんでくる日本的なものを捉えるのに、余計な知識や教養を用いることを避けた。ハーンは、日本の風景と文化のあいだに何の境《さかい》を認めることもなく、藍染《あいぞめ》の藍を日本をおおう大気の色として理解し、日本人の華奢《きゃしゃ》な体《からだ》と漢字や仮名をとりかえ可能なものとして知覚した。その日本観は望遠鏡というまやかしの器具を用いたり、文字教養などの賢《さか》しらを身につけてしまったりしたものには縁のない、裸眼と無知の祝福を受けた観察者ならではの新鮮な発見をみなぎらせている。

俥《くるま》の上から見下ろすと、目の届く限り、幟《のぼり》がはためき、濃紺《のうこん》ののれんが揺れ、どれにもみな日本の文字や漢字が書いてあるので、美しい神秘の感を与え〔…〕一番多い着物の色は濃紺だが、その同じ色が店ののれんでも幅を利かせているのが分る。〔…〕さらにまた、職人の着ているものにも、店ののれんと同じ、不思議な文字が書かれているのに気づく。これほどの妙趣は、どんな唐草《からくさ》模様をもってしても出すことができないだろう。装飾の目的にかなうべく幾分形を変えて書かれたこれらの文字には、意味を持たない意匠《いしょう》にはとうてい見られない生き生きとした均斉《きんせい》がある。職人の法被《はっぴ》の背に——紺地に白く——遠くからでも楽に読めるように、大きく文字が染め抜かれていると〔…〕粗末な安物の衣裳も何か絢爛《けんらん》たるものに見えてくる。〔V: 5-6〕

漢字学習歴のない異邦人が漢字圏を訪れた第一印象が、「表象《ひょうしょう》の帝国」に一歩を踏み入れた純粋な驚きの表明として記録されるケースは、ロラン・バルトの日本論へと受け継がれていく。表音・表意機能を兼ね備えた記号である前に、まず意匠《いしょう》として視覚的な愉悦《ゆえつ》に奉仕すべく練りあげられてきた漢字仮名文化の特異性。ところが、ハーンやバルトのような表層的な通過者たちを除いて、大半の日本研究家は、日本人のそれの比ではない旺盛《おうせい》な学習欲をもって、こうした印象を抑圧下においこんでしまう道を選んだ。

「**人力車**」、レガメ筆
E. Guimet, *Promenades Japonaises*, Paris, 1878.
（The Internet Archive デジタルコレクション）

〔下の見開きの写真〕「**山手から見た横浜の外国人居留地**」　中央やや右下は谷戸橋、その左の建物がジェームス・カーティス・ヘップバーン（ヘボン）〔→24頁〕の邸宅、その左が造船所。停泊しているのは下関遠征前の4国連合艦隊だろう。右手にフランス波止場。
F. ベアト撮影、横浜開港資料館 所蔵、「　」内のキャプションは所蔵元の題名

「横浜近郊から見た富士山」、地蔵坂の登り口のあたりか
F.ベアト撮影、横浜開港資料館 所蔵
「　」内のキャプションは所蔵先の題名、以下のページも同様

『和英語林集成』の編者ヘップバーン（通称ヘボン）にとって、漢字や仮名は、ことさらに秘教的な感じのする暗号でしかなく、それが外国人にとって日本語の習得を困難にし、また日本の識字率の向上に手枷《てかせ》足枷となる惧《おそ》れもある以上、思い切って廃止に踏みきった方が確実に得策と思われる過去の遺物《いぶつ》であった。また、アストンやチェンバレンのような日本研究者にとって、日本の文字文化はその暗号を読み解くことで、量り知れない知識が得られる過去の遺産の集積であった。ところがハーンは十四年間の滞在のあいだ、文字文化に対してかたくなまでに無垢《むく》でありつづけた。来日した当時、日本の教育者たちのあいだでも問題となっていた「日本語ローマ字化運動」に対しても、ハーンは「考えてみただけでも、多少とも審美《しんび》感情を有するほどの人なら、思わず衝撃に身ぶるいを禁じ得ない妄想だろう」と一蹴《いっしゅう》してみせ〔V: 6-7〕、この審美的見地からの判断は、それがあまりにも部外者的な無責任さをむきだしにしたものであればあっただけ、かえって説得力に満ちたものになっている。

ハーンが漢字の学習を放棄した理由は、その視力障害と結びつけて説明されることが多い。衰弱した目に漢字を読み解くことはあまりの重労働であったはずだからだ。しかし、こうしたハンディキャップを劣等性のあらわれとみなすことなく、むしろ「災《わざわ》い転じて福となす」式のユーモアをもって、みずからの独創性へと転回させる強靭《きょうじん》な方法意識があってはじめて、ハーンはハーンでありえた。

そして、漢字を単なる意匠として、また呪術的効果を持つ文様《もんよう》として、まるで非文字文化の住人のようにして眺めた一日の締めくくりに、ハーンの脳裏《のうり》にしのびこんだ幻想は、「文盲」

の日本学者ハーンのその後の方法論を先取りした、偶然と言うにしては、あまりにも辻褄《つじつま》のあいすぎた夢であった。

私は眠ろうとして横になり、夢をみた。妖《あや》しい、謎めいた漢字の文句が数知れず、私のそばを走り抜ける。どれもみな同じ方向へ向かってゆく。看板やふすま・障子《しょうじ》やわらじばきの男たちの背中に乗って、白と黒さまざまの漢字の群《むれ》が。それがみな、生きていて、しかもその生を自覚しているようである。一点一画が、虫たちの四肢《しし》さながらに、動いている。七節虫《ななふしむし》のお化けのようだ。私は、いつまでも、軒《のき》の低い、狭い、日射しの明るい町を、幻の人力車に揺られている。しかしその車輪はまるで音を立てない。そして走っているチャ〔車夫の愛称：引用者注〕の、巨大なきのこのような白い笠が、いつまでも、いつまでも、上下に揺れている……。〔V-34〕

これは、視覚的充実に舞いあがった旅行者の夢枕《ゆめまくら》にしのびこむ幻想としてごく自然だというだけではない。文明開化期の日本が、識字率の上昇を目標に据えて、漢字を飼い馴《な》らそうとしていた矢先《やさき》に、突然、日本にあらわれた西洋人が、こともあろうに漢字の中に呪術的な力を感じとってしまったという皮肉。これを仮に異化《いか》作用と呼ぶなら、明治の日本でハーンが果たした役割の中で、最も忘れてならないのは、彼が思う存分、日本人の自己認識に対して異化作用を及ぼした点にあるのである。

「西洋人と宿の女中」、レガメ筆
E. Guimet, *Promenades Japonaises*, Paris, 1878.
（The Internet Archive デジタルコレクション）

「子守り」、G. ビゴー筆
ビゴー素描コレクション1巻
『明治の風俗』所収、
岩波書店、1989年

3

「東洋での第一日」My First Day in the Orientと題される『グリンプシズ』*Glimpses of Unfamiliar Japan*（一八九四）の第一章には、視覚的充実を際立たせようと意図したとしか思えないほど、音響性が稀薄《きはく》である。ひとつ覚えのように「テラヘユケ！」を連発するハーンの声ばかりが谺《こだま》している。

たとえばゴーギャンの絵を見るとする。そこにタヒチ女のおしゃべりは予想できるが、絵はその声をいっこうに伝えてくれない。エキゾチシズムの風景の中では、どんなにおしゃべりな種族も押し黙って見える。ところが、彼女たちは声を発することはない代わりに、何かに耳を傾けている受け身の表情を示している。それは超自然の声に耳を傾ける信心深いひとびとの表情に似ており、ゴーギャンの絵には宗教的な厳粛《げんしゅく》さが強調されているとひとは錯覚する。ゴーギャン自身が、そういった錯覚に加担している張本人であるようにさえ思える。ハーンの日本観の荘厳《そうごん》さには、同じエキゾチシズムの構図がはたらいている。

ここに北斎《ほくさい》画中の人物が歩いている。みのを着て、大きなきのこのような笠《かさ》をかぶり、わらじをはいて——農夫たちの露《あら》わな四肢《しし》は、風と日にさらされて赤くやけている。にっこり笑っている坊主頭の赤ん坊をおぶって、辛抱《しんぼう》強そうな顔をした母親たちが、小股に下駄《げた》（歩くと音のする、高い木製のはきもの）ばきの歩を運ぶ。ゆったりと長い着物に身を包んだ商人《あきんど》たちは、得体の知れない無数の品物の間に坐って、小さなかねのきせるで煙草《たばこ》を吸っている。

そう思って見ると、この国の人たちの足は、何と小さく、いい恰好《かっこう》をしていることだろう――農夫の日焼けしたはだしの足も、小さな、小さな下駄をはいた子供たちのきれいな足も、真白な足袋《たび》をはいた娘たちの足も。〔…〕日本人の足には昔ながらの均整がある。西洋人の足は靴のために変形を余儀《よぎ》なくされてしまったが、日本人の足は、まだあのいまわしいもののためにゆがめられてはいないのだ。〔…〕日本の下駄は、それをはいて歩くと、いずれもみな右左わずかに違った音がする――片方がクリンといえば、もう一方がクランと鳴る。だからその足音は、微妙に異なる二拍子のこだまとなって響く。駅のあたりの舗装《ほそう》された道などでは、ことのほかよく響く。そして長く尾を引いた木の音が何ともおどけた効果でも出したりすると、時々群衆がわざと足並みを揃《そろ》えたのかと思う。〔V: 14-15〕

「東洋の第一日」の中で、音響的な日本がはじめて姿をあらわすのは、この箇所である。べつに足フェチシズムの持ち主であったというわけではなかったはずだが、ハーンが日本人の足の美しさについて文明論的観点から賛辞《さんじ》を送ることはたびたびであった。そして、足とくれば、ハーンの場合には下駄だった。下駄ばきの硬質な響きは、たたみの上を行く幽霊のような歩行と対比をなして、日本的な歩行の二大特徴のひとつとして、頻繁《ひんぱん》にハーンの日本紀行にとりあげられることになる。

そして、賽銭《さいせん》箱に硬貨の落下する音や、障子戸ごしの咳《せき》ばらいなどが、日本的情緒《じょうちょ》をかきたてるよう点々と配置されたエッセイの終わりに、ハーンは、盲目の女性マッサージ師[▼1]のエピソードを置き、この映像にみちた印象記を、明暗法を用いて締《し》めくくっている。

「あんまーかみしもーごーひゃくもん」

夜の中から女の声が響いてくる。一種特別なうるわしい節《ふし》をつけて唱されるその文句は、一語一語、開け放った部屋の窓から、笛のさざ波立つ音のように流れ込んでくる。少しは英語を話す、部屋づきの女中が、その言葉の意味を教えてくれた。

「あんまーかみしもーごーひゃくもん」

この長いうるわしい呼び声の合間合間に、決《き》まってうら悲しい笛の音が入る。長く一節

1――　明治期の鍼灸師《しんきゅうし》の多くが盲人であった理由のひとつは、明治以前の盲人組織当道座《とうどうざ》が、明治維新とともに廃止され、しかも琵琶《びわ》・箏曲《そうきょく》・三絃《さんげん》などの多くが晴眼者《せいがんしゃ》の手に帰し、盲人は、鍼灸以外に生計を立てる手段を失ったせいだと、中山太郎の『日本盲人史』（成光館出版、一九三四）にはある。この大部の記念碑的著作を、中山は、次の一文で締めくくっている――「たゞ気の毒と思はれるのは、鍼灸導引の開業を、盲人が晴眼者と同じ国家試験の下に許される一事である。鍼灸導引を盲人の専業とすべしとの叫びは、悲痛の響きを伴《ともな》はぬではないが、併《しか》し是《こ》れとても盲人教育の発達と普及とは、やがて此《こ》の叫びの跡を断つものと思ふ」（四二一頁、ふりがなを補った）。

吹いた後、調子を変えた短かい二節が続く。それは按摩《あんま》の笛で、盲目の貧しい女が病人や疲れた人をマッサージして生計を立てているのである。あわせてその笛は、どうか気をつけて下さい、自分は目が見えないのですから、と歩く人や俥《くるま》引きなどに知らせているのである。そしてまた、疲れた人や病んでいる人がいたら、呼び入れてくれるようにと、歌ってゆくのである。

「あんまーかみしもーごーひゃくもん」

〔…〕私にも痛いところがあればいい、五百文《もん》出して痛みを取ってもらえるものを、そんな願いまで心に兆《きざ》したくらいであった。〔V: 33-34〕

映像と音響の分離。その土地に住み慣れた人間ならば、自動的に一対一で対応させてしまうはずの映像と音響を、ハーンは非漢字圏から来た渡来人ならではの奔放《ほんぽう》さで、自由自在に切り離し、それを接合・並置《へいち》してみせる。そして、この按摩の声にひきずられるようにして、ハーンはあの漢字の群れとの再会を夢の中で果たすのである。

「耳なし芳一」が盲目の琵琶法師の物語であるにもかかわらず、また暗闇の中で事件が継起するにもかかわらず、息をひそめる般若心経《はんにゃしんぎょう》の塊《かたまり》という映像の官能性によって成功していることを考えると、未来の「耳なし芳一」の作者は、「東洋での第一日」の中で、あらかじめ筆ならしをおこなっていたことにもなる。

「**横浜の眺望**」、レガメ筆 F. Régamey, *Japon*, Paris, 1903.（The Internet Archive デジタルコレクション）

「**マッサージの仕方**」（男性による）、F. ベアト撮影、年不明、横浜開港資料館所蔵

いずれも「　」内のタイトルは所蔵元の題名

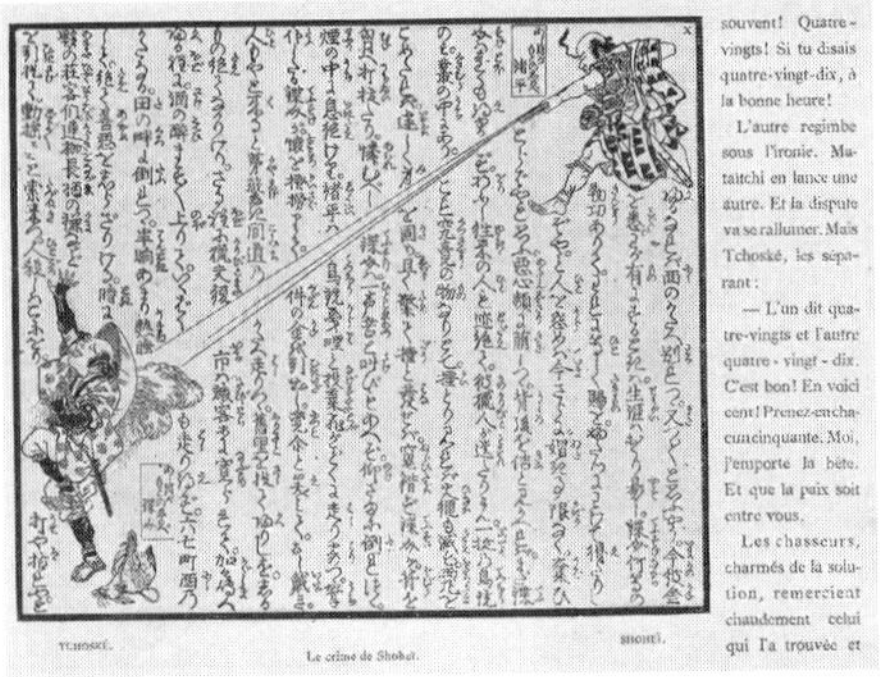

曲亭馬琴（滝沢馬琴）『お駒』のレガメによる挿画、1883年
Okoma : roman japonais illustré, par Félix Régamey; d'après le texte de Takizava-Bakïn（フランス国立図書館 所蔵）

「駕籠舁き」F. ベアト撮影、年不明、横浜開港資料館 所蔵

「駕 籠」レガメ筆
F. Régamey, *Japon*, Paris, 1903.（The Internet Archive デジタルコレクション）

「**大道芸人**」F. ベアト撮影、年不明、横浜開港資料館 所蔵

「**浅女太夫**」江戸十九世紀半ば『守貞漫稿』、国立国会図書館デジタルコレクション

「**浅草の芝居小屋**」レガメ筆、前掲 E. Guimet 所収（The Internet Archive デジタルコレクション）

「辻音楽師。盲目の男が月琴と胡弓を、老若二人の女が三味線を弾いている」F. ベアト撮影、年不明、横浜開港資料館 所蔵

「旅の瞽女」、1695年頃、『和国百女』
国立国会図書館デジタルコレクション

「演奏する女たち」レガメ筆 E. Guimet, *Promenades Japonaises Tokio-Nikko*, Paris, 1880.（E. Guimet, *Promenades Japonaises* の続編 t. 2という扱い。ただし一八七八年のほうの表紙には「t. 1」など続編を示唆する記載はない）

「**小田原**」F.ベアト撮影、年不明、横浜開港資料館 所蔵

「**托鉢僧**」ビゴー筆
前掲『ビゴー素描コレクション』所収

「**門付け**」ビゴー筆
前掲『ビゴー素描コレクション』所収

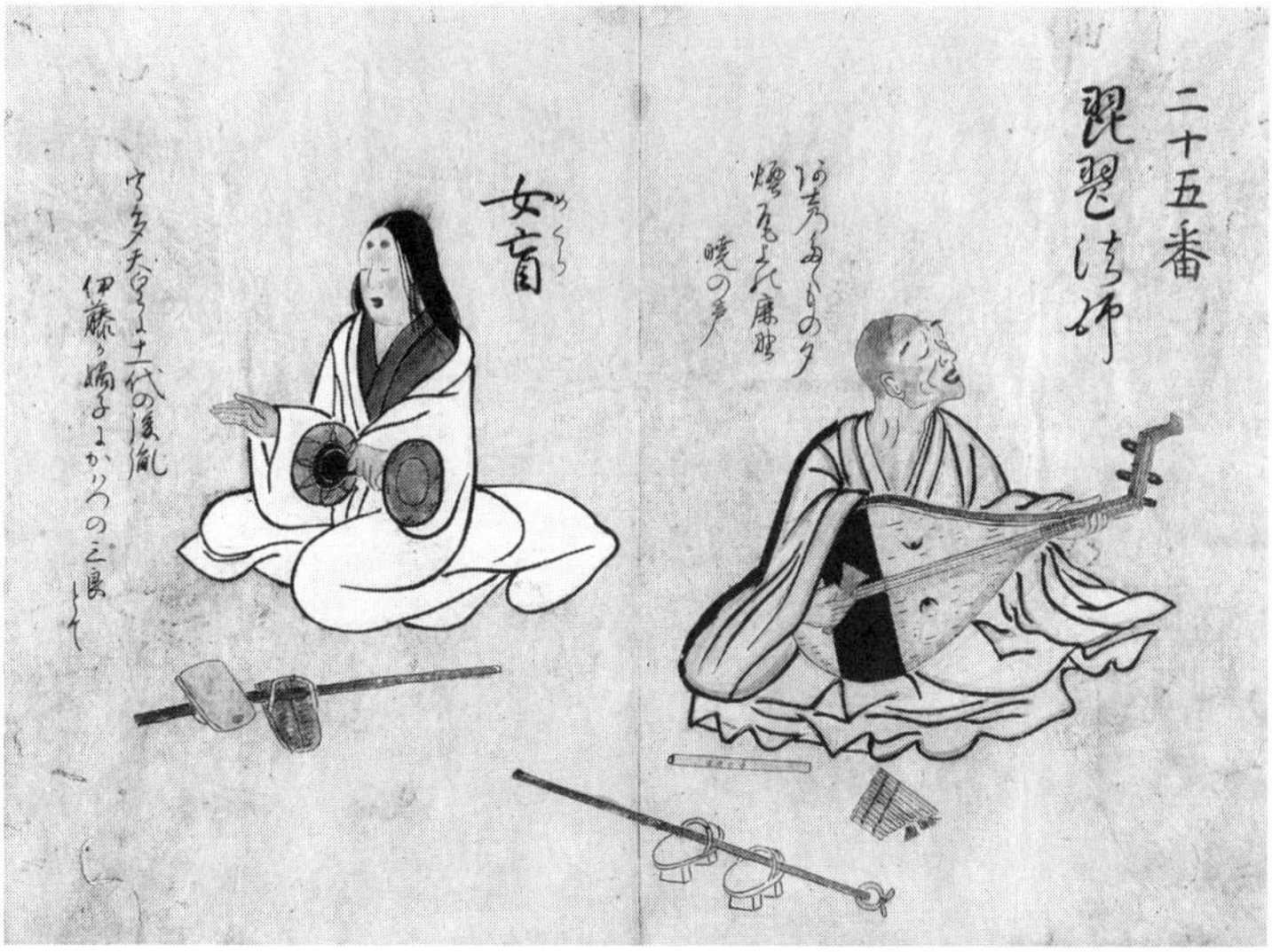

「**琵琶法師**」「**女盲**」、『七十一番職人歌合』1501年頃、国立国会図書館デジタルコレクション

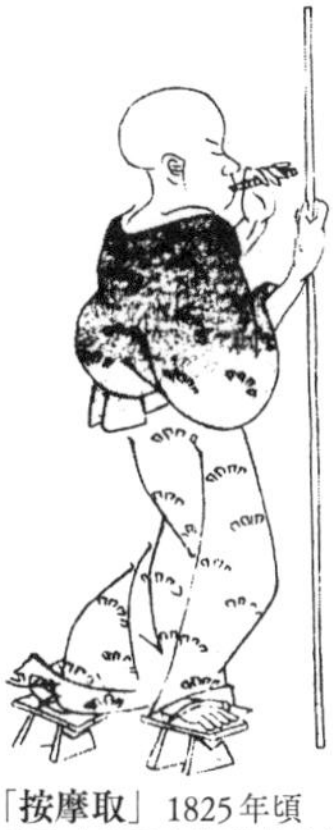

「**按摩取**」1825年頃
『今様職人尽歌合』国文学研究資料館所蔵

「**按 摩**」ビゴー筆
前掲『ビゴー素描コレクション』所収

「巡 礼」F.ベアト撮影、年不明、横浜開港資料館 所蔵

「巡 礼」
『人倫訓蒙圖彙』1690年頃、
国立国会図書館デジタルコレクション

「巡礼の絵馬」、1646年頃、実相院蔵

大黒舞

1

「東洋での第一日」が視覚性でおおいつくされた目眩《めくる》めく横浜探訪《たんぼう》記であったとすれば、松江時代の新鮮な印象を書いた「神々の国の首都」The Chief City of the Province of the Godsは、聴覚に始まり聴覚に終わる、これまた巧妙に計算された好一対をなす紀行文である。枕に谺《こだま》する心臓音と米搗《つ》きの臼《うす》の音が響きあう冒頭部の美しさは、奇蹟《きせき》的と呼びたいほどだし、早朝の松江大橋をわたる行商人の下駄の響きの美しさについては、かねてから定評がある。その他、松江を描いたエッセイには、船頭唄や巫女舞《みこまい》などの伝統的な日本音楽はもちろん、松江中学に隣《りん》接《せつ》する師範《しはん》学校の音楽室から流れてくる「蛍《ほたる》の光」や「君が代《きみがよ》」までがＢＧＭのように挿入され、それぞれに絶妙な効果を生んでいる。

ハーンの音楽への関心は、古くシンシナーティ時代まで遡《さかのぼ》る。オハイオ河畔《かはん》の波止場《はとば》にたむろする浮かれ者の生活に人間的なドラマを嗅ぎとったハーンは、ニューオーリンズに移ってか

「The Chief City of the Province of the Gods」を収録する*Glimpses of Unfamiliar Japan*, 1894, (volume I)の表紙と背。濃灰色の布に銀箔押し。The Boston Public Library 所蔵

らも、もっぱら巷間《ちまた》の騒々しい文化に関心を寄せ、とうとうクレオール音楽の本場であるマルチニークにまで達した。こうした嗜好《しこう》は、日本に来てからの著作の中にも着実に受け継がれ、彼は虫の音楽に耳を傾けるのと同じように、日本人の発する音ならば何であれ雑音に至るまで収集するマニアと化した。

ただ、ハーンの松江での見聞の中で、日本音楽を理解する上できわめて重要であり、またハーン自身強い関心を抱いたにもかかわらず、『グリンプシズ』には題材として取り上げられないまま終わった伝統音楽がある。松江市近郊の被差別部落で聴いた大黒舞《だいこくまい》がそれだ。

ハーンの被差別部落探訪は、その当初から、いくらかスキャンダルの予感を漂わせていた。探訪に同行した松江中学教頭西田千太郎《にしだせんたろう》の証言▼2によれば、二人が「人民ノ性質及《および》風習等ニ就《つい》テ探究」に出発したのは、明治二十四年四月十九日（日曜日）のことであった〔一〇六頁〕。ところが、「廿二日」〔二十二日〕にあらためて「饅頭《まんじゅう》四百余持参」で「探検ノ第二回ヲ実行」〔一〇七頁〕した翌々日、西田宅にひとりの男がやってきて、よからぬ噂《うわさ》に触れる。被差別部落に外国人を案内するとは「国辱《こくじょく》ヲ晒《さ》ラス」に等しい行為であると言い、新聞に投書すると言っていきまいている男がいると知らせにきたというのである。そのときあいにく家を留守にしていた西田は、これを家人から聞いたようだが、『日記』には「若《も》シ予《よ》ヲ訪《とぶら》ヒ来《きた》ラバ弁明シテ聞カスベキニ」と記している〔同前〕。この薄氷《はくひょう》を踏むような経緯に関して、ハーンは何も知らされることなく終わったようだが。

上流階級の日本人で、このような集落を訪れたものはいままでにひとりもなく、どんなに貧乏な平民でもこの集落を、まるで疫病《えきびょう》の中心を忌《い》み嫌うように嫌っている。なぜかというと、この住民たちの名前には道徳的に、また生理的に穢《けが》らわしいという観念がいまだこびりついて離れないままだからである。〔Lafcadio Hearn, *Kokoro*, Houghton, Mifflin & Co., 1896, p. 327〕

この被差別部落探訪記は、まず同年六月十三日付の『ジャパン・メイル』に島根通信として掲載され、後に加筆訂正を施したものを序文とする「俗謡《ぞくよう》三篇」Three Popular Ballads が、『日本アジア協会雑誌』第二十二巻（一八九四）に発表されて、それが『心』*Kokoro*（一八九六）の付録として再録《さいろく》される。[3]

この「探検」以前にも、ハーンは日本における部落差別に関して一定の知識を有していたと思われる。日本の民話を西洋に最初に紹介した先駆的存在A・B・ミットフォードの『日本昔話』*Tales of Old Japan*（一八七一）には「エタ娘とハタモト男」という物語がはやばやと紹介されていたし、一八九〇年に刊行されたチェンバレンの『日本事物誌』*Things Japanese*（初版）にも

2――『西田千太郎日記』島根県郷土資料刊行会、一九七六。以下の引用は、本文中に頁数のみを記す。なお、ハーンと大黒舞との関りに関しては、梶谷延「ラフカディオ・ハーンの松江時代に関する資料と考証（その五）」〔『島根大学論集・人文科学』一〇号、一九六一〕が参考になった。ちなみに、同日記には「六月廿一日（日曜日）」に「山ノモノヲ招テ大黒舞ヲ行ハシム、来観者多シ」〔一一三頁〕とある。

「エタ」Etaの項目が立てられ、部落差別の起源に関する諸説が紹介されるなど、興味本位に走らない慎重な事項執筆が試みられている。そして、そこからさらに差別‐被差別問題と芸能の関わりに分けいったところに、ハーンの一歩進んだ新しさがあった。合衆国時代には、プロスペル・メリメの小説『カルメン』*Carmen*（一八四五）に魅せられ、ビゼーの歌劇『カルメン』*Carmen*（一八七五）にもとりつかれて、ジプシー音楽の研究を計画したことまであるハーンは、いわゆる差別問題を人道主義的な立場から論じる道徳家である前に、差別の問題であれ芸能の問題であれ、ひとまず庶民風俗の一部としてそれらを総合的に記述する民俗誌の姿勢を優先した。

ハーンは、遺作《いさく》『日本――一つの解明』*Japan: An Attempt at Interpretation*（一九〇四）の中でもこの問題に対する関心を失わず、「社会組織」の章では、日本の「カースト制度」の最底辺に位置する階層としての「エタ」及び「ヒニン」hininの紹介にかなりの分量を割いている。ハーンのこうした被差別民に対する関心と共感は、後世のハーン心酔者のひとり土井晩翠《どいばんすい》の場合に見られるように、ともすれば「任侠《にんきょう》」というような情緒《じょうちょ》的なことば遣《づか》いで簡単に片づけられがちだ。▼4 しかし、本当ならこれは周到な戦略によって補強された旺盛《おうせい》な知的好奇心のあらわれとして理解すべきところである。

ハーンは「探検」の概要を記すにあたり、見聞の中身はあとまわしにして、まず周囲の偏見の記述から始め、差別的な先入観が洗い流される瞬間に山場《やまば》をもうける手法を用いている。

わたしはかねがねこうした変則的な境遇《きょうぐう》にある、特殊化された階級のことを、なにかしら見たいと願っていたのであるが、このほど運よく、ひとりの日本紳士にめぐりあった。この人は、松江の上流階級の出であったが、親切な人で、自分でもまだいちども行った

3―― 『ジャパン・メイル』の記事と『日本アジア協会雑誌』*Transactions of the Asiatic Society of Japan*第二十二巻（一八九五年）に掲載された「俗謡三篇」のあいだには、多少の異同がある。なかでも、被差別部落の女性の外見に関する記述は、『心』では大幅に削除されている――「ここに奇妙な生理学的法則がある。被迫害種族の女性は、自然が周囲の偏見に逆らってでもいるかのように美貌の持ち主だという法則である。西インドの混血種族や、ジプシーやユダヤ人の歴史の中で、この法則ははっきりと証明されている。そして同じことが日本の被差別民についてもあてはまるのだ」。

進化論的思考にとりつかれていたハーンは、まかりまちがえば優生学的人種主義におちいりやすいあぶなかしい一面を持っていた。マルチニークの混血種族の肉体美を賛美しつづけたハーンは、通俗的な人種主義的偏見に「逆らう」価値観の持ち主ではあったが、逆に、純粋な黒人種族を混血種族の下に置く、別の序列意識を露呈《ろてい》させた。おそらく、そういったことに対する自己反省もあったのだろう、決定稿となった「俗謡三篇」では、女性の美醜に関する興味本位の記述が確実に薄れている。また、日本の部落差別をヨーロッパのユダヤ人差別やジプシー差別になぞらえる着想は、『日本――一つの解明』の「社会組織」の章の「エタ・ヒニン」に関する記述の中で発展的に活《い》かされている。

なお、本文中の訳文の底本には、「俗謡三篇」の方を用いた。後者の中にあらわれた「疫病の中心を忌《い》み嫌うように」というような表現は、日本の差別の中にひそむ衛生主義を直観的にとらえた秀逸なたとえであるように考えたからである。『ジャパン・メイル』の異文は、ハーンの偏向《へんこう》を知るにはおもしろいが、内容的にも表現の上でも粗雑である。

4―― 小泉八雲没後二十五年を記念して出版された根岸磐井の『出雲に於《おけ》る小泉八雲』（松江八雲会、一九三〇）の末尾に引かれた土井晩翠の歌には、こうある――「山の者を親しく訪ひて其茶うけし／平等主義者仁俠の人」（一二八頁）。

ことのないその集落へいく案内役をこころよく承知してくれた。そこへ行く途中、わたしは「ヤマノモノ」に関するめずらしいことをいろいろ聞かせてもらった。封建時代には、ここの住人は武士から懇《ねんご》ろな扱いを受け、しばしばサムライの屋敷への出入りも許され、それどころか招かれさえして、歌や踊りを披露《ひろう》して、報酬を受け取ったりした。こうした上流階級のひとびとを楽しませた彼らの歌や踊りは、他の庶民には知られておらず、「大黒舞《だいこくまい》」と呼ばれていた。「大黒舞」は彼らの遺産ともいえる特殊な芸能であり、それは彼らの美的・情緒的なものに対する高い理解を示すものであった。〔*Kokoro*, pp. 329-330〕

ハーンは社会的マイノリティーの文化的独自性をさぐるにあたって、独特の視点を用いた。社会的マイノリティーが独自の文化を産みだし温存する上で、彼らに対する社会的差別は、良きにつけ悪しきにつけポジティヴな作用を及ぼすということである。社会的な差別は、マイノリティーの文化を「ゲットー」の中に閉じこめてしまう。しかし、それは文化的な治外法権を保証して、きわだったエスニシティーを育てる温床《おんしょう》として役立つ場合が少なくない。

むかし立派な劇場への立ち入りを許されなかった彼らは、自分たちだけの劇場を作ったのだそうだ。わたしの友人は、この歌と踊りの起源がわかったらおもしろいだろうにとも言う。じつは「大黒舞」は彼らの方言で歌われるわけではなく、純粋な日本語で歌われる。このような口承《こうしょう》文芸が周囲の感化も受けずに、原形を正確に保存しえたとしたら、このことは「ヤマノモノ」が読み書きを授けられずに来たことと考えあわせて、注目すべきことなのである。彼らは明治という時代が大衆に与えた教育の機会均等という恩恵《おんけい》にもあずかることがなかった。世間の偏見は根強く、彼らの子どもたちがきもちよく官立学校に通えるには程遠いからである。〔*Kokoro*, p. 330〕

部落解放の歴史の中で、明治の初期から中期にかけては、国民皆《かい》教育の理念と部落差別の偏見とが衝突しあい、日本各地で迫害や騒動が多発した時代である。『心』への注記によるかぎり、松江の被差別部落出身者の就学問題が解決し、彼らに官立学校の門戸が開かれるに至ったのは、この訪問から数年後のことであった。▼5

ハーンが、大黒舞が純粋形で保存されている背景として、文化の画一化を促す近代教育から彼らが締め出されてしまっていたという社会状況の意味に注目しているのは、こうした過渡的状況を踏まえた上でのことであった。ハーンは、差別問題を、文化的な治外法権の問題として、まずは斜めから観察する立場をとった。米国では旧南部の解体、マルチニークでは奴隷制度の解体を目《ま》の当たりにしたハーンは、いわゆる国民教育の浸透が伝統的な非文字文学の生き残りにいかに大きな阻害要因たりうるかについて、一家言《いっかげん》を有していた。こうした洗練された実践

5――『ジャパン・メイル』への投稿の後、偏見に屈しなかった松江市民の厚意から、「ヤマノモノ」のための小学校が発足した。反対派の攻撃を受けたりもしたが、成功しているようである。」〔*Kokoro*, p. 330〕

的論理を踏まえてこそ、大黒舞の見学は企画され、実行されたのである。

彼は松江市中を徘徊《はいかい》しながら耳を澄ませているだけではなかなか耳にできそうにない、とびきり秘教的《ひきょう》な音楽に触れるべく潜入調査に踏み切った。かつてマルチニークの山間のプランテーションで、打楽器と即興詩《そっきょう》からなる熱気を帯びた音楽に触れた感動を、『仏領西インドでの二年間』*Two Years in the French West Indies*（一八九〇）の中に余《あま》すところなく書きとめたハーンは、人通りの少ない山道を友人と二人でたどり、ついに念願の大黒舞に触れることのできた感動を昂《たか》ぶりとともに書き残している。

老婆が細い棒〔簓《ささら》のこと〕を擦《す》りあわせると、大黒組の咽喉《のど》から澄《す》んだやさしい歌声がとびだしてきた。その歌は、これまで日本でわたくしが聞いた歌とはまるで趣《おもむき》の違ったものであった。カスタネット〔四ツ竹のこと〕をカチカチ鳴らす音が、早口で語られる歌詞の合間合間に、ぴたりぴたりと挟《はさ》まれるのだ。〔…〕演技者は、老婆を除いて、誰ひとり歌いながら地面から足をあげるものはいなかった。ただ歌の節《ふし》に合わせて体を揺り動かすだけだった。歌は一時間以上も続いたが、そのあいだ声が衰えることはなかった。歌っていることばはひとこともわたしにはわからなかったが、曲が終わったときにはまだまだ聴きたいと、残念に思ったくらいであった。同時に、異人のこの聴き手は、楽しんだと同時に、いつの昔から起こったものやらわからない、古い偏見の犠牲となってきた若い娘の歌い手たちに対して、強い同情の念を禁じえなかった。

〔*Kokoro*, pp. 333-334〕

土井晩翠が「任侠《にんきょう》の人」として呼んでみせたのは〔↓42頁〕、センチメンタリズムに流された感のあるこうした一面であったにちがいない。しかし、これしきの「同情心」であれば、特にハーンでなくとも、すこし慈愛《じあい》精神に富んだクリスチャンならば容易に共有しえたはずの感情である。

2

一八九一年六月十三日付の『ジャパン・メイル』*Japan Mail* に掲載された通信文は、大黒舞の中身について、それが「八百屋《やおや》お七《しち》」の物語であったことに言及しただけで、その文芸としての側面については何も語っていない。ハーンはそれをまず何よりも純粋な音楽として聴《き》いてしまったのだ。米国時代のハーンは、なまじ英語にもフランス語にも堪能《たんのう》であったがために、スペイン語やクレオール諸語等の習熟も早く、言語収集家としての役割についのめりこんだ。ところが、日本語に関しては乳幼児以下のセンスしか持ち合わせなかったハーンは、対象が言語芸術であれ、ひとまず音楽として十分に楽しんでおいて、次に翻訳作業を通じたテクストの分析に向かうという手順を踏んでいた。

じつは、一八九一年六月以降、いったん熱から冷めたハーンが、あらためて大黒舞への関心を復活させるのは、熊本の第五高等中学校へと勤務先を移し、『グリンプシズ』の執筆がそろそろ完了つつあった一八九二年の秋のことであった。

大黒舞の日本語テクストをひとそろい入手してもらえると助かります。翻訳は東京に発注することができます。もし費用を要するならよろこんで支払います。あの〔…〕歌謡《かよう》（いやバラッドと呼ぶべきでしょうか）を囃《はや》しの部分までコミで集めるためなら、いくらでもかまいません。清書《せいしょ》にかかる経費まで含めて下さい。〔一八九二年十月二十三日付〕〔*Some New Letters and Writings of Lafcadio Hearn*, collected and edited by Sanki Ichikawa, Kenkyusha, 1925, p. 56〕

次に引くのは、この要請を受けて西田〔↓40頁〕が収集した「俊徳丸《しゅんとくまる》」「小栗判官《おぐりはんがん》」「八百屋お七」三篇のうち、「小栗判官」の冒頭部分である。このときの西田のノートが後に後藤蔵四郎《ごとうくらしろう》によって発掘され、『島根民俗』〔島根民俗学会〕の「歌謡特集」〔一巻五号、一九三九〕に掲載されたものからの抜粋である。

イヤーあきほうより若大黒、若恵比須《わかゑびす》が御家《おいへ》御繁昌《はんじやう》と舞込んだ。
ア、イヤー申しましよかや祝ひましよう何を申してよかろやら。小栗判官物語りいちぶ始終を申すなら。
ア、イヤー其《その》名も高倉大納言イヤ、兼家《かねいへ》公と申するは。ア、イヤー四方に四つの蔵《くら》をもちイヤ、八方に八ツの蔵をもち。

（ハヤシ）イヤソウデハノウタコラ、あなたの床前ながめて見れば、七福神《しちふくじん》サンが福をもつて金もつて、御揃《おそろひ》なされて御家ごはんじよう。めでたいことよな。

これは、ハーンの注文通り、囃《はや》しまで含めて正確に拾われたものらしく、いわゆる語り物としての「小栗判官」よりも、大黒舞ならではの祝福《しゆくふく》芸的側面の方を強調されたテクストである。たたみかけるリフレインによってその独特の素朴さを出しているあたりからも、英国バラッドの定型性との類似に注目し、日本の物語詩を「バラッド」の名で総称した▼6ハーンには、大黒舞の本質がこうした囃しにひそんでいることがはっきりと見えていたのにちがいない。

同「歌謡特集」には、西田の採録《さいろく》した「小栗判官」から、さらに囃しだけを抜き出してあるので、これも抜粋しながら見ておこう。

イヤあなたの御家はますく御はんじよう御かねはどんく御米もどんく、御船ではしりこんだ、マダ……

イヤいやさのごんぼう、酢牛蒡《すごばう》で飲んだら、お前がたどうじやい、のどの豆がさんばそうで、へそまで酔ひましよぞな。マダ……

6——日本の叙事的な韻文詩を「バラッド」の名で呼ぶ慣習は、すでにハーン以前からあり、たとえば『万葉集』中の長歌「浦嶋子の歌」も、チェンバレン訳の『日本詩歌選』の中では「バラッド」に分類され、韻文訳されている。

イヤあの子もよい子じや、この子もよい子じや、はなどもかんだらなほ〳〵なほよかろ
ぞ。マダ……
イヤ油屋のおそめさん倉のまどから蒟蒻《こんにやく》だま投げた、こんやこいとの知らせだないか、
表車戸でん〳〵ぐわら〳〵音がする、うらから忍ばうぞ。マダ……
イヤちよつとこゝらでまんなかづくしを申しませうなら、日本京都がまんなかで、あた
までぎり〳〵まんなかで、お顔では鼻がまんなかで、目では仏がまんなかで、せごたで
はおほぼねまんなかで、はらでおへそがまんなかで、へそから下はこんどにせうぞ。マ
ダ……

これは言うまでもなく、かつては祭文《さいもん》とも万歳《まんざい》とも呼ばれた祝福芸の系に属するものである。決まり文句の羅列《られつ》と言ってしまえばそれまでだが、定型性と即興《そっきょう》性が絡みあって滑稽味《こっけいみ》を生んでいる点、いわゆる文字文芸には求めるべくもない、口承芸能ならではの猥雑《わいざつ》さが光っている。日本文芸の中で、祝福歌の系譜は『万葉集』中の「乞食人《ほかひびと》が詠ふ歌二首」にまで遡ることができる。

いとこ　汝背《なせ》の君　居り居りて　物にい行くとは　韓《から》国の　虎とふ神を　生け捕りに
八つ捕り持ち来　その皮を　畳に刺し　八重畳　平群《へぐり》の山に　四月《うづき》と　五月《さつき》との間《ま》に
薬猟《がり》　仕ふる時に　あしひきの　この片山に　二つ立つ　櫟《いちひ》が本に　梓弓　八つ手挟み

ひめ鏑《かぶら》　八つ手挟み　鹿《しし》待つと　我が居る時に　小牡鹿《さを》の　来立ち嘆かく　たちまちに
我れは死ぬべし　大君《おほきみ》に　我れは仕へむ　我が角は　み笠のはやし　我が耳はみ墨の坩《つぼ》
我が目らは　真澄の鏡　我が爪は　み弓の弓弭《ゆはず》　我が毛らは　み筆《ふみて》はやし　我が皮は
み箱の皮に　我が肉《しし》は　み鱠《なます》はやし　我が肝も　み鱠はやし　我が眩《みげ》は　み塩のはやし
老いたる奴　我が身一つに　七重花咲く　八重花咲くと　申しはやさね　申しはやさね▼7

〔『完訳 日本の古典6 萬葉集 五』、小島憲之・木下正俊・佐竹昭広［校注・訳］、小学館、一九八六、三〇一頁〕

瀕死《ひんし》の鹿に身をなぞらえて、大君への奉仕を歌いあげた「乞食人」たちの作歌の例としては、「君が代は千代に八千代に……」のもとになった『古今集』中の「読みびとしらず」の賀歌《がのうた》では、もう少し様式化が進んでいるが、これも同じ系譜に属するものだと言えるだろう。それが中世から近世にかけての庶民仏教を経て、説話性の高い説経へと成長したものを吸収し、器楽《きがく》演奏や傀儡《くぐつ》芝居などの技巧をとりこんで江戸時代の民間信仰や風俗に深く根を下ろしたのが、大黒

7――「大君」のためならばと生贄《いけにえ》をかってでた一頭の鹿に自身をなぞらえて歌われたと思われるこの歌は、ひょっとして滑稽な身ぶりとともに歌われた可能性がある。おまけに、この歌は、ことばのアクロバット的屈折がみごとである。「はやす」の変幻自在ぶりを見ておこう。まず「映やす」（＝飾りたてる）の意味で用いられた「はやす」が、次には「切り刻む」の意味にずれ（「生やす」を「切る」の意味に用いるのは「切る」が忌詞《いみことば》であるからだ）、祝福の「栄《は》やす」（＝囃す）に転じたところで締めくくられる。

舞ほか一連の祝福芸であった。このように考えると、祝福芸の「大君」礼賛《らいさん》的な部分だけを踏襲し、明治政府の体面を保つべく泥縄式《どろなわしき》に選定された国歌「君が代」と比べても、大黒舞の方が、その卑屈さが板についているぶん、はるかに祝福芸の正統に則るものであったとみなすことができる。

もっとも、ハーンが「大黒舞」と「君が代」の同根性にまで思考を推し進めえたかどうかは疑問である。せいぜい、一方は文明開化とともにすたれていく文化に属し、もう一方は明治文化の根幹をなす王朝文化と鹿鳴館《ろくめいかん》精神との結婚の産物であると理解して、この二つを対照的に理解するくらいが関の山であったような気もする。しかし、だからといって、ハーンは前者に向かって劣性の烙印《らくいん》を捺《お》したわけではない。ハーンは、むしろ、そのような芸能であればあっただけ余計に、見過ごしてはならないと考える粘り強い思考の達人であった。しかも、官立学校の校庭に整列して「君が代」を斉唱《せいしょう》する習慣に慣れたものたちではなく、その機会に恵まれなかった被差別民のあいだに大黒舞がたいせつに保存されているという事実を、ハーンは何よりも特記すべきことがらだと判断したのである。

ハーンの松江時代は、ちょうど内村鑑三《うちむらかんぞう》の不敬《ふけい》事件が醜聞《しゅうぶん》を醸《かも》した時代と重なる。教育勅語《ちょくご》奉戴式《ほうたいしき》での敬礼を内村が拒否した時代に、教育勅語の前でだろうが、御真影《ごしんえい》の前でだろうが、躊躇《ちゅうちょ》なく最敬礼をおこなったハーンの個性は際立っている。しかし不敬事件の内村がかならずしも国家主義者でなかったとは言い切れないように、ハーンの「君が代」賛美をことさらに彼の政治的信条の表明としてとらえるのは短絡的である。ハーンは、いわゆる謙譲《けんじょう》の美徳というものに対して、めずらしく抵抗を感じない西洋人であったにすぎず、その気になりさえすれば、ハーンは「天子様」の前でなくても、みずからをおとしめて、ぺこぺこ頭を下げるぐらいのことは平気でできた人なのである。

3

ハーンは、ニューオーリンズ時代に、クレオール音楽の源流をさぐる暗中模索の中で、西アフリカの被差別芸能民グリオ（Griot）に強い関心を抱いたことがあった。[8] その計画はマルチニーク行きの後、頓挫《とんざ》してしまったが、大黒舞に対する執着を、その中断したグリオ研究の延長線上に位置づけてみるのもおもしろいかもしれない。

ぼくには心にあたためているちょっとしたプランがある。君の教養や知識に対するおまけとして、長めの序文と、適宜《てきぎ》効果的な注をほどこす手伝いをさせてほしい。たとえばの話だが、ぼくならば黒人の音楽的同族愛（patriotism）の話から始めたい。あのグリオたちの不思議な物語からだ。グリオといえば音楽を売って生きる典型的な存在だが、彼らは一方で名誉を与えられ、ペットのように扱われながら、他方では同族のあいだでもさげすまれ、葬礼《そうれい》を拒否されてもいる。そしてぼくは、黄色い砂漠を通って北はマグレブ地方まで放浪していくグリオたち（それは単独行の場合も多いのだが）のことを語りたい。その長い旅の道すがら彼らはアラブ人のキャンプの前でも演奏する。すると、黒人奴隷たちがやってきて涙を流すのだ。

〔一八八五年、クレビール宛て、XIII: 351〕

ハーンの時代にはまだまだ探検家や旅行家の証言の中に断片的な形で紹介されるに留まっていたアフリカの口承文化は、この百年間で、その全貌《ぜんぼう》とは言えなくても、その一部が明るみに出されてきた。この百年間は、この大陸のフォークロアそのものが絶滅の危機にさらされた百年間であったとも言えるが、民俗誌家の仕事はその罪滅ぼしの作業であった。今日では、グリオについても、われわれは多くのことを知りうるが、それはあくまで旧植民地解体後の新しい政治体制の中に生き残ったグリオたちを通してそれができるにすぎないのである。

ここで、グリオについて西江《にしえ》雅之《まさゆき》氏の説明を引いておく。

彼らはおもに王や権力者の庇護のもとで生活しているが、なかには町や村で自活しているものもいる。グリオは口承伝承者として、またコーラ（弦楽器の一種）などを演奏する音楽家として、王や権力者の栄光を讃えたり、有力な人々の系譜を述べたり、その社会の過去の出来事を語ったり、王の広報官の務めを果したりするが、そればかりではなく、特定の人物を賞賛したり、逆に中傷したりすることを金銭による依頼で引き受ける。彼らはグリオの家系同士で結婚し、その生活が他者への寄生によって成り立っていることから、社会一般からは異なった人々であるとして特別な感情、多くは恐れをもって見

8―― ニューオーリンズ時代にハーンは、ピエール・ロチの『アフリカ騎兵』*Le Roman d'un Spahi*（一八八一）の抄訳《しょうやく》を現地の『デモクラット』紙の文芸欄に掲載している。ハーンの来日の動機を考えるときに、マルチニーク滞在時に『お菊さん』*Madame Chrysanthème*（一八八七）が及ぼした日本の誘惑を無視できないのと同じように、音楽的な芸能者に対するハーンの持続的関心を考える時、『アフリカ騎兵』の魅力の余韻《よいん》を考えないわけにはいかない。私はこのことを平川祐弘《ひらかわすけひろ》氏から指摘をいただき、改訂にあたって、この注を新規に加えた。ロチからハーンを経て柳田國男《やなぎたくにお》まで、民俗誌と文学の境界線上を歩んだ三人を比較対照した平川氏の論考「祭りの踊り」（『オリエンタルな夢 小泉八雲と霊の世界』筑摩書房、一九九六、四三-四四頁）には、セネガルの祭りを描いた一節が渡辺一夫《わたなべかずお》訳（岩波文庫、一九五四）から引かれているが、ここではグリオについて書かれた一節を同じ渡辺訳から引いておく。いまから百年前のグリオのありようが見て取れる第二部第四章の導入部である――「スゥダン地方では、音楽はグリヨ（Griots）と呼ばれる特殊な階級の人たちに委ねられているが、彼らは父子相伝の彷徨楽人であり、英雄的な民謡の作曲家である。／太鼓踊り《バンブウラ》の時に銅鑼《タムタム》を叩き、祝宴の間に名門の人々の讃歌を唄うのは、このグリヨたちの役目になっている。／酋長が自分の光栄を称揚する歌を聞きたくなると、お抱えのグリヨたちを召し出す。彼らは酋長の前の砂地に坐って、即座に酋長を讃える長い幾聯かの御用詩歌を作り上げ、その甲高い声の伴奏として、非常に原始的な小さなギターを奏でるが、このギターの糸は、蛇の皮に張ってある。グリヨは最も哲学的な、また最も怠惰な連中である。〔…〕彼らは放浪生活を送って、明くる日のことを決して思い煩わない。村から村へと、彼らだけのこともあるし、或は豪い武将たちについて渡り歩くこともあるが、――あちらこちらで施物を受け、ヨーロッパに於けるジプシーのように、あらゆるところで賤民《パリヤ》扱いにされ、――フランスの娼婦たちのように、時々は黄金や恩寵を浴びるほど授かることもあるにしても、――一生涯、宗教的儀式からは除外されているし、死後は、墓地にも容れられないのである。」〔一一七-一一八頁〕

られ、かつ差別されることがふつうである。これは、同様な表現能力をもつ赤道以南の職業的口承伝承者が一般的に高い社会的地位を享受しているのと対照的である。またグリオは、被差別という特別な社会的地位に置かれていることにより、かえって社会的な束縛から自由であることができ、一般生活者には世間体上から許されないような内容の表現が可能であるという特権をもつことになる。

〔『アフリカを知る事典』平凡社〕

グリオの音楽は、かならずしも権力に媚《こ》びることだけが目的だったのではない。むしろ権力を誉《ほ》め讃えるだけでなく、悪い権力を呪い、蹴倒《けたお》すだけの力をも持つと考えられ、おそれられたのがグリオだった。だからこそ、権力者はいつでもグリオを手なずけておかなければならず、野放しにしておく余裕がなかった。グリオ音楽の基盤には、いわゆる「王権対道化」の弁証法《べんしょうほう》がはたらいていた。

おそらく同じことは、日本の諸芸能についても言えたはずである。日本の宮廷が大陸伝来の器楽や舞踊《ぶよう》を積極的に取り入れたのも、また戦国末期の武士階級が庶民芸能の保護や南蛮《なんばん》文化の移入に躍起《やっき》になったのも、権力に安定感をあたえるために音楽がいかに有効な道具たりうるかを計算したからである。近代的な国家もまた同じ目論見《もくろみ》を、「君が代」をはじめとする軍楽《ぐんがく》や文部省唱歌《しょうか》の整備と普及によってなしとげようとした。ただ文明開化を標語に掲げ、これをおこなおうとした明治の日本は、近世以来の芸能民の活動に対して、極端に冷ややかな態度を貫いた。大黒舞をはじめとする祝福芸が「君が代」に圧倒されるしかなかったのも、伝統音楽の中には元来アナーキーな雑音性が宿《やど》されており、それが近代化の足手まといになるという音楽観があまりにも支配的になりすぎたからである。ハーンの接触した松江の大黒舞にしても、五十年後には廃《すた》れる一途《いっと》をたどっていたという。[9]

もちろん、地球上にはいまもなおグリオの系譜《けいふ》は形を変えながら生きつづけている。「世界音楽」の名の下に旧植民地音楽の再編成《さいへんせい》が進行している現在、グリオの音楽的伝統を踏まえつつ、しかも従来の階級的卑屈《ひくつ》さを克服しようとする誇り高い音楽家たちが育ってきている。[10]大西洋をはさんだ対岸で長い奴隷制の時代に培《つちか》われた、権力に媚《こ》びることのない奴隷音楽の新様式は、新大陸から旧大陸へと送り返され、告発するグリオたちに道を開いた。ハーンは、新大陸におけるアフリカ音楽の開花の現場に、マルチニークで立ち会い、グリオに対する空想的な関心を一旦失ってしまった。しかし、今日の「世界音楽」は、国家単位の「同族愛」を越えた連帯を目指しながら、新大陸と旧大陸のあいだの境界をとりはらったのである。このような事態をハーンは予想だにしていなかったにちがいない。

ロマンチックな旅行者ハーンの場合、グリオの放浪をめぐる物語がそのまま計画倒れに終

9―― 前掲の『島根民俗』第一巻第五号の「歌謡特集」に掲載されている後藤蔵四郎《ごとうくらしろう》の「松江の大黒舞の一段」には、昭和十四年当時の松江には「之を特種部落の特技といはれることを嫌つて、謡ひ廻るものが無い」と書かれている。

10―― グリオについて、『ノイズ』四号（ミュージック・マガジン社）に、中村雄祐《なかむらゆうすけ》氏の論文が掲載されている。伝統的なグリオの系譜が今日のワールドミュージックによって、どう踏襲《とうしゅう》され克服されてきたかを筋立てて論じてある。

わったように、日本の被差別芸能民を主人公にした物語もまた、完成までには時間を要した。しかし、「耳なし芳一」こそは、ハーンのこの一連の関心の中から生まれた最初で最後の傑作《けっさく》だったのである。職業としては賤業《せんぎょう》としての地位に甘んじながら、その音楽的魔力によって、ひとびとの心を動かし、鬼神の目にまで涙を集めさせた芸能民のひとりとしての芳一。その芳一のイメージにたどりつくまでに、ハーンは合衆国時代から旧大陸の芸能民グリオに空想をはばたかせ、そして松江に来て、はじめて「音楽を売って生きる存在」(example of musical prostitution)の生々しい実像に触れた。音楽を売って生きようとするものが、太古以来、耐えなければならなかった苦痛の物語としての「耳なし芳一」。

しかし、ここはまだ「耳なし芳一」を論じる場ではない。

4

一八九二年の秋、西田に向かって大黒舞の収集を依頼したハーンの手元に、第一弾として「俊徳丸」の速記テクストが届いたのは、翌年の三月であった。ただ、日本語のままではそのテクストが自分の仕事の役に立つかどうか、見極めることのできなかったハーンは、次に、これを英語に下訳できる人間を誰か斡旋《あっせん》してもらいたいとチェンバレン宛てに依頼状を書く。

和文をセツ夫人に読ませ、「へるんさんことば」を用いて説明させた上で、それをハーンが英語に直すという晩年の再話《さいわ》技法は、傑作『怪談』*Kwaidan*(一九〇四)を生み出したが、この方法はまだまだ開発の途上にあった。たとえば熊本時代の「夏の日の夢」の一部をなす「浦島」の再話においてさえ、ハーンは既存の英訳を用いて、それを自己流に翻案《ほんあん》してみせたにすぎなかった。

いずれにしても大黒舞は『グリンプシズ』に含めるには時間のかかりすぎる素材であった。『グリンプシズ』につづく第二作を庶民仏教の研究に捧げるつもりで、はやくも構想段階に入っていたハーンは、「俊徳丸」や「小栗判官」といった説経系の語りを含む大黒舞は、かならず活《い》かしうる素材だと楽観的に考えていたのである。「俊徳丸」のテクストを入手したハーンは、小躍《こおど》りするような気分を手紙の中に表している。

大黒舞が無事に届きました。わたしはこれからこのテクストを翻訳してもらい、同時にローマ字書きにもしてもらうつもりです。そうすればいくらでもいじくりようがあるはずだからです。たとえば、この日本の韻文《いんぶん》を英語の韻律《いんりつ》に置き直すとか……

〔一八九三年三月七日付〕〔*Some New Letters and Writings of Lafcadio Hearn*, p. 87〕

そして、チェンバレンが斡旋した岡倉由三郎《おかくらよしさぶろう》による訳がハーンの手元に届くのは、同じ年の十二月はじめのことである。ずいぶん待ち遠しい数ヵ月であったろう。このあいだに、ハーンは『東の国から』*Out of the East*（一八九五）に収められるエッセイのいくつかに着手していた。「夏の日の夢」The Dream of a Summer Day〔初出は『ジャパン・メイル』一八九四年七月二十八日付け〕は、なかでも気に入りの出来だった。
ところが、である。岡倉訳の「小栗判官」と「八百屋お七」を一読した直後の一八九三年十二月三日付のチェンバレン宛て書簡の中で、ハーンはすっかり熱狂から冷めている。大黒舞を韻文とみなして、その韻律を英語の韻律に生かしたいと考えたかつての野望はすっかり打ち砕かれ、それがあまりにも幼稚な夢にすぎなかったことを思い知らされた落胆を、ハーンはこう書きあらわしている。

昨晩、大黒舞の翻訳と君の示唆《しさ》に富んだ手紙が来ました。翻訳のチェックの労《ろう》までとってもらい恐縮です。お忙しいのに、何とお礼を言えばいいやら。この翻訳は君の意見通り、ぼくの意にかなったすぐれたものだと思います。目が行き届いています。〔…〕ただ恥ずかしながら、この大黒舞を芸術的にうまく処理できるかどうかについては、君がいうほどの希望を持つわけにはいかないのです。フォークロアとして、これは価値のあるものだと思います。しかし文学の素材としてみるかぎり、わたしにはどうも空虚で死んだもののように思えます。もちろん全力を投入すればある程度の生気を（むりやりにでも）与えることは可能でしょう。しかしそれに要する労力を考えると、なかなか気が進みません。▼11

「大黒舞を芸術的に処理する」とは、たとえば三月の手紙にあった「日本の韻文を英語の韻律に置き直す」計画のことであったろう。しかし、この計画の困難さに加えて、大黒舞の内容そのものにもハーンは幻滅を感じたのだった。大黒舞の岡倉訳と共に送られたチェンバレンからの手紙の文面の中にも、ハーンは激励《げきれい》よりは、むしろ嘲笑《ちょうしょう》に近いものを感じとったにちがいない。

〔これなら〕きっと英語に直してもいいものができると思います。あなたならできると思うのです。われわれ英国人も日本人と同じく美を追求します。しかも彼らが視覚的な美を追求するのに対して、われわれは聴覚的なそれを追求するのです。精神的な力を全方向に開花させることがどだい無理だということをわたしはわかっているつもりですが、もしそれを考えなければ、形態や線描の驚くべき感覚を持っている日本人のような民族が、こと言語的なハーモニーに関してこんなにも粗末なレベルにしか達しないというのは驚きです。われわれならば不完全な韻律から始めても、頭韻を用い、センテンスのバランスを考え、拍子を整え、一音節ずつ目を配るのに、日本人はこうした音響的な悦《よろこ》びなど皆目《かいもく》わからないようです。彼らの韻文は、足をひきずるようで、音節を数えることは数えても、簡単に破格《はかく》を許し、民謡の中には俗悪で不快感をもたらす語彙《ごい》が用いられ、

11――一八九三年十二月三日付けのチェンバレン宛ての書簡は、十六巻本全集に収録されているが、削除箇所がいくつかあり、ここはバレット文庫所蔵のオリジナルをマイクロフィルムで確認して補った。

精神に不協和音を響かせても平気なのです。日英両語の芸術的な差は、両民族の形態や線描に対する感性の差に匹敵《ひってき》するほど大きい。絵画や装飾の面で、彼らは古典主義的で、純粋で、揺るぎない自信に満ち、われわれの方が無知で、野卑《やひ》で、少なくとも手探りのところがあるのですが、われわれの言語はどんなに微妙なタッチにも反応し、限りなくエーテルに近い陰翳《いんえい》をもたらす風鳴琴《アイオリアン・ハープ》のようなものへと洗練《せんれん》されてきました。ところが彼らのはまるでどたどた歩きの田舎者の言語なのです。

〔一八九三年十一月二十九日付 *Letters from Basil Hall Chamberlain*, compiled by Kazuo Koizumi, The Hokuseido Press, 1936, pp. 54-55〕

「どたどた歩きの田舎者の言語」とは、日本人の音響センスに対して、平生から否定的な評価しか下そうとしなかったいかにもチェンバレンらしい比喩《ひゆ》だが、こうした日本文化に対するチェンバレンの軽蔑的な口調《くちょう》の中に挑発のそぶりを感じても、ふだんのハーンならば、果敢に反論を挑んでいくのが常であった。ところが、このときのハーンの反応は精彩《せいさい》を欠いた。

ハーンは、「フォークロア」として、大黒舞を将来の日本論に生かす可能性についても匂わせているが、どこか「芸術的な処理」にこだわろうとする堅さが、ここには見られる。いわゆる「文盲」の民のあいだに受け継がれた口承文芸に属する素材を扱い、その中にこうした祝福芸の本質をさえ見て取りながら、テクストの書き取りから始め、逐語訳《ちくご》を経て、頑固なまでにテクストにこだわりつづけたハーンの計画には、根源的な矛盾が含まれていた。

『古事記』を読んで感じたのと同じことを、ここにも感じます。この国のひとびとが「神」ということばに感じているものが、われわれの「ゴッド」の後ろに隠れているものと異なることに注意を払えと、あなたはかつておっしゃいましたが、なるほどそうだと思います。たとえば、願《がん》をかけてその要求がみたされないと、その人間は平気で神々にくってかかるのです。このような宗教観は現代的な宗教観からしても衝撃でしょう。いかなる不可知論者《ふかちろん》にとってさえです。ですから、こうした物語をロマン主義的に処理する可能性も低い。餓鬼阿弥《がきあみ》の例もおそろしく粗末な感じがして、文学的な処理は困難です。〔…〕フォークロアとしての観点から、もう一度エッセイを書きたいと思いますが、これにも時間を要するでしょう。〔前掲、バレット文庫より〕

日本の「神々」が西洋の「ゴッド」でないことは、ハーンにとって障害であるよりも、むしろ希望に近い試金石《しきんせき》となるべきはずのものだ。ところが、そういったハーンのハーンたる所以《ゆえん》である柔軟なところが、この手紙にはまるで欠けている。地獄に落ちた小栗の変貌《へんぼう》した姿である「餓鬼阿弥」を評してハーンが用いた形容詞〈ghastly〉は、ハーンの愛した〈ghostly〉と起源を同じくするが、ここでのハーンはこの形容詞をもっぱら否定的な意味あいで用いているにすぎない。餓鬼阿弥の〈ghastly〉なところは、「ろくろ首」や「耳なし芳一」のそれと、さほど差はなかったはずなのにである。

5

一八九三年の夏、長崎旅行から戻ったハーンは、帰路に立ち寄った三角《みすみ》（現在の西港）の旅館「浦島屋」の屋号に触発されて、熊本時代最初の成果である「夏の日の夢」を一気に書き上げた。旅行記の体裁《ていさい》を踏まえながら、浦島太郎に自身を投影させ、イオニア海の小島レフカダに生まれてから、熊本に来るまでの四十三年間をふりかえったこのエッセイは、その主題と素材の重層性において、きわめて注目に値する作品である。

ハーンの「浦島」好きについては、春の日の縁側《えんがわ》で「春の日の霞《かす》めるときに……」と『万葉集』中の高橋虫麻呂《たかはしのむしまろ》の歌を高らかに歌うのを好んだというセツの回想（「思ひ出の記」『小泉八雲　回想と研究』平川祐弘 編、講談社学術文庫、一九九二、五八頁）や、「浦島太郎は百六ツ、武内宿禰《たけのうちのすくね》は三百歳、東方朔《とうぼうさく》は九千歳、稲垣一雄《いながきかずお》は万々歳」と、長男の一雄を抱いて子守唄《こもりうた》がわりに歌ったという稲垣老人（セツの養父の父）の姿（小泉一雄『父「八雲」を憶ふ』警醒社、一九三一、一二頁）など、微笑《ほほえ》ましい思い出がいくつも残っている。が、ハーンの浦島観を知るのに、「夏の日の夢」に勝るものはない。

「浦島」伝説の中世的形態に、日本の民間信仰を支えていた独自の宗教観をさぐりあてながら、ハーンはこんなふうに書いている。

　いったい浦島を哀《あわ》れがるのは正しいことだろうか？　もちろん彼は神々に惑《まど》わされた。しかし神々によって惑わされない者などいるだろうか？　生そのものが惑わしにさらされることなのではないのか？　浦島は途方にくれながら神々の御心《みこころ》を疑い、そして箱を開けてしまった。そして彼は苦《く》も無く息絶え、人びとは彼を浦島明神として祀《まつ》り、祠《ほこら》をこしらえた。それをそこまで哀れに思う必要などあるのか？

西洋ではそこがまるで違ってくる。西洋で神々に背《そむ》いたら、それでも生きながらえて、その最上級の悲しみの高さ、横幅、奥深さをとことん思い知らされる。私たちは都合よく死なせてなどもらえないのだ。ましてや死して小さな神々となるなどあろうことか。神々と相《あい》まみえた末に愚行を犯した浦島を哀れむことなどありえないのである。〔VI: 16-17〕

ここでは、日本の「神々」と西洋の「ゴッド」との違いにハーンはびくともしないどころか、そこにこそ論の中心を置こうとさえしている。そして、神との約束に背いた浦島太郎に対して、西洋人ならば同情の余地などないと考えるのが普通だとした上で、日本人が浦島太郎に対して抱く「憐憫《れんびん》」pity の中身について、次のような解釈を施《ほどこ》しているのである。

しかし、それでも浦島を哀れに思うとすれば、その事実がこの謎を解き明かすだろう。この哀れみは自己憐憫なのだ。であればこそこの伝説は無数の霊魂が共有する伝説たりうる。〔VI: 17〕

浦島伝説は、その起源を古代にまで遡《さかのぼ》る仏教伝来以前のアニミズム性が強い物語である。しかし、庶民仏教の浸透した中世期における浦島説話の変容は、歴史的人物の神格化の一例として、本地語りの形式に依拠しながら庶民のあいだに流布《るふ》していった。玉手箱《たまてばこ》を開封したために、四肢《しし》が萎《な》え、もぬけの殻《から》と化してしまった浦島の浦島明神としての復活と再生は、民衆の奇蹟《きせき》願望のあらわれだと考えれば何の不自然もない。

次は、『御伽草子《おとぎざうし》』の浦島太郎の後日譚《ごじつたん》に相当する箇所である。

情深《なさけ》き夫婦は、二世《にせ》の契《ちぎ》りと申すが、まことにありがたきことどもかな。浦島は鶴になり、蓬萊《ほうらい》の山にあひをなす。亀は、甲《こう》に三せきのいわゐをそなへ、万代《よろずよ》を経しとなり。さてこそめでたきためしにも、鶴亀をこそ申し候へ。ただ人には情《なさけ》あれ、情のある人は、行く末めでたきよし申し伝へたり。その後《のち》、浦島太郎は、丹後国《たんごのくに》に浦島の明神《みやうじん》とあらはれ、衆生済度《しゆじやうさいど》し給へり。亀も、同じ所に神とあらはれ、夫婦《ふうふ》の明神となり給ふ。めでたかりけるためしなり。

〔『完訳 日本の古典49 御伽草子集』、大島建彦〔校注・訳〕、小学館、一九八三、二一二頁〕

この「浦島太郎」のハッピーエンドと同じ構造は、じつは「小栗判官」の中にも生かされている。龍宮の掟《おきて》に背き、いったんは死を受け入れながら、衆生済度《しゆじょうさいど》のために蘇生《そせい》を許された浦島の遍歴《へんれき》は、いったんは地獄に落ちたものの閻魔《えんま》大王の特別な計らいでふたたび餓鬼阿弥《がきあみ》として地上世界に戻され、熊野《くまの》で元の偉丈夫《いじょうふ》に返った小栗の復活劇と共通の構造を持っている。また、この二人は、中世から近世にかけて発展した説経や能楽《のうがく》などの芸能の中で、ともに祝福芸にもってこいの素材となったという意味においても、瓜《うり》二つである。両者が、亀姫《かめひめ》や照手姫《てるてひめ》と共に一対をなし、それぞれ夫婦和合《わごう》の神たりえたことも、家内安全一家繁栄を望んだ庶民がこの二伝説をもてはやした大きな理由のひとつであった。

ところが、ハーンはこの二人の英雄の相似性《そうじせい》に気づくに至らなかったばかりか、餓鬼阿弥に対しては、愛着どころか嫌悪感に近いものを感じただけで終わったのである。

なぜか？「浦島」に関しては、これをみずからの孤独な遍歴に重ね合わせることで、まさしく「ロマン主義的な処理」をおこなうことに成功したハーンだが、「小栗判官」に対して、彼は手も足も出なかった。たとえば、小栗を聖人のひとりとみなし、西洋の「聖人伝」の形式を踏まえるなり、逆に、小栗を悪虐《あくぎゃく》の英雄と捉えて、バイロン風の悩めるロマンチック・ヒーローに仕立てあげるなり、方法はいくらでもあったはずである。ところが、「浦島」伝説の解釈の中で、浦島太郎への同化を果たしてしまったハーンは、小栗判官や俊徳丸《しゅんとくまる》のグロテスクな生涯に何か新しさを見出すには至らず、ひょっとしたら二番煎《せん》じとしてしかそれを理解できなかったのかもしれない。

あるいは、大黒舞として演じられたこの「小栗判官」には、ことば遊びがあまりに多く、しかもそれが祝福芸としてのこの作品の特徴と分かち難く結びついていたために、これをロマン主義風に処理することの無理を絶対的なものとして信じこんでしまった可能性もある。「小栗判官」には囃《はや》し部分以外にも、小栗と照手の恋文やりとりの謎かけ謎解きが、物語の「さわり」をなしている。「俗謡《ぞくよう》三篇」の「小栗判官」でも、ハーンはこの部分の処理に手こずり、中途半端な翻訳のまま投げ出している。西田の収集した囃し部分を、翻訳の対象から外しながら、「めでたいな、めでたいな」(Fortunate! Fortunate!) で締めくくることで、わずかでも大黒舞らしさを保とうとしたのは、それなりの苦心のあとであろう。

こうして、ハーンと大黒舞との出会いは、大きな実を結ばないまま、少なくとも表面的にはハーンの主要な関心の外に追いやられてしまったかのように見える。

6

しかし、ハーンという作家のおもしろさは、日本研究という形式の中では十分に生かしきれなかったものが、別の形式の中に転移された形で、ふたたび表現されることにある。たとえば、大黒舞の翻訳が難航《なんこう》し、めいるような気分を味わっていた一八九四年夏のチェンバレン宛て書簡に、大黒舞の翻訳に悩んでいた春ごろの夢を語った一節がある。

二、三ヵ月前に見た夢を話しましょう。私はたしか五度めだったと思いますが、『カルメン』を読んでから眠りました。まったく熱帯的な午後でした。私がレモン色の壁に囲まれたパティオに入ると、そこに人が群れて、音楽が聴こえてきました。その人ごみの中で人の見分けはつきません。ただたくさんの人が集まっているとだけ感じました。私の眼と魂はその中央で踊っているひとりのジプシーに向かっていました。じっとすましてたり、飛びまわったり、バランスをとったり、眼や身振りでひとを焦《じ》らしたりします。そしてカスタネットのカチカチいう音が私の血の中に染みこんできました。そこではっと目を覚ましたら、そのカスタネットの音は、午後の猛暑の中でやけに誇張された、小さな掛《かけ》時計の音にすぎないことがわかったのです。〔一八九四年七月二十一日付け、XVI: 230〕

日清戦争（一八九四年七月二十五日～一八九五年四月十七日）の開戦前夜、五高の夏期休暇を利用して、四年ぶりに横浜を訪れ、熊本での疲れを癒《いや》していたハーンは、毎日のように、チェンバレン宛てに日々の夢を書き送っている。文面からして、かなり神経過敏な日々を送っていたように思われるが、この不可思議な夢の音楽を、ジプシー音楽と重なり合った松江の大黒舞だと考えるのは強引だろうか。

この手紙は、次のように続いている。

毎朝、カラスの素敵に大きな笑い声が非常に私を面白がらせます。私は出雲《いずも》を発ってからこのかた、こんな笑い声を聞いたことがありませんでした。「俊徳丸」のうちでたったひとつやたら不気味な箇所は、主人公の死んだ母の幽霊が出る時刻が、「夜明け前の、カラスがはじめて外で鳴いて飛ぶ時刻」と表現されている点です。〔XVI: 230-231〕

この手紙から三ヵ月後、日本アジア協会に提出された「俗謡三篇」は、ハーンにとってかならずしも満足のいく内容ではなかった。この翻訳は、岡倉訳から大きく前進したという痕跡《こんせき》に乏しく、西田千太郎と岡倉由三郎〔→59頁〕の共作とは言えても、ハーンの名を冠して発表される資格などないに等しい作物であった。またこれに解題として付した文章も、『ジャパン・メイル』に送った通信文の切り貼り以上のものではなく、仮にこの「俗謡三篇」だけから、ハーンの大黒舞体験の質を量るとすれば、それはあまりにも無惨《むざん》なものであったと考えるしかない。

しかし、愛読書『カルメン』の読後に喚起《かんき》されたジプシー音楽の音楽性と融合した松江の大黒舞が、ハーンの意識下に少しずつ沈潜《ちんせん》していって、難航《なんこう》する大黒舞の英訳の埋め合わせをおこなったと考えるとすれば、ハーンにとっての大黒舞体験が、しだいに、意識と無意識の境界線上にわだかまる固定観念へと変質していったことがわかる。

7

日本研究の上では納得のいく成果を生まなかった大黒舞体験が、抑圧された後に転移《てんい》的に浮上した例として、もうひとつ、晩年の東京大学時代の講義録の中から、『文学の解釈』*Interpretations of Literature*（一九一七）の「英国バラッド」English Balladsと題する講義をみておこう。

ハーンは、日本の語り物と英国バラッドの類似を説いた日本の学生に向けたこの講義を、「諸君にとってバラッド文学を研究することは、それが比較研究の形をとり、最も簡潔《かんけつ》に整理されるとき、最も有益なものになるという事実、その事実をどうか心に留めてほしい。日本と西欧の比較的単純な物語詩の比較を私は言っているのだ」〔伊沢東一訳〕と論じてしめくくった。

かつて大黒舞の下訳《したやく》をアルバイトで引き受けた岡倉由三郎は、『英国バラッド』*Old English Ballads*（一九二八）というバラッド研究の古典的著作▼12を残したが、兄の天心《てんしん》とは異なり、比較文化論にまで立ち入ることなく、英文学者・英語教育家として生涯を終わったようである。しかし、ハーンの直接の弟子であった上田敏《うえだびん》や、さらにその後継者たちの中には、この講義の精神を汲んだものが生まれなかったわけではない。なかでも土居光知《どいこうち》の「神話・伝説の伝播《でんぱ》と流転」は、古バラッドの「うた人トーマス」Thomas the Rhymer から始めて、ケルトのオシーン伝説、さらに中国の神仙譚《しんせんたん》や牽牛織女《けんぎゅうしょくじょ》伝説を経て、日本の「浦島」までを一望にとらえた意欲的な論

12――『英国バラッド』*Old English Ballads* の序文を「大黒舞」と題した岡倉は、大黒舞の英訳に関わった若い日をふりかえりながら、こう語っている――「小泉先生Hearn氏と自分とは遂に唯《ただ》の一度も面接する機会がなかつた。強度の近視に怖い程突起したあの眼球、いかにも感受性の豊からしいあの痩せた頬と薄くまつ直ぐな鼻ばしらも、写真を媒《なかだち》に自分は見知つたのである。殆《ほとん》ど世棄人《よすてびと》の様な、俗界と没交渉な脱俗隠遁《いんとん》の日常を行ひすまして、感情と想念の別天地に安住してをられた氏の様子も、風のたよりに自分は耳にしたばかりである」。しかし、こうしたすれちがいに終わった二人だが、岡倉はハーンに多くのことを負っていると語っている――「自分が'ballad'と云《い》ふ詞に深い因縁を感じたのも、源を探れば、氏との斯《こ》うした関係があつたからとも観られる。英文学叢書の第二輯《しゅう》の冒頭に自分が敢て身の譾劣《せんれつ》をも構ひつけずに*Old English Ballads* の一巻を編み且《か》つ注釈するに至つたのも、ある意味では氏の賜《たまもの》とも考へられる。とにかく自分はballadsと云ふ事を主題として筆を運ぶこの機を捕へて、氏を偲《しの》び氏の亡き魂に満腔の謝罪をせずにはゐられないのである」〔序文に頁番号なし〕。

文であり、半世紀以上を経てハーンの教えが実を結んだ成果のひとつである。[13]

さて、問題の東京大学での講義だが、ハーンは、「元来バラッドは踊りの伴奏《ばんそう》歌謡であった」と、語源的説明から入り、しかも単なる抒情詩《じょじょうし》ではなく、「ロマンス」にも通じる説話性の強いものとして「バラッド」を定義しながら、次のように言っている。

あらゆる国の大叙事詩もすべてこうした起源から生成されてきたものと考えられる。原始種族は自分たちの伝習、自分たちの栄光、自分たちの悲しみなどの記憶を歌謡のうちに存続させ、しかも、そうした歌謡は公の場で一定の機会に、それも宗教的な踊りとか戦の踊りとか他の踊りを伴って歌われたのである。〔前掲一一七頁〕

ここでハーンは、叙事詩の起源として、ホメロスの時代よりも遥かに古い時代まで遡《さかのぼ》り、叙事詩の歌唱がまだまだ職能集団に委ねられる以前を想定している。ハーンは、あらゆる文学の起源をフォークロアの中に見出し、文字文芸よりも非文字文芸、要するに「文字所有者の文学」literatureよりも「文盲者の文学」[14] illiteratureの中に民族の根源的精神を読みとるロマン主義的な文芸観の継承者であった。『古事記』の中に日本語と日本文化の真髄《しんずい》を見たチェンバレンを越えるためにも、『古事記』以前にまで遡ってみる必要があると感じたハーンの文芸観が、ここにはっきりとあらわれている。それは叙事詩以前の、物語歌謡が共同体的連帯の中心であった時代から文学を語り起こそうという文芸観であり、ハーンは、まずそういった祝祭的情景の中から詩が生まれ、その次に少しずつ芸能集団の職能化が始まったのだというふうに順序だてて考えようとしている。

だれも彼も等しく歌えたわけではなく、日本の「音頭取り」と呼ばれる者と同様、名の知れた歌い手や職業歌手がいたものと思う。これら歌い手が難しい歌唱部を受け持ち、唄いなじまれている歌唱部には一般の人々も加わったものと思われる。職業歌手の歌唱部と群衆による短い簡単な歌唱部との問に画然たる区分が生じたのは、もっと後になってからのことであったようだ。〔同前〕

ハーンが見た松江の大黒舞の形式は、この芸術進化論の立場からすれば、この第二段階の形式を典型的にあらわしたものだと考えることができる。要するに、ここは「語り」と「囃し」の分業について語っているのである。

次に、ハーンはバラッドの大きな特徴として「言語的簡明《かんめい》さ」を取り上げている。

13――『土居光知著作集』第三巻（岩波書店）所収の「神話・伝説の伝播と流転」。

14――『バラッドの世界』（英語教育協議会、一九七九）のなかで、平野《ひらの》敬一《けいいち》氏は、口承文学をあらわす用語として「非文学」という概念を提出し、バラッド研究家フリードマンの用語‘illiterature’に対応させているが、ここでは「文盲」（illiterate）の含意をくんで、「文盲者の文学」と補足的に訳しておいた。

完成されたバラッドというものは、万民がいかに無学であろうとも、それが理解できるようにつねに簡明でなければならないし、その情感は、大人の想像力に対してはもとより、子供の心にも訴えるような性質のものでなくてはならない。複雑で微妙な内容へ近づくごとに、それはバラッドの本性から離反したものになる。それゆえ、十九世紀の抒情詩の佳品といえる多くは、形式こそバラッドではあるが、その精神はバラッドではない。それらはかなり教養ある人々の知性と美学的嗜好に訴えるにすぎない。〔二一七−二一八頁〕

ワーズワースとコールリッジの『抒情バラッド集』*Lyrical Ballads*（一七九八）に始まる英国ロマン派におけるバラッド形式の流行は、ウォルター・スコットやキーツやロセッティやスウィンバーンなど、ハーンが愛した詩人たちの詩に発展的に継承された。「無学な大衆の芸術」の擁護者《ようご》でありながら、同時に「教養ある人々の知性と美的嗜好《しこう》」の持ち主でもありつづけたハーンは、この内部対立に対して、晩年になればなるほど自覚的であったと思われる。しかも、この講義は、しだいに後者から前者へと関心が傾いていき、結果的にロマン派詩人の試みた「バラッド」形式の文学的処理は邪道《じゃどう》である、という最終的な理解へと到達したハーンみずからの文学趣味の変化をあらわしたもののようにも思える。晩年に至れば至るほど、耽美《たんび》的な文学から簡素な文学へと、関心を移行させていったハーンを考えると、そう考えずにはおれないのである。

ハーンが挙げたバラッドの第三の特徴は「口語体もしくは方言《ほうげん》の使用」である。

教育の普及と人間精神を先鋭化してきた幾多の社会変革に伴って、一文芸としてのはバラッドを書くことも当然すたれてきた。しかし、だからといって、この文芸自体が低俗だということにはならない。まったくその逆である。それはバラッドを特徴づけているあの純粋な自然感情と素朴な言い回しへの可能性が教育と知識の影響を受けて破壊されてしまうことを意味しているにすぎない。百姓を教育してみたまえ、詩心を彼からすっかり殺ぐことになる。仮に彼を最高の水準まで教育することができたとすれば、むろん彼は別の新しい詩的感情を得るであろうが、文明化の要請といっても、彼にはごく初歩の教育種目しか学ぶゆとりはなく、しかも、これだけでも、彼が以前には生活の中に見出していた喜びの多くを破壊させるに充分となる。古代には、森や小川は彼にとって見えざる存在物で満ちあふれていた。守護神やデーモンが彼の傍らを歩き、森には妖精たちが、山野には鬼神たちが、沼地には跳梁する精霊たちがいた。また、死者たちは折につけ彼のもとに戻り、お告げ伝えたり過ちを叱責した。しかも、彼の踏みしめる地面や野に茂る植物、頭上の雲、天空の星彩といったものはすべては神秘と霊妙さとに満ちていたのだ。彼を教育してみたまえ。彼は相当の唯物論者になる。なぜなら彼の神々は消え失せ、妖精や亡霊たちは存在をすることをやめ〔…〕産業主義は彼を駆り立てて、機会さえあればいつでも大都市に赴かせ、自然を棄て去るよう促す。こうして、以前には素朴な詩歌を誘発させた万物からしだいに遠のくことになる。学校では、自分の感情や考えを形式的な言語で表現することを学ぶ。父祖たちのように話そうものなら、田舎者と嘲笑される。だが、その父祖たちは、知識などほとんどないのに、最も偉大な現代詩人でさえ及びもつかない詩歌を苦もなく書くことができたのだ。

〔一一八‐一一九頁〕

教育の功と罪を公平に見定めようという文明批評家としてのハーンの見識と力量がいかんなく発揮され、みごとと言うしかない熱弁である。本来は「自然な感情と素朴な表現能力」を存分にそなえて育ったはずの日本の青年たちが、その潜在能力を省《かえり》みず、時流に流されて近代的な教育を受け、その上に英語能力をまで身につけて、しゃにむに英文学史を学ぶ姿に心を打たれながらも、日本の将来を憂《うれ》えないではおれなかったハーンは、教師としてのみずからの立場に対する反省を怠らなかったという意味でも、傑出した英語教師であった。このような晩年のハーンの教育観が形成される上で、彼のフォークロリストとしての長きにわたる研鑽《けんさん》がいかに大きな知見を可能にしたかを考えれば、ハーンの人生における日本体験の大きさがおのずとわかってくるはずである。

松江を去って以来、ハーンが大黒舞の祝福芸としての側面――「大黒」的側面――に対する関心を失い、ひたすらこれを文芸の一部としか理解しようとしなかったことは、いまとなっては惜《お》しむべきことがらである。しかも、これを文芸の一部とみなしたときでさえ、他にも方法はあったはずなのに、柄《がら》にもなく文献学者的処理にこだわったため、計画を途中で投げ出す結果を生んでしまった。しかし、十四年間の日本研究歴の中で、大黒舞体験はけっして不毛なままに終わったわけではないことを、この一日の講義ははっきりと証明している。

『古事記』と大黒舞とは、それぞれ太古の非文字文化を継承した日本文芸の一部である点では共通する。ところが、この二つは古代から近代に至る過程の中で、対照的な運命をたどった。稗田阿礼《ひえだのあれ》と太安万侶《おほのやすまろ》の合作として文字化された『古事記』は、その後、『日本書紀』の陰に隠れ、書物として封印されたまま来たのが、江戸中期になって、ようやく本居宣長《もとをりのりなが》によって日の目を見、以降、万世一系の天皇制を支える国家創設神話としてバイブル並みの扱いを受けるに至った。一方、大黒舞は、祝福芸として古代から近世に至るまでもっぱら口碑《こうひ》に歌いつがれ、偶然のように書きとめられることがなかったわけではないにせよ、時代の権力者に媚《こ》びへつらい、中世・近世以降は希代《きだい》の逆賊平将門《たひらのまさかど》の末裔《まつえい》とさえ囁《ささや》かれた[15]被差別職能集団のあいだに伝わっていった伝統芸能のひとつである。チェンバレン〔→59〜62頁〕はあくまでも『古事記』研究の第一人者として日本研究の王道を歩んだが、ハーンは大黒舞を日本文芸の豊かな遺産のひとつとみなすことによってはじめて、チェンバレンの向こうを張る日本研究者たりえた。それは遠まわりな道のりではあったが、チェンバレンの偏《かたよ》りを補う大きな使命を負った歩みであった。

15—— 被差別部落起源説のひとつとして、ハーンは「逆賊平将門の後裔説」を一例として挙げている。どうやら「頼朝の廃嫡子起源説」と「朝鮮人捕虜説」を紹介した『日本事物誌』*Things Japanese* (Sixth Edition Revised, 1939) の記載（p. 166）の補足を狙ったものであるらしい。

ゴム靴・トマト・南京虫

「かりにニューオーリンズに、他の町と異なる狂気めいたものがあるとすれば、それはひとりごとをいう癖《くせ》だ」The City of Dreams——合衆国時代のハーンの文章は、じつにセンセーショナルに始まる。シンシナーティの貧民街に潜入し、ニューオーリンズのクレオール居留区へと言語調査にのりこんでいったハーンは、あるときは民生委員のようであり、また、あるときはスパイのようでもある。

「夢の都」The City of Dreamsは、ニューオーリンズ時代のいかにもハーンらしい潜入レポートのひとつである。

南北戦争（一八六一－一八六五）のあと、北部人の侵入とともに、いっそう人

ラフカディオ・ハーンの挿絵「狼犬たち」、
『アイテム』紙に掲載されたもの。以下同様。
図版出典
L. Hearn, *Creole Sketches*, New York, 1925.
E. L. Tinker, *Lafcadio Hearn's American Days*, London, 1925.

種の坩堝《るつぼ》と化していたこの都市の言語生活に対する広い関心は、ハーンをして「ひとりごとをいう癖」をめぐる不思議な都市論を書かしめた。

「連中はいったい何を喋《しゃべ》っているのか。／それをつきとめることは容易ではない。舗道を歩く元気な足音ひとつ、葉影のゆらめきひとつでも、考えごとを中断させるには十分であるらしく、彼らは夢から醒《さ》めたひとのように周囲を見渡し、立ち聞きでもされてはいなかったかと、おどおどしたような疑いの眼で通り行く人を睨《にら》むのだ。そして、そそくさとその場から消えてしまう。こういう連中の性格を究明するには、それこそゴム靴を履くでもするしかない」〔I-114〕。

もっとも、潜入者としての下心を抱かずに、通りをさまよう単に無邪気な通行人と化してしまいさえすれば、「ひとりごと」はあんがいつるっと耳の中にすべりこむものだ。

「ただの通りすがりでも、時には妙に意味ありげな、また時にはまったく無意味に聞こえることばを小耳に挟《はさ》むことくらいはある。なんでも、何十億だの何兆だのというとてつもない単位だった。〔…〕伝染病が蔓延《まんえん》しはじめる前は、空虚を相手にした会話の中身は、おおかた金銭問題だった」〔I-114-115〕。

そして、熱病が通り過ぎたあと、こんどはもっぱら死者が話題にのぼるようになったのだという。

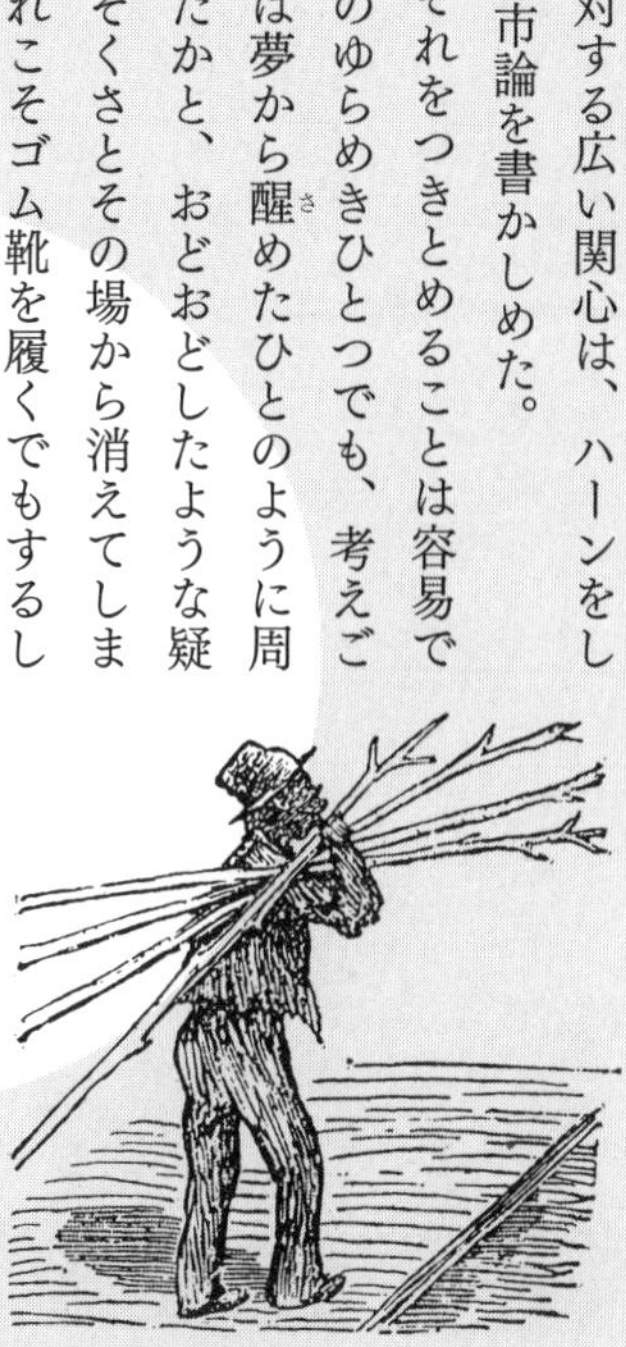

「物干し売り」

「炭屋の歌」

そして、この夢を語ったようなエッセイを、ハーンはこのようにしめくくっている――「こんなことを見たり聞いたりしていると、この町の住人が不可解なことを口にしたり、じぶんの心との会話を聞こえよがしに声に出したりしてしまうことが、ぜんぜん不思議でも何でもなくなってきた。その証拠に、われわれだって、たくさんの人影に囲まれて夢を見るのだし、自分の心に話しかけ、答えのないことばの谺《こだま》に思わず目を醒ましたりするくらいは日常茶飯事なのである」〔1-117〕。

「つぶやき」なんて、言語生活の中で、さほど重視されるべきものではないと思われがちだ。じっさい、そんなものはわたしたちの社会生活を少しも豊かにはしない（言語は本来社会的なものであるはずなのである）。しかし、わたしたちは、声になるかならないかのような「ひとりごと」によって、日々、心を慰められている。夢もまたそうであるようにである。それは、われわれの喉《のど》の奥と耳の奥を通じあわせるそのあたりを核に、目に見えない無数の聞き手を招来する。

ハーンが愛した合衆国文学の先駆者E・A・ポーの「ウィリアム・ウィルソン」William Wilson（一八三九）は、主人公につきまとう「ささやき」を描いた傑作だが、それとこれとは、似てはいるが、まったくの別物である。「ささやき」にとりつかれた人間は、目に見えないその相手を恐怖するが、「つぶ

「法の番人」

「巡回中のおまわりが怠慢！」

やく」ひとにとって、耳の奥の「他者」は、仮に愚痴っぽいつぶやきの主にとってさえ、心を許しあった友人に他ならないからだ。

　ニューオーリンズ時代からマルチニーク時代にかけてのハーンには、言語収集家あるいは民俗誌家として、後世に名を残す業績が数多く見られる。『ゴンボ・ゼーブ』*Gombo Zhèbes*（一八八五）と呼ばれるフレンチ・クレオールのことわざ辞典を頂点として、彼は新聞紙上でも、クレオール人特有のブロークン・イングリッシュを用いたコントなど、ユーモラスな記事を数多く残しており、ちょっとした事件にからめて、市井《しせい》の人々を「インフォーマント」に用いた言語採集にも、独特のセンスを発揮している。植民地化、近代化とともに、消えゆく運命にあった世界各地の少数言語の発掘という分野においては、まだまだ宣教師たちに負うところの大きかった十九世紀に、ハーンは、旧世紀の遺物をとどめるこの町のマイナー言語にいくらかでも脚光を当てるべく、自分もいくらか貢献しうるという自信を感じ始めていた。ただ、所詮《しょせん》在野の「博言学者《リングイスト》」であったからこそ、彼には言語採集の可能性と、さらには限界が、よりはっきりと見えていたという一面もあるのである。

　ニューヨークのスラムで、スラングの潜入調査をおこなったウィリアム・ラボフは、次のようなことを言っていたと思う――インフォーマントを相手にした対面調査からはどうしてもつかみとれないタイプの言語活動がある。

「白く塗られた墓」

「死者たちは怒っている」

人間が最もうちとけたときの言語がそれだ。その際、分析者は非体系的な、意表をついた方法で、相手の警戒心を解除せねばならない。そのひとつは、うちわの会合に集まったひとびとの会話をこっそり録音するという方法であり、逆に対面調査にこだわるとしても、何かよりすぐった特別の質問形式を用いることだ――あなたがこれまで最もおそろしい死ぬほどの恐怖を味わったときのことを話してくれませんか？　しかし、それでさえ万全というには程遠いのである。

　われわれの言語生活のなかで最も深部に位置する、こまやかでもろい言語活動を観察するには、文明の利器テープ・レコーダーでさえ不足なのだということに、われわれは今ようやく思い至ろうとしている。ハーンのいうゴム靴のかわりに、隠しマイクか、さもなければより神秘的な方法を開発していくほかない。これが、ハーンから百年後の社会言語学が到達した現地点なのだ。

素人音楽家　ラフカディオ・ハーン作

だれだってじぶんじゃ音楽家のつもり
さあさあ不協和音を高く鳴らせ
咽喉も裂けんばかりに声を出せ

「贋医者」

「夢に見たバレエ」

猫弦※が反抗の暴動に出るくらい
〔…〕
叫べ、未開拓の天才よ
きしれ、ひずめ、振動する弦よ
騒音好きの女だってひとりくらいはいるだろう
羽根をもがれたかわいそうな天使

でも天使をひとり泣かせたくらいで
ゆめにも思ってはならぬ
おまえの雑音が音楽だなんて
あとのみんなは大声でおまえを呪ってる

〔※かつては猫や仔羊の腸が弦に用いられた〕

〔Amateur Musician, Tinker ——初出は『アイテム』(*Item*) 一八八〇年六月二〇日、第一面、Edward Larocque Tinker, *Lafcadio Hearn's American Days*, Dodd, Mead and Co., 1924. より〕

朝、寝床の中で意識を取り戻しはじめた瞬間から、ハーンの耳はもう活動しはじめている。ニューオーリンズの町はめずらしい物売りで一杯だ。うちわ売りの‘Cheap fans’が、ハーンの耳には‘Japans’に聞こえ、‘Chapped hands’(あかぎれが切れた手)に聞こえ、トマト売りの声が‘Tom-ate-toes’(トムがつま先

「ばけものたち」

を食った）に聞こえ、ぎょっとしたり、くすっと笑ってみたり〔I-207-208〕。

平川祐弘氏は『小泉八雲　西洋脱出の夢』〔新潮社、一九八〇〕を、この「夜明けの声」Voices of Dawnのエピソードから始めているが、松江での朝を印象的に描いた「神々の国の首都」The Chief City of the Province of the Gods〔→39頁〕にハーンの力量を感じ取ったことがあれば、ニューオーリンズ時代のハーンが、そのまま松江のハーンへとつながっていたと、だれであれ、胸を打たれずにはおれないだろう。

そして同書のなかで、「俗信への興味」が深まっていったニューオーリンズ時代をふり返りながら平川氏が引いているのは「蟹《かに》はどうして生茹《なまゆ》でにするのか」（Why Crabes Are Boiled Alive）という新聞記事で、そこにはパトワ（そこではクレオール化した英語だが）が前景化されていて、「（蟹には）頭がない」dey have not of headばかりか「あんたとおんなしに脳味噌がない」dat dey be same like you — dey not have of brainといった文例が挙げられている〔I-135〕。

これはハーンがニューオーリンズに仕事場を移して間もない時期の記事だが、後にフレンチ・パトワのことわざを集めた『ゴンボ・ゼーブ』*Gombo Zhèbes*（一八八五）を編《あ》むなかで、マルチニークのことわざに蟹をネタにした次のようなものがあることを知ったハーンが表情に浮かべたに違いない笑みを思うと、こちらまで口元が弛《ゆる》む。

「知恵の商人」

「ウルトラ・キャナル通りにて」

セ・ボン・ケ・クラーブ・キ・ラコーズ・リ・パ・チニ・テート（C'est bon khé crâbe qui lacause li pa tini tête—p. 14）――直訳すると「カニは心がやさしいから、それが理由で頭がない」ということになる。つまり心だけで出来上がっているから頭がないのだというわけだが、「頭」があるばかりに「心」が歪められてしまっている人間に絶望したことのない者の脳裡にこうした金言は思い浮かばないだろうし、この金言を耳にして、我が意を得たりとうなずく者もないだろう。

そして、そんな気儘《きまま》な語呂あわせから始まったハーンの一日は、夢遊病者の中に混じって、街頭での言語収集に励んだあと、メキシコ帰りの男の土産話に耳を傾けたところでいきなり終わる。

「メキシコの貨幣」Mexican Coins に登場する十年ぶりに町に戻ってきた男は、見違えるほど日焼けしている。皆は、もう死んだものと思いこんでいたのだが、メキシコを転々としながら、大金を鞄につめて帰ってきたのだ。

「あすこは、まるで時間というものが、二、三百年もじっと止まっているみたいだ。印刷術なんかまるで十六世紀のもので、工芸技術も中世よりも古臭い。農業ときたら、ノアの洪水以前だぜ」（I-142-143）。ところが、さてメキシコが誇れるものはという話題になって、いきなり男が肩にかけていた毛織りの肩掛け《セラーペ》を下ろそうとしたとたん、聞いていた「わたしたち」は一瞬のうち

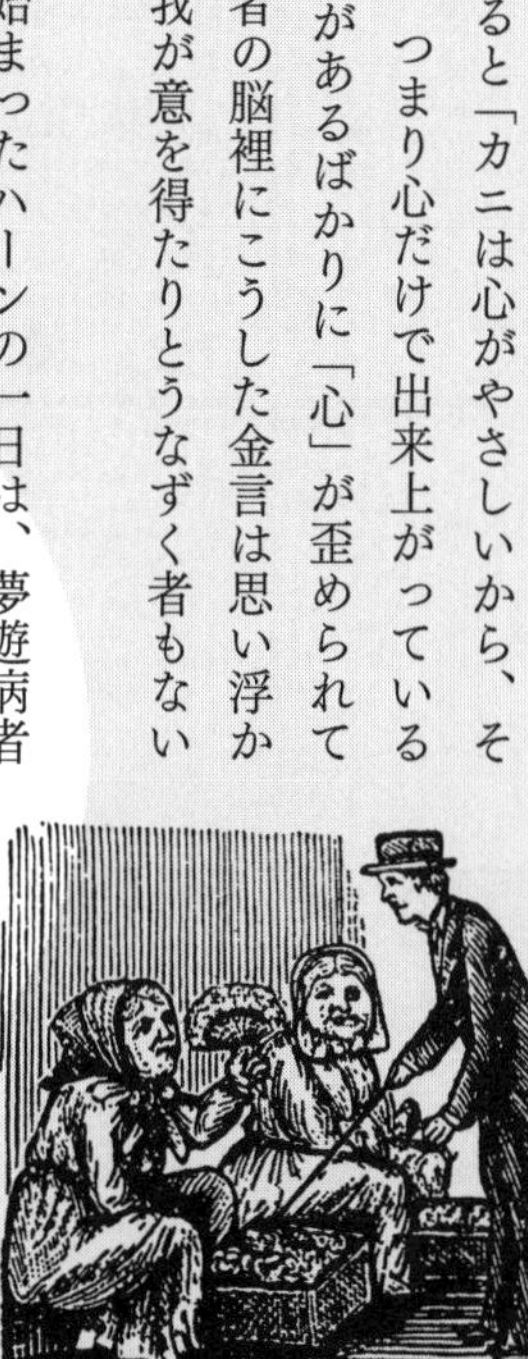

無題

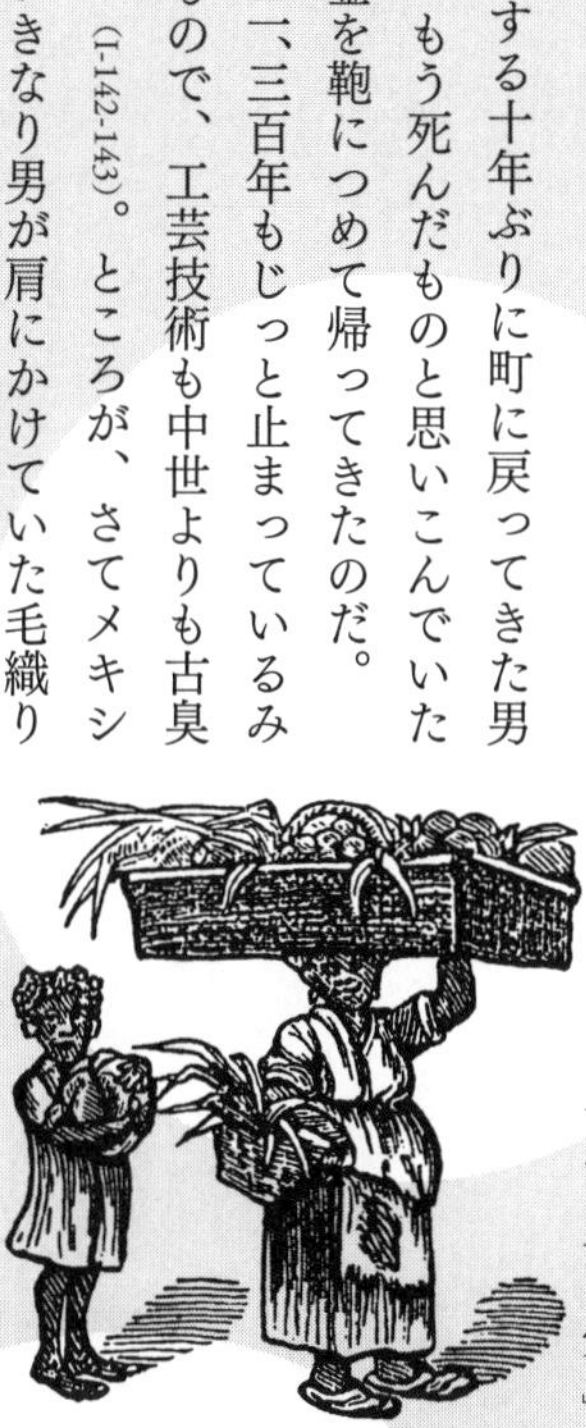

「とても早い目覚め」

に姿をくらましてしまう。南京虫につきあわされるとでも思ったのか、メキシコ帰りの男の前には、もう人の影も形もない（I-144）。耳とは何と辛抱のない、きまぐれなものだろうか。こんなお茶目で貪欲でしたたかな耳が、ハーンの充実した日本体験を可能にした。

TY ITE

UNE 26. 1880.

THE AMATEUR MUSICIAN.

"Every man his own musician!"
Let the notes discordant swell;
Strain your throat with vocal efforts,
Make the cat-gut strings rebel.

With shapes angular and horrent,
Let your pictured notes arise,
As when bombs are madly bursting
In their circuit through the skies.

Shriek! O, genius undeveloped!
Screech and crack, oh trembling strings!
Haply she may like the racket—
That poor angel without wings:—

But, oh do not once imagine,
When you make that angel weep,
That your dismal noise is music:
Others curse you loud and deep;—

Curse you as a fiend from torment,
Come their tender nerves to shock;
Curse you as the evil genius
Of the babies in the block.

82－83頁の「素人音楽家」（Amateur Musician）が掲載された『アイテム』（*Item*）一八八〇年六月二〇日、第一面

「海の息子たち」

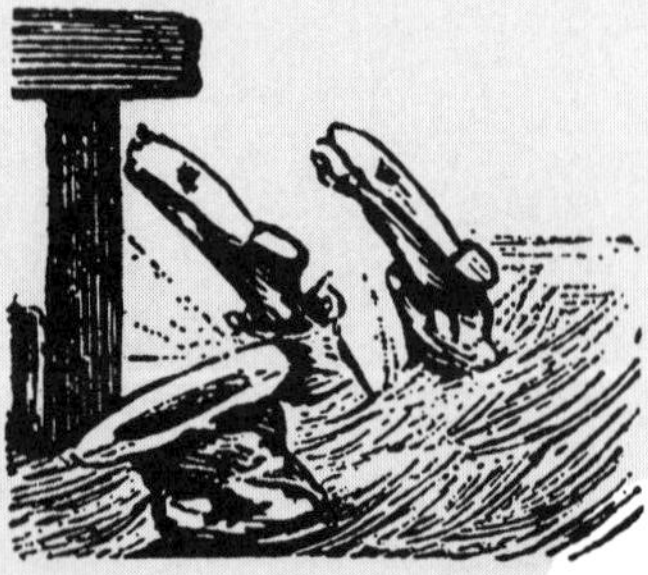

「運命的な飛び込み」

ざわめく本妙寺

1

ハーンの熊本時代は、一般に、あまり実りの多いものであったとは考えられていない。松江時代に比べると親しい友人にも恵まれず、周辺の土地に対して不案内なまま、自宅にこもりきりで著作と手紙の交換にあけくれた内省的な三年間が、ハーンの熊本での生活であった。膨大な書簡の中にも、熊本には見るべきものが少なく、町並みそのものも醜く、松江とは雲泥の差だというような否定的な評価ばかりが目立つ。

もっとも、その理由のひとつははっきりしている。熊本は、第一印象からしてハーンの眼には伝統的な日本のイメージから遠い「兵舎《へいしゃ》の町」と映った。西南戦争（一八七七）の爪痕《つめあと》の残る焦土《しょうど》に、巨大な軍隊が駐屯《ちゅうとん》する陰鬱な都市としての熊本。西南戦争で焼け落ちた熊本城址に駐屯した第六師団はむろんのこと、かつて熊本城の創設者であった加藤清正《かとうきよまさ》が、後に大陸進出のシンボルとして神功皇后《じんぐうこうごう》と並び称せられる神話的人物と化したせいもあって、明治二十年代にはこの町の代表的な神社仏閣には、富国強兵政策と国家神道とがすでに暗い影を落としつつあった。古く平将門《たいらのまさかど》鎮魂のために勧請《かんじょう》されたという藤崎八旛宮《ふじさきはちまんぐう》の秋季大祭の馬追《うまおい》行列の掛け声が、すでに「朝鮮ボシタリ、エエコロボシタリ」に染まりつつあったというのも、▼16 日清戦争（一八九四－一八九五）前後の熊本の世相をみごとに映し出している。「神々の国」出雲に対して抱いた好印象を、同じように熊本に対して求めようとしてもそれはなかなかむずかしいことであったろう。

第五高等中学校教師最後の夏休みに横浜を旅行中、ハーンは旅先で日清戦争開戦の報を聞き、急遽《きゅうきょ》熊本に戻ったほどである。そして戦時下の熊本では、寺院はもとより、民家までが兵士を収容するために調達され、ありとあらゆる神仏に向かって戦勝祈願がたけなわであった。

しかし、松江時代の一年余りのうちに、おごそかな杵築《きつき》参拝と大黒舞見物が同居していたように、「大陸進出の前哨《ぜんしょう》基地」であった熊本におけるハーンの三年間を、何もかも一様であったと考えなければならない道理はない。五高での授業のあいまに石仏（鼻かけ地蔵）をめあてに出かけた小峯墓地への散策であれ、手取本町から西堀端への転居のさい荒神様を鎮《しず》めるために祈禱師《きとうし》を呼んだエピソードであれ、夏の宇土半島で雨乞い太鼓を耳にした白昼夢であれ、それらは日本の庶民信仰の一端に触れる充実した体験であった。それらは、熊本が国家的な使命を授かることによって負わされた歴史的運命とは異なった位相《いそう》に横たわる、歴史を超えた民衆の風俗との交感であった。そして、加藤清正を郷土の英雄として戴《いただ》く熊本のシンボルとも言える日蓮宗本妙寺《ほんみょうじ》での経験も、そういったハーンと熊本との謎めいた交流のひとつであった。

ハーンは、熊本に到着してから間もなく『ジャパン・メイル』あてに、本妙寺《ほんみょうじ》見物の印象記を書き送っている。

> 参道の終点に到るずっと手前から、けだるい轟《とどろ》くような持続音が聴こえてくる。まるで潮騒《しおざい》のような音だ。何かと言えば、南無妙法蓮華経《なむみょうほうれんげきょう》のお題目を唱える声なのである。信心深い彼らは、日本一円からやってきた巡礼者であり、拝所の前では何千本というローソクが次から次へとともされ、大きな真鍮《しんちゅう》の香炉《こうろ》からは線香の煙がもくもくと立ち昇っている。その光景は異様だ。耳を聾《ろう》するばかりのお題目の声、人いきれ、守り札を売る声、喜捨《きしゃ》を乞うための特訓を受けたのだとおぼしい子どもの群れ、大地に額《ぬか》ずく信心深

16―― 一八九二年十月四日の西田千太郎宛て書簡には、藤崎八幡宮手記例大祭の報告があり〔一八九二年十月四日付け、『教育者ラフカディオ・ハーンの世界』*The World of Lafcadio Hearn as a Teacher* 島根大学附属図書館小泉八雲出版編集委員会・島根大学ラフカディオ・ハーン研究会共編、ワンライン、二〇〇六、書簡原文二〇六－七頁〕、さらに続く書簡の中では「当地の最近の八幡祭の時には、人々の叫びが「ちょーさや」(Chōsaya!) によく似て聞こえました。私がその理由を尋ねましたら、その叫び声は「朝鮮へ！」(Chōsen-hue) ――神功皇后を思い起こすもの――が崩れた形だと教えられました。もしもこれが本当なら、興味深いですね」ともある〔書簡原文二一〇頁、日本語訳三〇六頁〕。また、翌一八九三年九月二十三日付チェンバレン宛て書簡に、「それは気違いじみた八幡様の大祭で、おかしな飾りをつけた馬を街中ひきまわし、「ボシタリ！　朝鮮ボシタリ！」(Boshitari! Chosen Boshitari!) と叫ぶのです。これは朝鮮出兵前に加藤清正が八幡様に唱えて以来の記念すべき掛け声だとのこと」とある〔XVI-36-37〕。

い巡礼者たち、好奇心は旺盛なくせに、所詮《しょせん》、参詣《さんけい》の意志を伴わない物見遊山《ものみゆさん》でしかなく、ローソク売りの声など胡散《うさん》臭いといったそぶりの兵士たち、もうもうと立ちこめる線香の煙、こうした光景や騒音がひとつになって、じつに異様だ。わたしの知るかぎりでは浅草《あさくさ》がこれにいちばん近いかもしれない。
〔*Japan Weekly Mail*, December 16, 1891〕

2

じつは、この文章と対照してみたい文章がある。ハーンが来る一年半前の一八九〇年はじめに熊本を訪れ、後半生をハンセン病患者の保護と治療に捧げた英国人女性ハンナ・リデルの回想である。▼17

私が初めて此の寺に参りましたのは、唯今より十年ほど前の春でございました。其の日は会式《えしき》に当りまして、時しも空天《そら》は誠に麗《うら》らかに晴れ亙り、道路の両側には三四町も続いて桜の花が今を盛りと咲いて居る。其の青き空、其の麗しき花の下には何物があるかと見ますれば、それは此上もない悲惨の光景《ありさま》で、男、女、子供の癩病人が幾十人となく道《み》路《ち》の両側に蹲《うづく》まつて居まして、或は眼のなき、鼻の落ちたる、或は手あれども指なく、足あれども指が落ちて居ると申すやうな次第で、そんな病人が競《きそ》つて、自分の痛ましき病気の有様を態々《わざわざ》と、其の寺に参詣いたす人々に見せて恤《あはれ》みを乞うて居ました。〔本田増次郎訳、内田守編『ユーカリの実るを待ちて――リデルとライトの生活』所収、リデル・ライト記念老人ホーム刊、一九九〇（一九七六）、三六－三七頁）

このときの衝撃が、リデルをしてハンセン病の専門治療院の設立に踏み切らせた。

さて此の愍《あはれ》むべき癩病人の為めに、其の苦しみを減じ軽めるやうに、どれだけの事が出来て居ますかと申すことを、私が研究するに至りましたのは自然の勢《いきほひ》でございませうが、貧困な人や医薬の為めに財産を失つてしまつた者の為めには、政府の働きとしても、宗教事業としても、此の癩病人の苦痛と絶望の二重の悲劇を救ふ為めに、日本国中何も出来て居りませぬことを発見いたしました。金銭のない癩病人に取つては、死ぬるより

17―― 熊本でハーンの来熊百周年がジェーンズの来熊百二十周年と併せて祝われてから二年後の一九九三年、こんどはリデルと、その後継者であったライトの二女史を顕彰する記念祭が熊本で催された。この会に招待された駐日英国大使夫人ジュリア・ボイドさんの評伝『ハンナ・リデル』*Hannah Riddell: An English Woman in Japan*（Charles E. Tuttle, 1995）は、この催《もよお》しから生まれた成果のひとつで、これには当時のウェールズ公妃／チャールズ皇太子妃（ダイアナ妃）から刊行を祝う祝辞が寄せられている（邦訳は吉川明希訳で日本経済新聞社から）。なおリデルの創設した回春病院の跡は、リデル・ライト記念老人ホームとしていまも利用されており、リデル・ライト両女史顕彰会から発行された『愛と奉仕の日々』（一九九五）は簡《かん》にして要《よう》を得た小冊子で、『ハンナ・リデル』と併せて読むと多くのことが解る。明治前半の二十年間に相継いで熊本を訪れたジェーンズとリデルとハーンの三人三様のありかたから、学ぶことは多い。

も浅ましい姿となつて、家を棄て、愛するものから離れるほかに、天にも地にも其の日を送る方法がございません。しかも体も精神も衰へて、家庭や友人の世話の最も必要な時に、此の乞食の身分に落ちたるは何たる悲しみでございませうか。こんな人は親戚朋友の恥辱不面目を防ぐために、唯一人で流浪して、唯一人で永年の苦痛を忍んで終には人に知られず看護も受けず、弔ふ者もなく死んでしまふのでございます。私は此癩病者の身軀《からだ》と精神の苦しみを救ふ為めに、何か応分の事をいたしまして、日本国民の精血を絞つて居ると申しても宜しい此の難病の為めに、どうか治療の方法でも得られる事なら、如何なる労苦をも厭ふまじと決心いたしました。〔同前〕

明治期のハンセン病医療の中でめざましい貢献を果たしたのは、政府主導の公共機関ではなく、民間の宗教団体だった。なかでもキリスト教団体の活躍はめざましく、リデルの開いた回春病院は英国聖公会、御殿場《ごてんば》の復生病院や熊本の待労院《たいろういん》はカトリックというぐあいに、明治の半ばになるとその布教戦術は、チャリティーを軸に据えるようになってきていた。

日本におけるハンセン病患者に対する宗教界の対応は、歴史的に見れば、ヨーロッパの場合と同じく、差別と保護の両面から成り立っていた。何らかの因果によって身にふりかかる「業病《ごうびょう》」だとみなされたこの皮膚病は、神にも仏にも見離された無数の無縁の存在を生み出したが、中世以降の庶民仏教の発展の中で、「奇蹟《きせき》」の宗教としての仏教が台頭すると、一部の霊場は率先して彼らに門戸を開放するようになっていった。これには十六世紀にやって来たキリシタンの影響も考えに入れなければなるまいが、近世期に成立した「清正公《せいしょうこう》」信仰は、心身に傷を負い、地域や家庭から排除された無縁の衆に対する「アジール」としての機能を仏教寺院が果たすに至った典型的な例のひとつとして考えることができる。かたや軍神として尊ばれながらも、豊臣・徳川の対立の中にまきこまれ、二代だけで、次の細川家に城を明け渡すことになった非業の武将加藤清正は、鎮魂を必要とする御霊的存在としても帰依《きえ》の対象とされ、また彼自身が熱心な日蓮宗徒であったことも手伝って、庶民信仰の中では、ハンディキャップを負ったハンセン病患者ほかの「違例者」にとって「守護聖人」と化した。この点に関しては、吉田《よしだ》松陰《しょういん》が言語障害を持った弟のためにこの寺を訪ねたという幕末の逸話も残っている。

ところが、明治期の宣教師たちは、十六・十七世紀のバテレンたちとは違い、まったく新しい近代的な医療観念を携えて日本にやってきた。一八七三年、ヨーロッパでハンセンによって病原菌が発見されて以降、この病気はもはや「業病」でも遺伝病でもなく、伝染病であることが判明した。ただ、コレラや天然痘《てんねんとう》対策には迅速な隔離政策をとった政府も、かねてから「業病」とみなされてきたこの病気の患者に対する対策では後手にまわり、キリスト教団体の慈善奉仕活動に遅れをとった。きわめて近代的な医療思想を持ったリデルの功績により、それまで清正公信仰のメッカであった熊本は、しだいに近代的なハンセン病医療の中心地へと脱皮していったのである。

ひとまず本妙寺の付近に仮設の医療施設をもうけたリデルは、次に本格的な専門病院の建設を決意し、一八九五年には、回春病院の開設にこぎつける。病院の候補地としては、立田山《たつだやま》麓が選ばれ（実は、ここは刑務所の施設のひとつとして煉瓦焼の竈《かまど》のあったところで、旧五高建設に用いた煉瓦は、ここで焼かれたものだった）、回春病院では、病院が封鎖においこまれる一九四一年まで、地道な医療活動がおこなわれた。

3

それでは、ハンナ・リデルとラフカディオ・ハーン、この二人の英国人の本妙寺体験の異質性について考えてみよう。ハーンが本妙寺を訪ねたのは、リデルが熊本に腰を据え、布教活動を始めた日から数えて、ほんの一年半の後であり、いくらリデルのめざましい活動があったからといって、本妙寺界隈《かいわい》の風景がそのあいだにすっかり変貌《へんぼう》したとは思えない。おそらくハーンもまた程度の差こそあれ、同様の光景に目を覆ったに違いないのである。ここにもうひとつ熊本時代の書簡で、本妙寺を取り上げたものがある。

『日本案内』の中で熊本近郊の本妙寺に関して新しい情報を加えたいなら、ここではほとんど毎日のように見るも痛ましい光景が演じられているというのはどうだろうか。たくさんの狐憑きが加藤清正の助けを求めにやって来るのだ。その目もあてられない光景を、ぼくは二度と見たくない。

〔メイソン宛て、日付なし、XVI: 308-309〕

仮にもハーンほどの博識家が、ハンセン病に関してまったくの無知であったとは考えにくい。とすれば、ここで「狐憑《きつねつ》き」にだけ着目し「癩病人」の存在を認めようとしなかったハーンには何かタブー意識のようなものがはたらいていたのではないか。ハーンは、日本の民間信仰の中でも最も理解の困難な、被差別民や無縁者と宗教との関わりについては、最後まで十分な観察と検討をおこなうに至らず、日本の宗教の基本を地縁と血縁の宗教として結論づけるに終わった。しかし、大黒舞経験などを通じて日本の宗教が単にそこに留まるものでないことに、ハーンはうすうす気づいていたはずなのである。

「俗謡三篇」に訳出された中のひとつ「俊徳丸」は、ほかでもない、継母《ままはは》の呪詛《じゅそ》にあった「違例者」の物語である。

「息子よ、おまえの病気はどうやら癩《らい》らしい。癩を患ったものはこの家には住めない。おまえは巡礼の旅に出て地方をまわるしかない。そうすれば神の力によって癒《いや》されるかもしれないからね」〔…〕

あわれな俊徳《しゅんとく》は、継母の邪悪なのを知らず、情を乞うように、答えた。

「おかあさま、わたくしは家を出て、巡礼に出るように言われました。しかし私は目も見えず、とても旅行などできません。一日三度の食事が無理なら一度でけっこうです。納屋か馬屋の隅っこにでも置いていただけたなら文句は申しません。この家の近くにいたいのです。どうか居らせてください。ちょっとのあいだでかまわないのです。母上、どうかお願いです」
ところが彼女はこう答えた――「おまえの病気はまだもっとひどい病気の始まりにすぎない。おまえに居られるわけにはいかないのだよ。いますぐ出てお行き」〔*Kokoro*, p. 343〕

そして、次は家から逐《お》われた俊徳丸がとぼとぼ遍路《へんろ》を歩むところである。

彼は人家に入ることを許されなかったので、松の下や森の中で眠ることもしばしばだった。しかし、運よく仏様のある道端の祠《ほこら》に隠れ家を見出すこともあった。

この訳文がそもそも岡倉由三郎〔↓59頁〕の手になるものであったことを考慮に入れるにしても、ハーンが俊徳丸の運命を、中世のハンセン病患者（あるいは盲者）が受け入れるしかなかった運命として理解していたことは確かだ。かつて「奇蹟」を売り物にした宗教が、ことごとく盲人の開眼を、啞者の発語を、癩者の平癒《へいゆ》を「奇蹟」の内容に数え上げたことも考え合わせれば、本妙寺とハンセン病患者の結びつきにハーンが連想をはたらかせられなかったとは到底思えない。となると、ハーンが本妙寺の周辺に蝟集《いしゅう》する無縁の衆を「狐憑き」のひとことで片づけてしまったのは、それはジャーナリストにあるまじき不覚でなかったとすれば、故意の言い落としと考える以外にないのである。

ハーンは同国人リデルの活動についても、他意なしとは思えないほど黙殺の姿勢を貫いている。リデルは、当時五高の職員であった本田増次郎《ほんだますじろう》〔↓90頁〕などを通じて、学生とも関わりを持ち、黒板勝美《くろいたかつみ》（五高卒業後東京大学に進み、のち国史学教授）の回想にも、じぶんはキリスト教に関心はなかったが、英語学習のために彼女の茶話会に参加していたと書かれている。[18]ところが、ハーンは「五高にはキリスト教に目を向けるような愚か者はひとりもいない」と言い放っている。

本妙寺に集まるハンセン病患者の群れに対するハーンの観察と反応は、判断の停止に近かった。それは、日本の庶民信仰の異教性をあらわす素材としては注目すべきものであったかもしれないが、そうした日本の状況が、近代的な医療感覚からして未開だというだけではなく、野蛮以外の何物でもないことを、ハーンは近代人の常識からして否定できなかった。日本人に対して改宗を迫り、先祖の位牌《いはい》を破壊せよと促したキリスト教宣教師の「偶像破壊」行為に対しては歯に衣を着せぬ批判精神を発揮したハーンにも、同情を誘うハンセン病患者の救済に努めるリデルの活動を、まっこうから責めあげる理不尽さはなかった。ハーンはみずからの反＝西洋近代の姿勢の中にジレンマが存在することに、最初から自覚的であった。

18――　ハーンの没後（一九〇四年十月）に発行された『帝國文學』第十巻第十一号（小泉八雲記念号）に、黒板勝美は、こう記している――「外にリッデルといふ教師が居つたが、それは宣教師であつたが、それとは交際がなかつた、僕等は基督教を研究しやうといふのでなく、イングリッシュを一週間に二回稽古に行つたが、其《その》報酬として日曜日にバイブルを聴きに行つた、本田増次郎君が其人の翻訳をして居つたが、時々僕等にやらされて下手な翻訳をしたことがある」（三五頁）

4

熊本に来て最初の一年間、ハーンは日本の民間信仰における動物について関心があった。その内容は、馬頭観音《ばとうかんのん》信仰のような家畜守護の宗教と、稲荷とキツネ、大黒神とネズミ、海神とカメ（ワニ）の関係に見られるような「ミサキ神」信仰[19]の二つに種別でき、その当面の研究成果は、熊本の一年目に推敲《すいこう》の上まとめられた『グリンプシズ』中の「盆踊り」Bon-Odoriや「狐」Kitsuneなどにもりこまれている。

次は、「狐憑き」に関するユーモラスな見解を示した「狐」の結論部分である。

> しかしこれらの不思議な信仰は急速に過去のものになろうとしている。年を追うごとにたくさんの稲荷の社が崩れて、再建されることはない。〔…〕狐憑きの犠牲者が病院に担ぎこまれて、ドイツ語を話す日本人の医者によって、最も科学的な方法で治療を受けることが少なくなった。その原因は古い信仰の衰退のなかには見出せない。迷信の方が宗教よりも長く生き残るものだ。西欧から来て改宗を迫る宣教師たちの努力には、なおさら求めるべくもない。彼らのほとんどが悪魔を熱心に信じているくらいだから。それはただ教育の力である。迷信に対する万能の敵は公立学校である。
>
> 〔V: 393 銭本健二訳〕

われわれはハーンにおけるロマン主義をついセンチメンタリズムの中に見出してしまいがち

だが、ハーンにはすぐれたユーモア感覚が同時に認められる。この一節なども、明治期の宣教師に対する揶揄《やゆ》としては一流である。いかにも「進化論」の使徒らしい理屈っぽさが論理を支えている上に、「狐憑き」という現象を、病理学的な疾患《しっかん》としてではなく、教育の普及によってひとたまりもなく消えていく迷信の一部として片づけてしまう語り口は、一見西洋中心主義的な暴論のように見えて、じつは文化というものはおしなべて集団暗示にほかならないといったような相対主義を踏まえた理性的な判断であったと理解すべきだ。「狐憑き」は、遺伝であろうかとか、超自然現象であろうかとか考えるまえに、まずは文明開化の時代には衰えていく運命にしかない伝統的な日本文化の一部として考えようというわけである。

　もちろんハーンのこの一文を、明治二十年代の日本人の精神病理に関する客観的な記述と理解するとしたら、それはあまりにも素朴に過ぎる。幕末から明治にかけての激動の歴史は、明治人の心理の中に大きなトラウマを残したはずだ。ただ、それは従来の「狐憑き」の範疇《はんちゅう》には到底収まらず、西洋医学の用語に従って「癲狂《てんきょう》」と呼ばれる別の病理にすりかわっていったにすぎないのである。▼20 キリスト教の浸透という現象ひとつをとっても、それは内村鑑三のような

19――　日本の動物信仰の特徴のひとつである「ミサキ神」に対するハーンの洞察について、それは先駆的なものであったと、『ジェーンズとハーン記念祭報告書』（ジェーンズとハーン記念祭実行委員会編、同委員会事務局・熊本日日新聞社事業局、一九九二）所収の講演「ハーンと民俗学――丸山学氏を偲んで」の中で小泉凡《こいずみぼん》氏は高い評価を与えている（一二一－一二二頁）。同じ論旨は『民俗学者　小泉八雲――日本時代の活動から』（恒文社、一九九五、一一六－一一八頁）にも見られる。

旧士族出身者には精神衛生に役立ち、[21] だからといって、ハーンが勝ち誇ったようにとりあげた君子《きみこ》のような改宗者の場合にもそれが同じくあてはまるわけではなかった。すべては、個別例にすぎず、一般化できるような改宗の形式はなかったと言ってよいだろう。

「狐憑き」の解消にキリスト教は何ひとつ貢献しなかったと言い切ることで、ハーンは、キリスト教宣教師の横暴に一矢《いっし》を報《むく》い、教育を通した迷信の打破という近代化の方により実効性を認めた。しかし、ハーンはそれ以上のことを言っているわけではない。近代的な「教育」という怪物を、キリスト教伝道の上位に置いたからといって、ハーンは「教育」の熱心な信奉者であったわけではなかったからだ。

ハーンは「狐憑き」の減少を喜んでいたわけでも、ましてや嘆いていたわけでもない。ただ消えつつある、あるいは別の名前で処理される疾患に変質しつつある旧弊《きゅうへい》な心理現象を、それが時代錯誤であるというだけの理由から、当該文化の劣等性の証明とみなすことを避け、何とかしてその名残《なごり》を書き留めようとしたのである。そして、この文脈の中で、ハーンはキリスト教宣教師の布教努力の不毛さをあてこすったのだ。宣教師の中にも、「悪魔を熱心に信じている」というような中傷にかならずしも該当しない存在が含まれる可能性を、べつにハーンは否定していたわけではない。

ハーンがキリスト教よりも遥かに日本の民間信仰にとって致命的なものであるとみなしたのは、近代的な教育であり、同時に近代衛生学であった。近代的な衛生学と日本古来の民間信仰との確執に関して、やはり「狐」を締めくくったのと同じ薬味の効いた一文が、『怪談』の中の

「虫の研究」Insect-Studies のなかにみつかる。

こんなことを考える。科学的で進歩的なことこの上ない東京市当局が仮にあらゆる仏教墓地の水面に定期的に石油を流すことを突然命じたとしたらひとは何を言うだろうかと。〔…〕都市を蚊から守ろうと思ったら古い墓場を取り壊すしかない。そしてそんなことを

20――「精神障害の病因として宗教的要素の比重が大きかった時代には、精神病者の治療も医者にまかすというより、むしろ神官・僧侶の禁厭・誦経やお祓いを受け、その間にさらに一種の水治方を応用し、病者の治癒を期待する風習が強かった。このような風習は古来より綿々として続いており、精神障害に霊験《れいげんあら》顕たかといわれてきた神社仏閣には精神病者が集まっていたが、その所在は全国に及んでいたという。この点ではハンセン病とも共通したところがあるといえよう。宗派としては真言宗・日蓮宗が最も多く、これに神道がつづいている」〔川上武『現代日本病人史』勁草書房、一九八二、二七八―二七九頁〕。本書は、明治以降の医療の変遷をふりかえった書で、ハンセン病の医療史に関しても詳しい。

21――『余は如何にして基督信徒となりし乎』*How I Became a Christian*（一八九五）の中で、内村鑑三は改宗の動機を、こんなふうに面白可笑しくふりかえっている――「余は信じた、しかも真面目に信じた、無数の神社にはそれぞれ神がいまし、その支配権に心を配り、その不興をこうむったいかなる破戒者にもすぐ罰をもって臨む用意をしていると。〔…〕神々が多種多様なことはしばしば甲の神の要求と乙の神の要求との矛盾をもたらした。そして悲愴なのは甲の神をも乙の神をも満足させねばならないときの良心的な者の苦境であった。かように多数の満足させ宥めべき神々があって、余はしぜんに気むずかしい物おじする子供であった。〔…〕拝すべき神の数は日に日に増加して、ついに余の小さな霊魂はそれらすべての神々の意を満たすことの全然不可能なことがわかった。しかし、救いはついに来たのである」〈鈴木俊郎訳、改版・岩波文庫、一九五八、一七―一九頁〉。この「救い」が、内村の場合には、一神教への帰依《きえ》によってもたらされた。

すれば墓地に隣接する寺院は廃墟と化すことになるのである。〔XI: 290-291〕

蚊が人間にもたらす不幸と、墓地を破壊することが日本人に与える不幸との二つを天秤《てんびん》にかけてみよというユーモラスな挑発。明治の日本はあらゆる近代化のプロセスの中で、その都度、この問いに解答を与えていくことを迫られた。「狐憑き」の迷信と青少年の教育とではどちらがたいせつか。本妙寺の霊場としての権威とハンセン病患者の隔離とではどちらがたいせつか。多くの場合、答えは決まっていて、迷信を生き延びさせてきた庶民の信仰に対する近代的な衛生学と教育理念の優位は揺るぐものではなかった。ただ、つねに二者択一は何かを葬り去るのであり、仮に近代精神の名において時代錯誤の習慣が死を宣告されることがあったとしても、そうした滅びゆく文化に最大級の敬意を払いつづけること。西洋から輸入された合理主義や衛生学の猛威が、やみくもに日本の伝統を破壊するような形で、日本が近代化を推し進めてしまうことがないように声を大にして叫びつづけること。「蚊」の中で、ハーンが日本の民間信仰の側に立ちながら予言したのは、民間信仰の力は、これからも衛生学の猛威に対して何よりも手強い障害物でありつづけるだろうということである〔後述の「蚊」の節→151頁〕。

ハーンの時代から百年を経た今も、日本の墓地から水溜めは消えていない。また、蚊やネズミや害虫害獣一般が絶滅するというような事態は、おかげさまで、何とか回避されている。このことを、われわれはハーンになり代わって何ものかに感謝し、喜ぶべきなのだと思う。

5

明治期の文人の中で衛生学的思考を文学の中に導入した筆頭的存在は、森鷗外《もりおうがい》である。『衛生新篇』(一八九九)ほかの学問的著作群にあらわれた衛生学者森林太郎《もりりんたろう》の「公人」的側面は、『舞姫』(一八九〇)から『山椒大夫』(一九一五)、さらには最晩年の史伝小説へといたる彼の文芸的著作にも少なからぬ影響を及ぼしている。

『舞姫』がベルリンの都市構造の光と闇の間を往き来する太田豊太郎の記号論的遍歴に対応していることはいまや定説となりつつあるが、豊太郎がまず目を奪われるウンテル・デン・リンデン大通りが新時代を画する衛生的空間であるとするなら、エリスをはじめとする東方からの移民を受け入れたクロステル街は時代遅れの非衛生的な区画だ。そして、出世街道を踏み外してエリスとの同棲を始めた太田豊太郎がふたたびエリート日本人として、長かった留学生活に終止符を打とうとするときに、エリスもまた「癲狂院《てんきょういん》」に送られ悲しい余生を送ることになる。この結末において、あまりにも対照的なこの二人の運命に共通するのは、二人がともに近代的な衛生学の捕囚《ほしゅう》と化し、「更正」へのスタートラインに立たされる点にある。つまり貧民街の非衛生的側面は、ともに個体内の心理的病巣に転移した形で保持され、かたや癲狂院、かたや日本の官僚制度、そして「文学」という名のもうひとつの制度の保護監察下に二重に置かれることで、街頭から駆逐《くちく》されてしまうのだ。それは現実原則による快楽原則の抑圧と言ってもよい。

本妙寺のハンセン病患者は、キリスト教団の慈善事業や、明治四十年以降に日本政府が開始した隔離医療の方策を尻目に、いっこうにその数を減らそうとはせず、一九四〇年、熊本県警が国立九州療養所との合作で「検束[22]」の名のもとにおこなった一斉検挙のあと、はじめて街頭から消滅する。これなどは衛生学的思考が国家権力を介して、都市の衛生化にこぎつけた象徴的な事件と言える。

> 七月九日午前五時ヲ期シ熊本県警察部長総指揮ノ下ニ県関係官、熊本南北両警察署及《および》九州療養所職員総数二二〇名ヲ以《もっ》テ、本妙寺癩部落ヲ一斉ニ強襲シテ寝込《ねこみ》ヲ襲ヒ、水モ洩《もら》サヌ検挙ヲ行ヒ身柄ハ一応「トラック」ニテ順次九州療養所ニ運ビ、構内ニ在ル警察留置所及《および》当所監禁室ニ収容シ、斯《かく》クテ翌々一一日迄《まで》続行、残存患者ヲ悉《ことごと》ク掃蕩《そうとう》シ、合計一五七名ヲ一網打尽ニ検挙シテ剰《あま》ス処《ところ》ナカリシバ洵《まこと》ニ近来ノ快事トシテ慶幸ノ至リニ堪《た》ヘズ
>
> 〔『全患協運動史』一光社、一九七七、一九頁、ふりがなを補った〕

もちろん、これと比べれば、明治の衛生学者森林太郎の衛生思想は、きわめて穏健《おんけん》なものであった。たとえば、ドイツ留学から戻ったばかりの彼は、東京市で始まっていた「市区改正」に異議を呈する形で、こう書いている。

> 然《しか》レトモ余等《よら》ハ其《その》公衆ノ字ヲ解釈スルノ奇癖ナルニ驚カサル能《あた》ハズ。夫《そ》レ貧人ノ生活ハ

自ラ禍《わざわい》シ併《あわ》セテ人ヲ禍スルガ若キモノアラン。之《これ》ヲ救済スルノ道、如何、若《も》シ論者ノ言ニ従ヒ此危険ナル貧人ヲ逐《お》フテ疆域《きょういき》ノ外ニ出デシメンカ是レ貧人ト倶《とも》ニ公衆ノ衛生ヲ窓外ニ抛《なげう》ツモノナリ。

〔「市区改正ハ果シテ衛生上ノ問題ニ非サルカ」、『鷗外全集』第二十八巻、岩波書店、一九七四、一三六頁、ふりがなを補った〕

磯田光一《いそだこういち》は、こうした衛生学者森林太郎の穏健主義の中に、「被抑圧者にも市民権をあたえるような新秩序」を構想する良識を見出そうとしたが、[23]これこそ衛生学が公権力と結託する際につきまとう亡霊のようなものではあるまいか。ハーンであれば、猟奇趣味とアイロニーを用いてはぐらかしえたことが、公権力の中枢にあった森林太郎には、避けて通ることのできない近代社会の躓《つまず》きの石として理解されたのである。

6

『山椒大夫』は、計画が実行に移されるまでに長い時間を要した。子どものころに「国の亡く

22——この検束に関しては、『菊池恵楓園五十年史』(菊池恵楓園、一九六〇)に当時の写真が残っている。「菊池恵楓園」は「九州療養所」を受け継いだ戦後のハンセン病専門治療院である。

23——磯田光一「鷗外の都市計画論」(『磯田光一著作集』第五巻、小沢書店、一九九〇、三四〇頁)。

なつたお祖母《ば》あさん」から聞いた伝説をもとに〔『鷗外全集』第六巻、岩波書店、一九七二、四六六頁〕、鷗外がまず「さんせう太夫」伝説の翻案《ほんあん》を思いたったのは、明治三十年代半ば、ちょうど歌舞伎用台本を準備している時期であったらしいが、結局これは実を結ばず、代わりに『玉篋両浦嶼《たまくしげふたりうらしま》』(一九〇二) ひとつを残しただけで終わった。つづいて、鷗外が再度「さんせう太夫」の作品化を考えたのは、小説『金毘羅《こんぴら》』(一九〇九)を書いて、古い庶民信仰の中に横たわる「奇蹟」の観念に関心を寄せ、メーテルリンクの戯曲『奇蹟』やフローベールの小説『聖ジュリアン』などをたてつづけに訳出した時期に相当した。ところがこれも、青春小説『青年』(連載一九一〇－一一)の中で小泉純一が構想中の作品として、さりげなく予告されただけで終わり、この長年の構想が日の目を見るのは、彼が本格的に歴史小説を創作の中心に据えた『興津弥五右衛門の遺書』(一九一二) 以降の一気呵成の創作熱の中においてであった。

明治天皇の死および乃木希典《のぎまれすけ》の殉死を契機として書かれた『興津弥五右衛門の遺書』以降の作品群は、歴史小説であるとともに、すべてが再話文学である。この意味で、鷗外は芥川の再話文学を先取りしていたと同時に、そうした意識を伴っていたかどうかは別として、ハーンの再話文学を継承したことになる。ただ、初期の歴史的再話文学が、「歴史其儘《そのまま》」と称する史料重視の姿勢に沿ったものであったのに対し、『山椒大夫』は同じ再話でも、説経正本もしくは浄瑠璃《じょうるり》本の「さんせう太夫」という口承文芸的要素の強い典拠を用いた再話であった点で、そもそも史料性の強い文献に依拠して書かれた『阿部一族』(一九一三) や『大塩平八郎』(一九一四)とはかなり性質が異なっていた。

『山椒大夫』執筆にあたって鷗外がおこなった大幅な原作の変更箇所としては、安寿の死因を拷問死から入水死にすりかえ、弟想いの姉の自己犠牲という主題を強調した点や、山椒大夫一家に対して、厨子王《ずしおう》が改心をうながし、一門の支配下にあった奴婢を解放させるように筋書をあらため、従来の復讐場面を排除した点などが、際立っている。しかも、「歴史其儘と歴史離れ」〔一九一五〕で、「伝説が人買の事に関してゐるので、書いてゐるうちに奴隷解放なんぞに触れたのはやむことを得ない」とし、それでも「歴史離れがし足りない」ともらしているほどで〔『鷗外全集』第二十六巻、一九七三、五一一頁〕、鷗外ははなから原話に忠実ではあろうとしなかったのである。

「歴史其儘と歴史離れ」の中で、鷗外はこんなふうにも言っている――「伝説其物をも、余り精しく探らずに、夢のやうな話を夢のやうに思ひ浮かべてみた」〔同前、五〇九頁〕。このことの意味は、下敷きにした材料そのものが史料性にとぼしい「夢のやうな話」であったこともさることながら、それを再話する鷗外の姿勢もまた「夢のやう」であったという意味なのだろう。いくらなんでも、検閲の責任主体を「夢」に負わせるとはあんまりな気がするが、再話と翻訳の違いは、緻密な「校閲《こうえつ》」〔原典との照合〕がはたらいたか、イデオロギー的な「検閲」がはたらいたかどうかの違いなのである。検閲が偉大な再話文学を生み出す可能性はもちろん十分にある。

それでは、拷問だの復讐だの奴隷制度だのを自作の中に温存することを避け、新しい「さんせう太夫」伝説の創造を試みた結果として、この古伝説に何がつけ加わっただろうか。

説経文学の研究者である岩崎武夫《いわさきたけお》氏は、『さんせう太夫考』〔平凡社、一九七三〕の中で、鷗外には

「場の論理」の見落としがあったと解釈し、鷗外が切り捨てたものの中にこそ、説経文学の本質があるというふうに論じている。「場」とは、今日の中世史の用語でいう「公界《くがい》」もしくは「散所《さんじょ》」(「さんせう太夫」とは「散所太夫」だという説もある)のことであり、もっと具体的に言えば、不自由な身となった厨子王が蘇生をなしとげる天王寺のことを指している。鷗外は、説経が説経である所以のひとつである「場」についてひとことも触れずに済ませ、「癒し」を必要としていたはずの厨子王が、「癒し」をもたらす存在として復活してから後の美談部分にばかり、重点を置いてしまったというわけだ。

鷗外以前の「さんせう太夫」の中では、強情な父から「短情」な性質を受け継いだ厨子王に対して、姉の安寿はいつもそんな弟を諫《いさ》める役側を受け持った。姉の身代わりとして厨子王が授かった金焼地蔵の守りが果たす役割も、安寿の巫女《ふじょ》性・聖性の証しである。ところが、鷗外の『山椒大夫』では、復活後に厨子王が発揮する理性的側面に光があてられたぶん、この対比が霞《かす》み、安寿については自己犠牲精神ばかりが突出することになった。

歴史小説に転向してまもないころの『阿部一族』や『堺事件』の中では、もっぱら「短情」な人間たちを描くことで「歴史其儘」を実践していた鷗外だが、『山椒大夫』ではそうした感情優位を抑えこむことで、自動的に「歴史離れ」を起こした恰好になった。それは、親の因果が子に報いて受難の運命を強いられた厨子王の零落《れいらく》した姿に、漂泊芸能民の境遇を重ねることによってなりたっていた説経文学の論理に代わって、厨子王の遍歴における貴種流離譚《きしゅりゅうりたん》的要素と、最終的な「聖人」への上昇を物語の前面におしだしてしまった結果であった。これには、鷗外がフローベールやメーテルリンクから「奇蹟譚《たん》」の手法を学んだせいもあったのかもしれない。本来、説経の主人公たちは、小栗判官といい、厨子王丸といい、後々は守護神としてまつりあげられる英雄たちではあったが、そもそもは廃疾者《はいしつ》であり、時としては悪漢でさえあった。しかも、彼らの蘇生と復活は、本人の精進や改悛《かいしゅん》の帰結ではなく、あくまでも奇蹟と恩寵《おんちょう》によるものであった。彼らは「癒し」を必要とする存在ではあっても、「癒し」をばらまく存在ではなかったのである。ところが、鷗外は、彼らを「聖人」へと昇格させ、奇蹟を演じさせなければ気がすまなかった。復活した丹後国《たんごのくに》国守正道が、佐渡にわたって母との再会を演じ、盲目の母の眼を開かせるクライマックスは、このようにして脚色されたのだ。そして、「解放者」にして「聖人」でもある地位にまでのぼりつめた厨子王の勝利と栄光は、「被抑圧者にも市民権をあたえるような新秩序」を構想していた衛生学者森林太郎の勝利にほかならなかった。[24]

7

ところで、ハーンと鷗外は、ふたりが再話文学の名手であったことも含めて、共通項をいくつか持っている。同時代屈指の幅広い西洋文学の教養の持ち主であったこと、その作家的資質

24――鷗外の「山椒大夫」に関しては、拙稿「『山椒大夫』における政治、あるいは宗教離れ」『鷗外の胸さわぎ』――（人文書院、二〇一三）を参照されたい。

が翻訳家としての才能と両立していたこと、二人が日本の古伝説の中でも「浦島」伝説の愛好家であり、それを文学的創造に結実させたことなど、こまかく数えはじめるときりがない。そして、鷗外が日本の民間信仰の中に「奇蹟」願望を見出し、それに対して近代文学的な見地から解答を与えようとした『山椒大夫』の試みは、ハーンがかつて途中で放棄した大黒舞翻訳〔↓60頁〕の野望を受け継ぐものであったかのようにも思える。

　再話作家としての技量の点では、ハーンもまたけっして鷗外に劣るものではなかった。ハーンは、再話に際して、まず「夢のやうな話」の探求から始め、それを「夢のやうに」語るにあたっては、ゴーチエやモーパッサンやフローベールらのフランス作家の技法を適宜借用する方法を取り、こうしたフランス作家の英訳にたずさわった若い日の経験を、むだなく活《い》かしきった。

　ただ、ハーンが再話に際しておこなった検閲は、鷗外のそれに比べればきわめて控えめなものであった。ハーンが「おしどり」Oshidori の執筆にあたって、フローベールの「歓待者聖ジュリアンの伝説」La Légende de Saint Julien l'Hospitalier（一八七七）の影響を受けた可能性については、平川祐弘氏の研究がある。▼25「おしどり」の名場面である鷹匠《たかじょう》のところに生き残った雌鳥が一直線にやってきて、いきなり自害して果てる場面が、まさにフローベールが小説化した聖人伝からの借用であるかもしれないという説だが、ハーンの再話の妙味《みょうみ》は、その変更が原話を損ねない範囲内にとどまる瑣末事に限られていたところにある。

　ハーンが「夏の日の夢」の中で、「浦島」を再話したのは、動物のたたりを畏《おそ》れるアニミズムや、神との約束を破って裁きを受ける浦島の無念さや、そんな浦島にさえ同情をなげかけ、浦島を神として崇めてしまう日本の庶民の宗教性を把握した上で、みずからの境遇を浦島のそれになぞらえる可能性に賭けたからである。また、『古今著聞集《ここんちょもんじゅう》』の原話を下敷きにして「おしどり」Oshidoriを書いたのも、おしどりの雄を殺《あや》めた上、雌鳥を自害にまで導いた鷹匠が、みずからの罪深さを悔《く》い、仏門をくぐるに至るという改悛《かいしゅん》のプロセスを自分なりに咀嚼《そしゃく》した上で、世紀末文学の特徴のひとつでもあり、ハーンの個人的なオブセッションでもあった「糾弾《きゅうだん》する女」の観念に具体的表現をあたえるためであった。この意味ではハーンは風俗観察者を装いながらも、ロマンチックな表現者であることを止めなかった。従って、ロマンチックな処理を施して現代版の『山椒大夫』を書き上げた鷗外の名人芸のうち、たとえば安寿の入水死という主題は、「おしどり」のクライマックスにも共通する耽美《たんび》的要素の強い主題であり、ハーンもまたこれと同じ男性中心的なロマン主義美学の所有者であったと考えることは可能だ。しかし、ハーンが「さんせう太夫」の再話を試みたとして、はたしてそうまでして、日本の民間伝承に内在する残酷さをテクストから排除してしまったかどうか。ましてや、ハーンは、奴隷制度を擁護する復古主義者ではなかったが、かといって奴隷解放論者のとなえる正義をそのまま鵜呑《うの》みにしてしまう近代至上主義者でもなかった。このことは米国の南部で、またマルチニークで、

25――平川祐弘『破られた友情』（新潮社、一九八七）所収の「日本理解とは何であったか」第二部第二章。同書は『平川祐弘決定版著作集⑪　破られた友情』（勉誠出版、二〇一七）に再録されている〔一二八－一四三頁〕。

彼が奴隷解放以前のクレオール社会に対するノスタルジーにとりつかれていたことからもわかる。したがって、鷗外がおこなったような奴隷解放論者を物語の最後に登場させてしめくくる発想は、鷗外のものではあっても、ハーンのものではなかったはずである。

ハーンと鷗外とのあいだに、直接の交流はなかった。ハーンはワシントン・アーヴィングの「リップ・ヴァン・ウィンクル」Rip van Winkle（一八一九）が日本に「新浦島」として紹介され、それが話題になっていることを聞きかじってはいたようだが、[26] その訳者が何者であったか、その正体まで知らされてはいなかったようだ。早稲田時代のハーンは、『新曲浦島』（一九〇四）を構想中の坪内逍遥《つぼうちしょうよう》と短いながらも知的刺激を交わしあった。[27] が、逍遥からしてみれば「没理想論争」以来の宿敵であった一作家が、そのころすでに『玉篋両浦嶼』を完成させていた事情まで知らされるには、二人の友情の期間は短かすぎた。ハーンの急死が二人を裂いたからである。この意味では、ハーンと鷗外は完全にすれちがったのである。それは、ハーンと漱石がすれちがったと同様に非常に惜しまれることがらである。しかし、そのすれちがいは、日本の民間信仰に魅せられながら、西洋的な衛生学の浸透が伝統的な日本の土壌を侵していくさまに直面して、アイロニーとユーモアに走った一西洋人と、日本の民間信仰を否定することができないまま、それと衛生学の板ばさみになって苦悶した一日本人との微妙なズレを露呈させた、きわめて象徴的なすれちがいであった。

8

本妙寺探訪直後の『ジャパン・メイル』宛ての通信文〔↓89頁〕をもう一度眺めてみよう――「参道の終点に到るずっと手前から、けだるい轟《とどろ》くような持続音が聴こえてくる。まるで潮騒《しおさい》のような音だ」。

ハーンは、ここで明治二十年代の日本の医療や公衆衛生の実態については一言も言及せず、

26――『英文学史』*History of the English Literature* の「アメリカ文学覚書」と題された講義のなかで、アーヴィングに言及した部分に、次のような指摘がある――「日本でよく読まれているアーヴィングの散文ははたして正当な選択なのか疑問に思います。〔…〕アーヴィングは「リップ・ヴァン・ウインクル」に似た話をほかにも書いていて、それがなかなかおもしろいのです。「浦島」に似ているということでは、「リップ・ヴァン・ウィンクル」よりももっと似通った話があり、私見によれば、これがアーヴィングの短篇の中では最高のものです。それはポルトガルの伝説に基づいた作品で「七つの都市のアデランタード」*The Adelantado of Seven Cities; or the Phantom Island* といいます。もし読んだことがなければ、ぜひ読んでごらんなさい。何から何まで「浦島」の話にそっくりです」（野中涼・野中恵子訳）。ハーンは「浦島」伝説の中にエロスの物語を見ていた。だからこそ「リップ・ヴァン・ウィンクル」では物足りなかったのだろうと思われる。

27――ハーンと逍遥の関係については、関田かをる氏の「『新曲浦島』をめぐって」（『無限大』八十八号、日本アイ・ビー・エム）に詳しい。同論文は、関田かをる『小泉八雲と早稲田大学』（恒文社、一九九九）に再録されている〔一九六―二一三頁〕。

印象主義的な比喩だけですべて片づけようとしている。これは、とてもジャーナリストの文章とは思えない。じっさい、「潮騒のような音」という表現は、海について数々の瞑想《めいそう》をおこない、しばしば創作の中でそれに具体的映像を重ね合わせてきたハーンにとって、ほとんど哲学的な瞑想のはじまりを知らせる符牒《ふちょう》のようなものであった。

ハーンは熊本を去り、神戸を経て、東京帝國大学英文科講師として着任後、夏になると決まって焼津《やいづ》へ保養に出掛けた。「焼津にて」At Yaidzu はその経験を綴《つづ》った瞑想《めいそう》的なエッセイのひとつだが、ここでハーンは海をテーマにした独自の進化論を開陳している。ちょうど精霊流しの晩、精霊舟との別れを惜しむかのように沖合まで遠泳《えんえい》を試みたあと、布団の中で遠い海鳴りに耳を傾けながら、ハーンはそのときもやはり「亡霊たちのつぶやき」を聴いたのである。

私は子供の頃に、海の声に耳を傾けたときに感じた漠とした恐れのことを考えていた。あれから長い年月の後に、世界のいろんな地方のあちらこちらの海岸で打ち寄せる波の音が、常にあの子供らしい感情をよみがえらせたものだった。確かにこの漠たる恐れの感情は私自身よりも何万年も何十万年も古くからあるもの——先祖代々伝わって来た無数の恐れの総和なのだ。

〔IX: 368 森亮訳〕

悠久《ゆうきゅう》の時間を経て、それでも形を変えることなく、連綿《れんめん》と受け継がれてきた形而上学的不安。

もはや血縁や地縁などどうでもよく、太古の昔から、人間の心から心へと受け継がれてきた最も本質的な感情。近代人はこのような遺伝に関して冷淡な素振りを見せはじめているが、ハーンにとって、進化論とは逆にこうした古い信仰の正当性を裏づける理論として理解されていた。

死んだ人たちの話し声が海のどよめきだという昔の人の信仰には少なからぬ真理が含まれている。実際、死んだ過去の人たちの恐れや苦しみが、海のどよめきの呼び覚ますさだかならぬ深い恐れの中で私たちに語りかけるのだ。〔IX: 369〕

「死んだ人たちの話し声が海のどよめきだ」というこの宗教的認識について、ハーンはニューオーリンズ時代に手掛けた小説『チータ』*Chita*（一八八九）の中にも、こんなふうに書いたことがあった。

その声に耳を傾けていると、ブルターニュ地方に伝わる不思議な伝承が頭を過《よぎ》った。海の声はけっしてひとりの声ではない。たくさんの声がかもしだすざわめきなのだ。溺死者たちの声、無数なる死者のつぶやき、生きるものたちに襲いかかろうとする数知れない亡霊たちのうめきである。〔IV: 154〕

『チータ』は、一八五五年メキシコ湾に浮かぶラスト島を一夜にして飲みこんだ大津波を物語の主人公に据えた印象主義的な作品だが、おそらくこのころからハーンは自分をはっきりと「海の子」としてとらえていたのに違いない。ハーンにとって、海は時として幸福のシンボルであり、「夏の日の夢」における有明海《ありあけかい》がそうであったように、幼少期の幸福と穏やかな海のイメージとはハーンの頭の中で密接につながりあっていた。しかしながら、海は同時に、死者の国の入口でもあり、ハーンは遠い海鳴りの中に死者のうめきを聴き、形而上学的な不安に包まれる自分を掘り下げて、太古の「自我」に向かい合う習慣を早くから身につけていた。そして、ハーンが本妙寺のざわめきの中に聴いた「潮騒」〔↓89頁〕もまた同じ後者に属する宇宙的なうめき声だったのである。

名もない無縁の衆が放つ大音響の中にハーンが聴きとったもの、それは歴史を超越し、進化論のいわゆる「進化」をも超越した形而上学的な真理であった。古代日本と軍国主義化する日本とをつなぐ長い長い歴史を、ハーンは「潮騒」という非歴史的な観念によって総括した。それは太古の昔から未来永劫まで通じる、浮かばれない霊魂のうめき声の連鎖であった。しかし、それは非歴史的なものであればあっただけ、時間を越えた普遍性に通じる何ものかでもあった。ハーンはその大音響を放つ実体を吟味《ぎんみ》する前に、その大音響そのものに耳を傾けることをみずからの使命と考えた。

ハーンは時代に対してまったくの無関心であったわけではない。たとえば太平洋の海鳴りの中に「数えきれない騎兵たちの馬の蹄《ひづめ》の音」や「おびただしい砲兵の集団行動」や「日の昇る国から繰り出した広大無辺の軍隊がする突撃突進」を聴きとったハーンの聴覚は、十九世紀末の極東情勢に憂慮を覚えずにはおれなかったハーンの時代感覚によって動かされているし、本妙寺に集まる群衆の中に兵隊が混じっていることに気づきながら、そのありようがいかに本妙寺の雰囲気にそぐわない異物であるかを指摘してみせたハーンには、アイロニカルな批判精神が隠されている。ただ、そうした文明批評もアイロニーも、すべては「潮騒」の本質を見抜いてしまった余裕から生まれえた機智であり、現実のこまかな現象面を捨象《しゃしょう》することがあってはじめて手に入れられた直観なのであった。

ハーンの時代の日本は、けっして鎮《しず》まろうとしない庶民の苦悶《くもん》の声に耳を傾けようとするものにとって、まだまだ開かれた場所であった。日本の宗教は、西洋科学に比べて、苦しみから人を解放する技術の点では劣っていたかもしれないが、苦しむものに対して一時的な憩《いこ》いの場を提供し、彼らに文化的な市民権を認めるだけの土壌をまだまだ残していた。そうした聖域が、リデルたちによって続々と開かれた新種の聖域にとってかわられ、侵食されていく時代の趨勢《すうせい》をおしとどめることは困難だとしても、近代衛生学の介入以前の日本で大手をふってまかり通っていたもうひとつの倫理性に、一分の存在理由を認めること。ハーンがそこにこだわったのは、そういった古風な倫理感覚の中にこそ、古代から現代へとつらなる人類の苦しみが正当に受け継がれ、その苦しみが一個の文化として音響を放っていると考えたからである。

その音響は、心無いものの耳には、雑音としてしか響かないものであったかも知れない。しかし、ありとあらゆる音楽は、所詮、雑音でしかない。少なくとも、苦しむ民衆が狭苦しいゲットーのような空間に追いこまれ、ほとんど音なしの存在と化してしまうような衛生的な理想社会に比べて、豊かな雑音的伝統を残した文化の方に、ハーンは根源的な何かを感じたのである。

「駄馬と馬子」ベアト撮影、横浜開港資料館 所蔵

馬頭観音

明治の日本にやって来た西洋人の中には、日本人の動物観に注目した例が多い。日本人の手綱《たづな》さばきが虐待的だと、日本の馬に同情した熊本洋学校の創設者ジェーンズもいれば、日本の馬のしつけがなっていないのは日本人が馬を甘やかすせいだと、馬術の本場からきた旅行者らしい感想をもらしたイザベラ・バードもいた。そして、なかでも群をぬいておもしろいのが、ラフカディオ・ハーンによる日本観察である。

中国山地の小さな村で、馬頭観音《ばとうかんのん》を見かけたハーンはこう書いている。「馬頭観音は農民の牛馬を護る神なのである。農民たちは、自分たちに仕える物言わぬ生き物たちが、疫病にかからぬようにと祈るばかりでなく、死後、かれらの魂がいっそう幸福な境遇に入るようにと祈願をこめるのである」〔V: 144 仙北谷晃一訳〕。

「駄馬と馬子」レガメ筆
F. Régamey, *Japon*, Paris.
（The Internet Archive デジタルコレクション）

『大正新脩大蔵経』
図像部12巻

『大正新脩大蔵経』
図像部12巻

『大正新脩大蔵経』
図像部12巻

『大正新脩大蔵経』
図像部3巻

『大正新脩大蔵経』
図像部12巻

『大正新脩大蔵経』
図像部4巻

いずれも東京大学SAT大蔵經テキストデータベース研究所より

夏が来るたびに蟬《せみ》の声に耳を澄まし、秋には飼っていた草ひばりの死を悼《いた》み、動物の命と魂をたいせつに思った「へるんさん」については知られている。しかも、ハーンはいわゆる西洋的な慈愛の精神からそうしたのではなく、西洋人にはない感性を日本人から学びとろうとする中で動物愛にめざめたのだ。虫けら一匹にも「五分の魂」を認める日本人の自然観の内に、ハーンは自分自身に必要な精神のよりどころを求め、その情熱には鬼気《きき》せまるものがあった。

幼くして母に捨てられ、父からも扶養《ふよう》と言える扶養を受けなかったハーンは、英国からアメリカ大陸、次いで日本と、遍歴《へんれき》を重ねながら、そのつど自分を受け入れてくれる庇護《ひご》者を求めて歩いた。「そこは人里離れた山の中だったが、この小さな祠《ほこら》がある以上、身の危険などあるはずがないとホッとした。自分たちの使役した牛や馬の霊魂のために祈る心のやさしいひとびとなら、きっと親切なのに決まっている」。

馬や牛の神である馬頭観音にすがってまで、みずからの行路の安全を祈願しなければならなかったこの放浪者に、古風さばかりでなく、現代人の孤独を先取りする何ものかを感じる。

逆に言うなら、馬頭観音にすがろうとしたかつての農民たち、旅行者たちもまた現代人のように孤独だったのだ。

「馬喰」レガメ筆
E. Guimet, *Promenades Japonaises*, Paris, 1878.（The Internet Archive デジタルコレクション）

「荷 馬」ビゴー筆
「荷馬」と題されてはいるが、「三宝荒神を運ぶ馬」か？
ビゴー、素描コレクション1巻『明治の風俗』岩波書店、1989

「箱根宿の風景」
F. ベアト撮影、年不明、横浜開港資料館 所蔵

門づけ体験

1

ハーンはめっぽう冬には弱く、松江でも真冬に風邪をこじらせ寝こんでいるところにセツが身のまわりの世話役としてやってきたことが、二人のなれそめであったほどだ。南下して熊本に移ってからも期待したほど気候が温暖でないことに失望し、マニラへの転地を夢見るなど、[28]冬ぎらいはますます昂じた。日本家屋の隙間風を雪おんなの到来になぞらえたのも、熊本時代のことである。[29]この冬嫌いは神戸に来てからも変わらなかった。

ところがそんな矢先のことである。下山手通りのハーン宅にめずらしい訪問客がやって来た。門づけの瞽女《ごぜ》の二人連れである。好奇心に富むハーンはさっそく女を迎え、隣人たちを集めて、聴衆のひとりになりすました。その顛末《てんまつ》を、ハーンはチェンバレン宛ての書簡に語っている。

先日、感動的な体験がありました。日本がつくづく嫌になり、どこもかしこも住むに値する場所なんてないという心境だったところに、二人の女が訪ねてきたのです。そのひとりが三味線を弾いて歌い、みんなそれを聴きたがってうちの庭に集まってきました。こんなすてきなものは今までに聴いたことがなかった。あらゆる悲しみと美とが、また一切の生きる苦しみと喜びとが声の中で振動していました。日本に対する、また日本の事物に対する古い初恋の感情が戻ってきたのです。〔…〕わたしは集まってきたひとびとの顔を見ました。誰も彼もほとんどが泣いたり洟《はな》をすすったりしていました。歌詞は理解できませんでしたが、ことの痛切さと美しさは味わえました。そして、なんとそのときはじめて、わたしは歌い手が盲目であると知りました。〔一八九五年三月、XIV: 331-332〕

来日直後に横浜で、街を行く按摩《あんま》の笛を耳にしてからというもの〔↓30頁〕、盲人の姿はハーンの作品の中から久しく消え失せていた。熊本は九州盲僧の活動の中心のひとつで、明治の二十年代にもかなり多くの盲僧が、さまざまな神事・芸能にたずさわっていたことが知られているが、いまあるかぎりの資料では、そうした盲人祈禱師《きとうし》とハーンが出会った形跡はない。ちょうど熊本時代の手取本間から坪井西堀端への転居と転居先の改装に際して、荒神祓《こうじんばら》いの祈禱を僧侶に依頼したというエピソードが残っているものの、それが盲僧であったという保証はない。▼30したがって、この門づけの三味線弾きとの出会いは、ハーンにとって「盲目性」の問題をとらえなおす好機到来となったようである。

一八九五年の冬、ハーンが憂鬱におちいっていた理由には、日本への帰化問題や極東情勢の不安と並んで、視力の急激な低下があった。「わたしの眼は、医者が言うには、夏になればすっかりよくなるとのことですが、寒いあいだは注意が必要なのです」〔同年二月、チェンバレン宛て〕。そんな折からの瞽女の来訪に、ハーンが奇妙な縁を感じ取ったとしても、不思議はなかった。瞽女の三味線語りに全身全霊を集中させ、歌詞までは理解できなくても、思う存分その音楽性を楽しむこと。ハーンにとっては、それこそが鶯《うぐいす》の飛来よりも何よりも悦《よろこ》ばしい春の告知であった。

二人とも驚くくらい醜い女でしたが、歌い手の声はことばでは言い表せないくらいきれいでした。まるで百姓や鳥や蟬が歌うように歌い、自然で神々しい感じです。女たちは

28――一八九二年二月はじめ、熊本の寒さにふるえていたハーンのところに、マニラに滞在中のチェンバレンから手紙が届く。しかも、マニラの暑さに閉口しているという内容だった。これに対してさっそく返書をしたためたハーンは、こう書いている――「マニラからのすてきな手紙をもらって、わたしは大喜びです。そして、わたしはあなたが羨ましい。あなたの気に入ったことだけでなく、あなたが不満に思っておられることについてもです」〔同年二月十二日付け、XV-339〕。ちなみに、この手紙は、もっぱらゲルマン音楽の信奉者であったチェンバレンと、ラテン音楽の愛好者であったハーンの対比を露呈させた手紙としても、きわめて興味深い。

29――「雪が美しいものであることはわかっているのですが、いまでも雪を見ると身震いがします。わたしが眠っているあいだに、時として、雪おんな（Yuki-onna）が雨戸（amado）の隙間から布団の中に、そうっと真白い腕をさしこんで、いくら火を焚いても、わたしの心臓に触れて、笑うような気がしてならないのです。」〔一八九三年二月五日付、チェンバレン宛て、XV-378〕。ハーンの『*Kwaidan*』に添えられた「雪おんな」の挿絵を参照のこと〔→304頁〕。

放浪の芸人でした。わたしは二人を家に上げて、丁重にもてなし、身の上話を聴きました。天然痘、失明、病床の夫（中風らしい）、手のかかる子どもたち、どれもこれもロマンチックなところのかけらもない世帯じみた話ばかりでした。わたしはバラッドを刷りこんだチラシを二枚買ってやりました。〔XIV: 332〕

このとき購入したチラシ二部のうち一部を、ハーンは例によってチェンバレンに送りつけ、その翻訳を依頼したが、それが大阪で実際に起こった心中話を語った「なんの変哲もない俗謡」にすぎないことを知ったハーンは、多少の幻滅を味わったが、それだけだ。それは大黒舞の時〔↓60頁〕ほどにはハーンを意気消沈させなかったのである。

ハーンは後の「英国バラッド」English Balladsを扱った講義の中で、こんなふうに語っている。

バラッド創作がわれわれの時代にまで、それも本来の芸術性が損なわれてしまった時代にまで尾をひいているその根強さは、ひとつの奇妙な現実である。私が言っているのは詩人のことではなく、一般民衆のことである。私の少年時代、ロンドンでは庶民感情を大いに掻き立てる特異な事件——不幸な自殺、異常殺人、やや常軌を逸した類いの政治事件——が発生すると、バラッドが作るのが当時でもなお慣例になっていた。それらは下層階級の言葉——ロンドン訛《コックニイ》と言ってもよい——で書かれ、大判紙に印刷されて、作者みずから衆目の中で歌いながら群衆を集めると、一部一ペニーでそれらを売っていた。

むろん、この場合、歌は実に低俗でなんら詩的関心を惹くものではなかったが、それでも、バラッド歌手とそのバラッドとは、すこぶる興味深い見世物であった。というのも、これらは英文学に気品ある本格的な韻律をもたらす結果になった習性やしきたりの名残りをとどめていたからである。〔伊沢東一訳〕

30――一八九二年の暮れに、ハーンは熊本市内を南から北に向けて転居した。次の手紙は、この顚末《てんまつ》を語ったものである――「わたしの一家はどうしても北の方角に移動しなければなりませんでした。そこで北が大嫌いで、北の方角へ移っていくものはことごとく嫌う荒神の怒りを買ってしまうのです。ああ、荒神様！ もしわたしがどんなに南へ行きたがっているか、あなたにわかってもらえたなら、二人は大の仲良しになれるはずなのに……」〔一八九二年十二月二十一日付、チェンバレン宛て、XV-34〕。ここでも、ハーンは南方憧憬をあらわしている。

そして、手紙はさらにつづく――「荒神の起源がわたしにはわかりません。てっきり神道の神だと思っていたのに、お寺の庭に立っていたりするのです。何はともあれ、荒神様の機嫌を損ねないように、わたしたちはお祓《はら》いをしてもらうことにしましたが、お祓いにやってきたのは仏教の僧侶でした。そして、祈禱の対象は、諸天であって、荒神様ではなかったのです。〔…〕それから、わたしたちは守り(mamori)を渡され、お坊さん(Bonsan)に浄めてもらったご飯を食べました。〔…〕神道の神と、仏教の仏を分ける境界線を引くのは、植物界と動物界のあいだに境界線を引くのと同じように、きわめて困難なことがらです。そして神や仏について何かを発見すればするほど、わたしたちはそのことについて確信が持てなくなってしまうのです」〔同前〕。

これは想像にすぎないが、この転居に際してハーンの家にやってきた「お坊さん」は、僧形の民間祈禱師であったと思われる。熊本では、こうした民間祈禱師の中に、多くの盲僧が混じっていたが、仮にそうであれば、ハーンが手紙の中でそれに言及していないのは、不自然である。

盲目の三味線弾きは、英語のいわゆる「バラッド売り」balladmongerにあたり、詩人としての才能に見るべきものはなくても、その存在は、日本の歌謡の原形に忠実な、生きた化石にも近い神々しさをとどめていた。かつて大黒舞の中に、日本の伝統芸能の正統的な継承者を見出したハーンは、神戸の三味線弾きの中に、伝統的形式を踏まえながらも、リアルタイムの出来事の報道にかかわる半ジャーナリスト的な売文家の姿をも重ね見たのである。かつてシンシナーティ時代以来、奇を衒《てら》った文体で、特異な事件を記事にすることを生業としていたハーンからすれば、この女たちのありようは、他人事ではなかったのである。

しかも、女たちは詩人としては「へぼ詩人」('balladmonger'には、こんな軽蔑的なニュアンスが含まれている)にすぎなかったかもしれないが、三味線弾きとして、また歌姫として、いつまでもハーンの心をかき乱してやまない極めつけの芸術家でありつづけた。

2

この日の出来事は、間もなく「路上音楽家」A Street Singerの中で取りあげられるが、執筆に際して、ハーンは、いくつかの事実関係の変更と、補足的加筆を行っている。やってきた二人連れの女を、子連れの女にかえて共感をさそうやり方は、やはり神戸時代に書かれ、『心』の冒頭に置かれた「停車場にて」At a Railway Stationの、子どもの年齢を七歳から三歳にひきさげて場面を盛り上げたのと、同じ部類に属する初歩的な創作上の処理であった。また、ロンドンのバラッド売りの姿を思い浮かべたことから連想をおしすすめたのか、ほとんど乞食同然の姿でロンドンの貧民窟《くつ》をさまよった渡米前のロンドン時代の思い出でエッセイを締めくくったのも、いかにもハーンらしいセンチメンタリズムである。

二十五年前、夏の夕べのこと、ロンドンのある公園で、ひとりの少女が通りがかりの誰かに向かって、「おやすみなさい」と言うのを聞いたことがある。たったひとこと“Good night”と言ったきりだ。もちろん、その少女が何者かを知るよしもなく、顔に見おぼえもなかった。そしてそれっきりその声を聞いたこともない。ところが、それから百の季節が移り去ったいまもなお、少女の「おやすみなさい」を思い出すと、喜びと苦しみの入り混じった二重の戦慄《せんりつ》に襲われる。〔…〕思うに、ただ一度しか聞いたことのない人間の声が、このような感動をひとに起こさせるのは、あの経験がこの世のものではなかった証拠だ。それは数えきれない忘れられた人生の記憶なのだ。〔…〕人間が受け継いできた伝承の記憶は、生まれたての赤んぼにさえ愛撫の声音を理解させる。〔…〕極東の一都会で聞いた盲目の女のバラッドが一西洋人の心に、個人を越えた深い感情を蘇らせたのは、そういうわけなのだろう。〔VII: 298〕

イオニアでの幸福だった日々以来、語る女たちの声に耳を傾けることに風俗観察者としての生きがいを見出すようになっていたハーンの生涯の中でも、神戸でのこの盲目の三味線弾きとの出会いは、かけがえのない聴覚的な異性体験のひとつであったようだ。「路上音楽家」の中でも、ハーンは、この女の声を絶賛している。先の書簡と比べても、描写に大きな開きはないが、微妙なところで表現に磨きがかかっているので、対照されたい。

女の声は、いままでどんな芸者の咽喉からも、これほどの声、これほどの歌は、まず聴かれたことがなかったろうというほどの声である。しかも女は、それこそ百姓の男でもなければ出せないような声で、音の区切りかたも蟬《せみ》か鶯《うぐいす》から教わったものであろう、それでいて、西洋の音譜にむかしから書かれたこともないような全音・半音・四分の一音を自由に歌いこなすのである。〔VII: 294-295〕

ハーンは、日本の職業的な音楽家の中でも芸者に対しては、最初からあまり好意的でなく、ここでも芸者は瞽女《ごぜ》の技量をあらわす引き立て役にまわされている。三味線音楽と言えば、つい遊里の世界を連想してしまう社会通念に対する苛立ちもあったろうか。

ここで注意したいのは、女の発声法の描写である。「蟬か鶯から教わったものであろう」という形容は、チェンバレン宛の書簡〔↓125頁〕にあった「鳥や蟬が歌うように」という比喩から一歩前進した複雑な含みを伴っている。

ハーンが遺したテクストの中に、「虫とギリシャの詩」Insects and Greek Poetryという魅力的な小品がある。みずからギリシャの血を引くことを自認していたハーンは、日本における祖先崇拝や、多神教的な自然崇拝について考えるたびに、日本人とギリシャ人の親近性に思いを馳せることをつねとしていた。この講義は、両民族の昆虫に対するこまやかな愛情を対照したハーンならではの主題を含んでいる。

ギリシャのある地方でセミが宗教的な尊敬をあつめたことは、諸君も知っておかなければなりません。それは知恵の女神のお気に入りの虫であると信じられており、この女神の彫像にはしばしば描かれています。▼31〔…〕ここにひとつ、とても風変わりな短詩があり、その中でセミは神々の寵児として讃えられています——「セミよ、お前はしあわせ者だ。王者のように露を飲み、樹々の梢でちいちい鳴いていられるのだから。野原で目にするすべてがお前のもの、季節に取れるすべてのものが。だけど、お前は土地を耕す農夫の友で、誰にも危害を加えない。お前は愉快な歌の先触れとして、地上の人びとの尊敬を集める。ミューズたちも愛を受けている。アポロンもお前を愛されて、甲高い歌声を授けられた。そして、老齢のために衰えることも知らない。ああ、賢明なる者よ——地に生まれ、歌を愛し、苦しみを知らず、血の通わぬ肉体を持つ——お前はもう神々に近い

31——暁の女神のエーオースのことと思われる。『ホメーロス諸神賛歌』によると、女神エーオースは、恋するティートーノスに不死を与えるようゼウスに依頼したが、実現せず、老いさらばえたティートーノスはエーオースによってセミに姿を変えられたという。

存在だ」。〔伊藤欣二訳〕

日本に来て「虫の音楽家」にとりつかれたハーンは、日本人歌手の中に「神々に近い」虫を見出したのである。しかも「蟬か鶯から教わったのであろう」と書いたハーンは、こうした比較文化的な関心から、さらにもう一歩前進している。

次に引くのは、やはり『心』に収められた「ある保守主義者」A Conservative から、本文と注である。

かつて義経《よしつね》は天狗から剣術を習った。人間でないものが学者であり、詩人であったためしさえある。〔以下、脚注〕こんにち天神様として祀《まつ》られている菅原道真《すがわらのみちざね》の師として知られた都良香《みやこのよしか》は、あるとき羅生門をくぐりながら、ちょうど心に浮かんだ漢詩を、高らかに誦した。「気霽風梳新柳髭《きはれてかぜはくしけずるしんりゅうのはつ》」すると、すぐに門の中から太い揶揄《やゆ》するような声が、それに「氷融波洗旧苔鬚《こおりきえてなみはあらふきゅうたいのひげ》」と続けた。都良香はあたりを見回したが誰もいない。それから家に帰って、弟子にこの顚末《てんまつ》を語り、二つの詩句を反誦した。そのとき菅原道真は第二句目を高くかって言った――「なるほど第一句はいかにも詩人のことばだが、第二句はこれは鬼神のことばだ」と。〔VII: 402〕

日本の詩歌の真髄がかたや「鬼神を泣かしむる」ことにあったことは、『古今集』の「仮名序」

や「耳なし芳一」の原話（「琵琶秘曲泣幽霊」）を見てもわかる通りだが、それは同時に「鬼神から学ぶ」過程をもふまえた異界との知的交流を前提としたものであることにハーンはこの時点で気づいたのにちがいない。都良香をめぐるエピソードがハーンの心を惹《ひ》いたのは単に「怪談」趣味にかなったからというのではなく、日本文化の非日常性にさぐりを入れるための恰好の寓話として目を惹いたのである。「音の区切りかたも蟬か鶯から教わったものであろう」というさりげない文章の中に、ハーンは自然界の生き物からさえ学びうる「自然で神々しい」庶民芸術の真髄を見て取ったのである。

しかも、「西洋の音譜にむかしから書かれたこともないような全音・半音・四分の一音を自由に歌いこなす」と書いて瞽女を褒《ほ》めそやすことで、ハーンは西洋音楽の狭い尺度で日本音楽の価値を測ることの愚かさを、それとなく暗示している。

3

五線譜の呪縛は、文明開化期の音楽教育の中で圧倒的なものであった。情操教育の一環として重視された器楽演奏の目的にかなった唯一の和楽器は箏《こと》（和琴）であった。本来、琵琶《びわ》と同じく盲目の検校《けんぎょう》たちの専業であった箏曲《そうきょく》が、急激に女学教育の中に組み込まれ、「お嬢様」の楽器へと変貌していき、「芸者」と「瞽女」の楽器でありつづけた三味線とは対照的な評価を受けることになったのも、この楽器が五線譜至上主義に比較的適応しやすい楽器であったからだ。

当時、音楽取調掛の職にあった伊沢修二《いさわしゅうじ》は、西洋音楽の尺度を用いながら、日本の伝統音楽の価値を少しでも高めようと心を砕《くだ》き、かなり早い時期に「古代ギリシャ音楽との関連から見た日本音楽の歴史」をあらわし、ギリシャの「アポロ賛歌」を和楽器（琵琶、箏、鳳笙《ほうしょう》、篳篥《ひちりき》、龍笛《りゅうてき》）用の楽譜に起こすことまで試みたが、▼32 それさえやはり日本音楽を何とかして西洋の尺度に則して権威づけようとする悪あがきでしかなかった。

ましてや、いわゆる西洋かぶれの開化論者たちは、口を揃えて、日本音楽の低劣さを説いてまわったのである。『女學雑誌』の主宰者巌本善治《いわもとよしはる》は、三味線音楽を攻撃して、次のように書いている。

吾人《ごじん》の意見《いけん》にては成《な》るべく此《これ》を廢《はい》し代《かはり》に西洋《せいやう》の諸樂器《しよがくき》特《こと》にピアノ、ヲルガン、などを流行《りうかう》させたしと存《ぞん》じまする三味線《さみせん》の音《ね》はもとより淫奔《いんぽん》固有《こいう》なものにはあらざるかを知《し》らずと云《い》へど之《これ》に由《よ》りてまことに哀《あは》れなる音人《ねひと》を感動《かんどう》せしむる音鬼神《ねきしん》をなかしむる音《ね》、愛國《あいこく》慷慨《かうがい》の曲《きよく》などを奏《かな》でんことは難《かた》からんと考《かんが》へます支那人《しなじん》が云《い》ふ所《とこ》ろの鄭聲《ていせい》とて人《ひと》の心《こゝろ》を淫《みだ》らにし穢《けが》らはしき歌《うた》に合《あ》はするには宜《よろ》しからんが斯《かゝ》ることは成《な》るべく廢止《はいし》したきことでありますス斯《かゝ》ることを男子《だんし》が爲《な》すすら愧《はづ》かしきことなるに、最《もつと》も愼《つつし》むべき婦女《ふぢよ》の手《て》と口《くち》とにて斯《か》く人心《じんしん》を腐敗《ふはい》せしむる業《わざ》を爲《な》すは尤《もつと》も歎《なげく》べき極《きはみ》でありますス何卒《なにとぞ》かのピアノ、ヲルガンなんどを流行《りうかう》させて人心《じんしん》を清潔《せいけつ》にし人心《じんしん》を鼓舞《こぶ》し心中愛親《しんちうあいしん》の念《ねん》を惹《ひ》き起《おこ》すやうに致《いた》し度《たし》と思《おも》ひます。

〔『女學雑誌』第十二號、明治十九（一八八六）年、九－一〇頁、ふりがなは原文の通り〕

三味線を伴奏楽器にした伝統的な発声を、近代教育の推進者のひとりが「淫声」と称しておとしめなければならなかった時代に、「西洋の音譜にむかしから書かれたこともないような全音・半音・四分の一音を自由に歌いこなす」瞽女の歌唱を絶賛することの時代錯誤性を考えてみるとよい。少なくとも、当時の日本で、喧《やかま》しい蟬のような発声で庶民をとりこにする瞽女の文化的な役割を正当に評価できるような知識人は、ハーンを除けば皆無に等しかったのである。

ハーンの晩年、早稲田時代の同僚英文学者坪内逍遥《つぼうちしょうよう》が、「新楽劇」構想にそって『新曲浦島』を書き上げたとき、常磐津《ときわず》や一中節《いっちゅうぶし》や清元《きよもと》などの三味線音楽と西洋音楽の併用を試みた脚本に、多くのひとびとは度肝を抜かれたのであった。

和楽器の中でも、とりわけ雑音すれすれの「さわり」の妙を特色とする三味線音楽は、その

32——一八八五年にニューオーリンズで開かれた綿花博覧会で、多くの日本の文物に触れたハーンは、この感動を新聞記事にあらわしている。次は、「東洋の珍品」Some Oriental Curiositiesと題した記事から、伊沢修二の論文に言及した箇所である——「東洋音楽と西洋音楽との関連性、雅楽と俗楽（古典的な部類と大衆的な部類の音楽）、それに、本調子、二上がり、三下がりと呼ばれる三味線の調弦法、また平調子と言われる箏の調弦法、そして、日本音階に関する各章は、ドイツ人の作曲家教師の名誉になるほど学術的であるが、この短い記事で取り扱うには専門的である。もっと一般的にも理解でき、賞賛されるはずのものは、古代ギリシャと現存する日本音楽との類似性〔…〕である。著者は〔…〕次のように述べている。「雅楽であれ俗楽であれ、日本音階の中でギリシャ音楽に見出しえないような音階はない」と。」〔寺島悦恩訳〕。なお、伊沢のこの論文は『洋楽事始』（平凡社東洋文庫、一九七一）に収録されている。

「さわり」故に、衛生学者たちによって目の敵にされ、こうした偏見はなおも十分に解消されてはいない。

4

もっとも、ハーンの非ヨーロッパ音楽に対する柔軟な姿勢は、日本に来てからいきなり身についたものではなかった。ニューオーリンズ時代のハーンの音楽的趣味は、『カルメン』は『カルメン』でも、「劇場で上演されたオペラの印象深い旋律」よりも「大道芸人の手まわし風琴に乗って町の隅々まで広がっていった」余波にまで耳をそばだてる細やかさに特徴があった。[33] 要するに、五線譜をいかに再現するかが問題となるような音楽の様式ではなく、むしろ記憶と即興を基本にして奏され、それを五線譜に採ろうとしても熟練が必要とされるばかりか、いかなる耳をもってしても正確な採譜には程遠い、一回性の強い音楽こそが、ハーンの最も愛した音楽様式だったのである。

その傾向は、マルチニーク島に渡ってのち、いっそう強まった。ニューオーリンズがジャズの故郷なら、マルチニークはビギンの故郷であった。ハーンが滞在した一八八〇年代のマルチニークは、ちょうど町の洒落《しゃれ》たダンスホールで、マズルカやビギンなど、ラテン的なリズムに乗せたダンス音楽が一世を風靡《ふうび》し始めた時代に相当する。ところが、西インド諸島の小パリとまで呼ばれたサンピエールに住まいながら、ハーンはいわゆる社交音楽には背を向け、もっぱら土俗的な呪術性に満ちた音楽に熱狂しつづけた。「天然痘《てんねんとう》」La Verette と題する日記形式の散文は、ちょうど疫病流行のまっさかりにめぐってきたマルディ・グラ前後の風俗を描いた凄絶《せいぜつ》な作品である。

行列の通り道で、とんでもないことが持ち上がっていた。病気にとりつかれた女が、寝床から起き出して、自分で衣装をまとい、恐ろしい病気のために誰だかわからなくなった顔に仮面をつけて、踊りの仲間に加わろうと、よろけながら飛び出してくるのだ。〔…〕サン・マルト街にもやはり若い娘の患者が三人いたが、これがラッパの音を聴き、歌に合わせた手拍子足拍子を聴きつけて、居ても立ってもたまらず、フランス窓の隙間から行列を覗いていると、体内の踊り好きなクレオールの血が沸騰し、とうとう叫び始める。「わたしたちも楽しもうよ。死んだって構やしないわ」Ah! nou ké bien amieusé nou! c'est zaffai si nou mò! そう言って、三人とも仮面をかぶって行列に加わり、〔…〕病原菌をまき散らしながら出ていった。こんなのは珍しい例ではない。踊る行列の中には、天然痘患者が大勢混じっていた。

〔III: 253-254〕

33——仙北谷晃一『人生の教師ラフカディオ・ハーン』〔恒文社、一九九六、一二九頁〕。この引用箇所を含む「ハーンと音楽」は、ハーンと音楽一般との関わりを、米国時代から日本にかけて多面的に論じた画期的論文である。

この不気味に祝祭的な「死の舞踏」の記録は、その全文を読まない限り、その幻想性を堪能《たんのう》までではできないが、ここでは一点についてだけ指摘しておく。

ニューオーリンズ時代にデング熱の洗礼を受けたハーンは、異国情緒に風土病はつきものだということを十分にわきまえていた。疫病流行期の風俗観察はその土地の民間信仰を理解する早道には違いない。神戸時代のエッセイの中でも「コレラ流行期に」In Cholera-timeは、この方法論を実践に移した「天然痘」とは姉妹のような関係にある。

もちろん、ハーンはその旅の先々で、べつにリデルのように医療奉仕活動にたずさわったわけではなく、疫病撃退に庶民が用いる迷信的な民間療法（サンピエールでハーンが住んでいた下宿屋の女は、天然痘から身を守る厄除《やくよ》けの御守りだと称して、とうもろこしを三粒と樟脳《しょうのう》を運んできたという）にいちいち驚きはしても、それを侮《あなど》ることなく、ひたすら素朴な庶民たちの口からもれる溜《た》め息とも呪文ともつかない微《かす》かな声音に耳を傾け、受動的な聴き手に徹した。そうなれば、もうハーンの独擅場であった。

来日以前に、ハーンはもうすでにハーンであり、合衆国やマルチニークでの二十年間を抜きにして、ハーンを語ることはできないのである。

この昔風な古い地区では、道幅が狭いので、どんなひそひそ声でも往来越しに聞こえてしまう。夜になると、いろんな物音が聞こえてくる。死神が夜まわりをする時刻になると、痛みを訴えるうめきや、すすり泣きや、絶望の叫びが聴こえるし、そうかと思うと、怒りのことばや、笑い声や、歌まで聴こえてくることもある。歌といっても、いつも同じもの悲しい調子の歌で、声は年の若い黒人女とわかる、あの独特の金属的にひびく声だ。

Pauv' ti Lélé,
Pauv' ti Lélé,
Li gagnin doulè, doulè, doulè, ——
Li gagnin doulè
Tou-pàtout!

（かわいそうなレレ。レレはどこにいっても辛い辛い辛いことばかり。）〔III: 268-269〕

マルチニーク時代にハーンがおこなったフィールドワークの中で、音楽収集と並んで、重要な意味を持っていた民話の収集についても、ことのついでに触れておこう。ハーンがマルチニークで集めた民話のいくつかは、いまでも資料的に価値があるばかりか、ハーンの物語体験の一部として注目すべきものを持っている。神が被造物たちに命じて、ハチドリから太鼓を奪い取る「ハチドリの話」は、島の奴隷たちにとって太鼓が労働意欲をかきたてる唯一の刺激であったことを暗に語り、日本でも田植唄や雨乞い太鼓などの呪術性の強い労働歌に関心を抱いたハーンの音楽観を補強しうる話だし、悪魔からバイオリンを盗みとって、姉が悪魔の牙にかかるのをバイオリンの演奏で防いだ姉思いの弟の話（「蚤足少年」）や、笛吹きの少年が妖怪たちに襲われそうになり、笛の腕前によって何度も命拾いをするが最後に食われてしまう話（「ペラマンルーの話」）などは、「耳なし芳一」に通じるところがある。▼[34] これらのクレオール民話に共通するのは、音楽の呪術性、いいかえれば、情操教育の手段というようなものではなしに、あくまでも生活に密着し、人間を不幸におとしいれたり、逆に不幸から救ったりする強い霊力を持つ音楽をめぐる話だというところである。

ハーンは、音楽に耳を傾けるばかりではなく、音楽に関する物語を絶妙な語り口で語り聞かせる土地の語りべたちの声にもまた耳を傾ける習慣を、この頃からすでに身につけていた。民間風俗の中の音楽性にスポットライトを当てる洗練された方法をハーンが身につけたもとをたぐれば、シンシナーティ時代に知り合ったH・E・クレビールの存在に突き当たる。グリオのことであれ、ジプシー音楽であれ、同時代の文学であれ、クレビールとならば、手紙の話題には事欠かなかった。

ところが、来日後のハーンは、異国趣味を共有できる第二のクレビールを、身近なチェンバレンの中に見出そうと試み、長い試行錯誤のすえ、それはとうとう失敗に終わった。東京に移ってから、ハーンとチェンバレンのあいだは音信不通となる。みずから「ワグネリアン」であることを自負し、ヨーロッパの北方音楽に心酔しきっていたチェンバレンとハーンとでは、そもそも文化の趣味がかけはなれていたのである。

もし「音楽」というあの美しいことばをやむなく引きずり下ろして、東洋人が単調に弦を爪びいたり、甲高い声を張り上げて歌ったりするようなことまで、その意味内容に含めるという条件つきならば、神代の時代から日本にも音楽が存在したと考えられる。

〔*Things Japanese*, Sixth Edition Revised, 1939, p. 367〕

『日本事物誌』の初版（一八九〇）に書きつけられていたこの独断と偏見に満ちた前置きは、ハーンの猛烈な抗議にもかかわらず、最終版まで取り下げられることなく終わった。日本音楽をどこまで理解し評価できるかは、音楽センスの問題である以前に、異文化を思いやる礼儀作法の問題である。植民地体験をこなしながら、非ヨーロッパ世界の音楽に含まれる呪術的な面に耳の波長を合わせせられる能力を身につけたものには、日本音楽を理解することはさほど困難ではなかったはずだが、逆に、そうでないかぎり、日本音楽を楽しむことはむずかしかったろう。この意味からすれば、日本にやってきた時点から、ハーンは日本音楽に正面から向かい合うエチケットを身につけていたのに対し、チェンバレンはどこにあってもみずからの審美《しんび》基準をまげようとしない頑固な趣味人であった。

5

英語教師としての職にいったん見切りをつけ、神戸に来たハーンは、ちょうど日清戦争のさなかに、英字新聞の専属記者をつとめたことも手伝って、職業柄、極東情勢に神経を尖らせていなければならない立場にあった。熊本から戦地に向けて出発する出征兵士たちを見送ったハーンは、こんどは神戸の港町に凱旋《がいせん》する兵士たちを出迎えることになった。熊本を象徴する軍神が加藤清正なら〔↓87頁〕、神戸には忠臣楠木正成《くすのきまさしげ》がいた。

「戦後」After the War は、連戦連勝の末に戻りついた日本軍兵士が楠公《なんこう》さん（湊川神社）へと凱旋行進をおこなうのを家族総出の見物にでかけた日の記録を中心にまとめられたエッセイである。

> 日が暮れてから招集をかけたり、就寝の時刻を報じたりするラッパの響きは、日本のある師団の所在地に何年か住んでいた私にとって、夏の夕べの楽しみのひとつであった。ところが、こんどの戦争の間は、あの最後の節を長くひっぱる哀れみをこうような音色が、それとはべつの感動を私にもたらすようになった。べつにあの節まわしが特別なものだと言うのではない。ただ、あれを吹くものはきっと特別な感情をもって、あの節を吹くのにちがいないと、いつも思ったのである。師団中のラッパが一斉に星明かりの空に向かって吹き鳴らされるとき、とりどりにいりまじるその音色には、忘れがたく哀愁に満ちた甘美さがある。あれを聴くたびに、私はまぼろしのラッパ吹きが、少壮の頑丈な兵士たちの群れを、永遠のやすらぎをもたらす薄暗い静けさの中へと召還するさまを夢想するのだった。〔VII: 342-343〕

このエッセイの中で、ハーンは、日本軍のアジア戦略に対して、極力中立の姿勢を貫こうとしている。西洋の眼に日本軍の台頭を示す不吉な事件となった日清戦争を素材にしながらも、ハーンの関心は、軍事問題そのものよりも、庶民の生活実感の中に当時の軍国主義がどのように映っていたかに向かっていた。彼にとっては連戦連勝の日本軍もまた、日本文化の一形態にすぎなかったのだ。

「清国の兵隊が捕虜になって辮髪《べんぱつ》を数珠のようにつながれている玩具」を悪趣味と言い、おもちゃのラッパを吹き鳴らす子どもたちを眺めながら、「いつかニューオーリンズ時代の大晦日の晩に、ブリキのラッパを吹き鳴らしたこと」を回想したりしながら、ハーンは、このエッセイをそれとなく「ラッパ」をめぐる詩的散文へと収斂させていく。なかでも、成歓の戦における武勇譚《たん》として名を馳せた非業のラッパ手を主人公にした軍歌「喇叭《らっぱ》の響き」のバラッド訳は、あの大黒舞の翻訳に手こずったかつてのハーンと同一人物の手になるものとは思えない自信にみちた訳である。[35]

SHIRAGAMI GENJIRO

Easy in other time than this
Were Anjo's stream to cross;

一、渡るにやすき安城の
　名はいたづらのものなるか

34――ハーンの収集したクレオール民話のうち「ハチドリの話」「ペラマンルーの話」「青い魚の話」は、平川祐弘編の『クレオール物語』（講談社学術文庫、一九九一）中の拙訳を参照されたい。

But now, beneath the storm of shot,
Its waters seethe and toss.

In other time to pass that stream
Were sport for boys at play;
But every man through blood must wade
Who fords Anjo to-day.

The bugle sound; — through flood and flame
Charges the line of steel; —
Above the crash of battle rings
The bugle's stern appeal.

Why has that bugle ceased to call?
Why does it call once more?
Why sounds the stirring signal now
More faintly than before?

敵の打出す弾丸に
浪は怒りて水騒ぎ

湧き立ちかへるくれなゐの
血潮の外に道もなく
先鋒たりし我輩の
苦戦のほどぞ知られける

二、この時一人のラッパ手は
取り佩く太刀の束の間も
進め、進めと吹きしきる
進軍ラッパのすさまじさ

その音忽ち打ち絶えて
再びかすかに聞えけり
打ち絶えたりしは何故ぞ
かすかになりしは何故ぞ

What time the bugle ceased to sound,
The breast was smitten through; —
What time the blast rang faintly, blood
Gushed from the lips that blew.

Death-stricken, still the bugler stands!
He leans up on his gun, —
Once more to sound the bugle-call
Before his life be done.

What though the shattered body fail?
The spirit rushes free
Through Heaven and Earth to sound anew

三、打ち絶えたりしその時は
弾丸のんどを貫けり
かすかになりしその時は
熱血気管に溢れたり

弾丸のんどを貫けど
熱血気管に溢るれど
ラッパ放さず握りしめ
左手《ゆんで》に杖つく村田銃

35——　ハーンは熊本時代にも、西南戦争を歌った軍歌「熊本籠城」の韻文訳を、チェンバレンの協力を得て完成させている。しかもそれは七五調の日本語に英語のシラブル数を一致させた野心的な訳（『於母影《おもかげ》』における鷗外の分類を借りるなら「調訳」）であった。これに比すると「喇叭の響き」の「韻訳」は、むしろ英訳自体のバラッド風韻律の再現を意図した新趣向である。なお、「喇叭の響き」の歌詞（加藤義清《かとうよしきよ》作とされる）の全文は、平川祐弘編『日本の心』（講談社学術文庫、一九九〇）中の平川訳注〔一四七－一四八頁〕を参照した。

That call to Victory!

Far, far beyond our shores the spot
Now honoured by his fall; —
But forty million brethren
Have heard the bugle-call.

Comrade! — beyond the peaks and seas
Your bugle sounds to-day
In forty million loyal hearts
A thousand miles away!　〔VII: 334-335〕

四、玉とその身は砕くとも
霊魂天地かけめぐり
なほ敵軍をや破るらん
あな勇ましのラッパ手よ

雲山万里をかけへだつ
四千余万の同胞も
君がラッパのひびきにぞ
進むは今と勇むなる

ヨーロッパのバラッドは、異界探訪や悲恋を語ったものとばかりは限らない。「ロビン・フッド」のような英雄叙事詩もあれば、純粋な戦争詩も少なくなかった。ここで、もう一度、東京大学時代の小泉講師に登場してもらおう。

戦争は、こういう形式の韻文には、必ずしも適したものはないとあなた方は言うであろう。しかし、そのように言い切ることはできないのではあるまいか。中国との戦争〔＝日清戦争のこと）を題材にした日本の歌をいくつか思い浮かべてみなさい。実際によく歌われていて、しかも生気漲り、風刺が充分にきいた歌が一、二ある。俗謡は、風刺がきいている時に最良のもんとなる。

〔「俗謡に関する覚え書」神田庄二訳〕

「喇叭の響き」の陰惨さの裏に隠れた不思議な明朗さを、ハーンは「バラッド」に特有のアイロニーとして理解したのかもしれない。神戸時代に書かれた作物を集めた『心』は、警官殺しと遺族との再会の物語といい、心中死した男女の悲恋の物語といい、コレラ禍《か》で母をなくし位《い》牌《はい》をしゃぶる赤児の話といい、一冊全部が「天然痘」並みの死臭を漂わせている。しかし、こういったすべてはまさしく「バラッド」にふさわしい素材であり、実際に、日本の民間歌人たちは死者の物語を「バラッド」に変え、口から口へ歌い継ぐ民族の遺産へと結晶させていく文化的営為にかかわったのである。そして、ハーンもまたハーンなりの流儀によって、有名無名の死者たちを人類全体の記憶に留めるべく、アイロニーのきいた散文形式の「バラッド」をひとつひとつ書きためていった。

6

しかしハーンがこの神戸で何よりも深く日本文化の底流を伝えるものとして感じとったのは重装備に身を固めて行き来するひとびとではなく、むしろ小さな放浪者たちの群像であったと考えるべきだと思う。というのも、「天才的な日本文明」▼36 The Genius of the Japanese Civilization という大仰なタイトルを冠したエッセイの中で、ハーンはこんな観察をおこなっているからだ。

日本人の生活の最も著しい特徴は極度の流動性である。日本人は、そのひとつひとつの分子が永久の円運動を営んでいる溶媒《ようばい》のようなものである。運動そのものからしてすでに特異なものなのだ。点と点のあいだの移動は微々たるものにすぎないが、西洋人種の移動よりずっと幅が広く、遠心的（エキセントリック）な行跡を描く。しかもそれがもっと自然なのだ。〔…〕ヨーロッパ人と日本人の移動を比較するなら、それは高速振動と低速振動の差ということになろうか。高速振動には人為的な外力が加わるが、低速振動にはそんなものはない。〔…〕日本人は文明人の中でも最大の旅行者だ。その証拠に、これほど山の多い土地に住んでいながら旅の支障というものをほとんど認めていない。しかも日本人の中でいちばんよけいに旅をするのは、旅をするのに汽車も汽船も必要としない連中なのだ。

〔VII: 283-284〕

十九世紀末の西洋人の中でも有数の世界漫遊家（globetrotter）のひとりであったハーンが、敢えて日本人を「最大の旅行者」と呼ぶときに念頭に置いていたのは、おそらく日清戦争に勝って神戸の港に凱旋した兵士たちではなく、もっともっと身軽ないでたちで、移動しながら、しかもけっしてひっそりとではなく、音楽とも雑音ともつかぬ音響を放ち、みずからを主張しつづける、全身が楽器のような存在たちの方であった。しかも、彼らは社会的に最下層の賤民《せんみん》として、一般に蔑《さげす》まれながら、それでも、みずからの職業に誇りを持ったれっきとした職業人であることをハーンは見逃さなかった。

このように勝手気儘《きまま》に動きまわるものたちと言えば、われわれは西洋の乞食かルンペンをすぐに想像してしまい、彼らの内的意味を見損ないがちだった。つまり、こうしたひとびとを、とかく不潔だとか悪臭を放つとかいうふうに、不快なものとして考えてしまいがちなのだ。しかし、チェンバレン教授が奇《く》しくも言ったように、「日本の群衆は世界中でいちばんいい匂いがする」。旅から旅をわたりあるく愛すべき日本の放浪者は、ふところに五厘《ごりん》か一銭あれば、毎日でも湯につかる。金がなくても行水《ぎょうずい》をする。そして手に持った包みの中には、櫛《くし》や爪楊枝《つまようじ》や剃刀《かみそり》が入っているのである。〔VII: 286-287〕

西洋のルンペンたちには礼を欠いた言い方かもしれない。しかし、ハーンは漂泊の都市生活者たちを好奇の眼でながめることはあっても、見下すような差別的な眼を用いることはなかっ

36―― このエッセイは、これまで「日本文明の特質」「日本文化の真髄」などと訳されてきたが、私はべつにこうした慣例に異を唱えたいわけではない。〈genius〉の多義性を踏まえ、読者の意表を突くことを狙ったのであろうハーンの挑発に対する私なりの応答として、敢えて試訳を試みた。

た。それは、合衆国にわたる前、ロンドンの貧民窟《くつ》をさまようルンペンの群れに混じった経験の持ち主であったせいもあろうが、彼が、移動することを厭《いと》わしく思うどころか、移動することによってみずからを実現しようとする放浪者の中に、それこそ模範的な芸術家の像を見出したひとりであったことに由来するのにちがいない。

ところが近代文明の普及は、低速運動に活動の場を見出したこうした種族を急速に衰弱させた。それはただ差別ばかりが理由であったわけではなく、むしろ文明（衛生学）の普及によるところが大きかったのである。行政は、福祉の名を借り、治安・衛生上の理由から彼らの生活空間を窮屈にし、近代教育の普及が、彼らの放つ音楽を雑音としかみなさなくなっていったせいだ。いわば、墓場の水溜めから湧《わ》く蚊たちよりも遥かに反文明的で耳障りな存在とみなされた彼ら無宿の民は、まさに絶滅の寸前まで追いやられたのである。

そして一方では、国の内外を移動する男たちにゲートルを巻かせ、重たい背嚢《はいのう》を背負わせ、首をうなだれながら行くことをうながしたのもまた近代化の途上にあった明治日本であった。明治二十年代の日本は、滅びゆく音楽的な種族と時代の寵児《ちょうじ》たらんとする勇ましい種族、瞽女《ごぜ》の三味線と軍楽隊のラッパとが、ともに大音響を発していた奇妙にけたたましい過渡的時代なのであった。

蚊

「―― !―― !!――蚊だ!!!」
ハーンの挿絵(『アイテム』紙)

ハーンの残した数多い文章のなかで、「蚊」Mosquitoesは、古今東西、この吸血虫を題材にした文章として、次のD・H・ロレンスの詩と並べ、白眉《はくび》のひとつに数えたいと、かねがね思っている。

「君、いつから君のわるさを/はじめたのか。/なんのために長い足の上に/立っているのか。なぜこんなに長い/まがった脛だ。〔…〕/さあこい。だましっこをしようよ。/どちらがこのずるいだましっこに勝つか/やってみよう。/人間か蚊か。//お前はおれが存在していることを知らない/おれもお前の存在をしらない。/それでは始めよう！／それはお前の切札だ／それはお前の憎らしい小さい切札だ／お前はむきだしの悪魔だ！／お前はおれの急激な血を振って／お前を憎ませるようにする。／それはおれの耳に鳴るお前の憎らしい／お前のラッパだ。／なぜそうするのだ／たしかに間違った政策だ。／お前に追いつけないのかおれは？／翼ある勝利よお前はおれには／無用の長物だ。／蚊としてお前に勝つだけの／蚊としておれは充分でないのか？」〔西脇順三郎訳、『世界文学全集②D・H・ロレンス』集英社、一九六五、四六五－四六八頁〕

同じように、ハーンもまた、ヤブ蚊の甲高い羽音と、血を吸われるときの劇しい痛みとを結びつけている。

我が家の近所には何種類かの蚊がいるが、手に負えない難敵は、銀色の斑点と縞《しま》のある、小さな針のようなやつだ。これにずぶっとやられると、電気ショックを受けたような痛みがある。そしてそのブーンいう声が聞こえるだけで、やがてやってくる痛みの凄さを予想させる、それだけで刺されるのに等しい響きがある。〔XI: 288〕

十九世紀後半、近代衛生学は、人間の周囲から蚊を撃退する作戦に本格的

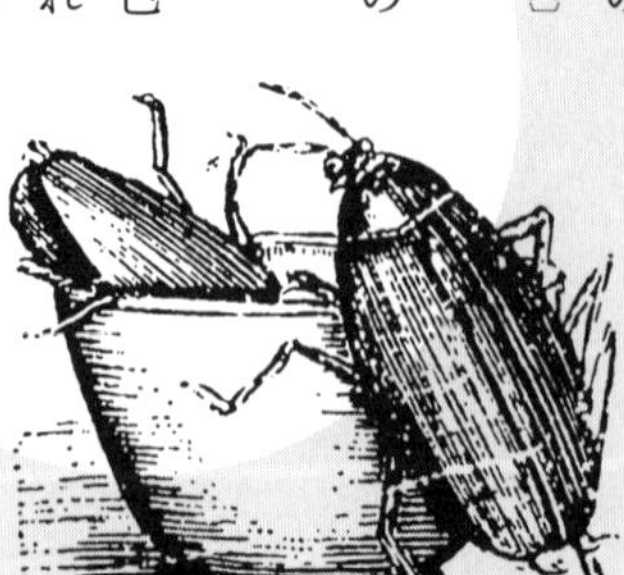

「饗宴」
ハーンの挿絵

に取り組もうとしていた。とくに、かつてハーンが住んだことのあるニューオーリンズを中心とする合衆国の南部諸州において、衛生学の発達は、大量の人間の生死にかかわる、緊急を要する課題であった。

ハーンがシンシナーティからニューオーリンズに移った一八七〇年代後半、黄熱病やデング熱の猛威（実は、ハーン自身もこれにやられた）に対するアメリカ人の対応は、いまだ迷信に頼りがちであったという。生死にかかわる熱病から身を守る予防措置として、当時の南部人が講じた最善の策は、玉葱《たまねぎ》の切れ端を置いておいて、それを数時間ごとに取りかえることであったというから、何とも野蛮な話である。

そのようななかで、ハーンは持ち前の博学をもって、当時は、まだまだ迷信は克服されるべきものだと信じていたふしがある。ところが、いざ日本に来て、こちらの蚊の多さに悩まされながら、ハーンは一種の悟りへと到達する。日本は、適度な湿気と暑さがあるばかりか、「滞《とどこお》った水」にも恵まれている。だから、蚊は繁殖する。とくに問題なのは、墓地である〔→101頁〕。日本の墓には、水溜めがあって、しかも生花がいけてあり、そこからは水が絶やされない。蚊は死者の霊であり、日本にこの風習が残っているかぎり、日本人と蚊は切っても切りはなせない関係にあるとハーンは結論している。仮に絶滅をはかるなら、日本のうす暗い墓場という墓場は、破壊しつくさなければ

「キャロンドレ通りの悪魔」
ハーンの挿絵

ならないことになる。

いかにもハーンらしい屁理屈だが、日本古来の風俗と習慣が、近代的な科学万能の価値観といかに対立してしまうか、この推論は雄弁に物語っている。そして、ハーンは、自分もまた、死後、「食血餓鬼《じきけつがき》」Jiki-ketsu-gakiの身に生まれかわらないとは限らないと、不吉なほのめかしで、この一文をしめくくっている。

そう言えば、アメリカ時代のハーンは、漫画風のスケッチをよくしたが、そうしたなかに、巨大な蚊が男の体にまたがり、血を吸おうとしている挿絵がある。それは、いかにも「怪談」めいた趣《おもむき》を漂わせているが、それだけではない。そこには、豊潤《ほうじゅん》なエロスがたちこめている。ハーンにとって蚊は、無論、雌であった。断じてそうでなければならなかった。バーンが愛し愛された女性は、セツ夫人だけではなかったのである。

思えば、ハーンからは、ずいぶん蚊とのつきあい方を教えられた。ハーンは、蚊にまたがられながら、それをどのようにして耐え、そこからどのような快感を引き出したのだろう。夏が来るたび、ハーンの肌を刺した蚊の子孫から、そしてひょっとしたらハーンの生まれかわりなのかもしれない虫から、訪問を受けるかもしれない、と期待する。何なら、君がへるんさんかい?と、一度問いつめてみたい気さえするのである。

付記

ハーンはニューオーリンズ時代には、自筆の挿絵に文章を施した記事が多く、先のコラム「**ゴム靴・トマト・南京虫**」で紹介した「素人音楽家」もそのひとつだが〔→82頁〕、こうした記事を挿絵《さしえ》も含めて紹介したE・L・ティンカーの『ラフカディオ・ハーンのアメリカ時代』*Lafcadio Hearn's American Days* (1924) には、「蚊」Mosquitosという題を付されたユーモラスな記事もまた絵入りで収録されている。以下は、その訳書〔木村勝造訳、ミネルヴァ書房、二〇〇四〕から木村氏の訳文の一部を紹介しておく。「蚊」はフランス語のmoustiqueは男性名詞なのだが、ハーンは最初から「女」とみなしているところが、いかにもハーンらしいのである――「飛んでいる生物のなかで最も悪賢いのは蚊だ。彼女は昼間より夜の方が目がきく。最大のホテルでも、すべての蚊帳の穴のありかをそらで覚えている。〔…〕蚊というものがいなかったら、この気候では、我々は恐ろしく怠け者になるだろう。〔…〕だから、呪っているときにも、蚊を祝福もしよう。我々を働きまわらせ、あくせくさせて、人生を夢見心地に過ごさせないようにしているのだから」〔二五七頁〕。

「おばけ屋敷とおばけたち」
ハーンの挿絵

ハーメルンの笛吹き

1

ハーンのお気に入りの話のひとつに、「ハーメルンの笛吹き」があった。十九世紀後半の英語圏に育ったものの大半がそうであったように、ハーンはブラウニングによるバラッド形式の英詩を通じて、このドイツ起源の伝説に親しんだのにちがいないが、ハーンにとって、この物語は、少年時代の読書経験を彷彿《ほうふつ》とさせる懐《なつ》かしい話であっただけではなく、彼の趣味に強く訴える選ばれた物語のひとつであった。このことは、ニューオーリンズ時代の文芸記事の中で、この伝説の史実性に関心を寄せ、ネズミを媒介にした黒死病の流行や少年十字軍など、汚辱《おじょく》にまみれたヨーロッパの中世史を振り返りながら、かなり衒学的《げんがくてき》な記事を書き残していたことからもわかる。

それは奇妙な徴候、奇妙な疫病の時代であった。正真正銘の狂気の時代——迷信から来る狂気、宗教的高揚から来る熱気、正気を失ったとしか思えぬ犯罪の時代であった。それはまた魔法の時代、精神的にも肉体的にも不純なことの多い時代であった。――それはまた癩病の世紀であり、それに引続く熱狂的な癲癇《てんかん》性舞踏病その他の空恐ろしい病気がはやる、一層悪化する前ぶれの時期でもあった。恐ろしくない事でもグロテスクな事が多かった。悪意のない事でも馬鹿げたこと事が多かった。――なにしろ民衆は全くなにも知らず、その上恐怖にさいなまれていたから、何でも信じ何事でもあえて行ったのである。そしてその神経的に興奮しやすい状態は後には舞踏熱の大流行となり鞭打ち苦行者の行列や行進となったのだが、その神経的興奮状態は異常な感情の高揚となってあらわれ、それがついに少年十字軍と少年巡礼者の群を生み出すにいたるのである。

〔平川祐弘 訳〕

ハーンは、文明開化にはやる明治中期の日本の英学者たちの中に、狂信的な何かを感じとっていた。その煽動家《せんどうか》と無垢《むく》な庶民の姿は、宣教師に率いられた少年十字軍としてさえ目に映ったようである。公衆衛生の名の下にネズミの撃退を試みた十九世紀末の「ハーメルンの笛吹き」たちは、次に日本の子どもたちの誘拐を画策している。熊本時代のハーンが、クリスチャンとしての洗礼を受けた英語教師たちの教育態度になじまず、カトリック教会建設のため熊本の中心部に土地を購入したコール神父の野望に義憤をおぼえたことは知られている。そんな中で、ハーンは「ハーメルンの笛吹き」の物語の中に、近代という時代にもあてはまる寓話《ぐうわ》を見ていたのではないだろうか。しかも、仮に西洋かぶれの「笛吹き」にだまされなかった青年たちも、富国強兵の理想を掲げる日本の「ラッパ吹き」にはまんまとたぶらかされ、のこのこ外地へと出陣していくまでに、時勢は移り変わろうとしていた。

一八九三年十一月、熊本で生まれた長男の一雄〔→64頁〕は、日清戦争から凱旋《がいせん》する兵士たちを神戸で家族と共に眺め、東京の牛込に移ったころには、もう英語教育を始めても早すぎない年齢に達していた。そんなある日のエピソードとして、後に小泉一雄は愉快な話を記している。

あの頃、帽子にも洋服にも金モールの附いた、海軍士官の礼装に似た扮装の薬売が肩から鞄をかけて市内を――中には手風琴を携へたものもあつて――声高らかに「広めやく〳〵諸共にオイチニイ！　生々薬館の売薬は……オイチニイ！　その又薬の効能は……オイチニイ！」等と節面白く歌つて、赤や青の紙片に薬名を印刷した広告を「おくれく〳〵！」と集つてくる子供等に與へ乍ら横行闊歩したものです。私も偶には此の広告紙を貰ひました。〔…〕〔ところが、このことを〕父はちやんと知つてゐて、翌朝私への授業の時、「薬売り或は広告の楽隊のあとを尾いて参りますの子供は馬鹿です。其の様な子供は〔…〕後には魂でさへも奪《と》られる様な事となります。賢いの子供は最初からあの様な無礼な下品な人《じん》の傍へは参るないです。」と申しました。そして魔法《マヂツク》の笛吹き《パイパー》の話〔…〕を読ませました。

〔前掲『父《パパ》「八雲」を憶ふ』、本文四八－五〇頁〕

「ハーメルンの笛吹き」のいかがわしい魔術から日本の子どもたちを守護することにみずからの存在理由を見出した教育者ハーンは、息子の一雄に対しても同じ教育を施したのだということになる。

しかし、「ハーメルンの笛吹き」の話が、ハーンのお気に入りであったのは、この話が教訓に満ちた道徳的な反省を促す寓話だったからではおそらくない。

2

「ハーメルンの笛吹き」の話を、一雄に対してはもっぱら戒《いまし》めとして用いたハーンだが、同じハーンが、熊本の第五高等中学校（「第五高等学校」と改称されるのは、ハーンが辞職を決めた一八九四年九月のことであった）の学生に対してはまったく別な方法でこれを用い、そこからおもしろい結果を抽き出している。

英語教師ハーンの特徴をひとことで言いあらわすことは困難だ。なぜなら、彼は教室という場所を使って、少なくともふたつのことを並行しておこなったからである。ひとつはむろん英語教育であった。平易な英語を用いて、まずネイティヴ・スピーカーの英語を理解させ、次に生徒たちの英語による表現能力を養う。松江中学での初級英語教育の場でおこなった方法を、五高に移ってからも、彼はそのまま踏襲《とうしゅう》した。当時、五高で用いられていた教科書が、ハーンの教育方針に合わないジョージ・エリオットや『プルターク英雄伝』の英訳であったことに失望し、どうせならと教科書に用いようと提案した『クオーレ』の英訳を、同僚たちから一笑に付されたハーンは、やむなく素手で教場に向かった。そして、学生たちに、西洋の物語を語って聞かせ、時には学生の無理解にあきれ、時には心を弾ませたのが五高での三年間であった。

そうした五高時代の教材のひとつに、「ハーメルンの笛吹き」が用いられた。一八九四年三月のチェンバレン宛て書簡（三月九日付け）の中で、ハーンはまずひとりの作文を引き、その難《なん》のある英語にいっさい手を加えず、それをそのまま写している。

There were lived so large rats that cats could not treat them as an enemy. 〔XVI: 156〕

この一文は、「そこには猫も怖がるような大きなネズミが住んでいました」というふうな日本語を、そのまま英語（「住んで」lived＋「いました」were）に置き換えた初歩的な日本人英語の一種だと考えられる。『日本事物誌』〔↓41頁〕の中に「日本人英語」というユニークな一項を設けた言語学の権威チェンバレンであれば、このような日本人英語の例が何かの役に立つだろうと考えたのかもしれない。その証拠に、ハーンは同じ学生の作文から、わざわざ次のような意味不明の一文まで引いて、「ここのところは、わたしにはちんぷんかんぷんです。あなたにはわかりますか」と書き加えているほどだ。

Town'smen sorrowed and celebrated religiously that mount to *protect* their town. 〔同前〕

しかし、ハーンは英語教師としていかに多くの障害を乗り越えなければならないかを訴えるためだけに、こんな作文を引いてみせたわけではない。というのも、同じ学生の作文から、ハーンは次のような箇所を引き、部分的に強調しているからである。

> Therefore they advertised *that if a man would have been subdued the adversity of rats,* they shall pay him ten thousand pieces of gold. 〔同前〕

英文のたどたどしさを度外視して、イタリック部分からあとの意味をとると「もしネズミ禍を鎮められる者がいたら、金貨を一万枚払おう」ということになる。ヨーロッパの「ハーメルンの笛吹き」伝説では、ここはただ「もしネズミが退治できたら」とか「始末できたら」というふうに書かれて終わっている。ところが、日本人学生はそこを敢えてまわりくどく「敵意を鎮《しず》める」と書いた。その背後に、ハーンは何か日本的な論理を嗅ぎ取ったのである。ネズミの害を何ものかの「たたり」とみなし、その「たたり」を解除するためには「鎮め」の儀礼が必要だという論理をである。「夏の日の夢」の「浦島」再話〔↓110頁〕の中で、ハーンは浦島が亀を逃がす場面を、同情ではなく、たたりを恐れるアニミズム的感情によるものとして説明したほどだ。つまりハーンは学生の再話の中に、日本人ならではの固定観念を認め、それを日本理解のために用いようとしたのである。

日本におけるハーンの仕事の中で、再話作品の重要性については、ここであらためて論じるまでもないだろう。しかも、その再話は日本的な風習や思考を慎重に踏まえようとしたものであった。しかし、それは同時に十九世紀ヨーロッパのロマン主義文学もしくは耽美《たんび》主義文学の影響を露骨に受け、きわめて西洋風な味つけをほどこされた交叉《こうさ》的産物に他ならなかった。英語を用いて、英語圏の読者向けに再話をおこなったハーンは、一方では西洋人の趣味に媚びようとして、日本の説話を意図的に調理し直したのだ。

そして、ハーンは、教室の中では立場をいれかえ、学生に対してひそかに再話文学の実験に踏みこませたのである。もちろん、まじめな学生たちは、ハーンから聴いた通りを、できるだけ正確な英語で再話しようと考えただけにすぎなかった。しかし、彼らに改作の意志がなければなかっただけ、無意識のうちに物語の細部に検閲を加え、その話を身近なものに変形してしまった。ハーンは、まさにその脱線をつかまえて、課題作文を日本的思考を理解する手がかりに供したのだ。

次に、ハーンが満点を与えたという優等生の作文から、「ハーメルンの笛吹き」の後半部分を見ておこう。

> 彼はポケットから小さな笛を取り出して口にあてました。そしてそれを鳴らすと、ネズミというネズミが巣からあらわれ、通りを走っていきました。彼はネズミたちのあとをいいいい追いいいいました（*He ran after him*）。ネズミが速く走ると、彼も速く走りました。〔…〕

彼らは金貨を五十枚しかやらないと言いました。彼は約束と違うと言って、ひどく腹をたてました。しかし怒っていることなどおくびにも出さず *(he pretended as if he were not angry)*、みなさん魔法をお目にかけましょうと言って、ふたたび笛を鳴らしました。そのとき市長さんもひとびとも、動くことも口をきくこともできませんでした。子どもという子どもたちが学校から出てきたのです。〔…〕町では年に一度、子どもらを思って、この日に祝祭（まつり？）を開くことになりました *(It become a custom in that city to celebrate a festival* 〔*Matsuri?*〕 *once a year for them)*。

（なんと日本的な！）　〔XVI: 157〕

ここでも、ハーンは三箇所に強調を加え、さらに総評として、感嘆符つきの感想まで書きつけている。

(1)「ネズミのあとを追って」は、笛吹き男が先頭に立ってネズミたちをひっぱって行くのが「ハーメルンの笛吹き」の基本形だが、日本人学生にはどうやらネズミを笛吹きに追わせた方がずっと自然に思えたらしい。「馬追《うまおい》」「鳥追《とりおい》」といった表現にひきずられたのだろうか。

(2)「怒っていることをおくびにも出さず」は、感情をおもてに出さない日本人特有の行動様式のあらわれと取ることができる。仏教にいう不瞋恚《ふしんい》というやつだ。

(3)「町では年に一度、子どもらを思って、この日に祝祭を開くことになりました」だが、この箇所がいかに日本的かは、たとえばグリムが収集したドイツの異文と比べただけでも一目瞭然である。

子供たちが町を出て行く際に歩んだ市門を抜けて行く通りでは、踊ってはならず、また弦楽を奏でることも許されなかったので〔…〕「無太鼓の（太鼓なしの、音なしの、静かな）道と呼ばれていた。

〔『グリム　ドイツ伝説集・上』、桜沢正勝 訳、人文書院、一九八七、二八五頁〕

本場のドイツでは、禁ずるべきものととらえられさえした「舞踏や音楽」が、日本では失踪した子どもたちの冥福を祈り、その報われない魂を鎮めるのに、むしろふさわしい神事の一部たりうるということ。日本において歌舞音曲は異界と交わる手段であり、死者との交流の最良の方法なのであった。

「ハーメルンの笛吹き」は、日本人の心の中にほとんど違和感なしに伝わりえた話であった。ハーンは直観的にそう感じた上で、教材として用いることを決断したのに相違ない。ハーンは西洋文学を紹介するにあたって、どのような作品ならば理解され、またそれぞれの作品のいかなる部分が日本人の理解を越えたものであるかをあらかじめ吟味した上でなければ、むやみに教材に用いようとは考えなかった。ところが「ハーメルンの笛吹き」を教材に用いてみて、この教育法が、フィールドワークの一部としても、日本研究を進める上で大いに有効な方法であることを知ったのである。

チェンバレンにとっては、「日本人英語」が言語学的関心の対象であったのなら、ハーンにとってはむしろ、「日本人による西洋の伝説の再話」の中に逸脱を観察することが、何よりも研究の好材料なのであった。

3

ヨーロッパの中世が、ハーメルンの笛吹きと、その音楽にひきずられ憑《つ》かれたように隊列をつくって行進しはじめてしまう群集と、そのありさまをただ呆然《ぼうぜん》と眺めているしかない無力な庶民たちとからなっていたとすれば、同じことは中世の日本についても指摘できるはずである。「小栗判官」を語り広めた匿名《とくめい》的民衆の中で、とりわけ大きな役割を果たしたのは、一遍《いっぺん》を開祖とする時宗《じしゅう》の念仏行者たちであったし、不老不死の特権に浴した八百比久尼《やおびくに》伝説や常陸坊海尊《ひたちぼうかいそん》伝説などの仙人伝説の普及と「浦島」伝説の庶民化とは無関係ではなかった。これらの伝説が、漂泊者の物語として、定住者たちのあいだに記憶されるようになっていった背景には、漂泊者と定住者のあいだの分離が深まっていった中世社会の構造があった。

しかし、同じ中世と呼ぶにしても、西洋と日本では事情が同じであったわけではない。少なくとも西洋の「ハーメルンの笛吹き」伝説と「小栗判官」伝説のあいだには、語り手の主体のありように大きな開きがある。

「ハーメルンの笛吹き」の話は、もっぱら定住民の視点で語られ、記憶され、この話の中で

「笛吹き」はあくまでも定住者から見た「異人」にすぎない。これに対して日本の語り物は、漂泊者自身が語り手であったために、そこに同一化が生まれた。つまり、「ハーメルンの笛吹き」にあたる非定住者自身が伝説を流布してまわる伝承者そのものであった時代が長かったために、物語そのものが、どこからともなく伝わってきた異界の物語として、定住民の好奇心と不安をかきたてるものでありつづけたのである。餓鬼阿弥《がきあみ》が通りかかれば「ひと引き引けば千僧供養、ふた引き引けば万僧供養」の文句に惹かれて、土車を押さないではおれない定住民たちを育て、人形使いや絵解き遊女や琵琶法師〔↓34〜37頁の絵図〕、さらには托鉢僧《たくはつそう》〔↓36頁〕や巡礼の遍路《へんろ》たち〔↓38頁〕を迎え、励まし、いつの日か自分もまたそういう身となる可能性を思い描きながら、共同体の外へと送り返す民衆を、日本の「笛吹き」たちは時間をかけながら育成した。

ハーンが、日本人の「浦島」に対して抱く憐憫《れんびん》の情を「自己憐憫」とみなしたのも、広げて解すれば、そういうことだったのだと思う。逆に「ハーメルンの笛吹き」には、聴き手の側に必ずしもそうした「自己憐憫」をはたらかせる余地がなくなりつつある。

ハーンは日本に来て、この国では「笛吹き」が決して憎まれ役として一方的に片づけられてしまうわけでないことに気づいた。明治中期の日本では、このような古い伝説そのものが、文明開化の時代にそぐわない野蛮として、民衆の記憶の中から消されようとしていたし、ましてや大黒舞の芸人や琵琶法師は、新時代への適応に苦しみ、転職を強いられるようになっていた。しかし、ハーンは、そういった時代の趨勢《すうせい》に対して、きわめて懐疑的な姿勢を貫きながら、中世以来の芸能者の末裔《まつえい》たちが、まだまだ日本にも残っていることに安堵感をおぼえ、按摩《あんま》の笛

〔↓30頁〕に誘われながら充実した東洋での第一日をふりかえり、大黒舞を演ずる女たちの中にエロスを嗅ぎとり〔↓46頁〕、門づけの瞽女に共感の涙を流した〔↓123頁〕。そして、薬売りについて行きそうになった一雄に対する戒めとして「ハーメルンの笛吹き」を読ませた張本人が、やたら行商の虫売りに心を引かれる内的矛盾を抱えこんでしまったところに、ハーンという存在のおかしさがある。

自分は日本の子どもたちの誘拐をたくらむ宣教師ではない、とハーンがどんなに擬装《ぎそう》を試みようと、その風貌といい教養といい、彼は「異人」以外の何者でもなく、胡散臭《うさんくさ》い「ハーメルンの笛吹き」としての職務から逃れられなかった。彼にできることと言えば、みずからの大切な教え子や息子が、中途半端な「ハーメルンの笛吹き」の犠牲にならないように戒めるかたわら、みずからも童心にもどって、ハーメルンの子どもたちのひとりとして日本の芸能者の放つ雑音に耳を傾けることくらいしかなかった。そして、日本の民衆は、ハーメルンの笛吹きを単なる詐欺師だの悪党だのとみなしたりはせず、かならずいたわるはずだと希望的に考えることで、彼自身もまた疎外感から癒《い》える。それがハーンの日本における十四年間だった。

4

東京大学時代の講義録をもとにした『人生と文学』*Life and Literature*（一九一七）の「妖精文学」Some Fairy Literature の項で、ハーンは、ケルト伝説に端を発する妖精譚《たん》に対して学生の関心をうながしながら、イエイツの詩▼[37]を引いている。

オドリスコールは鼻歌まじりに鴨のつがいを追い立てた
O'Driscoll drove with a song
The wild duck and the drake,
ぶきみなハート湖の深々と密生した葦の茂みから
From the tall and the tufted weeds
Of the drear Hart Lake.

宵闇がせまったときの茂みの漆黒に
And he saw how the weeds grew dark
At the coming of night tide; —
新妻ブリジットの長い黒髪が思い出されてならなかった
And he dreamed of the long dim hair,
Of Bridget his bride.

主人公が水鳥を追い立てて猟をする狩人であるところは、「おしどり」さながらだが、この話は有名な伝承バラッドの「うた人トーマス」やケルト伝説の多くと同じ典型的な妖精譚の特徴を持っている。

歌い、そして夢見るなか通りすぎる笛吹きの笛をきいた

He heard while he sang and dreamed
A piper piping away,

37―― ハーンが講義で用いた詩は、一八九四年にロンドンで編まれたアンソロジーに収録されたバージョンである。『赤毛のハンラハンと葦間の風』（栩木伸明・編訳、平凡社、二〇一五）に編訳者が添えた注（一二四頁）を参照されたい。そこにはこの「笛吹き」が鳴らすのは、バグパイプだろうとある。ハーンとイエイツについては、ポール・マレイの『空想的な旅――ラフカディオ・ハーンの生涯と文学』〔Paul Murray: *A Fantastic Journey—the Life and Literature of Lafcadio Hearn*, Japan Library, 1993〕に、東京のハーンからイエイツに送られた一九〇一年六月二十二日付の書簡（これについてはイエイツの『書簡集』*The Collected Letters of W. B. Yeats*, volume III 1901-1904, Clarendon Press, 1994, p. 101 の注で紹介されている）について言及があり、そこにはまさにイエイツの「群れなす風の精」の構成をめぐるハーンからの私的見解が述べられているようである。当書簡は未見だが、マレイの研究を受けて書き足したエッセイを、後述の節「ハーンからイエイツへ」として本書に収めた〔→175頁〕。アイリッシュ文学とハーンとの関わりについては、ジョージ・ヒューズの論文「W・B・イエイツとハーン」W. B. Yeats and Hearn: Negotiating with Ghosts (in *Rediscovering Lafcadio Hearn*, ed. by Sukehiro Hirakawa, Global Oriental, 1997) があり、これは、マレイの著書を越えて、この二人のアイルランド系英語作家・詩人を、「霊」を二人がどう扱ったかという角度から踏みこんで論じた最新研究である。なお『人生と文学』（一九一七）の中では、この詩の作者が一部イエイツ (Yeats) ではなく、キーツ (Keats) と誤まって転記されている。

こんな悲しい笛はなかった　こんな陽気な笛はなかった
And never was piping so sad,
And never was piping so gay.
そのとき平地で踊る若い男女の姿を見た
And he saw young men and young girls
Who danced on a level place,
新妻ブリジットも輪の中にいて悲しそうにも陽気にも見えた
And Bridget his bride among them
With a sad and a gay face.

オドリスコールは、それが妖精だとも知らず、誘われるままカード遊びに熱中し、ふるまわれたワインやパンをつい口にしてしまう。ところが、これこそが「妖精たちの聖餐[38]」なのであった。気づいたとき、もうブリジットの姿はない。一緒にトランプをめくっていた老人たちの姿もない。

妖精たちのしわざだと知ったとき恐怖のあまり心の底は闇となった
He knew now the host of the air,
And his heart was blackened by dread;

急いで家に戻ってはみたが老女たちが死者追悼の輪を作っていた
And he ran to the door of his house: —
Old women were keening the dead.

しかしそのとき空高く通りすぎる笛吹きの笛をきいた
But he heard high up in the air
A piper piping away;
こんな悲しい笛はなかった　こんな陽気な笛はなかった
And never was piping so sad,
And never was piping so gay!

ハーンは、「恐怖の愉悦《ゆえつ》を伝える力を持っている」詩として、これを絶賛した上で、日本人が妖精文学に向かう際の心得を次のように説いている。

38――　イエイツのこの詩句をどう訳すかについては、おそらく決定的な解がない。'The Host of the Air'の〈host〉は風の精の「群れ」とも解せるし、カトリックの聖体拝領に用いる「聖餐《せいさん》」の意味にも取れる。さらには「宿主」が客人を受け入れるときの「歓待《かんたい》」とも、転じて「人質工作」の意味にも取ろうと思えば取れる。本稿の中では、敢えて深読みの誹《そし》りを免れない訳を試験的に施したが、一般的には「群れ」の意味に解することが多いようである。要するに'The Host of the Air'は「群れなす風の精」と訳すのが普通だろう。

みなさんはここで、日本のある古い民話を思い出すかもしれない。日本の民話に似た西洋の妖精物語はたくさんある。しかし、妖精信仰となると、実に恐ろしげで陰鬱《いんうつ》なものである。そこにはユーモアなどない。極度の恐怖が主題である。さて、このささやかな作品の見かけは単純だが、一読しただけではみなさんが気づかないような、妖精信仰についての多くの知識を含んでいる。／おそらくみなさんは、楽の音が悲しいと同時に楽しげでもあると歌われており、また、花嫁の顔が悲しくもあり陽気でもあると歌われている矛盾には気づかなかったであろうか。ある女《ひと》が妖精であるかどうかわかる徴候の一つは、微笑《ほほえ》んだり笑うときでさえも、何かしらとても悲しげな気配が、声の調子と目つきに表われてしまうことである。だから、妖精が奏でる楽の音には、どんなに陽気に聞こえても、胸を刺すようなもの悲しい音色が含まれている。

〔「妖精文学」池田雅之訳〕

日本の昔話の「こぶとり」は、ケルト民話に類話を持つ話として名高い。▼39「ノックグラフトンの伝説」として知られる話がそれで、せむし男が妖精たちの歌に混じり、背中の瘤をとってもらい、もうひとりは同じことを試みて失敗する、実に「こぶとり」とよく似た話である。ただ、そこには、ハーンのいうように、ユーモアのかけらもない。「こぶとり」ならば、鬼の方がおじいさんの歌を気に入って、おじいさんのいちばんたいせつにしているものをあずかっておこうと提案し、これさいわいとおじいさんが鬼をだまして帰ってくるパターンが『宇治拾遺物《うじしゅういもの》語』などで一般的だが、「ノックグラフトンの伝説」の妖精たちは、生殺与奪《せいさつよだつ》の権利を行使し、人間に褒美《ほうび》やお仕置を与えるだけなのだ。日本の鬼の方が間《ま》の抜けているぶん愉快である。ハーンは、おそらくそのようなことを念頭に置いた上で、東西民話の比較対照を試みるよう、学生たちに促したのにちがいない。

もっともハーンが日本の学生に教えようとしたのは、妖精たちの得体の知れなさであった。「悲しくもあり陽気でもある」という矛盾語法によってしか表現しようのない不可解さこそが、西洋では妖精の特徴なのであり、ハーンは、ロマンチックな美学のひとつを、矛盾語法によらないことにはあらわしがたいものの中に美を見出すことだと考えていた。そして、彼は日本を「お伽の国」fairy-landと呼び、「昔見た妖精の国（World of Elves）の夢がとうとう現実になった」〔仙北谷晃一訳、III: 10〕と悦《えつ》に入《い》るときにもこの論法に従い、日本もまた彼にとって矛盾語法によって

39――『日本アジア協会雑誌』第三巻第二冊（一八七六）に、「こぶとり」の話を紹介しながら、これをクロフトン・クローカー再話のケルト伝説と比較した論文「日本の民話について」On Some Japanese Legends（by C. W.Goodwin）が発表されている。「リップ・ヴァン・ウィンクル」と「浦島」など、東西民話の比較は、明治のかなり早い時期から始まっていたと考えられる〔↓113頁の註26を参照〕。なお、「ノックグラフトンの伝説」は、イエイツ編による『アイルランド農民の妖精および民衆物語』*Fairy and Folk Tales of the Irish Peasantry*（一八八八）にも拾われており、東大での講義の中で、ハーンはこれに触れている。当時、日本の英文学者でキーツに対すると同じか、あるいはそれ以上の関心をイエイツに対して示していたものは、ハーン以外に想像できない。芥川龍之介《あくたがわりゅうのすけ》や柳田國男がイエイツに対し強い関心を抱くのはもう少し後である。

しか表現し得ない国であるとみなした上で、そう呼んだのだ。そして、日本の街頭をゆっくりと移動していく日本の楽士たちは、夢見るハーンの前を、西洋の妖精詩そのままに、「悲しくもあり陽気でもある」音色とともに通り過ぎていった。ハーンは、「お伽の国」をめぐる最初のイメージに現実的な裏づけを与えるべく、一方では「表意文字」という「生命感にあふれる一幅の絵」〔↓17頁〕として味わい尽くすとともに、耳をもまた酷使しはじめていたのだった。

「ハーメルンの笛吹き」であれ、オドリスコールの頭上を通過した笛吹きであれ、その不吉さを恐れ、糾弾《きゅうだん》するだけなら、それはあまりにも簡単なことであるばかりか、非定住者に対する差別感情を定住者の中に植えつけるだけである。このような場合の最も賢い方法のひとつとして、ハーンは矛盾語法をたよりに、あらゆる価値判断を停止し、妖精の音楽に耳を傾けるときのように、ひたすら受動的に音楽に耳をゆだねようとした。

歴史書『ハーメルンの笛吹き男』（一九七四／一九八八）の中で、阿部謹也《あべきんや》が試みたように、この「笛吹き」伝説の背後には、中世ヨーロッパを考える上で、けっしてないがしろにすべきでない生身の人間たちの生活があった。そんなふうにまず想定してみることが、漂泊の芸能民をめぐる伝説を真に理解するためには必要なのである。しかし、ハーンは、文献学者でもなければ、ましてや歴史家でもなかった。西洋の中世史に関する知識に比べれば、彼の日本史の知識は実に貧弱なものにすぎなかった。しかし、そのぶん、ハーンは「笛吹き」にも、またださされやすい音楽好きの子どもにも、またそういった迂闊な子どもの将来を案ずる親にもみずからをなぞらえうる複数の胸騒《むなさわ》ぎ――多重の想像力によって、日本版妖精文学の傑作「耳なし芳ー」を書きあげることができた。『怪談』の冒頭を飾るこの物語の中にこそ、西洋の「ハーメルンの笛吹き」が、あまりにも定住民の視点に従いすぎたために語らないですませてしまった被差別芸能民の歴史的真実が、丹念に拾われているのである。

ハーンから
イエイツへ

　スライゴーは、英領北アイルランドとの境界からさほど遠くないアイルランド北西部の小都市である。このスライゴーの南方八キロに、ものさびしい湖があり、この地にまつわる不思議な物語をアイルランドの詩人W・B・イエイツは、散文と韻文《いんぶん》の両方に書き表している。

　ある日暮れ時、ひとりの若者が、迎えたばかりの花嫁の実家に行く途中で、浮かれ騒ぐ一行に出会ったが、その中に彼の花嫁もいた。実はその連中は妖精で、若者の花嫁を盗んで、仲間の親方の妻にしたのであった。若者には人間の陽気な一行としか見えなかった。花嫁は、先ほどまで自分の夫であった若者を見ると、親しく挨拶をしたが、彼も自分と同じように、妖精の食べ物を食べて魔法にかけられ、この世から血のぬくもりのない暗い国に連れて行かれるかもしれないと心配だった。そこで彼に、一行のなかの三人と、トランプをするように勧めた。若者は何も知らずにトランプをしていたが、ふと見ると、親方が花嫁を連れていこうとしていた。驚いて立ち上がった彼は、その一行が妖精であるのに気づいた。その浮かれた連中は、夜の闇の中にゆるやかに、溶けるように消え失せてしまった。若者は急いで、花嫁の家に駆け戻った。家に近づくと、女達の泣く声が聞こえ、自分の妻が死んだことを知った。

〔「人さらい」井村君江訳、『ケルトの薄明』ちくま文庫、一九九三、一三二－一三三頁〕

イザナギ・イザナミの伝説にも似ているし、『今昔物語』や『遠野物語』に収録されていてもおかしくないような、いかにもフォークロアらしい話である。

ところが、もともとゲール語で歌われていたこの古謡を英詩に書き改めるにあたって、イエイツは、この詩人ならではの魔法的手法を用いる。

群れなす風の精

オドリスコールは鼻歌まじりに
鴨のつがいを追い立てた
ぶきみなハート湖の

深々と密生した葦の茂みから
宵闇がせまったときの
茂みの漆黒に
新妻ブリジットの長い黒髪が
思い出されてならなかった

歌い、そして夢見るなか
通りすぎる笛吹きの笛をきいた
こんな悲しい笛はなかった
こんな楽しい笛はなかった

そのとき平地で踊る
若い男女の姿を見た
新妻ブリジットも輪の中にいて
悲しそうにも楽しそうにもみえた

踊り手たちが群がって周りをとりかこみ

甘い言葉でいろいろ誘いかけた
若い男は赤いワインを差し出して
若い女は白いパンを差し出した

なのにブリジットはおよしと袖をひいた
浮かれた仲間から退けと
老いた手を光らせながら
カルタを打つ老人の方へ行けと

あのワインとあのパンは命取りの罠だった
あれは風の精だったのだ
新妻の長い黒髪を夢見ながら
カルタ打ちの輪の中に腰を下ろしていた

愉快な老人たちだった
カルタに興じていれば不安におののくこともなかった
そのときひとりがブリジットを抱き上げて
愉快な踊りの輪の中から連れ去った

ブリジットを両腕に抱えた男は
いちばんの男前で
その首筋、その胸元、その両腕に
黒髪はふさりとかぶさった

オドリスコールはあわててカルタをまきちらし
はっと夢から目を覚ました
老人も若い男女も
みなは漂う雲の如く消え失せた

しかしそのとき空高く
通りすぎる笛吹きの笛をきいた
こんな悲しい笛はなかった
こんな楽しい笛はなかった

〔『葦間の風』所収〕

お気づきになっただろうか。ケルトの古謡では結末に置かれていたらしい「新妻の死」の場面が、詩の中ではあっさり切り落とされている。運命の皮肉よりも、そら耳や錯覚のぶきみさを強調することによって、イエイツは普遍的な民話を現代詩に変えたのである。

悲しくも楽しくも見えた新妻の表情は、通りすがりの笛吹きの調べに、そしてイエイツの詩そのものの中に受け継がれている。

ところで、このイエイツの作詩法に、猛然と批判を加え、みずからイエイツに抗議の手紙まで書き送った同時代の一読者があった。日本国籍を取得してまもないころのラフカディオ・ハーンである。

伝承文学の再話に晩年の仕事の中心を見出していたハーンにとって、文学に勝ち過ぎたイエイツの無手勝流《むてかつりゅう》がどうやら許しがたいものに思えたらしい。ギリシャに生まれた後、父方の親戚にひきとられて、幼少期をアイルランドで過ごしたハーンは、イエイツと同じようにゲール

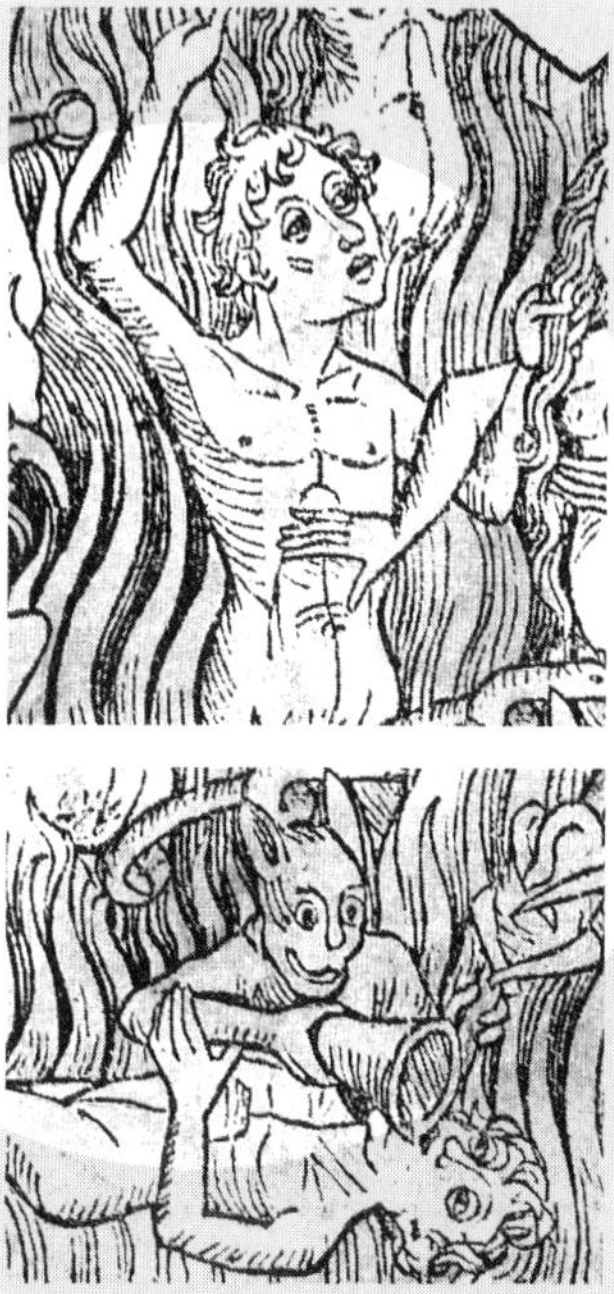

図版出典
『霊魂の薬草園』〔アイルランド国立図書館蔵〕。聖パトリックが断食修行を行なったと言われ、中世には欧州全土から多数の巡礼者を集めたドネゴール地方ステーション島での事蹟を描いた15世紀ドイツ語文献の挿絵より。

語で語られる民話や、歌われる俗謡に耳を傾けることがあったに違いない。十五歳上のハーンからしてみれば、同じくフォークロアに深い関心を寄せる後輩詩人にひとこと注文をつけないではおれなかったのであろう。

別にハーンの文学センスが古風で、イエイツのそれを斬新《ざんしん》だと決めつけるつもりはないが、このふたりの対比は、それぞれの立場が鮮明で、対比する者の目にすがすがしい。

ハーンは、人間の死を、きちんと死そのものとして描くことに文学の使命を見出していた。熊本時代に「浦島太郎」の英語での再話を試みた文章の中でも、ハーンは「四百年ぶんの冬の重みにおしつぶされた」と、誇張を混じえながら締めくくっている。南国での悠々自適の暮らしの最後に浦島太郎を待っていたのは「凍死」であったというオチなのである。

死という現実を厳粛《げんしゅく》に受け止めようというのがハーンであったなら、イエイツはむしろ生と死のはざまで、超自然的な音響世界に耳を傾け、私たちを待ち受けている死の瞬間の恐怖をはぐらかすことに芸術の奇蹟《きせき》を求めた。

耳なし芳一考

1

その耳には恐ろしい騒音が響いた。
『ヨブ記』十五章

「耳なし芳一」は、簡単に言ってしまえば三角関係の物語である。芳一は阿弥陀寺の住職に愛され、寺の一隅に囲われるが、そこへ、芳一の目の見えないことに乗じて、平家の亡霊がしのびこみ、芳一は連夜の密会を重ねることになる。そして、この三角関係が発覚したところで、関係を清算すべく、惨劇が生じるのである。

そもそも阿弥陀寺は、壇《だん》ノ浦《うら》の海の藻屑《もくず》と消えた安徳《あんとく》天皇をはじめとする平家一門の霊を弔《とむら》い、その荒ぶる魂を鎮《しず》めるために建立された。しかし、それは、生き残ったものが平家の亡霊から生活を守るために試みた鎮魂の術《わざ》であったにすぎない。どだい、寺が建ったくらいで平家の怨霊《おんりょう》が簡単に「平定《へいてい》」されるはずもなかった。赤間関《あかまがせき》一帯に出没する怨霊の祟《たた》りから民衆を守るには僧侶の力だけでは足りず、琵琶法師の力を借りなければならない場合が少なくなかった。琵琶法師は楽師《がくし》である以前に民間祈禱師であり、地神《じがみ》の怒りを鎮《しず》める盲僧として共同体に帰属する存在なのであった。

そんな芳一を民衆の手から、ひいては平家の亡霊たちの手からもぎとって独りじめにしたのは、阿弥陀寺の和尚の方であった。和尚は、ことのほか「詩歌管弦を好み」〔XI: 163〕、本来、呪術性の強かったはずの琵琶の中に芸術的価値をのみ求め、もっぱら風流の一部として芳一の琵琶を愛好した。幼くして琵琶の腕を認められ、天才ともてはやされた芳一だが、一介の琵琶師であるかぎり、経済的な安定からは遠かった。そんな芳一であったからこそ、和尚の申し出にやすやすと応じてしまったのである。問題の惨劇は、阿弥陀寺の和尚の独占欲と、生活の安定という餌《えさ》に釣られた芳一の純情さに端を発していた。芳一は、琵琶法師としての本来の勤めよりも、パトロンの趣味に応え、経済的な保障を受けることを優先してしまい、無意識のうちに、裏切り行為をはたらいてしまったのである。

阿弥陀寺の住職が、芳一の琵琶をまるで楽琵琶のように、日々のつれづれを慰める鑑賞の対象に変えたのに対して、第二のパトロンを買ってでた貴族的な香りを漂わせる旅の一団は、芳一の琵琶を他ならぬ精神衛生の道具として、奪い返しにやってきた。彼らの耳に、芳一の琵琶は「櫓《ろ》や櫂《かい》がきしるように、舟が突進するように、矢が唸りを立てて飛びかうように、戦士の雄叫びや船板を踏みならす音のように、兜《かぶと》に鉄の刃がこぼれるときの音のように、さらには斬り殺されたものがもんどりうって海中に転落するように」鳴り響き〔XI: 166-167〕、聴衆はその効果音の中に、いにしえの日々を思い浮かべ、大声に泣き喚いた。それは、語り物を愛する聴衆たちの中でもきわめつけと言える選り抜かれた聴衆であった。教養ある芸術鑑賞家の和尚と、涙もろい匿名《とくめい》の聴衆。こうして、芳一は、まったくタイプの異なる聴衆の前で演じる二重の演技者と化したのである。

最終的に芳一は阿弥陀寺の支配下に復し、一命をとりとめるが、耳を切られることによって、芳一は何らかの罪を贖《あがな》わされたことになる。芳一の両耳は、異界と交わり、素朴な民衆の心に訴えかけることによって呪術師としての任務を果たしていた琵琶法師が、世俗的名声と富をかちとるために支払わなければならなかった代償のひとつだったのである。

2

「耳なし芳一」が耳の物語であることは否定の余地がない。平川祐弘氏が『小泉八雲——西洋脱出の夢』の中で早くから指摘していたように、▼40「怪談」は、そもそも「耳の文芸」が持つ特徴

40——　合衆国時代のコラム記事から「耳なし芳一」までを一望におさめながら、ハーンを「耳の人」として定義したのは、わたしの知る範囲では、若いころ「耳なし芳一」の翻案を手がけ、後にヴァン・ゴッホ論を書くに至ったアントナン・アルトーを除けば、平川祐弘氏の『小泉八雲——西洋脱出の夢』（新潮社、一九八〇）が最初ではなかったかと思う。さらに川村湊の『言霊と他界』（講談社、一九九〇）にもこれを受けたハーン再評価が見出される。

を最もよくとどめた文芸ジャンルである。煌々《こうこう》と明かりの照りつける中で聴く怪談ほど味気ないものはないだろう。暗闇と静寂は、怪談にとって欠かすことのできない二要素であり、しかも盲目の琵琶法師を物語の中心に据えた「耳なし芳一」は、この意味において怪談中の怪談であった。

セツ未亡人は、連日連夜、ハーンに怪談を語ることを命じられた往年の日々を、後になって回想している。

淋しさうな夜、ランプの芯を下げて怪談を致しました。ヘルンは私に物を聞くにも、その時には殊に声を低くして息を殺して恐ろしさうにして、私の話を聞いて居るのです。この聞いて居る風が又如何にも恐ろしくてならぬ様子ですから、自然と私の話にも力がこもるのです。その頃は私の家は化物屋敷のやうでした。私は折々、恐ろしい夢を見てうなされ始めました。このことを話しますと「それでは当分休みませう」と云つて、休みました。〔前掲「思ひ出の記」、四五頁〕

ハーンは、セツに怪談を語らせるのに、本を見ながらではなく、「ただあなたの話、あなたの言葉、あなたの考でなければ、いけません」と指示したとも言われている。だいたい、暗室に近い一室では、版本《はんぽん》を繰《く》って、それを読んで聞かせることなど物理的にも至難の技であったろう。暗闇の中では、晴眼者も半盲も全盲も誰もかもが平等だ。

また、ある晩、ハーンの書斎の明かりが消えているのをいぶかしく思ったセツが、襖《ふすま》ごしに「芳一、芳一」と声をかけると、それに応じたハーンが「はい、私は盲目です、あなたはどなたでございますか」と答えたというエピソードもそこには語られている。家庭の中でも、ハーンはブラックユーモアにあふれる家父長であった。

「耳なし芳一」の真髄は、聴覚に全身全霊を集中させた芳一が、耳そのものをひきちぎられる音を聴きとってしまうあのおそろしい場面にこそある。これを何かになぞらえるとすれば、ブニュエルの映画『アンダルシアの犬』（一九二九）の眼球切断シーンをおいてはないだろう。あの有名な場面が、「見てはならぬものを見ること」を観客に強いるのだとすれば、「耳なし芳一」のクライマックスは同じことを聴くものの耳に対して強いるからだ。

われわれはこの物語を読み（聴き）ながら、知らない間に、芳一の耳を通して世界を聴くようになっている。そして、門を開け庭を横切ってやって来るサムライの足音に神経を尖らせているところに、予想通りごつごつした声が聞こえてくる。

　道から足音が近づいてくるのが聞こえた。門を過ぎ、庭を横切り、縁側に近づいてきて、芳一の真ん前で立ち止まった。

「芳一！」

身体の奥から響いてくる声だった。しかし、何も見えない芳一は息をひそめ、じっと坐っていた。

「芳一！」

また声がした。ぶっきらぼうな声だ。それからもう一度。

「芳一！」〔XI: 173〕

「芳一！」を三回繰り返しているのは、「むじな」の中で、商人が女に向かって「お女中！」を数回繰り返すのと同じ、ハーン好みの手法である。

芳一は石のようにおし黙っていた。すると声はこう愚痴をたれた。

「返事がないな。こいつは困った。あいつがどこにいるのか見てみなくては」

重い足が縁側に上る音がした。足はゆっくりと近づいて来、芳一の横で止まった。それから長いあいだ——その間、芳一は全身が心臓の鼓動に合わせてわななくのを感じた——死のような沈黙が続いた。〔XI: 173-174〕

そこに、この沈黙よりももっと恐ろしい声、そして恐ろしいことばが響き渡ってくる。

「おや、琵琶がある。だが、いつもの琵琶弾きは、耳しか見えぬ。〔…〕どうりで返事のできぬはずだ。答えようにも答える口がないのだな。耳二つきりではしかたがない。〔…〕こうなったら、せめて遣《つか》いを果たしたしるしに、こいつをもらっていこう」〔XI: 174〕

何を言われようと、耳なし芳一は耳の孔をおしひらいていることしかできない無防備な生き物である。そして、芳一は「こいつをもらっていこう」という判決を聴いた直後に、刑執行の音を聴く。彼が流れ落ちる生あたたかい血に慄《おのの》くのは、しばらくたってからだし、ましてや、和尚の優しい声にようやく生きた心地をつかむのは、さらに夜が白みはじめてからだ。

3

ハーンがこの話を「耳なし芳一」と題したのは、じつに反語的な命名であった。この物語の中で、耳という耳は過敏になることはあっても、役割を放棄することはない。

なにげなく読みとばされてしまうことの多いことがらだが、阿弥陀寺の和尚が魔除けのため、芳一の体《からだ》に書き写させた経は、「般若心経《はんにゃしんぎょう》」であった。「般若心経」には、「色即是空空即是色《しきそくぜくうくうそくぜしき》」に続けて「無眼耳鼻舌身意《むげんにびぜっしんい》」「無色聲香味觸法《むしきしょうこうみそくほう》」という悟りの極意を説いたくだりがある。人間が悪霊から身を守るには、身も心も滅却《めっきゃく》させることが先決である。数ある仏典の中から、和尚が「般若心経」を選び出したのには、それ相当の根拠があった。じっさい仏法は人を裏切らなかった。両耳に経を写し忘れるという失態を小僧たちが犯しさえしなければ、和尚の完勝であったからだ。「耳なし芳一」の再話にあたり、ハーンが下敷きにした『臥遊奇談《がゆうきだん》』にも、はっきりと「般若心経」のことは記されているから、ハーンはこれに忠実に従ったことになる。

もっとも、ハーンはただ原典に忠実でありつづけたわけではない。『臥遊奇談』には、芳一はそもそも「耳きれ芳一」の愛称で知れ渡ったとあり、それを「耳なし芳一」というふうに屈折させたのは、じつはハーンがみずからの責任においておこなった独断である。ハーンはこの作品を書くために、マックス・ミュラー編の『東方の聖書』シリーズの「般若心経」の英訳を参照し、「無眼耳鼻舌身意」に該当する英文 (There is no eye, ear, nose, tongue, body, and mind) をさぐりあて、注にこの英訳を引いている。「般若心経」と言っただけでは何もわかるはずのない西洋の読者のための配慮からである。このことからハーンが「耳きれ芳一」を「耳なし芳一」(Earless Hōïchi) にあらためたのには、きわめて正当な理由があったことがわかる。

ところで、「無眼耳鼻舌身意」という文句に触れて、ハーンは何かを連想しなかっただろうか。名もなく形もなく、土車に乗せられ、相模《さがみ》の国から熊野《くまの》にまで引かれて、とうとう薬湯の効があらわれ、「七日で目と耳と鼻と口がもどり、十四日で手足がもとにもどった」という、あの伝説の英雄、小栗判官の物語をである。いったん地獄に落ち、餓鬼の姿となって地上に戻された小栗は、単なる餓鬼ではなく、餓鬼阿弥《がきあみ》と命名された〔→63頁〕。名も形もない餓鬼は、そのぶん、六根清浄《ろっこんしょうじょう》、けがれを知らない。素人目には、死穢《しえ》にまみれた存在として映りかねない餓鬼阿弥だが、彼は身をもって「無眼耳鼻舌身意」を体現する抽象的な存在となって、ひとびとから引かれたのだ。かつて大黒舞の英訳にとらわれていた時代のハーンには、「無気味《ぶきみ》」ghastly〔→63頁〕にすぎて理解を越えていた餓鬼阿弥が、ひょっとしたら、「耳なし芳一」執筆中には、思いがけず身近な存在だと思えるようになったのではないだろうか。松江で大黒舞に接し、熊本でその英訳に挑み、神戸で盲目の三味線弾きに出会ううちに〔→124頁〕、ハーンは、餓鬼阿弥の真理にあと一歩のところまで近づいていたのである。

ただ、ハーンは「六根」のケガレを知らない異形《いぎょう》の怪物を主人公とするよりは、むしろ「六根清浄」の浄めを受けながらも、かえって聴覚を肥大させていくしかなかった芳一を物語の主人公に据えることにより、反語的な形で、芳一をロマンチックな「怪談」の主人公に変えたのである。

盲目の芳一は、小僧たちの不注意から耳を殺ぎ落とされ、二重苦に陥ったかに見えるが、じつはそうではない。眼とは違って、耳は耳殻《じかく》を切られたくらいで、ケガレに満ちた聴覚から人を解放するわけではない。そもそも盲目の琵琶法師にとって、盲目であることは、耳の役割を肥大させるが、その耳は、殺がれることによって、いっそう充実してしまう。そして、そうであればあるほど、「無眼耳鼻舌身意」という経文はいっそうむなしく宙に浮いていくのである。ハーンは、この逆説を敢《あ》えて用いることで、「耳の物語」としての「耳なし芳一」を際立たせた。文字教養と無縁な芳一は、「般若心経」の一節を笑うかのように、耳の充実を過剰なまでに味わってしまうのである。

芳一の耳は、「こいつをもらっていこう」という処刑宣告を聴きとり（言語中枢に最も近い身体器官としての耳）、その耳殻を殺ぎ落とされ（肉の一部としての耳）、その音とも言えないような音を鼓膜《こまく》で受け止める（うすっぺらな膜《まく》としての耳）。耳の多義性が、ここでは全面的に説話化されている。

4

それでは、「耳なし芳一」を楽しむには、ただ聴覚をだけ動員すればよいのかと言うと、そうではない。

芳一が登場してから中盤あたりまで、物語は芳一の聴覚を通して淡々と語られていく。サムライに手を引かれた芳一が、「自分を引いていく手」を「鉄のようだ」〔XI: 164〕と感じる部分の鋭い触覚性は、いっそう視覚の不在を強調しているし、平家の亡霊を前にした芳一が、静まり返った中に聴き取る号泣も、聴衆の聴覚に訴えかけることを生業としているものが受け取る聴衆からの反応としてはこれ以上ない名誉あるものであったろう。

ところが、三日目の晩の記載に、いきなり「芳一は出ていくところを見られた」〔Hōichi was *seen* to leave the temple : XI: 169 強調は引用者〕とある。ここで、それまで単なる「演奏家」兼《けん》「集音マイク」にすぎなかった芳一が、いきなり画面の中央に押し出されるのである。しかも、小僧たちの視覚を通して情景が語られることにより、壇ノ浦一帯の有名なおどろおどろしい鬼火《おにび》の群れが、このときはじめて目の中にとびこんでくる。

> 阿弥陀寺の墓地の方角から琵琶の音が聴こえてきた。鬼火が飛び交う以外に、その方角は真っ暗であったが、男たちは急行した。そして提灯の明かりをたよりに、芳一を発見

した〔they *discovered* Hoïchi〕。

〔XI: 170 強調は引用者〕

このとき提灯《ちょうちん》の明かりに照らし出された芳一が小僧たちの面前で墳墓《ふんぼ》に向かって琵琶を弾じる姿は、滑稽以外の何ものでもない。「耳だけの存在」であったはずの芳一もいったん衆人の目にさらされてしまえば、ただの男だ。しかも、このおおいを剝がれた（discovered）芳一は寺に戻ってから、文字通り身ぐるみ剝がれ、すっ裸にされてさらしものになる。和尚から言いつかった小僧たちが、芳一をキャンバスのように見立て、ボディー・ペインティングならぬ、般若心経の写経にいそしむからだ。芳一がようやく本来の「耳の存在」に戻って、縁側に座すことができたのは、この一連のお勤《つと》めが片づいてからだ。

例によって、寺の縁側に腰掛けた芳一は、全身全霊を耳に集中させながら、サムライの到来を待っている。そこに、あのおそろしいサムライの金属的な足音と「芳一！」という叫びが聞こえてくる。ところが、こんなところでさえ、この夜の顚末《てんまつ》を語るテクストは、そつなく視覚性に一定の場所を与えている。

「返事がないな。こいつは困った。あいつがどこにいるのか見てみなくては（Must *see*）」

〔XI: 173 強調は引用者〕

最初にサムライの迎えを受けた芳一は「わたしは目が見えません」（I am blind）と答えて、情けを乞うた。ところが、この晩の出会いに際しては、サムライもまた盲目に近づいている。闇の平等の中で、ふたりは異常に接近しあい、芳一は耳を全開にする。一方、なまじ視覚に依存しているサムライは、それでも目を凝らす。この対比の妙《みょう》が、この場面の緊張を倍化している。そして、ついにサムライはみつけるのである。

「おや、琵琶がある。だが、いつもの琵琶弾きは耳しか見えぬ（But of the Biwa-player I *see* — only two ears）。〔…〕どうりで返事のできぬはずだ。答えようにも答える口がないのだな。耳二つきりではしかたがない。〔…〕こうなったら、せめて遣いを果たしたしるしに、こいつをもらっていこう」

〔XI: 174 強調は引用者〕

われわれは、このとき般若心経の塊《かたまり》と化した芳一の全裸と、般若心経の呪《まじな》いのせいで芳一の耳だけしか知覚できないサムライの目に映った芳一の両耳とを、べつべつに、しかも同時に視界に収めることになる。こうして、われわれは、「こいつをもらっていこう」という最終通告を聴かされた無防備きわまりない芳一の盲目性と、薄暗い中に般若心経の塊と化して息をひそめている芳一をさえ見てしまう晴眼者の視覚と、般若心経の呪術に惑わされた亡霊の錯覚とを三重に引き受けなければならないことになる。

ハーンは、「見る」（see）という動詞を、意図的にサムライの台詞の中にだけ配置している。ハーンが盲人を怪談の主人公に据えたのは、むしろ視覚的怪奇性を際立たせるためのトリックであったのだ。ハーンは盲目の芳一に自身をなぞらえたというより、晴眼者の視覚性に最終的に訴えかけることによって、この作品を視覚性の点でも、とびきりグロテスクな造形芸術にしたてあげた。そして、この視覚性はハーンの日本体験を集約する異化効果をともなって、日本人の文字体験を告発する役割をも果たしているのである。

5

「耳なし芳一」の話は、最終的には阿弥陀寺の和尚の勝利によって、三角関係に決着がついたかのような終わり方を見せているが、かならずしもそうとは言い切れない面を残している。

そもそも、漂泊の芸能民と寺院との癒着《ゆちゃく》は歴史的なものであった。武士階級が台頭し、庶民仏教が日本全国に浸透した中世期、自由な治外法権《ちがいほうけん》を認められた僧侶階級と、漂泊民のあいだにはおのずと共生関係が生まれた。あの厨子王をさんせう太夫一族の追っ手からかくまったのも、餓鬼阿弥を熊野にやるために土車を用意してやったのも、それだけの権威を認められ、また機智にも恵まれた僧侶たちの好意的なはからいであった。他方、「山椒太夫」や「小栗判官」の伝説を語りついだ芸能民は「説経」の名を騙《かた》り、伝説を広めながら、在地の信仰を津々浦々にまで広める宣伝役をつとめることになった。日本各地の神社仏閣は、漂泊芸能民にとって、「散所《アジール》」を提供したばかりか、パトロン（もしくはスポンサー）でもあったのである。

説経「山椒太夫」の名場面のひとつ、丹後国《たんごのくに》国分寺の住職が山椒太夫一族の追っ手から厨子王の身柄を守った「大誓文」のくだりは、「山椒太夫」を語った語り部たちが、神仏の区別なく、日本の宗教的権威の確立にいかに貢献していたかをはっきりとあらわしている。

> 謹上散供再拝再拝《さんぐさいへいさいはい》。上《かみ》に梵天帝釈《ぼんてんたいしやく》、下《しも》には四大天王・閻魔《えんま》法王・五道の冥官《みやうくわん》、大じんに泰山府君《たいさんぼくん》。下界の地には、伊勢は神明天照《てんせう》大神、外宮《げぐう》が四十末社、内宮《ないくう》が八十末社、両宮合はせて百二十末社の御神、ただ今勧請《くわんじやう》申し奉る。／熊野には新宮・本宮、那智に飛滝《ひろう》権現、神《かん》の倉には重蔵権現、滝本に千手観音、初瀬《はせ》は十一面観音、吉野に蔵王《ざわう》権現、子守《こもり》・勝手の大明神、大和《やまと》に鏡作《かがみつくり》・笛吹の大明神、奈良は七堂大伽藍《だいがらん》、春日《かすが》は四社《ししや》の大明神、転害牛頭《てんがいごづ》天王、若宮八幡大菩薩《はちまんだいぼさつ》、下つ河原《かはら》・かもつ河原《がはら》・たちうち・べっつい・岩《いは》清水《しみづ》、八幡《やはた》は正八幡《しやうはちまん》、西の岡に向日《むかふ》の明神、〔…〕屋の内に、地神荒神《ぢじんくわうじん》・三宝荒神・八大荒神・竃《へつつひ》、七十二社の宅《やけ》の御神に至るまで、ことごとく誓文に立て申す。／かたじけなくも、神数《かみかず》九万八千七社の御神、仏の数が一万三千仏、この神罰と、厚う深う被るべし。
> 〔『新潮日本古典集成・説経集』一九七七、一二四－一二七頁〕

ところが、江戸期に入って、こうした芸能民は次第に階級秩序に組みこまれはじめた。説経語りを含め、辻芸人の多くは、弾左衛門《だんざえもん》の管理下に置かれ、盲目の琵琶法師たちは、当道頭《とうどうがしら》の管理下に置かれ、でなくとも天台系の寺院に盲僧として登録され、営業を監督されるのが普通になった。中世から近世にかけては、治外法権を許されていたはずの漂泊民が、その治外法権を脅かされはじめた移行期であった。しかも、彼らは貨幣経済に寄生する存在として、差別の対象と化した。芳一の悲劇は、寺の住職であれ、平家の亡霊たちであれ、琵琶の演奏を望むものの前では、だれかれ構わず、琵琶を弾いて聴かせてしまう琵琶法師ならではの無節操さが招いた帰結であった。こうした職業的な無節操さは、いつ命取りにならないともかぎらない危ういものである。人を信じこみやすいという点からすれば、芳一は、したたかものの笛吹きではなく、むしろハーメルン市のネズミや子どもに近い存在だった。ハーメルンの笛吹きはあくまでも異界の存在でありつづけるが、芳一は、共同体と異界のあいだに引き裂かれた媒介者的な存在であり、でなければ平家語りはつとまらなかったのである。

そして明治に入った。明治の到来は、こうした三角関係に大きな変更を強いた。それはまず神社仏閣の存立基盤を揺り動かし、平家一門の鎮魂を目的として建立されたはずの阿弥陀寺は、明治初期の神仏分離・廃仏毀釈《はいぶつきしゃく》の嵐の中で、たちまち安徳天皇社と改称され、明治八年には赤間宮として官幣社《かんぺいしゃ》のひとつとなった。

また明治四年、盲人を統括していた当道座は解体され、琵琶法師もまた、一平民として救われたぶん、逆に経済的寄生対象を失い、路頭に迷うありさまに至った。しかも明治の琵琶楽の主流は、早々と御前公演をなしとげた薩摩《さつま》琵琶など、晴眼者を中心に再組織化が進んだ。肥後《ひご》琵琶系の盲僧のように生きのびるものもいるにはいたが、一般庶民の迷信ばなれが、何よりも伝統にとって致命的だった。▼41

こうした明治の視点から「耳なし芳一」の再話を試みたハーンは、阿弥陀寺の和尚の勝利を手放しで喜んでいられる時代にはもういなかったのである。近代教育の浸透とともに、口承文芸そのものが危機的状況に瀕していた中で、文字教養を象徴し、また純粋な音楽鑑賞趣味から呪術性を切り捨ててまで、芳一の社会的地位の向上に心を砕いた阿弥陀寺の和尚の存在は、近代精神の戯画《ぎが》であった。しかも芳一の琵琶を純粋な音楽として楽しもうとした阿弥陀寺の和尚は、近代的な音楽ディレッタンティズムの代弁者でもあった。極論すれば、阿弥陀寺の和尚と亡霊におびえる無知蒙昧《もうまい》な民衆のあいだの差は、チェンバレンとハーンの差だった。ハーンは、阿弥陀寺の和尚と亡霊たちのあいだで引き裂かれた芳一の中にこそ、明治日本の現実を見てとったのだ。

芳一に富と名声を保証しながらも、同時に、彼に「耳なし」のスティグマを負わせることによって、この勝負のいずれにも軍配をあげずに済ませてしまったハーンのユーモアは、ここにも生きていると言える。

6

ハーンが阿弥陀寺の和尚よりも平家の亡霊たちの方に愛着を示していたと考えられる理由は、もうひとつある。ハーンが日本紀行の中でとりあげた街頭芸能者は、横浜のマッサージ師といい〔↓30頁〕、松江の大黒舞の一座といい〔↓44頁〕、神戸の門づけといい〔↓123頁〕、女性に偏《かたよ》っていた。これは、ハーンがヘテロセクシャルな男性日本研究家であったことと無関係ではない。売娼の習慣を嫌ったハーンは、ひたすら女性の声の中にエロスを求めた。
「語る女」に対するハーンの執着は、合衆国、マルチニーク時代の経験から受け継いだものであったが、来日までは、むしろ男性楽師や男女混合の庶民音楽に接することがほとんどであったのに対し、日本における少人数の女性芸能集団の充実ぶりは、彼にとっての日本像の特異性を考える上で、きわめて重要なことがらのひとつである。日本の芸能世界における性的隔離の傾向は、いくらでも放縦《ほうじゅう》でありうる可能性を含んだ西洋音楽の様式に比べると、かなり異様なものであったろうと思われる。

ところが、「耳なし芳一」ではこれが逆転している。広い屋敷に呼ばれていった芳一は、迎えにきたサムライの荒々しい声とはうってかわって、女官たちのおしゃべりを玄関先で耳にする。そして次に、女に手を引かれて長い廊下を歩き、ざわざわと衣《きぬ》ずれの音のする座敷に通される。そして、芳一に向かって「壇ノ浦合戦ノ段」を所望したのも、この密会について「口外無用」と念をおしたのも、座をとりしきっていたのも「老女」だった。これは、かつて松江の

41——「門づけ体験」〔↓124頁〕でもとりあげた熊本地方の盲僧については『肥後琵琶』〔肥後琵琶保存会、一九九二〕を随時、参照した。薩摩琵琶や筑前琵琶が早くから中央に進出し、伝統芸能として鑑賞されたのに対し、肥後の琵琶師として総称される盲目の民間宗教人は、「竈祓《かまどばら》い」や「わたまし」（新築時の祈禱）に従事し、その余芸として「くずれ」と呼ばれる語り物までこなして、浪花節の流れまで吸収していった。しかし、保存努力がおくれたこともあって、今日では期待できる後継者もなく、最後の琵琶師山鹿教演《やましかきょうえん》氏も一九九六年六月に亡くなられた。青池憲司監督による映画「琵琶法師 山鹿良之」〔一九九二〕は貴重な記録のひとつ。

被差別部落に「異人」として侵入したハーンが、老女を頭《かしら》にすえた一座の女性合唱に耳を傾けたときと立場をいれかえた恰好である。和尚や小僧との同胞愛や、甲冑《かっちゅう》に身を固めたサムライとのサド－マゾヒスティックな主従関係にかすんではいるが、「耳なし芳一」は、じつに濃厚なエロスをたたえた話である。

壇ノ浦の合戦による犠牲者の中に女や子どもの多かったことは周知の通りだ。史実に従うなら、「老女」は「二位の尼」であったにちがいない。▼42 しかし「老女」は、同時に男に飢えた女夜《や》叉《しゃ》の頭領でもあった。安徳《あんとく》陵の御前で琵琶を弾じているところを「あなたはたぶらかされているんだ、芳一さん」〔XI: 170〕と水を差された芳一が、血相を変えて抵抗する姿が滑稽なのは、その姿が「むじな」にたぶらかされた商人と瓜二つだからだ。

しかし、「老女」の正体が暴かれる以前に、芳一は、幾晩も女たちの心を打ち、琵琶法師冥《みょう》利《り》につきる賞賛を耳にしている。

「なんというみごとな芸でしょう」
「わたくしどもの国でこのような語りを聞いたことはありません」
「いや日本国中さがしても芳一のような平家語りはほかにはいないでしょう」
こんな声を聞くと、いよいよ気力がみなぎって、芳一は前にもましてたくみに歌い奏した。〔XI: 167〕

セツをはじめとする日本女性の声に耳を傾けながら、日本文化の暗部に踏みこんでいったハーンは、一方、教壇の上からは、もっぱら男子学生を前にして、奇妙な笛を吹きならす笛吹きである自分にも耐えなければならなかった。それを考えると、耳なし芳一は、ハーンが日本に来てはじめてみずからを投影できた芸能者であっただけでなく、ハーンが求めても求められなかった悦《よろこ》びに浴しえた、羨《うらや》むべき芸人でもあったのである。

「魔性の女」――「おしどり」といい、「雪おんな」Yuki-onnaといい、ハーン作品の多くは「宿命的な女性」を描くことに捧げられている。「耳なし芳一」もまた、そういった作品の系譜に連なるものだとは言えないだろうか。とすれば、ひたすら六根清浄《ろっこんしょうじょう》を説き、所詮《しょせん》、悠々自適の音楽愛好者にすぎない阿弥陀寺の和尚との擬似《ぎじ》父子関係の中に置かれた芳一ではなく、「老女」や泣き喚《わめ》く女官たちを前にして、渾身の力をふりしぼって琵琶をかきならす男芳一の中にこそ、真の琵琶法師としての姿があった。「耳なし芳一」を単なる僧侶の勝利として解すべき

42――『八雲の妻　小泉セツの生涯』〔今井書店、二〇一四〕の長谷川洋一は、「バレット文庫」に所蔵されている「耳なし芳一」の「十五葉の草稿」をふまえながら、同作品の成立にあたって、セツの声が大きく意味を持っただろうと書いている――「『平家物語』は、セツの時代にも民族叙事詩であった。二位の尼（清盛の妻）が、娘の建礼門院（篤子）の子（幼帝安徳天皇）を抱き、「波の底にも都の候ぞ」と慰めて入水する「先帝御入水」のくだりが、セツの語りから逸せられるはずがない。原典に「一門入水」とだけあり、十五葉の初稿に「the water（海の意）」とだけ記されているが、『怪談』の中では、「ついに美しく力なき者の運命を語る段となった時――女子供の哀れな最期と、腕に幼帝を抱いた二位の尼の身投げを語る段になった時」と、具《つぶさ》に叙述されている。」〔二二四頁〕

でないもうひとつの理由がこれである。

7

『東北文学の研究』を書くうち、『義経記《よしつね》』や『平家物語』など日本の口承文芸を考える上で盲人の果たした役割をおろそかにはできないことに着目した柳田國男〔↓55頁〕は、「鹿の耳」(『一目小僧その他』に所収)の中で、「耳をひきちぎる」という主題の民俗学的意味を問い詰めながら、ハーンの「耳なし芳一」に言及している。こうした問題を扱うときの柳田の強みは、類話《るいわ》に数多くあたっていた点にある。次は、徳島県に伝わるという民話である。

昔《むかし》団一といふ琵琶法師、夜になると或上臈《あるじょうろう》に招かれて、知らぬ村に往《い》つて琵琶を弾いて居る。一方には行脚《あんぎゃ》の名僧が、或夜測《はか》らずも墓地を過ぎて、盲人の独り琵琶弾くを見つけ、話を聴いて魔障のわざと知り、からだ中をまじなひして遣《や》つて耳だけを忘れた。さうすると次の晩、例の官女が迎へに来て、其《その》耳だけを持つて帰つたといふ〔…〕。

〔『柳田國男全集』第七巻、筑摩書房、一九九八、四七六頁、ふりがなを補った〕

魔性にとらわれた人間が身体の一部を譲りわたして逃げ帰る話を、柳田は「逃竄《とうざん》説話」と呼び、「こぶとり」の話もまたこの系列の話とみなしたようである。たしかに、「こぶとり」の話の中でも、翁と鬼どもは歌舞音曲を通じて心を交わしあった。また、質《しち》に取られた身体の部分が「瘤《こぶ》」なのと「耳」なのとの違いも、奪われた側の精神的痛みに違いがあるきりで説話の構造として大差ない。むしろ、もっと本質的な違いと言えば、「耳切り」系列の物語群は、そのほとんどが、盲目であるために、琵琶法師がうっかり魔性の女に関わってしまったという話の形態をとっている点にある。つまり、この逃竄説話は、異界探訪もしくは異類婚姻譚《たん》の要素もかねそなえた話なのである。「浦島」といい「雪おんな」といい、もともと異類婚姻譚を嗅ぎわける嗅覚にすぐれていたハーンは、「耳なし芳一」の原話の中にも同じものを難なく嗅ぎとったのであった。

しかし、柳田はかならずしもエロスに拘泥《こうでい》することはない。むしろ、「鹿の耳」の中で、柳田が最後に注目したのは、この種の盲人説話の背後にひそんだ「盲人特有の洗練されたる機智」についてである。

江戸川左岸の或村の話で、鬼が追掛けて来て座頭の姿を発見し得ず、僅《わず》かに耳だけが目に触れて、おゝ爰《ここ》にキクラゲがあつたと謂《い》つて、取つて喰つたと語つて居るなどは、盲人の癖にと言ひたいが、実は目くらだから考へ出した、やゝ重くるしい滑稽《こっけい》である。〔…〕／実際座頭《ざとう》の坊は平家義経記のみを語つて、諸国を放浪することも出来なかつた。夜永《よなが》の人の耳の稍倦《ややう》んだ時に、何か問はれて答へるやうな面白い話を、常から心掛けて貯《たくわ》へて置いたのである。

〔前掲書、四七七頁、ふりがなを補った〕

奥浄瑠璃をはじめとする東北地方の口承文芸をさぐりながら、しだいに盲目の伝承者の役割に関心を寄せるようになった柳田は、放浪の琵琶法師の説話の中に、文字文芸の担い手にはない独特の「機智」を見出そうと懸命だった。次は、何故に日本各地に盲目の琵琶法師が耳をひきちぎられる話が遍在《へんざい》しているかという自問に対する彼なりの自答である。

座頭は第一に自分たちが、無類の冒険旅行者であることを示したかつた。第二には技芸の頼もしい力を説かうとしたのである。第三には神仏の冥助《みょうじょ》の特に彼等に豊かであつたこと、第四には能《あた》ふべくんば、それだから座頭を大切にせよとの、利己的教訓がしたかつたのかと思ふ。此《この》条件を具足してしかも亭主方の面々を楽しましむべき手段が若《も》しあつたら、之《これ》を一生懸命に暗記し且《か》つやたらに提供することも、即《すなわ》ち亦《また》彼等の生活の必要であつた。〔前掲書、四七八頁、ふりがなを補った〕

口承文芸の特徴は、その説話の擬似《ぎじ》一人称的な自己表出性にある。『義経記』の語りべが、みずからを亡霊化した（もしくは不死の存在と化した）伝説の主人公たちになぞらえたのなら、「小栗判官」や「俊徳丸《しゅんとくまる》」〔↓48・95頁〕の語りべは、究極の廃疾《はいしつ》者餓鬼阿弥《がきあみ》や零落《れいらく》した水汲み女照手《てるて》〔↓67頁〕、盲目の違例者《いれいじゃ》俊徳や巡礼者に様を変えた乙姫に、それぞれみずからを投影し、間接的にみずからを表出した。またそうすることで、彼らは聴衆の信仰心に訴え、経済的にも生き延びたのである。

おそらく「ハーメルンの笛吹き」伝説もまた、ヨーロッパ中世の放浪者たちによって語り広められた話が、ある時点から、ハーメルン市民のあいだで都市伝説として定着したのに相違ない。逃竄説話であれ異界探訪譚であれ、移動と漂泊の物語を語った最初の語りべは、移動生活者であったと考える方が自然だからである。ひとりの笛吹き男が自信たっぷりに、みずからを魔術師と定義したところに「ハーメルンの笛吹き」伝説が生まれ、ひとりの琵琶法師がみずからの呪術者としての能力を誇示しながら、同時に文字所有者としての僧侶の権威を絶大なるものとして併せて説いたところに「耳なし芳一」の原話は成立したことになる。そして、「ハーメルンの笛吹き」は、ひとりの愛国的かつ衛生主義的なドイツ人の「笛吹き」によって「異人」(ユダヤ人やジプシー)を排撃するための寓話として利用され、新しい二十世紀の寓話と化したのに対し、「耳なし芳一」はその物語の前近代性ゆえに葬り去られかかったところで、この話の再話者としてまさにうってつけの移動作家によって拾われ、耳の寓話として甦った。希代《きたい》の世界漫遊家であり、芸能者の霊力を信じ、しかも神仏に加護を求め、世俗的な成功を同時に夢見たハーンほど、「耳なし芳一」を擬似一人称的に語る再話者として似つかわしい存在はいなかったのである。

8

ひとびとが雑音として抑圧してしまった音に、敢えて耳を傾け、耳本来の受動性にすべてをゆだねること。ラフカディオ・ハーンの耳が、明治中期の日本で十四年かけておこなったフィールドワークの中で最もかけがえのない部分は、この聴覚を介した作業であった。松江時代には書斎にこもりきるよりはフットワークのよさを発揮したハーンだが、熊本から神戸、そして東京に至るにつれて、彼は職場と自宅を往復するだけのサラリーマンと化した。この点では、民俗学者として、彼はどんどん堕落していったのである。しかし、怪談を語って聞かせるセツの側で耳の孔をおしひろげながら、ハーンは盲目の琵琶法師へと変身し、後に柳田が仮説として立てることになるような口承文芸の本質的特徴を、推理力によってではなく、身体感覚を通してつかみとった。明治期の日本人が、急速に磨滅《まめつ》させ始めていた身体性のレベルにおいてである。

その日本体験は、言語聴取の器官としてよりは、純粋な雑音に向かって開かれた器として耳を用いることによって可能になった。それは日本を知的に理解する上ではたいへんな迂回《うかい》であったし、十四年間の滞在は廻り道をするには短かかった。しかし、耳という通路を全開にして、いかなる雑音も聴き漏らさない、いかなる衛生学をも介入させない中立を貫くことで、日本的身体性に限りなく近づいてしまった帰化日本人、それがハーンであった。

ハーンが極東の片隅で息をひきとってから間もなく、プラハの一ユダヤ系作家は、「笛吹き」

におびえながら、それでも「文学」という名の「笛」を手にして、芸人としての道を歩みつづけ、数々の寓話を書き残した。そのなかのひとつ「セーレンの沈黙」Das Schweigen der Sirenen は、どんなに耳を澄ませようとも、もはや異界そのものが雑音を発しなくなり、たしかに汚さずにはすむ代わりに、身体の一部として存在する理由をいつ失ってしまわないともかぎらない耳の未来を、暗澹《あんたん》たる展望とともに予言してみせた不気味な話である。

セーレンの歌声に惑わされまいと、オデュッセウスは耳に蠟《ろう》をつめこんで舟を進める。ところが、セーレンたちはそんなことで負けてはいない。彼女たちが考えた対抗策は、沈黙によってオデュッセウスを迎えることだった。そうとも知らず自惚《うぬぼ》れるオデュッセウス。自信に満ちたオデュッセウスに見とれるセーレンたち。傲慢な存在どうしの恍惚《こうこつ》としたすれちがいの中に、カフカは現代の寓意《ぐうい》のひとつを見たのだった。みずから耳を塞《ふさ》ぐものと、みすみす歌うことをやめてしまうもの。現代社会はこんなふうにして、音響性に乏しい静寂へと近づいていく。音楽的な種族の衰退。ハーンとカフカのあいだには共通の時代認識があった。

とはいっても、このオデュッセウスの耳に比べれば、ハーンの耳はまだまだ幸福感を残していたように思える。二十世紀の耳なし芳一、ラフカディオ・ハーンの周囲には心地好い雑音が溢れかえっていたからである。それからほぼ百年、今日のわれわれはハーンの楽天主義とカフカの絶望感の中間にある。

「墓地と矢場」レガメ筆　E. Guimet, *Promenades Japonaises Tokio-Nikko*, Paris, 1880.(The Internet Archive デジタルコレクション)

「寺の階段にいる乞食たち」ビゴー筆
『ビゴー素描コレクション1巻』
岩波書店、一九八九年

「餓鬼阿弥は美濃国青墓の宿で照手に見つけられ、照手は小栗の供養に車を引きたいと希望する」第12巻 第36段、三の丸尚蔵館所蔵（キャプションは所蔵先から、「をくり　伝岩佐又兵衛の小栗判官絵巻」より）

「まんざい」「たたき」、『人倫訓蒙圖彙』1690年、国立国会図書館デジタルコレクション

「**巫女　琵琶法師**」、『職人尽絵貼りまぜ屏風』
江戸17世紀、千葉県立中央博物館所蔵

「**祭 文**」、『人倫訓蒙圖彙』1690年
国立国会図書館デジタルコレクション

「**大黒舞**」、河鍋暁斎 画
『暁斎酔画』1891年
国立国会図書館デジタルコレクション

御座つた〱福の神を先に立て、大黒殿の御座つた。大黒殿の能には、一に俵ふまへて、二ににつこり笑つて、三に酒を造つて、四つ世の中ようして、五ついつもの如くに、六つ無病息災に、七つ何事なうして、八つ屋敷をひろめて、九つ小藏をぶつ立て、十でとうど納まつた。大黒舞を見さいな。〱。

〔高野辰之『日本歌謡史』、春秋社、六五十頁、一九二六年〕

「**大黒舞**」、『尾張名所図会』、江戸後期から明治、国立国会図書館デジタルコレクション

「大黒舞」、『絵本御伽品鏡』長谷川光信 画ほか、1739年、
国立国会図書館デジタルコレクション

「下駄と草履」
『図説日本庶民生活史』7巻、河出書房新社、1962年

「節季候」、『近世職人尽絵詞』江戸後期、国立国会図書館デジタルコレクション

「**盲女**（ごぜ）」「**舞子**（まひこ）」『百人女郎品定』1723年、西川祐信 画、
国立国会図書館デジタルコレクション

「**凱旋踊りと日本の楽器**」、レガメ筆、
F. Régamay, *Japon*, Paris, 1903 (The Internet Archive デジタルコレクション)

「**自転車と芸者**」ビゴー筆
前掲『ビゴー素描コレクション』所収

「日本の中流婦人」、『ル・モンド・イリュストレ』1964年3月12日号所収
フランス国立図書館デジタルアーカイブ

「合 奏」、F. ベアト撮影、横浜開港資料館 所蔵

「瞽《ご》 女《ぜ》」
『和国諸国絵つくし并歌合』
1685年頃、早稲田大学図書館所蔵

「三 味 線」
レガメ筆 E. Guimet 前掲書所収
(The Internet Archive デジタルコレクション)

「演奏する女たち」
レガメ筆、E. Guimet
前掲書所収
(The Internet Archive
デジタルコレクション)

「ピアノを弾く幸田延」レガメ筆 F. Régamay, *Japon* 前掲
(The Internet Archive デジタルコレクション)

幸田延《こうだのぶ》(1870-1946) は、西洋「クラシック音楽」の、日本における草分けの演奏家・作曲家の一人であり、東京音楽学校の主席教授として、多くの近代的な「音楽家」を育成した。当時の同校は男女共学で女性の入学者数のほうが多く、卒業生は啓蒙的な音楽教員として全国各地の学校に赴任した。中等教育以降の男女分断・男子教育偏重の文部行政については、後述の「語る女の系譜」の章を参照。なお、彼女は幸田露伴《こうだろはん》(1867-1947) の妹にあたる。

「**明治の風俗**」、ビゴー筆、
前掲『ビゴー素描コレクション』所収

「ビゴーの自宅室内」、ビゴー筆、同書所収

「金色の格子ごしに大猷院をのぞく人力車夫たち」〔車夫→22頁〕
レガメ筆、E. Guimet 前掲書所収（The Internet Archive デジタルコレクション）

ハーンと女たち

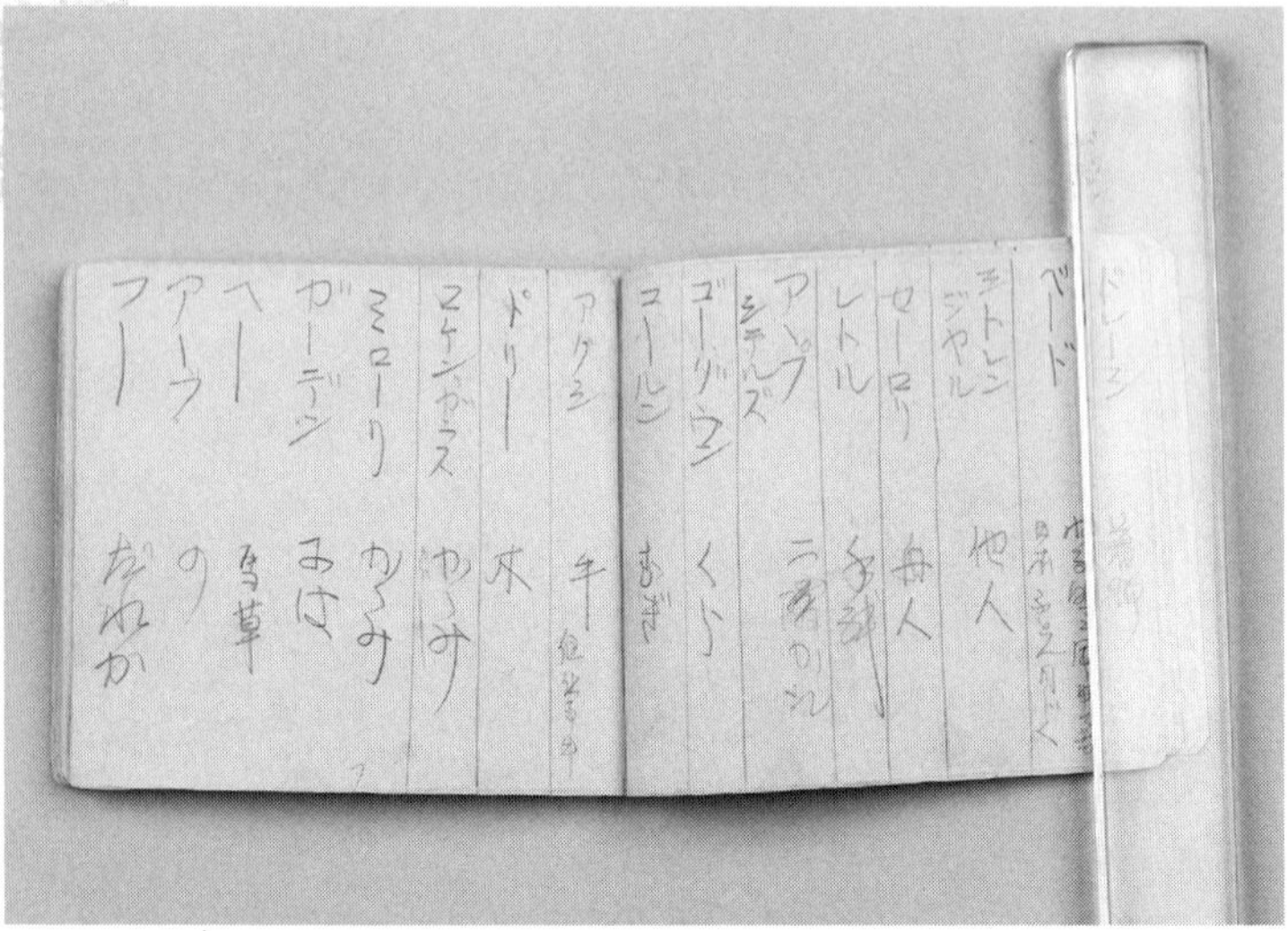

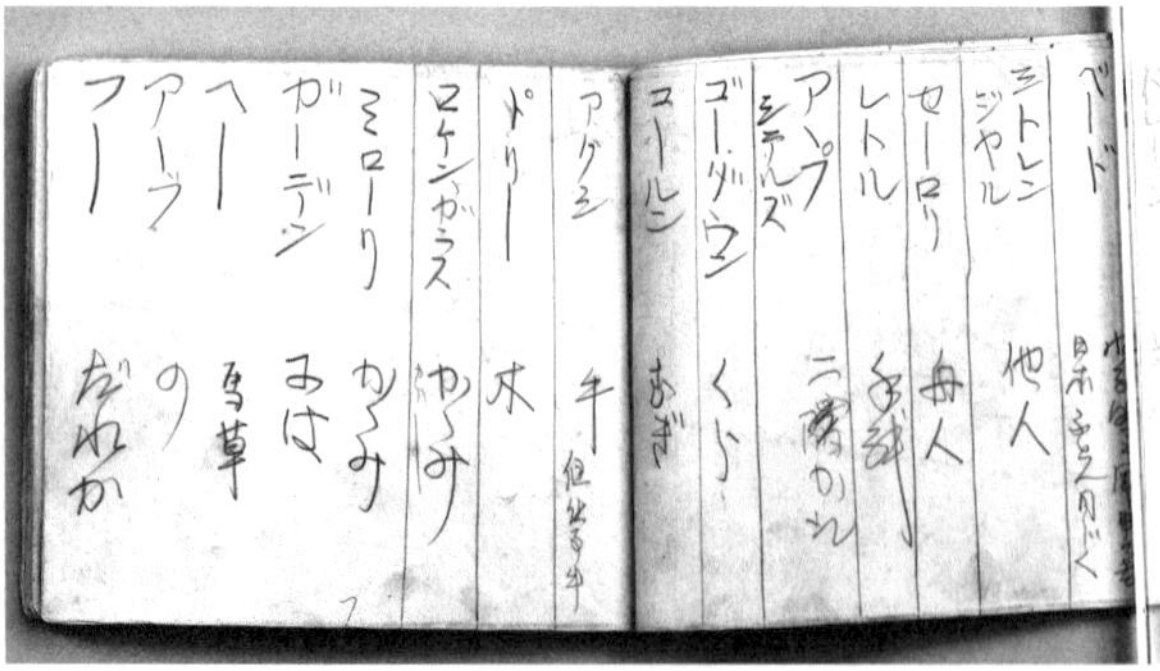

小泉セツの英語練習用の帳面、
下の写真は文字のみを強調して抽出したもの。小泉八雲記念館 所蔵

語る女の系譜

LAFCADIO HEARN

「おしゃべりは耳の栄養」Causer cé manger zoreïe
――クレオールのことわざ〔『ゴンボ・ゼーブ』*Gombo Zhèbes*, New York, W. H. Coleman, 1885, p. 6〕

小泉セツが残したハーンとの結婚生活を偲《しの》ばせる遺品の中に、英語練習用の帳面がある。松江から熊本に移ってまるまる一年を『グリンプシズ』の執筆に捧《ささ》げたハーンは〔→27・47頁〕、二年目の秋、坪井西堀端町の第二旧居に引っ越している〔→88頁〕。たぶん、そのあたりからハーンはセツに英語の特訓を開始したもののようである（西田千太郎宛ての書簡によれば、一八九三年の正月あたりからか）。

「スピード記憶法」と呼ばれたその方法は、例文と語彙《ごい》の丸暗記という、きわめて安直な教育法であったことが、残された二冊のノートからわかる（長谷川洋二の前掲書『八雲の妻――小泉セツの生涯』に「セツの「英語覚え書帳」」として収録されている）。ところが、この個人レッスンは短期間で打ち切られ、どうやらセツの妊娠判明（一八九三年四月）が契機《けいき》になったらしい。「もしあまり負担が大きいようなら、中止もやむをえない」〔XIV: 212〕というふうに、ハーンはあらかじめ無理強いは避けるつもりであった。

セツの英語に対する学習意欲のことは、後のセツによる回想の中でも、何度か話題として登場する。「妾が、女子大学でも卒業した学問のある女だったら」とは、晩年に至るまでセツの口癖であったようだ〔小泉一雄の前掲『父「八雲」を憶ふ』八七頁〕。それは、英語で物を考えることが商売であった夫のために、思うように役立ってやれない自分をふがいなく思う焦《あせ》りとも取れるし、せっかくの向学心を一方的に摘《つ》み取ってしまう横暴な夫に対する抗議とも取れなくない。

「日本の女は日本の言葉で話した方が可愛い。あなたには英語を知らないでいてもらった方が、ぼくにとってはありがたい」と言って、私に英語を教えてくれようとはしませんでした。〔XIII: 116〕〔この引用文は、対応する日本文が公表されていないため、ハーンとセツの間の特殊なジャルゴンを、翻訳の上で無理に再現することは差し控えた。〕

ハーンの没後に、セツからエリザベス・ビスランド宛てに送られた回想のこの一節を、喜々として美談のごとく受けとめるのは、「学問の自由と機会均等」が常識となっている今日の尺度からすれば無論のこと、仮に明治半ばの「女子教育」の確立期の進歩的な女性観にひきくらべても、あまりにも素朴な蒙昧《もうまい》主義的判断と言うしかないだろう。しかし、ここでは、ハーンが妻の教育について示した暴君的な姿勢の是非を問う代わりに、一種、傲慢《ごうまん》に見えたりもする彼のセツ操縦法にいかなる独創を読み取ることができるかにフォーカスを当てたいと思う。「女子大学でも卒業した学問のある女だったら」という妻からの不定愁訴《ふていしゅうそ》に「学問のある女ならば幽霊の話、お化けの話、前世の話、皆馬鹿らしきものといって、嘲笑するでしょう」〔同前〕といって切り返したハーン独特のユーモアの精神を、文化史的にとらえなおす試みだと考えてもらってよい。したがって、ハーンの女性観そのものについて、網羅《もうら》的に論ずることを考えているわけではない。たとえば、ジャーナリスティックな場での「女性問題」に関する発言▼43などはとりあげないつもりである。

母語の抑圧と回帰

ハーンは一八八七年から八九年にかけて一年半に及んだ仏領マルチニーク滞在〔↓136頁〕の総

43――『神戸クロニクル』に掲載された論説記事「男女平等の問題」(The Question of Male and Female Equality)、「日本女性と教育」(Japanese Women and Education)は、題から判断すると、ハーンの女性観を窺《うかが》うのに格好の材料であるかに思える。ところが、ジャーナリスト・ハーンの口舌《こうぜつ》は、つかみどころがなく、「現状では、女性は男性より劣ったままである」という一方的な暴論を振りかざしてみたり、「日本の女性に、少なくともフランスの女性程度の人生の機会が与えられ、その機会を生かしていけるような時代が来ることを望む」と進歩主義者めかしたり、迂闊《うかつ》なのか、アイロニーの過剰なのか判断しにくいところがある。

決算とも言える小説『ユーマ』（一八九〇）の書き出しを、「母なるもの」に関する記述から始めている。奴隷制の廃止（一八四八）以前、フランス領植民地では、白人上流家庭の子どもたちの養育係には、奴隷の中から乳母《うば》が選ばれ、通称「ダア」の名で親しまれながら、一定の年齢に達するまでの子どもの守りは、いっさいこの乳母に任された。乳母といえども奴隷身分には違いなく、本人の意思とは無関係に、売買や贈答の対象にされたし、市民としての自由を享受《きょうじゅ》する立場にもなかったが、主人に気に入られさえすれば、家族の一員のような手厚い待遇を受けることができ、彼女たち自身も仕事に誇りを持ち、また周囲の敬愛を集めたという。なかでも乳母たちを深く愛したのは、その庇護《ひご》下に育った子どもたちであった。白人家庭に雇われた「ダア」が、奉公先の娘と、同じ黒人仲間の恋人とのあいだに挟《はさ》まれて苦しみ、とうとう黒人暴動に巻きこまれながら、それでも「ダア」としての義務を全《まっと》うせんがために、炎上する屋敷の中で焼死するという悲劇的な「自己犠牲」の物語に十分な説得力を持たせるためにも、ハーンは、乳母と子どもの絆《きずな》がいかに強く深いものであるかを、前もって簡単に説明しておく必要があったのである。

クレオールの子どもには、母親が二人いた。ひとりはノーブルな色の白い生母、もうひとりは奴隷身分に置かれた色の黒い母親。彼女の仕事は子どもの世話の全般にわたり、授乳から、沐浴《もくよく》の世話、やわらかい音楽のような響きを持った奴隷たちのことばづかい、熱帯の美しい世界への散歩、そして日没の時間が来ると素晴らしい昔話を聞かせ、歌を歌って寝かしつけるところまで、ぜんぶこの母親の仕事だった。もう夜となく昼となく子どもの望むままに要求に応えてやるのである。〔IV: 261〕

ここで言われている「奴隷たちのことばづかい」とは、正確にはフランス語語彙《ごい》系クレオール語の使用を示す。十七世紀半ばにフランス人の入植が始まって以来、アフリカから奴隷として購入された黒人が、日常言語としてやむなくフランス語を取り入れていくうちに、フランス語を大幅に簡略化して造りあげた若々しい言語のことだ〔↓81頁〕。マルチニークで認められた公用語は、いまだにフランス語ひとつだが、島民の多くは、今でもクレオール語を用いている。このフランス語の一変種は、奴隷にだけ許された階級言語であったわけではなく、人種の差を越えて、植民地生まれの子どもたちにとって、共通の「母語」にも等しい言語であった。にもかかわらず、一八〇四年に政治的独立をはたしたハイチを唯一の例外として、独立した言語として承認されたことがなく、正書法が定められることもないまま、今日に至るまでずっとフランス語使用者から蔑視《べっし》されてきた。特に、フランス語の音韻《おんいん》体系がアフリカ系言語の干渉を受けた結果、鼻母音《びぼいん》や鼻子音《びしいん》の多用が顕著であり、フランス語使用者の耳にはあどけない印象を与えるために、所詮「喃語《なんご》」にすぎない言語なのだから、知的活動には適当でないという偏見が根強い（「ダアは、精神年齢が子どもと同じ水準にあって、子どもの言語で話しかけるのだ」〔IV: 262〕）。奴隷解放後、義務教育を通じて植民地に浸透したフランス語教育は、この偏見を強化しただけで、クレオール語はいまなお島に生き延び、問題は解消していないどころか、「母語」抑圧の問題はいっそう深刻化している。かつては植民地生まれの白人種にだけ課された二言語使用能力が、今日では島民の全員に要求されているからだ。しかしながら、幼児期に「ダア」を通じて授けられた文化的素地《そじ》は、公教育の圧力に屈して、いったんは抑圧される運命にあるが、抑圧されたものは、逆に思いがけない形で回帰する可能性がある。ハーンは、この点についてもきちんと注意を促すことを忘れていない。

「ダア」がしてやる話は、白人の子どもの想像力を開発した。そして、一度アフリカナイズされた想像力は、後に公教育を受けても完全に消えることはなかった。おどけたもの、怪奇なるものに対する感覚は、確実に「ダア」による教育の賜物であった。〔IV: 282〕

「ダア」の愛情に育まれた「三つ子の魂」は、黒人を血のつながった兄弟姉妹のようにみなし、根の深い人種間の闘争を避けようとする博愛主義的な感情となって、白人種の中に蘇《よみがえ》ることが実際にありえたし、また反面では、幼児期の子どもにいわれのない恐怖心や羨望《せんぼう》の情を植えつけることもあった。またこのような成育歴を背景に持つ植民地生まれの白人作家の中には、「ダアの言語」を用いた地域主義的な文学運動に走ることはないまでも、異文化のアウラに包まれた独特の文学を創造するケースが少なからずある。▼44 ハーンに関して言えば、マルチニーク体験は、エキゾチシズムの本質を、ただ単に異質なものに対する好奇心としてではなく、人生の門出の段階で、異質なものを予防接種のように植えつけられてしまった白人種が、いったん忘却した幼年期を救済するための反射鏡のような形で、「自己発見」の方向に作用したのだと言える。

ハーンが『ユーマ』の中で概観《がいかん》した複雑な言語環境は、かならずしも狭い意味での植民地だけに特有の現象ではない。[45] ハーンの生い立ちを見ると、ほとんどこれと同じ言語状況が彼の成長過程に生じていたことがわかるからである。ハーンがアイルランド系英国人軍医の父とギリシャ人の母のあいだに生まれた国際結婚の落とし子であったことは周知の通りである〔↓181頁〕。父親は、息子に対してかならずしも十分な扶養《ふよう》義務を果たしたとは言えないが、ギリシャに生まれ、ギリシャ正教の洗礼を受けた息子を、一方的に父権を行使して、二歳で自分の親類宅に引き取り、英国流の教育を授けることにしたのは、この父親である。ハーンは晩年に英国籍を

44——　マルチニークの北隣に位置するドミニカ島生まれの英語作家ジーン・リースは、代表的な一人だ。「一度アフリカナイズされた空想力は、後に公教育を受けてからも、完全に消えることはなかった」というハーンの観察を、その小説群は裏書きしている。しかも、リースの場合、「白人」であることが「負性」として貶《おとし》められる。この問題については、『クレオール事始』〔紀伊國屋書店、一九九九〕に収めた「ホワイト・ディアスポラ」に詳説した。

45——　ハーンはオーストリア領ガリツィア生まれの同時代作家レオポルド・フォン・ザッハー＝マゾッホを仏訳を通じて愛読した一人だった。ドイツ語作家ザッヘル＝マゾッホの乳母は、ウクライナ女性であったといわれ、作家はきわめて「スラヴ化された空想力」によって、同時代の読者をとりこにした。ハーンもまたそうした読者の一人であった。ザッハー＝マゾッホがハーンに対して及ぼしたかもしれない感化については、本書後述の「「おしどり」とマゾヒズム」の章〔↓305頁〕、及び『耳の悦楽』〔紀伊國屋書店、二〇〇四年〕所収の「ザッヘル＝マゾッホ偏愛」を参照。

捨てて日本への帰化を果たしたが、生涯を通じて英語を捨てることはなかった。しかし、この英語作家ハーンにとっての「母語」は、「近代ギリシャ語（Romaic）およびイタリア語を交互に使っていた」〔XIV: 329〕というのが本当なら、それがそうだとは言えても、英語ではない。英語は、むしろ「父（＝占領者）の言語」であり、公教育によってはじめて習得しえた言語（マルチニークの白人の例でいけば、フランス語がこれに相当する）の範疇《はんちゅう》にしかあてはまらない。

「母語」に関する彼の個人的な思い出は、熊本時代のエッセイ「夏の日の夢」〔↓59・110頁〕の中に、遠まわしにであるが、次のように書かれている。

> そのころは、一日一日が今よりもずっと長かった。〔…〕その土地と時間は、神のような存在によって支配され、その女性はひたすら私の幸福だけを祈っていた。〔…〕昼が終わって、月が昇るにはまだ間があるようなとき、大いなる静寂《せいじゃく》が大地を領すると、その女性は頭の天辺から爪先まで嬉しさでぞくぞくさせてくれるような話をいっぱい聞かせてくれた。それからもいろいろな物語に耳を傾ける機会にはこと欠かなかったが、どれもこれも、美しさの点では、あの時に聞いた話の半ばにも及ばない。〔VII: 17-18〕

客観的な風俗記述と感傷的な回想というスタイルの違いこそあれ、女性に対して執拗にお伽《とぎ》話《ばなし》をねだりつづける幼な子の暴君的な姿を描こうとするハーンの情熱が、前に引いた『ユーマ』の断片と、この断片には、等分に注がれていると言えないだろうか。エリザベス・ビスランドによる伝記以来、最古の記憶として定評のあるこの回想が、はたしてハーンの真の記憶に基づくものであったかどうかは疑問である。むしろ、ハーンの最古の記憶と呼ばれるものの実体は、忘却の底にかすかに形骸《けいがい》をとどめていたにすぎない「母」の観念に、「自己犠牲」精神の象徴とも言える「ダア」のイメージを接《つ》ぎ木し、濃厚な肉づけをほどこされたでっちあげの産物と考えた方が自然だろう。そして、ここにはっきりとイメージ化された「母＝乳母」の観念は、遺作『日本――一つの解明』〔→42頁〕の中の「日本女性」を礼賛《らいさん》したオマージュの一節にまで、極端に肥大したままの姿で、そっくり受け継がれていくのである。

他人のためにのみ働き、他人のためにのみ考え、他人に喜びをもたらすことだけが幸福である存在――人に冷たくしたり、我《わ》が儘《まま》を言ったり、世襲《せしゅう》的に受け継いだ正義感覚に反することのできない存在――しかも、こうした柔和な優しさにもかかわらず、いつ何時でも自分の生命をなげうち、義務とあればすべてを犠牲にする心構えの備わった存在、それが日本女性である。〔XII: 347-348〕

ただし、ここではハーンにおける「母親コンプレックス」を問題にしたいわけではない。それよりもむしろ、ギリシャやマルチニークで、「母なる存在」が子どもに対して用いた「お伽話の言語」に見られる共通のありようについて注目したい。それらの言語は、子どもたちが成長するにつれて文化的に優位に立つ言語によっていずれは取ってかわられ、意識下に抑圧される運命にある威信を欠く脆弱《ぜいじゃく》な言語ばかりだからである。

二歳のときに父親の指示に従い、母親と二人でギリシャを去り、ダブリンへと移り住んだハーンにとって、いちばんの驚きは、周囲が自分たちの言葉をひとことも理解しないことだったのではあるまいか。それまで世界中に言語はひとつしかないと信じこんでいた人間が、このとき、その唯一の言語が、たった一人の人間とのあいだでしか通用しない秘教的《ひきょう》な言語であったことに突然気づかされる。▼46 これを「バベルの崩壊」と大げさに呼ぶべきかどうかは別として、少なくとも、ハーンの母親ローザが、ダブリンの環境に耐えられず、ラフカディオを残してギリシャにとんぼ返りしたのは、陰鬱《いんうつ》なアイルランドの風土もさることながら、言語的な適応のむずかしさが大きな理由であったにちがいない。ギリシャを離れてからさらに二年後に生じた母との別離が、ハーンにとって「母語」の喪失を決定づける重大な転機となったことは確実である。「夏の日の夢」では、この別離によってもたらされたと想定される深い悲しみが、「浦島」の悲劇と重ね合わされる。

> ついに別離の日がやってきた。その女性は泣き、いつかくれたお守りの話をした。決して決してなくしてはいけない、それさえあればいつまでも年はとらず、帰る力が得られるから。しかし私は一度も帰ることをしなかった。年が過ぎ、ある日ふと気づいてみたら、お守りはなくなっていて、私は愚かしい齢《とし》を重ねているのだった。
>
> 〔VII: 18-19〕

ハーンは、体内を流れるギリシャ人の血について、過剰なくらい自覚的だった。それは、英語やフランス語の文献を読むことで獲得したブッキッシュな古典の教養ともあいまって、彼の著作に重厚な香りを与えてもいる。しかし、彼にとってのほんとうのギリシャは、古代の栄光につつまれた「文化国家ギリシャ」ではなく、ひとりの人間の心の中に潜伏しながら、成長して教養を身につければ身につけるほど遠ざかり、手の届かないところへ逃げていってしまう「まぼろしのギリシャ」であった。ハーンの一生とは、母という幻影に取り憑《つ》かれながら、この原初の地をたずねあるき、まぼろしの「母語」の回復に費やされたあてどない放浪として見ることが可能だ。シンシナーティやニューオーリンズ、マルチニークや日本で、水夫《すいふ》や住みこみの女中や人力車夫やセツの声を通して、ハーンが聴きとった数知れない土着の物語は、なるほど母の胸から乳を吸い込むようにしてむさぼり聴いたお伽話に比べれば、人の心を蕩《とろ》けさせ

46――ニューオーリンズ時代のハーンは、言語教育関係の新聞コラムをいくつか書き残している（『西洋落穂集』*Occidental Gleanings*, 1925. にまとめて収録）。「言語学習における目の効用、耳の効用」Use of the Eye or the Ear in Learning Languages は、ミシェル・ブレアルというフランス人言語学者がソルボンヌでおこなった講演を紹介しながら、言語教育における聴覚の効用を説いた論説だが、文字を介した言語教育よりも、音声中心の教育の方がはるかに有効であるという文脈の中で、ハーンは、ブレアル氏の講演の一節を、こんなふうに紹介している。

子供に向かって父親はいつもフランス語で話し、母親は英語で話すとしよう。だが、ブレアル氏によれば、子供はけっして驚き、戸惑うことはない。〔…〕／子供は、単にそれが自分の母親の話し方なのだと思うにすぎない。自分の母親は、そういう風に物の名を呼ぶの

る上で「半ばにも及ば」なかったかもしれないが、その蘊蓄《うんちく》をもってすれば、ハーンの生涯の夢の実現にいくらかは貢献できたはずである。「母語の喪失」という外傷《がいしょう》体験がひとりの少年のその後の人生にマイナスに働いたと結論しなければならない理由は、少なくともハーンの場合には認めることができない。

幼児期の体験が、人間の一生の中で占める意味の大きさは、べつに精神分析学や児童心理学を専門とするもののあいだだけではなく、今日では一般的な常識となっている。ところが、この「三つ子の魂《たましい》百まで」の人生観は、ひと昔前までのヨーロッパの教育観にはまったく欠落しており、上流家庭では家庭教師や寄宿学校を通じた正規の教育が始まるまで、養育期の子どもは、無学な乳母たちの手にゆだねて、それで事足《ことた》れりとされていたという。こうした教育をかならずしも不毛だと考える必要がないことは、前にも触れた通りだが、上流家庭の親は、そこまで見越した上の計算ずくで見識ある文化戦略を行使したわけではなく、育児のわずらわしさから逃れたいばかりに、子どもを一定期間、文化の外に締め出しておいたにすぎない。しかも、「母語」の抑圧を経験したものの誰でもが「母語」の回復を喜びをもって経験しうるとは限らず、そうした僥倖《ぎょうこう》に作家冥利《みょうり》として浴することのできた数少ない中のひとりが、ハーンだった。

こういった事情を踏まえるとすれば、「日本の女は日本の言葉で話した方が可愛い」という、セツに対する発言の是非を問う際に、ハーンの成育歴を多少は勘定《かんじょう》に入れたとしても、公正を欠くことはないだろう。フランス語教育の浸透によって、クレオール文化が損なわれていく過程をマルチニークで目の当《ま》たりにしたハーンが、近代の日本が西洋文明と欧米語の侵入に対してあまりにも無防備な姿をさらし、古きよき伝統を失おうとしていることに対して危惧《きぐ》を覚え、警鐘《けいしょう》を鳴らす必要を感じたとしても、「母語」の喪失を一度経験したことのある人間の懐疑《かいぎ》精神からすれば、まっとうな論理であったと言えるからである。

英語教師の性的日常

『東の国から』の収録順では「夏の日の夢」の次に位置する「九州の学生と共に」With Kyūshū

である。母親が口を開くとき、その子供の生活の全局面はもうひとつ別の名称体系を構《かま》える。そのかわいい頭のなかに、一群の特別な概念が形成されているのである。その中心に母の姿がある。その子供は翻訳するわけではない。彼は翻訳の何たるかを知らない——二カ国語を喋《しゃべ》っているということを知らないし、言葉がどんなものかも知らない。ただ、人形を〝ドール〟と呼ばず〝プペ〟と呼ぶと、母親からは何の応答もないことを知っているだけである。〔…〕自分の母親にのみ特有特別の言葉だと思っていたまさにその言葉を、他の人が話すのを聞いたとき、子供は大いに驚き、また大いなる驚愕《きょうがく》を隠そうとしない。このようなことが知られているが、子供にとって母と言葉は、これほどまでに密接に連合しているのである。こうした言語環境を持続させ、年月を経れば、二カ国語使用はその子供の属性となる。ともに発達していくが、平行していくのであって、混線することはない。〔…〕」

一八八五年当時、この文章をフランス語から英語に訳しながら、ハーンが自分の幼児期の経験をどれほど実感として脳裏《のうり》によみがえらせていたかを想像してみるのも面白い。

Studentsは、ハーンの熊本第五高等中学校での学園生活を描いたルポルタージュ風のエッセイである。ありあわせの教科書には依らず、西洋の物語をゆっくりと語って聞かせる「語り部」に徹してみたり、こまめに作文を課して、学生の内面をえぐりだしたり、その独特の教育法は、クリスチャンの英語教師たちの道徳的で高圧的で機械的な教育法とは、かなりの対照を示していたと思われる。また、漢文を担当していた当時の名物教師、元会津藩士秋月胤永《かずひさ》の横顔など、好意をもって描かれており、散漫《さんまん》ではあるが味わい深い好篇《こうへん》だと思う。ところが、これを読んでふと気になることがある。このエッセイでは、めずらしいことに女性がひとりも現場に登場しないのである。第二次性徴期を迎えた愛想のない無骨《ぶこつ》な学生たちと、旧道徳の継承者と新思想・新宗教にかぶれた若手の寄り合い所帯的な教師陣からなる「男の園《その》」と呼ぶしかないモノセクシャルな空気。同じ学園生活を描いたエッセイでも、松江中学での経験を基にした「英語教師の日記から」と比べた場合には、陰と陽、静と動というくらい、全体のトーンに開きがある。

松江中学では、生徒たちがまだあどけないせいもあって、人なつこく中性的で、見た目に「仏像の夢みるような穏やかさ」をたたえ、なかには「女のような美しい顔立ち」をしているものもいたという〔VI: 156〕。それに、松江中学の校庭は、女子師範《しはん》や師範学校の付属小学校とも隣接していて、相互の往き来もあり、女子生徒や幼い子どもたちの姿に見とれてしまうこともあったようだ。ところが、「九州の学生と共に」の世界はあまりにも単調で、女や子どもの登場する余地はほとんど閉ざされているように見える。べつに、これしきのことまでハーンの熊本に対する印象を悪化させた原因としてあげつらおうとは思わないが、ハーンの異性問題を考える上で、同性間の関係を少しはさらってみる価値はあると思う。

松江時代から最後の東京時代までを通じて、ハーンが英語を教えた相手は、ことごとく男子だった。当然、粒選《つぶよ》りの愛弟子たちも、大谷正信《おおたにまさのぶ》（繞石《ぎょうせき》）にしろ安河内麻吉《やすこうちあさきち》にしろ小日向定次郎《おびなたさだじろう》にしろ男ばかりである。同じことは職員室の同僚たちについても言え、西田千太郎〔↓40・70頁〕を筆頭に、声を交わしあった仲間は一人残らず男性だった。しかも、この男たちとのやりとりをハーンは、教場を離れてからも、ほとんど英語を介して行なっている。つまり、彼らとの交際の中では、相手の「母語」能力の貧困化を思いやるよりも、意思の疎通と情報伝達に都合のよい英語の実利性を優先し、さらには教育的な配慮まで覗《のぞ》かせながら、英語一辺倒でわりきっていたようだ。「日本の女は日本の言葉で話した方が可愛い」と言わねばならなかったハーンの周囲には、明治の日本を背負って立とうという男性エリート集団が、ほとんどそれ以外の人間とのつきあいを妨げるほどの密度で、つきっきりの包囲網を敷いていた。しかも彼らのほとんどは、かならずしも巧いとは言えない英語でコミュニケーションを求め、ハーンは何かを教わろうとする意欲とひきかえに、いつまでも教える立場に立ちつづけることを余儀なくされた。これには、中等教育以降に男女分断・男子教育偏重の路線を敷《し》いた戦前の文部行政の方針が、決定的な影響を及ぼしたのである。

神戸時代のブランクを除いて、ハーンは、十四年間の日本滞在期間の大半を、教壇の上から英語で語りかけて過ごした。日本に来るまでの四十年間、ハーンは語学を教わることはあっても、それを人に教えた経験は皆無だった。また、明治初頭において、英語教育のほとんどを独占していたクリスチャンの英語教師にありがちだったおしつけがましい偏狭《へんきょう》な道徳性を目の敵《かたき》のように忌《い》み嫌ったその性格からしても、ハーンが英語教師という職業を自分にふさわしい職業とみなしていたとは考えにくい。これがもしマルチニークのことで、仮にフランス語教師の仕事を持ちかけられたとしても、彼はその申し出をにべもなく断っただろうと想像できる。ところが、日本に来た当初から滞在費に不安のあったハーンは、ニューオーリンズ時代〔→78頁〕に面識のあった服部一三《はっとりいちぞう》やチェンバレンに仲介を求め、柄《がら》でもない英語教師のポストを自分から要求したのである。近代化の洗礼をまともに受けた大都市ではない地方での暮らしを希望していたハーンにとって、日本の各地にあまねく分散していた官立学校のお雇い外国人教師の椅子は、おあつらえむきにできていた。ところが、こうしてずるずると罠に落ち、明治日本の男子エリート主義教育のお先棒《さきぼう》を担ぐ身となったハーンに向かって、「母語」を用いながら、気さくに話しかけてきてくれる純粋な日本人の役割は、身近なところにいる誰か女性が引き受けていくしかなくなっていった。フォークロアの収集を志すものにとっては命綱《いのちづな》にも等しいインフォーマント（＝現地語による情報提供者）たちである。

シンシナーティ時代の後半あたりから、急速にエキゾチックな文化に対する傾斜を深めていったハーンは、新聞記事ひとつ書くにも、インフォーマントの存在を自在に活用した。シンシナーティ時代に結婚を思い立ったと言われる混血の女性アリシア・フォーリー（愛称マティー）は、もとはといえば無学な料理番であったというが、エスニック料理に対する関心だけでなく、郷土色に富む物語に耳を傾ける喜びに目覚めはじめたハーンにとって、この女性は知恵袋のような存在だったのだろう。[47]ブッキッシュな教養においては、誰にもひけをとらない生き字引のようなハーンであったからこそ、自分に欠落した部分を補うためにも、西洋的教養にどっぷり漬かった人間ではなく、むしろ「非文字文化」の体現者である異人種の協力者の助言を必要とした。それが女性である必要はどこにもなかったが、逆に女性であってはならない大した理由もなかった。ひとり住まいのよそ者のために身のまわりの世話にやってくる存在と言えば、たいてい土地の女性ということになるし、その女性は無学であればあっただけ「非文字」世界の

47――ハーンとマティーのかかわりについては、さまざまな角度からの検討が可能である。ハーンにとって、マティーはただの「料理番」では終わらず、「乳母」でも「インフォーマント」でもあった。シンシナティ時代のエッセイ「奇妙な体験」Some Strange Experiencesは、マティーがいかに有能な「語り部」であったかを、いかにもハーンらしい流儀《りゅうぎ》で物語っている。

健康で体格の良い田舎娘である。〔…〕大きな黒い目には、不思議に物思いに沈んだ表情があり、影を持たない何者かの挙動をずっと見守ってきたかのようであった。降神術者達は、娘を強力な「霊媒」とみなすのが常だったが、彼女はそう呼ばれるのを嫌った。読み書きを習ったことは一度もなかったが、語るに際しての素晴らしく豊かな描写力、普通以上に優れた記憶力、そして、イタリアの即興詩人《インプロヴィザトーレ》をも魅了するであろう座談の才などに生来恵まれていた。〔河島弘美訳〕

十九世紀は、解放奴隷の回想を文字で記録する「奴隷の証言」Slave narrativeという新しい文学ジャンルが成立した時期に相当するが、マティーとハーンとの関係は、「インフォーマント」と「フィールドワーカー」の関係というより、奴隷としての経験を持つ「話者＝著者」と信頼すべき白人の「腹心＝編者」の関係にむしろ近い。

教養の面では長じている。まだまだ土地には馴染《なじ》みのうすい新参者《しんざんもの》であれば、ハーンでなくとも、その土地の「女中」的存在による手助けが必要になる。松江に来て間もないころ、ハーンは料理屋の女将やその娘と連れ立って旅行に出かけたり、自由な冒険を楽しんでいたと言われる。そこに、ふとあらわれた小泉セツという女性も、シンシナーティ時代以来の長いハーンの女性遍歴《へんれき》の中で、とりたてて特異な存在であったわけではないのである。

ハーンは、結婚後も、英語のできる日本人に資料採集を依頼するのと並行して、日本女性の語りに耳を傾けることによる実地のフィールドワークに余念がなかった。熊本時代に長男一雄〔→64頁〕の子守りとして家庭の一員に加えた梅という娘の実話を素材にした「人形の墓」〔『仏国土の落穂』所収〕には、ハーンの日本女性に対する偏愛《へんあい》の一端を覗《のぞ》かせる一節が、次のようにある。

> 日本では、年齢を問わず一般に女性が、どきっとするようなことがら (something touching or cruel or terrible) を、さらりと染みるような調子 (a steady, level, penetrating tone) で語る場合が珍しくない。〔VII: 97〕

長崎旅行の帰りに立ち寄った三角《みすみ》の旅館での女将《おかみ》の「風鈴のような響きのやわらかい声」softly toned as a wind-bell〔VII: 4〕にしろ〔→64頁〕、神戸時代に門《かど》づけにやってきた目の見えない三味線弾《しゃみせんひ》きの「人間ばなれした声」“Woman or Wood-fairy?”〔VII: 294〕にしろ〔→125頁〕、ハーンの耳は、女性の声に対して抜群の感度を発揮した。そして、そうした行きずりの女性たちと競合しない範囲内で、ハーンの側に仕えながら、専属のインフォーマント役をつとめたのがセツである。

ただ、このとびきり身近な場所にいたインフォーマントの五感に訴えかけるような生身《なまみ》の姿に関して、ハーンは堅く口を噤《つぐ》み通した。いわゆる内助《ないじょ》の功《こう》に報いる最も紳士的な方法として、ハーンは公共の場ではセツの存在を完全に黙殺《もくさつ》する立場を選んだのである。「英語教師の日記から」には、セツのことらしい松江の女性が幼い記憶を語ってみせる場面があるが、ハーンはそれを「ひとりの女性」と曖昧《あいまい》にしている。万右衛門という男性が家人のひとりとして登場する中期の作品群でも、セツは文字づらの上でまったく蚊帳《かや》の外である。そして、ハーンとセツの呼吸の合ったところから生まれたと言われる晩年の『怪談』に至っても、セツはその息づかいをハーンが英語の文体の内に活《い》かしきったところではじめて存在を主張できるにすぎず、その人柄だの教養だのについては、しっかり伏せられている。

イナ・セゼール『わたし、シリリア──ラフカディオ・ハーンの家庭教師』（Elytis, 2009）表紙

マルチニーク時代に、ずいぶん世話になったという下宿屋の女中シリリアに関してなら、無学であればこそ愛敬《あいきょう》に富み、料理の腕前には目をみはるものがあった彼女の魅力を語るべく、『仏領西インド諸島の二年間』の中に一篇を割くまでの

情熱を示したハーンである。あまりにも待遇が違いすぎると考えるべきだろう。

シリリアは、いくら教えても時計の読み方がわからない。努力はしてみたのだが、最後には根負《こんま》けした。御当人は、いずれ習得するつもりでいるのだが――「だって旦那さま、一時二時なら簡単なんです。厄介なのは分の方でございますよ。」――とうてい無理なように思う。とは言っても、シリリアの時間が正確なのは、お天道さまも顔負けだった。いつでもコーヒーと蕃茄子《コロソル》のスライスを持って、毎朝五時きっかりにあらわれるのだ。彼女の時計代わりは、「森の山羊《カブリット・ブワ》」だ。この名前の大きなコオロギは、四時半になると鳴きやむという話である。そして、歌が止んだのを合図に目が覚める。〔IV: 47〕

虫の音楽家についてはもちろんだが、日本時代にも、この程度の微笑《ほほえ》ましいエピソードには少しもこと欠かない。しかし、ハーンは、草ひばりに餌《えさ》を与え忘れた女中のことを書き残しはしても、セツのことになると途端に無口になる。われわれは、セツによる後世の証言やハーンの私信の中に描かれたセツを、ついハーンの自慢話と混同しているだけなのである。ハーンは、セツのことを、他の女中たちと同じようには作品の題材にはしない主義だった。

しかし、この惑《まど》わしにうっかりだまされたりしないようにしよう。ハーンがセツに求めていたのは、あくまでも「女中兼料理番《けん》」的存在、それに暗闇の中で妖艶《ようえん》な物語を心ゆくまで堪能《たんのう》させてくれる「乳母」の要素まで兼《か》ねそなえた存在であって、同性の親友や教え子に対してハーンが求めていたような種類の知性や友情とは、あきらかに区別すべき別種の欲望の対象なのであった。これをエロチックな欲望と呼ばなければならない理由はないが、少なくとも被扶《ひ》養者が扶養者に対して抱く「依存心」のようなものだ。

このように、ハーンは男性の友人たちと女性の協力者とのあいだにはっきりとした役割分担の一線を画していた。従って、「女子大学でも卒業した学問のある女だったら」を口癖にしたセツの胸中にあったのは、同時代の先端を行くような女学生族に対する羨望《せんぼう》というよりは、ハーンの求めるがままに日本の歌謡を英語に訳したり、セツにはまるでちんぷんかんぷんの横文字で長文の手紙をよこしてきたりする男たちに対する嫉《そね》みであったと考えるべきなのだ。

ひょっとしたら英語が、セツの耳には、男同士の友情のためのとっておきのジャルゴンのように響いたかもしれない。女だというだけの理由で、男たちの円居《まどい》から、自動的に締め出されていってしまう自分に対して、彼女が義憤がらみの劣等感を感じたとしてもおかしくはない。同じ感情を、セツは、ハーンが息子の一雄に対して英語の特訓を開始したときに、ふたたび感じないではおれなかったはずだ。夫と息子が自分には理解できないことばで、やりとりを交わしていれば、どの母でもいい気持ちはしない。国際結婚にありがちな、夫婦間に生じる言語的葛藤《かっとう》は、ダブリンでの生活を、ハーンの母にとって耐えられないものにしていった疎外感ともどこかで通じあっていたはずである。

ハーンは、母を捨て自分をも捨てた父親のことを憎んでいたと言われるが、それでも父親の身ぶりを反復してしまう面がなかったとは言えない。ギリシャ駐留時代に見染《みそ》めた女性への求愛を首尾よく現地語でなしとげた父（父は父で「へるんさんことば」を用いて、未来の妻に囁《ささや》いたのにちがいない）であるが、その妻にいっさい英語を教えないまま、ダブリンへと移住させるという残酷な仕打ちを課したのも同じ父であった。ハーンは日本にいるあいだも放浪癖が抜けず、ひそかに国外への脱出を夢想していた。最晩年には、合衆国や英国の大学に招待される話が浮上したりした。それでも、セツに外国暮らしを強いることの無謀さを推《お》し量って、尻ごみせずにおれなかったくらいだから、父が犯した過ちを二度と繰り返してはならないというハーンの決意の堅さは知れる。しかし、そこにも思わぬ落とし穴が待ち構えていて、それさえもハーンの私生活の一部からセツを排除する結果につながったのだとしたら、皮肉だと考えるしかない。せめてセツが望んだときくらいは英語を教えてやり、簡単な英語の手紙程度なら読み書きできる能力を授けてやったなら、埋められない溝《みぞ》ではなかったはずなのである。

女性と民間伝承

ハーンと『古事記』との出会いは、来日前のニューヨーク時代まで遡《さかのぼ》る。横浜時代に二冊目を購入したというから、『古事記』は彼にとってまずは日本行き、次には出雲《いずも》行きに先駆けた水先案内の役を果たしたことになる。この『古事記』がチェンバレンによる英訳（初版、一八八三）であったことは言うまでもないが、チェンバレンとのあいだの友情に罅《ひび》が入ってのち、ハーンはこの英訳に対して黙殺にも等しい冷淡な態度を示すに至ったことが指摘されている〔遠田勝『「神国日本」考』『比較文学研究』第四七号、東大比較文学会、一九八五〕。しかし、このことをハーンによる『古事記』そのものに対する評価の低下と受け取る必要はない。日本古来の伝統と信仰、とりわけ神道について、人並み以上の関心を寄せたハーンであるから、魑魅魍魎《ちみもうりょう》の跋扈《ばっこ》するアニミズム世界、いかなるピューリタニズムにも汚されることがなく、とりわけ女性たちが活々と生きていたという印象を与える大らかな性生活と「巫女《みこ》」文化の優位、どれひとつをとってもハーンの好奇心をくすぐらないものはなかった。それどころか、われわれは、セツによる回想を読みながら次のような一節にめぐりあっただけでも、ハーンと『古事記』との深いつながりの一端に触れた気にさせられずにおれないのである。

私が昔話をヘルンに致します時には、いつも始めにその話の筋を大体申します。面白いとなると、その筋を書いて置きます。それから委しく話せと申します。それから幾度となく話させます。私が本を見ながら話しますと「本を見るいけません。ただあなたの話、あなたの言葉、あなたの考でなければいけません』と申します故、自分の物にしてしまつてゐなければなりませんから、夢にまで見るやうになつて参りました。

〔「思ひ出の記」講談社学術文庫版、四五頁〕

もしこれが日本語の読み書きをよくしない外国人の要望に答えて、日本人がテクストを音読してやったというだけなら、なんの変哲もない作業であったはずだが、ここでハーンがセツに対して棒読みでも丸暗記でもなく、「誦唱《ずしょう》」を命じたという背後には、ただならぬ執念が感じとれる。そして、ここには『古事記』編纂《へんさん》の楽屋裏で演じられたとされる神秘的なパフォーマンスとどこか通じ合う一面が秘められているように感じられるのである。

『古事記』の編纂に際して、当時の皇室は、稗田阿礼《ひえだのあれ》に対して『帝紀』『旧辞』の「暗記」を命じ、それを「誦唱」させたという（「勅語阿礼令誦習帝皇日継及先代旧辞」）。そして、それを太安万《おおのやすま》侶《ろ》が和化漢文体の漢字表記で記録したものが『古事記』である。そして、天才的な誦唱の才能を持つ「語り部」と「渡来人《とらいじん》」ばりの文字運用能力を有した知的選良の二人によって演じられたこの劇的な共同作業は、明治時代の家庭という新しい環境の中に移しかえられて、セツとハーンのあいだにそっくり再現された。日本文学史の劈頭《へきとう》を飾る書物の編纂に際して、かくまで迂《う》遠《えん》な手順が踏まれなければならなかった理由として、『古事記伝』の著者は、「語を重みしたまふが故なり」（筑摩書房版『本居宣長全集』第九巻、七三頁）という単刀直入な注釈をほどこしているが、ハーンもまた、文字の呪縛《じゅばく》を解き放たれ、薄闇《うすやみ》に宙吊りになった「お伽話」のことばを愛するが故に、同じくセツに対して「誦習＝暗唱」を命じたのである。

ちなみに、『古事記』の成立過程を書いた「序」の該当箇所を、チェンバレン訳からも引いておこう。

Are was commanded to learn by heart the genealogies of the emperors, and likewise the words of former ages. (*The Kojiki: Records of Ancient Matters*, translated by Basil Hall Chamberlain, Charles E. Tuttle Co., 1982, p. 4)

チェンバレンの翻訳がいかに逐語訳《ちくごやく》的な正確さを原則としていたかは、この短い訳例からも十分に窺《うかが》い知ることができる。言語学者であれば、一字一句を大切にするのは当然かもしれない。これは、翻訳のよしあし以前に、翻訳上の方法意識の問題である。これに対して、日本に来てからのハーンは、英語のできる日本人の協力による「翻訳」を残さなかったわけではないが、晩年には「再話《さいわ》」文学にかなりの重点を置くようになる。[48]

ハーンは、アメリカ時代から、「翻訳」と「再話」の二つの領域ではかなりの実績を残していた。しかも、『クレオパトラの夜』*One of Cleopatra's Nights and Other Fantastic Romances*（一八八二）や『聖アントワーヌの誘惑』*The Temptation of St. Anthony*（一九一〇）などのフランス文学の紹介と、『異国文学残葉』*Stray Leaves from Strange Literature*（一八八四）や『中国の怪談』*Some Chinese Ghosts*（一八八七）など、世界各地の民話伝説の紹介のあいだには、はっきりと区分を設け、前者については達意の「翻訳」を、後者については「種本《たねほん》」（多くは原語からフランス語に置き直されたテクスト）を基にした「翻案《ほんあん》」の方法を適用した。もともと「作者性」のはっきりした文芸作品と、「口承《こうしょう》性」の強い民話とでは、紹介者がテクストに対するときの準拠のしかたが異なって当然だが、ハーンは、この差を意図的に強調したのである。

ところが、日本に来てからの「再話」文学は、従来の「再話」形式から遠く離れ、「種本」を用いた場合にも、一旦は「口述」形式を通過させた異言語間の「再話」という奇妙な形式を採用するに至る。つまり、セツを助手として利用しながら、ハーンは「文字文芸」の内側に「口承文芸」の香りを含みこませる複雑な技法を開拓することになるのである。ハーンと「口承文芸」とのかかわりは、やはりシンシナーティ時代まで遡ることができるが、来日前のハーンは、黒人英語やクレオール語の「非文字文芸」を「口述筆記」式に転写する「採話」[49]に偏《かたよ》りがちで、それを「再話」の技術と合体させるまでには至らなかった。ところが、日本に来て、まず文字が読めない、かといって「採話」をするにも、言語学の素養の面でアイヌ語や琉球《りゆうきゆう》語の権威であったチェンバレンにはかなわないという状況を考えた末の消去法による方法選択が、この奇妙な形式の採用を決定づけた。かつてのハーンが区分していた三つの様式――フランス文学の「翻訳」、すでに文字化された非文字文学の「再話」、非文字文学の「採話」――は、『怪談』の中でひとつに融《と》け合い、独自の技法として結実したのである。もはやそこに逐語訳《ちくごやく》の正確さや言語収集家の職人的な緻密《ちみつ》さなど入りこむすきはなかったが、「心によって習いおぼえる」(learn by heart)プロセスを通過した文学に、転写式の機械的な仕事にはない何かが付加価値として加わるのは、むしろ当然のことだろう。

ところで、口承文芸史研究の中で、写本・複製による「文字文芸」に対する「口承文芸」の優位を主張した代表的な日本人学者に、柳田國男〔→204頁〕がいる。「口承文芸」の最も重要な特徴は、原作者の匿名《とくめい》性と、語り部一人ひとりによるテクスト変更の自由さにある。文字による記録の習慣は、文芸の自由な進化を抑制することはあっても、それを加速することはきわめてわ

48―― チェンバレンは、日本文学の翻訳にも多くの業績を残しているが、その方法はまちまちであった。たとえば、チェンバレンは「浦島」の紹介を韻文《いんぶん》と散文《さんぶん》とで二回試みているが、韻文訳（『日本の詩歌』*The Classical Poetry of the Japanese*, 1880）は、すでにアストンが試みていた『万葉集』中の長歌の「逐語訳」（『日本語文語文法』*A Grammar of Japanese Written Language*, 1877）の向こうを張って、敢えて同じ歌の「韻訳」に挑戦した意欲作であった（『日本語文語文法』については、後述の章「怪談浦島太郎」の註60〔↓321頁〕を参照）。もっとも、ハーンと親交を深めるにつれ、少なくとも文学的なセンスの上では、ハーンに一目置かざるをえなくなったチェンバレンは、マルチニーク時代の紀行文などの中でハーンが試みている韻文の翻訳の腕前には、舌を巻いていたようだ。はじめは言語学に限らず、手広く日本文化の紹介にたずさわっていたチェンバレンが、次第に、言語研究と『日本事物誌』〔↓41頁〕の改訂作業に専念し始めたのも、ライバルの登場に気後れを感じたためかもしれない。

　チェンバレンは、さらに『日本昔話叢書』*Japanese Fairy Tale Series*（通称「ちりめん本」）の一冊として、『浦島太郎』の散文訳（一八八六）にも挑戦しており、これは『万葉集』の長歌ではなく、中世以降の仏教説話化した「御伽草子」系の物語の翻案である。ハーンは来日後これを愛読した。チェンバレン訳を下敷きにしたハーンによる再翻案（「夏の日の夢」）については、「怪談浦島太郎」〔↓319頁〕を参照。

49―― ハーンがマルチニークで「採話」したクレオール民話は、ハーンの遺したノートを基に一部が対訳形式の民話集としてまとめられている。*Trois fois bel conte......*, traduit par Serge Denis, avec le texte original en créole antillais (1939) がそれである。また東京大学教養学部教養学科図書室には、未発表のノートのコピーが収蔵されている（この未発表ノートが発掘された経緯や、その内容については平川祐弘『ラフカディオ・ハーン――植民地化・キリスト教化・文明開化』（ミネルヴァ書房、二〇〇四）に詳しい）。いずれも百年前のマルチニークを知る上で貴重なものばかりであり、『クレオール物語』（講談社学術文庫、一九九一）に拙訳で収めた「クレオール民話――三題」はその抜粋である。

　なお、「再話」と「採話」との語呂合わせは、『比較文学研究』第四十七号所収の牧野陽子氏の論文「輪廻の夢」から拝借した。

ずかであったというのが、柳田による「口承文芸」重視の基本的な姿勢である。もちろん、版本の普及以前は、「写本」の伝統の内部にさえ、テクスト変更の余地が十分に残されていたことを柳田は認めている。「文字文芸」とて、本来は「口承文芸」に準ずる自由さを享受《きょうじゅ》しえていたはずなのである。ところが、近世以降の複製技術の発達が、これを完全に阻害する方向に日本の文芸を偏向《へんこう》させ、日本の文芸は硬直性と不毛の危機に瀕《ひん》しているというのが、柳田の口承文芸史のあらましである。

　十八世紀末以降、「口承文芸」に対する関心は、ヨーロッパの学者や旅行者をフォークロアの収集に向けて駆り立てた。非ヨーロッパ地域での言語学・民俗誌の研究にまず先鞭《せんべん》をつけたのは、布教を目的にしていた宣教師たちであったが、▼50 世俗的な学者たちの調査・研究がこれに徐々に追いつこうとしていった時期が十九世紀の後半である。しかし、こういった状況の中で、異言語を使用する白人文字所有者の介入が、土着の「口承文芸」の自由な発展に阻害要因として働いたことも事実である。ハーンであれ、柳田であれ、「民俗誌」(ethnographyとは、民衆の風俗を文字で書き誌すことだ)にかかわろうとするものは、文字所有者であるというだけで、もはや「口承文芸」の正当な継承者である資格がない。彼らは、近代西洋文明の世界支配の中で、「口承文芸」の自由な発達がすでに阻害され始めているという危機意識から出発して、廃《すた》れゆく「口承文芸」に対する哀惜《あいせき》の念をおぼえながら、血眼《ちまなこ》の採集・記録活動にはげんだのだが、所詮は贖罪者《しょくざい》のとる行動にすぎなかった。後世に記録を残すことを大義名分とするのは、あくまでも文字所有者の論理であって、「口承文芸」側の内発的な要求に基づくものではない。表現は悪いが、文字所有者たちは、「口承文芸」の世界に土足であがりこんで、結果的に異質なものを持ち込んでしまうのだ。そこには、いわゆる上位の文化による下位文化の破壊という情け容赦のない歴史の暴力に歯止めをかける環境保護の効果がなくはないが、時代を逆行させるだけの力はない。

ハーンもまた、この意味では、明治時代に日本に来た外国人の中でも、きわめつけの文化的環境保護論者であった。日本の知識人のほとんどが、伝統の保護に関しては赤ん坊同然の関心しか抱かなかった時代に、日本文化の中で「口承文芸」が果たしてきた役割の大きさにまず目を向けたハーンの西洋人としての良識には、否定の余地のない先見の明がある。しかも、この文学臭の強い「再話」と民俗学的な「採話」の方法のあいだには大きな開きがある。ハーンは、「口承文芸」の重要性を説くには説いたが、それを正確に記録し保存するという学者的な使命に拘束されることがなかった。なまじ日本語に堪能《たんのう》だと、かえって、ことばに忠実であろうと

50―― ニューオーリンズ時代のハーンが、言語学に強い関心を持っていたことについては、前に触れた通りだが〔→231頁の註46〕、十九世紀言語学の発展にキリスト教宣教師がもたらした寄与についても、「言語学者としての伝道師」Missionaries as Linguists（『西洋落穂集』*Occidental Gleanings*, 1925）という論説がある。ハーンの宣教師嫌いは有名だが、こと言語採集の分野で宣教師が果たした功績については、正当な評価を惜しまない姿勢を保っていたことがわかる。日本に来てからのハーンも、再三不満をこぼしていたとは言われるものの、『和英語林集成』を手離すことがなかなかできなかった。この画期的な和英辞書が、ヘップバーン（通称ヘボン）〔→22・24頁〕が布教活動の一環の中で編みあげた宗教的情熱の産物であったことは言うまでもない。

しすぎ、その保存方法にぎくしゃくした硬直性が生じがちだ。へたをすると、「口承文芸」を文字によって封印することにもなりかねないのである。ところが、正確な「記録」を本務とするフィールドワーカーたるだけの情熱も語学能力も欠いていたハーンは、書斎の中にとじこもり、「文字文芸」の世界から外に歩み出すことは止めて、「文学」という制度を隠れ蓑《かくれみの》にしながら、突出した「作者」性を発揮させて、自由な「聴き語り」形式の共同作業に専念することになったのである。逆説的なことではあるが、これは、『遠野物語』の柳田が「序文」であらわしている、必要以上に謙虚《けんきょ》な感じのする及《およ》び腰と比べて、むしろ潔《いさぎよ》い態度であったようにも思えるのである。

此《この》話はすべて遠野の人佐々木鏡石君より聞きたり。昨明治四十二年の二月ごろより始めて夜分折々訪ね来り此話をせられしを筆記せしなり。鏡石君は話上手には非《あら》ざれども誠実なる人なり。自分も亦《また》一字一句をも加減せず感じたるまゝを書きたり。

〔『柳田國男全集』第二巻、筑摩書房、一九九七、九頁、ふりがなを補った〕

ハーンと柳田のあいだの類縁性《るいえんせい》については、熊本の英文学者で、民俗学者を兼《か》ねた丸山學《まるやままなぶ》以来、いまやその結びつきは自明となりつつある。一口で言ってしまえば「耳の文芸」の重視という一点に収斂《しゅうれん》するつながりと考えてよいと思うが、ここでは、二人の発想の基点となっている「性的分業」の考え方について触れておきたい。

『巫女考』以降、婦人向けの啓蒙《けいもう》的な著述を定期的に行なうようになった柳田が、昭和二年に発表した論文に「稗田阿礼」がある。のちに『妹の力』にまとめられ、柳田の「女性学」の核をなすことになった論文のひとつだが、その中で柳田は、「口承文芸」と「女性」の結びつきを論じるために、一見、無謀とも思われる提言を行なっている。

古事記の伝誦者稗田阿礼が女だつたといふことは、故井上頼圀《よりくに》翁の古事記考に由つて、先づ明白になつたと言つてよいのだが、其後此《この》問題を省みた人も聞かず、況《いわん》やさうすると如何なる結論に達するかといふことを、考へて見た者も無さゝうに思はれる。しかも前代日本の社会に於ける女性の地位といふものは折々論ぜられて居る。随分と粗相な又不用意な話ではあるまいか。〔…〕爰《ここ》にはたゞ問題のみを、後の学問ずきの新婦人たちに引継いで置きたいと思ふのである〔『柳田國男全集』第十一巻、筑摩書房、一九九八、四三六頁、ふりがなを補った〕

『古事記』の本文は、稗田阿礼の中に、「聡明さ」を見ている（「為人聡明、度目誦唱、払耳勒心」）。[51] その「聡明さ」は、文字解読の能力（度目誦唱）と暗唱の能力（払耳勒心）という二重性を含んでお

51―― この箇所のチェンバレン訳は、以下の通り。チェンバレンは、定説を重んじて、稗田阿礼を男性とみなしている。He was (...) of intelligent a disposition that he could repeat with his mouth whatever met his eyes and record in his heart whatever struck his ears. (*op. cit.*, p. 4)

り、少なくとも、阿礼が「口承文芸」の純然たる継承者であったというふうに文面からは判断できない。しかし、柳田は、「稗田阿礼＝女性説」を全面的に支持すると言うよりは、この仮説がいかなる学問的可能性を秘めているかを暗示する方向性を持たせながら、この問題を取り上げたのである。後の柳田の「女性学」関係の著作で用いられていることばに、女性の「さかしさ」という表現があるが、柳田は、稗田阿礼の「聡明さ」の上に、ただ単に「耳の文芸」を継承するものとしての才能だけにとどまらず、女性の「さかしさ」――刀自《とじ》として、乳母として、巫女としての「さかしさ」――の全体を接《つ》ぎ木しようとしたのだろう。

柳田の基本には、「口承文芸」対「文字文芸」の対立を、「女性」対「男性」という対立に重ね合わせようという二元論的思考がある。柳田にとっての「性的分業」の考え方は、「和魂」対「漢才」あるいは「たをやめぶり」対「ますらをぶり」といった使い古された図式の焼き直しではない。だいたい、柳田からすれば、平安朝の女流文学など「女性」の風上《かざかみ》にも置けない、知的選良の中でもきわめて抜きん出た女性文字所有者の作物にすぎず、柳田がこれとは別の核に据えたのは、小野小町《おののこまち》や和泉式部《いずみしきぶ》といった歌人の伝記を捏造《ねつぞう》しながら、日本全国へと絵解きや口こみで流布させていった、女性遊行芸能民の無節操きわまりない想像力と粘り強い伝承活動の方であった〔『女性と民間伝承』〕。もちろん「口承文芸」を担ってきた主体が、古くから必ずしも「セックス」としての「女性」に限られたわけではないということなら、柳田自身が誰よりも心得ていたはずだし、その担い手の一部分を、まず「性」とは無関係な「常民《じょうみん》」という用語で呼んでみようと提唱したのは柳田自身であった。そこには、出雲阿国《いずものおくに》だけではなく、耳なし芳一の同業者たちまで含まれるはずなのである。にもかかわらず、柳田は、一部の文字所有者を除く「非文字文化」の継承者全体にジェンダーとしての「女性」の属性を付与してまで、敢えて稗田阿礼を「女神」として復権させようとしたのである。

そこには、いつまでたっても男性中心の学問の後を追いかけるだけで、一向に独自の学問的方法を編み出す気配もなかった「新婦人」たちに対するあてこすりの意図も含まれていた。近代日本の女性問題の解決を難しくしているのは、教育の男女均等という公平さに対する配慮の不足ではなく、日本には本来であれば正当な形で受け継がれていたはずの「女性」の「さかしさ」が、近代に入って以来、十分には評価されなくなってきているという文化的な歪みの方である。これは、柳田の「女性学」が同時代の「新婦人」たちにつきつけた挑戦状だった。もちろん、男女を問わず、誰も彼もが太安万侶《おおのやすまろ》式の文字所有者たろうとし、それどころか、ひとつでもふたつでも欧米語に通じることがエリートたるに不可欠な条件であるという信仰が支配的になりつつある時代に、いくら稗田阿礼の復活を説いたとしても、焼け石に水のようなものである。「男性と女性」の問題を「ジェンダー」で片づけ、「性的分業」を全面的に肯定してしまう「女性学」が、「ジェンダー」による差別を克服しようとする「新婦人」たちの姿勢とは折り合いのつくものではなかったことは目に見えていたはずだ。にもかかわらず、柳田はそこを突破すべく冒険に出たのである。

この柳田の戦略性と並べた場合、ハーンには長い経験に基づいた鋭い洞察ならばあったと言えるかもしれないが、理論武装と呼べるものはなかった。『ユーマ』から『日本——一つの解明』に至るまで、女性の最大の美徳は「自己犠牲」の精神にあるという固定観念から脱することができないまま、女性に対しては、ひたすら「語り部」たることを要求し、いつまでも女性インフォーマントの有難みに浴《よく》するだけだった。しかし、後に柳田がきわめて戦闘的な形で提唱することになる「性的分業」を、セツというひとりの日本女性を前にしながら、密かに実践に移した先駆《せんく》的な存在として、ハーンを捉えてみるというのはどうだろうか。近代の日本女性の中に「稗田阿礼」の霊を呼び戻そうとするその情熱の激しさにおいて、二人はまさしく双子のような存在であった。それは、近代的な啓蒙主義がもたらす文化的な弊害《へいがい》をいちはやく察知したところで、蒙昧主義と呼ばれる危険をもかえりみず、反−啓蒙のスタンスによりどころを見出した異端「女子教育家」同士の類似性である。

良妻賢母主義の光と闇

明治の女性に「稗田阿礼《ひえだのあれ》」であれと命ずるということが、もし時代錯誤でなかったとすれば、それはどういうことなのであろうか。

たとえば、『女學雑誌』（明治十七年創刊）は、文明開化期の女子教育を牽引《けんいん》する重要な役割を果たした雑誌だが、子どもに対して話をしてやることを母親の義務とみなし、今日のことばで言えば、「読み聞かせ」や「語り聞かせ」に相当する育児行為の重要性をはじめて謳《うた》ったのも、この雑誌である。『女學雑誌』と言えば、若松賤子《わかまつしづこ》の『小公子』（明治二十三－二十五年）の初出誌として有名だが、この雑誌には、明治の二十一年から「子供のはなし」と題して、翻案・創作を問わず、子ども向けの物語を紹介するコーナーが設けられた。アンデルセンの「皇帝の新衣装」が、「不思議《ふしぎ》の新衣装《あたらしきいせう》」として、しかも子ども向けとして紹介されたのも、この欄《らん》を通じてである（明治二十一年三月十日と十七日）。

ここで「子供のはなし」の序にあたる文章を引いてみようと思う。中村正直《なかむらまさなお》の「善良なる母を造る説」や森有礼《もりありのり》が東京女子師範《しはん》学校卒業式の式辞で述べた「賢良《けんりょう》ナル女子ニ非《あら》ズンバ賢良ナル慈母《じぼ》タルヲ得《え》ズ」の精神を、学齢前の子どもを持つ母親がどう育児に活《い》かすべきかを説いた実践的な「賢母《けんぼ》」の教えである。

猿蟹合戰《さるかにかつせん》、かち〱山《やま》、又《また》は舌切雀《したきりすゞめ》、花咲《はなさ》き爺《ぢい》、の類《たぐ》ひ眞《まこ》とにたわひも無《な》き談《はな》しのように聞《きこ》えて實《じつ》は子供《こども》の爲《ため》に至極宜《しごくよろ》しきを得《え》たるお談《はな》しなり只《た》だ其《そ》の數《かず》の少《すく》なうして中《なか》には間《ま》ま當今《とうこん》の頑是《がんぜ》ある幼《おさ》な子《ご》には適《てき》せざる趣《おもむ》きもあれば〔…〕

〔『女學雑誌』第九十五号、明治二十一年二月四日、一四頁、ふりがなは原文の通り〕

明治二十一年と言えば、ハーンが日本に来てから愛読したチェンバレン訳の「浦島」やジェームス夫人訳の「松山鏡」などを収めた『日本昔話叢書《そうしょ》』、通称「ちりめん本」の第一期が刊行中の時代である。まさに近代的な視点に基づいて、日本民話の再評価が始まった時期と言えるが、それらはまだまだ外国人向け、好事家向けに留まっており、本格的な日本民話の再発見は、巖谷《いわや》小波《さざなみ》の『日本昔噺《むかしばなし》』(明治二十八年)まで待たなければならなかった。つまり、欧化政策の煽《あお》りを受けて、伝統的な日本文化に対して黙殺にも等しい立場が取られて、当時の教養ある日本人は、日本古来の昔話を子どもに話してやろうにも、何をどう話してやればよいのか、かいもく見当のつかない手探りの状態にあった。「猿蟹合戦」や「かちかち山」のことを、子どものために「至極宜しきを得たる」と言い切るにも、ずいぶん勇気が要ったはずである。もちろん、勇気だけでは足りず、理由づけもまた必要であった。そして、とりあえず最も説得力のあった尺度は、教訓性・道徳性であった。

然《しか》るに此《こ》の数多《あまた》の残念《ざんねん》の中《うち》にも吾々《われ〳〵》の責《せ》めとして最初《さいしょ》に先《ま》づ自《みずか》ら出《い》で丶任《にん》じたく思《おも》ふは即《すなは》ち母親《はゝおや》が其子供《そのこども》に話《はな》しきかするお談《はなし》の編輯《へんしゅうこ》是れ也吾々《なりわれ〳〵》は幼《おさ》なき時《とき》、猿蟹合戰《さるかにかっせん》の物語《ものがたり》を聞《き》いて多少功名心《たせうこうめいしん》を起《おこ》しこともあらん又花咲《またはなさ》き爺《ぢい》のお談《はな》しを聞《き》いて狡猾《こうかつ》の惡徳《あくとく》たる由《よし》を感《かん》ぜしこともあらん此類《このるい》の利益《りえき》も多少《たせう》は之《これ》ありしことなるが其他《そのた》は多《おう》く幽靈《ゆうれい》バケ物《もの》のお談《はな》しに只《た》だ心《こゝろ》に恐《おそ》れを生《せう》じ物《もの》に臆病《おくべう》と成《な》り必竟剛勇正誠《ひつきょうごうゆうせい〳〵》の氣《き》を養《やしな》はる丶所《とこ》ろあらざりしかば扨《さ》てはお互《たが》ひに今日遺憾《こんにちいかん》と悟《さと》る所《とこ》ろも少《すく》なからぬことにて此《こ》の遺憾残念《いかんざんねん》と思《おも》ふ所《ところ》は即《すな》はち亦《ま》た後世《こうせい》の子孫《しそん》をして均《ひと》しき恨《うら》みを懐《なつ》かしむるの元因《げんいん》なるべし。故《ゆえ》に吾々《われ〳〵》は先《ま》づ母親方《はゝおやがた》が其子《そのこ》に語《かた》らる丶為《ため》に宜《よろ》しきを得《え》たりと覺《おぼ》ゆるお談《はな》しを集《あつ》め國民《こくみん》の元氣《げんき》を其二葉《そのふたば》の中《うち》に養育《よういく》するの基《もと》ひを作《つく》らんと欲《ほっ》す。

〔同前、ふりがなは原文の通り〕

つまり、「賢母」が日本古来の昔話を子どもに語って聞かせるには、まず新しい尺度に沿った品定めにかけてからでなければならないというわけだ。そして、まず槍玉《やりだま》にあがったのが、「幽霊バケ物」の話であったというところがおかしい。「功名心」よりも「恐怖心」の方が遥かに人間にとって根源的な感情に近いという持論の持ち主であったハーンには、まったく根拠のないいいがかりに思えたことだろう。

これはさておき、問題は、明治の「稗田阿礼」たるべき『女學雜誌』の購読者たちが、こういった啓蒙主義的議論から、何を学びえたかという点にある。たとえば、稗田阿礼自身が命じられたのは暗記と誦唱《じゅしょう》であり、かならずしも特定の価値尺度に照らし合わせて、昔話を内容から判断して選り分けたり、恣意《しい》的に編集することではなかった。『古事記』が『日本書紀』に比べて、多少なりとも説話性に富んでいるとすれば、そこには編集的な検閲《けんえつ》の手が過度に加えられたりはしていないからだ。ところが、明治の「稗田阿礼」は、「猿蟹合戦」であれ「かちかち山」であれ、昔に聞いたそのままの請《う》け売りで無批判に語り継いでいくだけではもはや十分ではないと釘を刺されてしまう。「啓蒙」的な精神とは、何が「啓蒙」的で、何が「蒙昧《もうまい》」であるかをはっきり識別できる能力を意味する。ただ、世間から「蒙昧」を撲滅《ぼくめつ》することが、「啓蒙」の本来的な目標であるわけではない。むしろ、たとえ「蒙昧」の烙印《らくいん》を捺されたものであっても、それに「啓蒙」的な意味づけを行ないさえすれば、「蒙昧」ではなくなる。「啓蒙」的な人間にとっては、「蒙昧」なものに光を当て、「闇」を照らすことが任務なのである。だから、啓《ひら》かれた未来の母親には、無知蒙昧な子どもの教育に際しても、まず古来の昔話から「闇」を除いて「光」あるものに作り替える下拵《したごしら》えから始め、その「光」によって子どもたちの「闇」を照らすことが要求される。ただ、日本の昔話のめぼしいところを集めただけでは、あまりに心細いから、せめて『女學雑誌』を通じて、どうかレパートリーに余裕を持たせてもらいたいというのが、コラムの意図するところであった。

因《よつ》て此後時々《このゝちじゝ》かかるお談《はな》しを附録《ふろく》として本誌《ほんし》に添《そ》ゆべし、但《ただ》し其《そ》のお談《はな》しは只《た》だ筋書《すじがき》を書《か》いて別《べつ》に文飾《ぶんしよく》せず、之《これ》を面白《おもしろ》くもお可笑《かし》しくもするは母親方《はゝおやがた》御自身《ごじぶん》の便口《べんこう》に任《にん》じ即《すな》はち其《そ》の子《こ》の性質《せいしつ》によりて法《はう》を説《と》くの工夫《くふう》を為《な》し玉《たま》はんことを望《のぞ》むと云《い》ふ。

〔同前、ふりがなは原文の通り〕

この結語の部分は、一見、弱音を吐いたようにも見える。『女學雑誌』には「文飾」を凝らすだけの才人を欠いているから、工夫はそれぞれの母親に任せたいという責任転嫁《てんか》として読めてしまうからである。そして、三年後に「こがね丸」の巖谷小波〔↓256頁〕あたりが講談調のリズミカルな文体をたずさえて登場してからのち、「子供のはなし」欄《らん》の先駆性が、ほとんど誰からもかえりみられなくなってしまったことの、これは一因であったかもしれない。しかし裏を返せば、お伽話というのは、教科書を棒読みにするような無味乾燥な行為であってはならず、あくまでも聞き手の興味や能力や気分に応じて、字句から内容に至るまで自由に変更できる余地を残しておくべき営みなのだという、洞察に富んだ一文として、この箇所を読むことだって可能なはずである。すぐれた文章家による定評ある児童文学書が巷間《こうかん》に溢れかえるようになればなるほど、「口承文芸」の闊達《かったつ》な柔軟性は「文字文芸」の杓子《しゃくし》定規な硬直性の前に屈していく運命にあるからだ。▼52

しかし、「語り部」の伝統云々の問題よりも何よりも、当時の知識人がまず解決を急がねばならないと考えたのは、語るべきレパートリーの乏しさをどう補うかであった。明治期の「語り部」は、この現実を克服することなしには、「語り部」としてのつとめを全うすることができない。西洋の物語の輸入や日本の昔話の再検討が焦眉《しょうび》の急とされたのも、こういった事情があったからだ。そしてハーンがセツに対して「稗田阿礼」であることを命じた際にも、角度は違ったものの、やはり同じ問題が障害となって立ちはだかったのである。

伝えられるところによると、セツの「物語好き」は異常なほどで、大人をみつけて手あたり次第にお話をねだる娘であったという。ところが願ってもないことに、養子にやられた先の義母トミは、幼い頃に出雲大社の神官の家に出されていたこともあって、出雲神話はもとより「幽霊バケ物のお談《はな》し」にも詳しい、セツの守り役には願ってもない人物であったらしい。母

52―― 明治期の児童文学の歴史については、桑原三郎著『諭吉・小波・未明』（慶応通信、一九七九）から多くを学んだ。私見によるかぎり、この本は明治期の児童文学の中で『女學雜誌』が占めた位置について正当な評価を加えた最初の研究書である。

親との別離以来、長いあいだ「耳の文芸」に親しむ機会を奪われて、ひとり書物に耽溺《たんでき》するしかなかったハーンからしてみれば、セツはじつに羨むべき存在なのであった。▼[53] ところが、曲がりなりにも明治の公教育を授かるという恩恵《おんけい》に浴したセツは、せっかくの素養を自信を持って教養と呼べるような教育を受けなかった。そのセツに、子どもの頃に聞いた話を、ただ鸚鵡《おうむ》のように繰り返してみろと命じても、思い通りに応じてもらえるとはかぎらなかったのである。そこで、ハーンがセツに施したのは、近代的な「啓蒙」を通じた知識の充実と判断力の強化という「良妻賢母」主義的な「教育」とは正反対の方法、つまり、啓蒙主義によって生じた文化的な「抑圧」を克服する前提条件として、相手の心理的「抵抗」を除去する処置であったのである。

文字に縛られてはならない、語り口に粉飾《ふんしょく》を凝らすな、話す内容にかってに検閲を加えるな、ましてや母語以外のことばで語ろうなどとはゆめにも思うなというのは、近代的な啓蒙主義が、被教育者に求めた文字能力や雄弁術や道徳的な判断力や外国語運用能力のすべてを、セツに要求しないどころか、そういった気負いや衒《てら》いからセツを解放し、心理的な「抵抗」をゼロにまで押し下げようという一種の治療行為であった。しかも、相手の気持ちをリラックスさせて、思いの丈を語らせるという程度ならまだしも、ハーンが試みたのはもっと荒療治《あらりょうじ》に近かった。

> 淋しさうな夜、ランプの心を下げて怪談を致しました。ヘルンは私に物を聞くにも、その時には殊に声を低くして息を殺して恐ろしさうにして、私の話を聞いて居るのです。その聞いて居る風が又如何にも恐ろしくてならぬ様子ですから、自然と私の話にも力が

こもるのです。その頃は私の家は化物屋敷のやうでした。私は折々、恐ろしい夢を見てうなされ始めました。この事を話しますと「それでは当分休みませう」と云つて、休みました。

〔「思ひ出の記」講談社学術文庫版、四五頁〕

このセツの反応をペルシャ王の殺意を前にしたシェヘラザードのおびえになぞらえるのは大

53—— 前掲『八雲の妻——小泉セツの生涯』の長谷川洋二は、セツの幼い時代をふり返りながら、「養女のトミは〔…〕幼少の頃に杵築《きづき》の高浜家の養女となって成長した」こともあって、「セツに語って聞かせる話をたくさん持っていた。／出雲の神々の物語は無論のこと、人々の生活に関りを持つ生霊《しりょう》や死霊の話から、祈禱と神楽《かぐら》のあれこれ、さらには出雲大社の裏の桐の木にとまった鳳凰《ほうおう》の話に至るまで」〔四三頁〕。しかし、士族階級出身の子女の中でも、セツがきわめて特殊な物語的環境に育った明治人であったことには、ハーンもうすうす勘づいていたらしく、「ある保守主義者」の中では、雨森信成《あまもりのぶしげ》の幼年期をふりかえりながら、次のように書いている。

その当時の武士の子弟は厳格な躾《しつ》けを受けた。いまここで話題にしている男も、子どものころは〔…〕夢に耽《ふけ》る時間などあってないに等しかった。母親からやさしくかわいがってもらえた期間は、かわいそうなくらい短かった。はじめて袴《はかま》をつける前に子どもは乳離れができるよう、できるだけ女たちのいる環境からは遠ざけられ、子どもらしい自然な衝動を抑圧する指導を受けた。

〔VII-355〕

幕末期に雨森が受けた「抑圧」だらけの幼児教育には、ハーンが英国で受けた厳格な家庭教育・学校教育に通じるものがあった。昭和になってから、萩原朔太郎《はぎわらさくたろう》は、「小泉八雲の家庭生活」の中でハーンのこの箇所を引き合いに出し、幼児教育の中で童話が果たす役割について論じている。

げさだろうか。しかし、少なくとも、催眠術師か精神分析医の面接治療《セアンス》を連想しないではおれない光景である。患者の「抵抗」を解くには、やみくもに心理的な「抵抗」を増大させる教育手段は逆効果しかもたらさない。むしろ、魔術的な舞台効果を用いて、相手をトランス状態に至らしめ、「霊媒」▼54としての能力を掘りおこすこと。古代以来「巫女」たちが担ってきた言語的役割とは、明晰な自覚に基づいた言語表現よりも、はるかに「口寄《くちよ》せ」的な言語媒介能力の方ではなかったか。日常生活の中での発声から逸脱したセツの声が、どんなふうに「人間ばなれした声」へと近づいていったかについても、われわれはセツの回想をたよりに想像をたくましくするしかないのだが、その情念をかき乱すような語りが、教室という公共性の強い場所ではなく、閨房《けいぼう》という密室にこそふさわしい言語活動であったことは十分に想像できる。そして「へるんさんことば」は、この厳粛《げんしゅく》な儀式のためのとっておきの言語であった。仮に、教場のハーンが学生に要求したような「日本人英語」〔→160頁〕が媒介言語として採用されていたとしたら、この実験の成功はおぼつかなかったと思うのである。▼55

セツとしては、たとえレパートリーに不安を感じたとしても、古本屋をめぐり歩いて、めぼしい古書を漁《あさ》ってくれればそれなりにハーンの要求に応じることができた。『女學雑誌』の購読者に代表される「良妻賢母」の卵たちからすれば、愚《ぐ》の極みであったかもしれない。聞き手の趣味に媚《こ》びるだけの女が、理想的な「賢母」と呼べるわけがないからだ。実際、小泉家の幼児教育の主役は、母親ではなく、父親が務める習わしであった。ハーンの我《わ》が儘《まま》に始まった倒錯《とうさく》的な家族関係は、こうして「良妻賢母」主義を根底から否定することになったのである。しか

54――「霊媒」mediumは、シンシナーティ時代の論説「奇妙な体験」〔→237頁の註47を参照〕で用いられたことばである。友人ワトソンの感化によったのか、ハーンは、シンシナーティ時代から、心霊現象などオカルト・サイエンスに強い関心を寄せていた。「語り部」の声に耳を傾ける習慣もまた、霊的なものに対する関心に付随して身についたものであったかもしれない。ハーンの重婚説などにとらわれて、マティーとセツを仇敵《きゅうてき》同士のようにみなすよりは、二人のあいだに流れる親近性に注目したい。ベトナム系英語作家のモニク・トゥルンの『かくも甘き果実』*The Sweetest Fruits*（二〇一九：吉田恭子訳、集英社、二〇二二）は、この二人の関係修復の試みとも言えるが、マティーの「霊媒」的な側面については、ハーンの、いかにも男にありがちな思いこみとして退けているように思える。

55――　英語教師としてのハーンは、日本人学生に対して「抵抗」を植えつけるのが商売であった。「教育者」であるからには、学生にあらかじめ「抵抗」を加え、その「抵抗」を克服する習慣を身につけさせて、はじめて「教育」に成功したのだと言える。とりわけ外国語教育は「抵抗」の克服という方法による以外に道がない。それは、異種の言語体系を持つ「母語」のしがらみをどうやって克服するか、異文化によるカルチャーショックをどうやって克服するかの問題である。ハーンにとって、英語はかならずしも西洋文明を日本に広めるための布教の道具ではなかったにせよ、学生の前で「ハーメルンの笛吹き」The Pied Piper of Hamelinや「ラパチーニの娘」Rappaccini's Daughter（ホーソーン）などをダイジェストで語り聞かせ、次に英語で感想を述べよと命令を下すときのハーンは〔→159頁〕、どうあがいても「教育者」であった。ただ、「抵抗」を乗り越えようとする学生たちの心理的な葛藤《かっとう》そのものを、日本人を理解するための材料として、積極的に評価していこうという姿勢が、他のいかなる「英学者」にも増して強くあったところに、ハーンのハーンらしさがある。彼は、日本の文化と西洋の文化を両天秤《てんびん》にかけるようなことは学生に強要しなかったし、異言語・異文化との葛藤に苦しむ学生たちに対しても、好意的な記述を試みようとしている。『東の国から』に収録された「九州の学生と共に」With Kyushu Studentsは、その典型的な例のひとつである。日本的な道徳的環境に育った若者の目に、ハーンが読んで聞かせた種類の西洋の物語のすべてが非道徳に感じられたとしても、それはきわめて自然な反応である。明治期の英語教師の仕事は、相手の素養として身についてしまっている道徳感情を木端微塵《こっぱみじん》にうちこわし、洗脳することだけに捧げられる必要はない。ましてや、相手のたどたどしい「日本人し、セツの「反時代性」を単に「時代精神」の尺度から評価するという愚は犯したくない。

セツの「稗田阿礼」としての本領は、ハーンの死後、きわめて自然な形で発揮されていくことになる。セツの余生は、ひたすら「ハーン神話」を語ることに費やされるのである。しかし、はっきり言わせてもらうなら、セツは、ハーンの口から、ハーンの人生(海の思い出、マルチニークの光、浦島が好きだったこと……)について以外、何ひとつ教わらなかった。われわれが『思ひ出の記』を読みながら感じずにおれないのは、セツにとってのハーンの大きさというよりも、ハーン以外のものが彼女にとってはあまりにも小さすぎ、ハーンという人間の思い出にまつわることではじめて価値を生じるほど、たよりないものであったということである。語るべき物語のレパートリーの貧困という現実は、ここに露呈《ろてい》している。セツの無学さは、ハーンという強い庇護者《ひごしゃ》の傘の下でしか本来の力を発揮することができなかった。

物語の発生を太古まで遡《さかのぼ》って考えるならば、説話行為とは、地縁や血縁をたぐりよせながら、土地の神話・家族の神話を後世に語り伝える行為以外の何ものでもなかったはずである。だとすれば、こういったセツの姿こそ、「稗田阿礼」の称号に最もふさわしいものであったと言ってみることもできる。ハーンの思い出を語って聞かせるとき、セツははじめて「インフォーマント」ではなく、「語り部」としての喜びを噛みしめていたにちがいないからである。家庭の中で、「語り部」であることには何の窮屈《きゅうくつ》さも感じずに済んだセツが、いざ「回想記」を書くように促されたとき、驚くほど取り乱し、あらためて自分の無学を嘆くことになったというエピソード[56]も、「神話」というものがいざ文字化される段には、いかに繁雑《はんざつ》な手続きを経なければならないかを物語っていて、微笑《ほほえ》ましいような気もする。

しかし、鬼気《きき》せまる表情と声で怪談を語って聞かせたセツの姿に比べれば、『思ひ出の記』

英語」を愚弄《ぐろう》しながら、非ヨーロッパ人に欧米語を教えることの困難さを嘆《なげ》かねばならないほど、ハーンは「純粋英語」の信奉者でもなかった（幼年期をアイルランドで過ごし、イギリスからアメリカへ渡ったのちも、中西部から深南部、さらにはマルチニークにまで足を進めて、英語やフランス語が土地土地でどのように歪められていったかをつぶさに観察してきたハーンが、言語の有難みを、その規範的な純粋性よりも変形可能性の方に見出していたとしても不思議ではない）。文化的・言語的葛藤が、彼らが西洋人ではないことの証しなのであれば、それをただ嘆いてみせるより、そういったほつれ目を通して、日本人独特の感性を覗《のぞ》き見ることに専念した方がどれだけ有益だか知れない。異文化理解に示したハーンの方法論的な先駆性は、こんなところにものぞいている。

また、「日本人英語」を介した日本人との情報交換は、日本のことわざや俳句や大黒舞の「翻訳」〔→59頁〕に活《い》かされはしたが、「再話」文学の方面に受け継がれていくことはさほどなかった。このことにも注目しておきたい。

56――小泉一雄『父小泉八雲』のくだりを、念のために引いておくことにする――「母の「思ひ出の記」なるものは、ビスランド女史及マクドナルド氏よりの勧告に従い、全文を女史の「ハーン・ライフ・アンド・レターズ」中に掲載せんが為《ため》に取掛つたのであつた。最初、母は到底自分には斯《かか》る能力の無い事を知つてお断り申すと云つたのを、「マア〳〵そう云わず、故先生への最後の御奉公だと思つておやりなさい。文章の点は乍不肖《ふしょうながら》御援助しますから」と駄々ッ子をなだめる様にして三成氏が諭《さと》して、遂に母の口を通して種々語らせ、是を氏が筆記して――其間にも幾度か母は放擲《ほうてき》しようとしたが――漸《ようや》く「思い出の記」は成つたのであった。〔…〕申す迄《まで》もなくビスランド女史へ送った「思い出の記」の原稿は、日本文ではなく英訳で、これは落合貞三郎《おちあいていざぶろう》氏に依頼し、その手に成る物である。」〔小泉一雄『父、小泉八雲』、小山書店、一九五〇、一三九頁〕

のセツは、家庭的な母の地位に落ちつきすぎて、あまりにも平凡である。ハーンは、みずからにとってセツを強烈で、文字通り、かけがえのない存在たらしめる手練手管《てれんてくだ》にはたけていたと言ってよいが、死後もなお、セツを非凡な存在として持ちこたえさせられるだけの真の教育者的能力は持ち合わせていなかったということになる。

「母と子 Mother and Child」、F. ベルト撮影、
撮影年不明、横浜開港資料館 所蔵

「女の記憶」という名の図書館

この世の最古の古文書館、図書館は女の記憶だった。

〔トリン・T・ミンハ『女性・ネイティヴ・他者』、竹村和子訳、岩波書店、一九九五、一九五頁〕

核家族化が進行するにつれて、家庭内の成人女性の数は、母親が一人という極小値にまで低下した。しかも「良妻賢母」は家庭に幼児向きライブラリーを拵《こしら》えることに熱心なあまり、記憶という架空の図書館の機能の空洞化をいっそう助長する結果を生んでいる。「女の記憶」は書物信仰・文字信仰の前に屈し、風前の灯火《ともしび》と化す。こうなると、いわゆる図書館の領分に属する文学や映像芸術が、語りの遺産継承に関与していく以外に手がない。戦後史の中で、水俣病が問われ、従軍慰安婦問題が問われる中で、『苦海浄土《くがいじょうど》』（一九六九／一九八〇／二〇〇六）や『ナヌムの家』（一九九五／一九九七／一九九九）が紐解《ひもと》こうとしたのは、まず「女の記憶」だった——「口から耳へ〔…〕体から体へ〔…〕手から手へ」〔トリン前掲書、同前〕。

ポストコロニアル時代のフェミニストたちは、積極的に「女の記憶」を呼び覚まそうとする。そうすることで、長い間、男たちに独占されてきた図書館の文字硬直性を軌道修正することが可能だから。そうすれば「女の記憶」というもうひとつの図書館の伝統を裏切ることなく、同時に文字・映像の図書館の偏《かたよ》りをただし、その財産を豊かにすることができるから。今日的なフェミニズムの歴史的効用のひとつがここにある。

しかし、ふりかえるなら、元祖フェミニストは男だったとは言えないか?

ほんのしばらく前まで、フェミニズムは騎士道の一種であるかのように受け取られていた。女性の生産力の源泉を、性的欲望の対象に読みかえてまで、男たちは女性の身体を玩具として弄び、しかもそうやって搾取《さくしゅ》することが労《いたわ》ることなのだと豪語《ごうご》することに何の違和感も覚えずにきた。そして、いまようやく、女性フェミニストたちがその欺瞞《ぎまん》を暴きながら、これまでの男性たちの仕事を肩代わりするようになった。それが現代のフェミニズムである。

たとえばフローベールやゾラに比べ、ジョルジュ・サンドの方がフェミニストであったとは必ずしも言えなかったのが十九世紀であった。十九世紀絵画の中心が女性であったように、風俗小説の中心もまた女性だった。風俗そのものの中心に女性がいた。そうした女性の身体に、最も注意を払ったのが男性作家であったとしても、かつてはそれが驚きでも何でもなかった。

ラフカディオ・ハーンは、十九世紀が産んだフェミニスト作家のひとりである。

スレイヴ・ナラティヴ──「奇妙な体験」Some Strange Experiences

ハーンはその遍歴《へんれき》の先々で、しばしば女性インフォーマントの語りに熱心に耳を傾けるヘテロセクシャルなフィールドワーカーであった。

シンシナーティ時代に書かれた「奇妙な体験」(一八七四)は、死霊に対する関心を露骨にあらわしたゴシック小説めかした話の中身もさることながら、元女性奴隷の口からそれを聴く手法を用いたところに、ハーンならではの斬新な工夫があった。ここでのハーンは通常の「スレイヴ・ナラティヴ」のように奴隷制の残虐無比《ざんぎゃくむひ》と道徳的腐敗を告発する手段として、「女性の記憶」から史実を掘り起こそうとしているわけではない。彼は女が語る奴隷時代の記憶に耳を傾けることそのものに、純粋な快楽を見いだしたのだ。

南北戦争〔↓78頁〕以前は奴隷所有者であった女性の邸宅《ていたく》に、女主人の死後あらわれるようになったという亡霊の話である。

彼女は何年も昔のある冬の夜、ちょっといいつけにそむいたというだけの理由で、ひとりの黒人の奴隷を自らの手で、死ぬまで鞭打ったのだそうです。奴隷は力のある男でしたが、衣類を脱がされ、固く縛り上げられていて、抵抗することはできませんでした。

それを婦人は八時間もの間、水に漬けた皮の鞭で打ち続けました。奴隷の死体は床下に埋められ、やがて腐って緑色になりましたが、霊魂は歩き回り、うめき声を立て、その家に住む人すべてを悩ませました。家の中で幽霊がうめいている間、その婦人は一晩中戸口の階段に座って、月の光を浴びながら泣いていたものです。とうとう彼女はその家から引越し、ほかで死にましたが、わたしがいた時でさえ、眠ろうとする人の寝具を幽霊がよくベッドから取ろうとしました。

〔河島弘美訳〕

この種の怪奇幻想は、後にフォークナーやトニ・モリスンに受け継がれていく南部文学のプロトタイプともいえるものだが、ハーンは新聞記事という枠の中で、「ゴシック小説」の系譜《けいふ》と「スレイヴ・ナラティヴ」の系譜とが交叉《こうさ》する新しいジャンルの可能性を試みたのである。

同じころ、ジョージア州生まれの作家ジョエル・チャンドラー・ハリスは、合衆国の南部のプランテーションに語り継がれていた口承伝統をもとに、『アンクル・リーマス物語』*Uncle Remus: His Songs and His Sayings*（第一巻、一八八一）を構想・執筆する真最中であった。日本では『ウサギどんとキツネどん』としても知られるこの物語集は、合衆国南部からブラジルにいたる旧奴隷制地域に広く流通していたフォークロアをかなり忠実に踏まえた再話文学であり、アフリカン＝アメリカン文学の揺籃期《ようらんき》の記念碑《ひ》的な作品のひとつである。

しかし、合衆国南部の文学史を試みるもののあいだでは同類とみなされることが少なくないハーンとハリスの間に、実際は想像以上の断絶がある。

『アンクル・リーマス物語』は『マザー・グース』ではない。ウサギやキツネがトリックスターとして活躍する形式は、その後、二十世紀のアニメーション文化の中に、その忠実な継承者を見いだすことになる。この系譜はいまや脱アフリカされ、完全に地球文化の一部になっている。今日のカリブ地域から生まれつつある英語圏・フランス語圏の文学の中でも、これら戯画化されたトリックスターたちは「逃亡奴隷」の像と結合して、道化的な革命家、もしくは革命的な道化の系譜として着実に継承されている。

しかし、ハーンはアフリカン゠アメリカン伝承のこの男性的系譜に必ずしも強い関心を抱きはしなかった。彼は、シンシナーティからニューオーリンズを経て、フランス領マルチニークに渡り、さらに日本まで足を延ばしてやって来るわけだが、その間、彼は男性語り部の語りに対しては人並み程度の関心をしか示さず、彼は多くの場合、ヘテロセクシャルなフィールドワーカーでありつづけた。

トニ・モリスンの『ビラヴィド』*Beloved*（一九九一）の舞台が、「奇妙な体験」の書かれたのと同じ一八七〇年代のシンシナーティであることは、単なる偶然の一致ではないだろう。ドイツ系移民によって開かれ、そこにアイルランド系移民や北上する逃亡奴隷・解放奴隷が流れこんだシンシナーティこそが、男女を問わず、人種・民族を問わず、多種多様な語り部たちのアジールであったこと、そしてその語りの道徳的重みと空想的な飛翔《ひしょう》力によって、多様な文学的実験を準備しうる選ばれた場所であったことを忘れるべきではない。その中で、ラフカディオ・ハーンの耳は、多様な選択肢の中から、マティーという一女性の声を選び取った。

『ビラヴィド』における魔術的な文体実験と、女性から女性へと受け継がれる呟《つぶや》きにも似た口承伝統を正しく踏まえようとするモリスンの情熱的なフェミニスト的意識を考えると、若き日のハーンの試みは、きわめて幼稚で、淡白にすぎるかもしれない。なげやりと言ってもいいだろう。しかし、『ビラヴィド』からずっと遡ったところにあるのは、同じ南部文学でも『アンクル・リーマス物語』ではない。『目覚め』*Awakening*(一八九九)でも『風と共に去りぬ』*Gone with the Wind*(一九三六)でもない。

『ユーマ』*Youma*

マルチニーク時代の産物である『ユーマ』(↓224頁)は、今日、カリブ・中南米地域の「フェミニスト」文学の全貌をふりかえるとき、見逃すことのできない重要な作品のひとつである。『ユーマ』は奴隷制廃止以前の熱帯農園《ビタシオン》を舞台にし、奴隷制が廃止される直前に起きた奴隷たちの反乱を最後に置くことで、奴隷制社会の伝統と反抗的な奴隷青年の愛のあいだに挟まれて焼け死んでいった未婚女性ユーマの悲劇的生涯を描いた歴史小説だ。一八四八年の暴動は、二十世紀に入ってからもしばしば小説の素材となるが、そこでは奴隷制度を維持して来た植民者層《ベケ》に対する逃亡奴隷・自由奴隷の決死の戦いに光をあてられるのが普通だ。白い男に対する黒い男の戦いを正しく歴史的に位置づけるための試みとして。

ところが、ハーンはさしたる自覚もなしに「フェミニスト」的な新文学を先取りしている。ベケの女たちと乳母ユーマのあいだの同性愛的な絆と、奴隷階級に属する男女の異性愛的な絆のあいだの葛藤。『ユーマ』は単なる人種小説のように見えて、じつはそうではない。

クレオールの子どもには、母親が二人いた。ひとりはノーブルな色の白い生母、もうひとりは奴隷身分に置かれた色の黒い母親。彼女の仕事は子どもの世話の全般にわたり、授乳から、沐浴《もくよく》の世話、やわらかい音楽のような響きを持った奴隷たちのことばづかい、熱帯の美しい世界への散歩、そして日没の時間が来るとすばらしい昔話を聞かせ、歌を歌って寝かしつけるところまで、ぜんぶこの母親の仕事だった。〔↓224頁〕〔IV: 261〕

主人公ユーマの置かれた奴隷制時代の「ダア」の社会的位置について、ハーンは冒頭から入念に筆を進める。奴隷制社会にあって、白人・黒人を問わず、子どもに対して、黒い母親が果たした「ナース」としての役割の大きさについては、奴隷制時代のブラジルの農園（＝カーザ・グランヂ）における住民の生態を論じた『大邸宅と奴隷小屋』*Casa-grande y senzala*（一九三三）のジルベルト・フレイレが――世界で人種主義が大手をふって横行しはじめた一九三三年に――画期的な研究を発表して以来、奴隷制研究の中で、これは無視できない要素のひとつであることが今や常識となっている。しかし、『ユーマ』はこのフレイレの労作よりも半世紀近く前から、これに注目したというだけではない。「ダアア」に象徴される人種間のスキンシップと知的交流が、結果として、人種間対立=奴隷解放闘争の結果を左右する要因としてはたらいてしまうという皮肉を、その『ユーマ』は真正面から取り上げたのである。

奴隷制が克服されるべき制度として、反逆的な奴隷（もしくは逃亡奴隷）たちの破壊行動の対象であったとき、同じ奴隷階級に属していた女たちは、男たち以上に困難な葛藤の中に置かれていた。

反逆的な逃亡奴隷たちは、しばしば女を欲した。彼らは、時としてはベケの女たちを欲望の対象としたが、多くの場合、農園《ビタシオン》に降りてきて、女奴隷に対して性的パートナーであれと強要した。あるいは、彼女たちに逃亡を促すことで、自由な婚姻を実現しようともした。白人による黒人奴隷搾取ばかりでなく、男の欲望対象として私物化される脅威に晒《さら》されていた奴隷制時代の女性奴隷たちの悲劇——『ユーマ』はこの悲劇をこそ描いた、今日の女性文学を先取りした作品なのである。

ところが奴隷解放後の新しい文学的試行錯誤の中で、また奴隷制を語り直す歴史的再考の企ての中で、それら女たちの困難な状況は、女性奴隷の優柔不断さとして、男性歴史家たちからは否定的に、怨恨《えんこん》をこめて語られた。彼女たちは、植民者の末裔《まつえい》に媚《こ》びたというだけではない。子供だけでもせめて「より白く」してやりたいと密かに願った彼女たちの功利《こうり》主義的温情はしばしば彼女たちを裏切者とみなす格好の口実とされたのである。『黒い皮膚・白い仮面』*Peau noir, masques blancs*（一九五二）のフランツ・ファノンによってさえもである。

一方、奴隷制時代の農園《ビタシオン》から生まれたさまざまな口承伝統の系譜を踏まえようとするクレオールな男性作家は、その多くが女性的な語りを、男性的な語りに比べて一段低く置いた。彼らは「去勢的《きょせい》」な作用をもたらす女性の魔術的な語りに対して、「男根的」な（あるいは「腕白」・道化的な）語りを対置することで、反植民地主義的姿勢の強調を企むのだ。

たとえば『朝まだきの谷間』*Ravines du devant-jour*（一九九三）のコンフィアンは、幼年時代の物語体験を次のように要約している。

イーズばあさんは自分の部屋に入り、聖書を開き、いきあたりばったりに一節を声に出して読もうとしたが、結局、ページを開いたまま、読まずにナイトテーブルの上に置いた。そして傍らのベッドの縁に跪《ひざまず》いていたエメラントおばさんに声をかけ、二人で天にましますす神に祈りを捧げた。ぼくはそうした晩が好きだった。なぜなら、いつもなら食堂の真ん中で、揺り椅子《ドディーヌ》に座って寝ている祖父が、そうした晩だけは子どもたちを自分のまわりに集めて、クレオールのおとぎ話をしてくれたからだ。その話は、大体が、きわどい話か、笑い話だった。ティ・ジャン・ロリゾンの話は、いつもエメラントおばさんがしてくれる『白雪姫と七人のこびと』の話とはまったく違っていた。

（恒川邦夫・長島正治訳、紀伊國屋書店、一九九七、九–一〇頁）

プランテーションの中で有色の女性が語る「白雪姫」その他が、奴隷階級の子どもたちにとって、とりわけ少女よりも少年にとって去勢《きょせい》的にはたらいた可能性については、私たちにも想像が可能である。『ユーマ』の中でハーンも触れているように、西洋伝来の昔話のお姫様たちは、プランテーションでは容易に「混血の美女」に置き換わったが、だからといって王子を奴隷出身者に置き換えることは困難であったろう。であればこそ、男性の語り部は、反抗的で機智に富んだ、下剋上を夢見る少年（チ＝ジャンはその典型）の冒険を語ることで虚勢《きょせい》を張り、奴隷制社会の中に蔓延する「去勢的」な語りに対抗したのだ。

　口承伝統の中におけるジェンダー間の競合が、子どもの性差の感覚にそのまま連動していく。コンフィアンは、このように少年時代をふりかえることで、物語に対する趣味の固着を率直すぎる口調で正当化していく。こうして、彼はみずからが「フェミニスト」ではないことをはっきり宣言してしまうのである。

　クレオール文化圏を背景に持つ男性フランス語作家——コンフィアンやシャモワゾー——の作品は、このように、概して女性的な語りに対して冷淡であり、例外的と言える『テキサコ』*Texaco*（一九九二）さえも、女性マリ＝ソフィ・ラボリューの語りを軸にはしているものの、その女性像は女性的な語りのオーソドックスな継承者というよりは、どちらかといえば戦士的な男性の生まれ変わりとも言えるような「男まさり《マタドー》」の定型に近い〔James A. ARNOLD, "The gendering of créolité" in *Penser la créolité*, sous la direction de Maryse Condé et Madeleine Cottenet-Hage, Karthal, 1995〕。

　今日、女性作家マリーズ・コンデやシモーヌ・シュヴァルツ＝バルトらが、トニ・モリスンやトリン・ミンハに通じる「フェミニスト」的な判断に基づいた女性文学の王道を歩み続けるのと対照的に、男性作家は、傾向として、「反ベケ的」な「クレオール文芸」という枠の中に留まっている。

ここにも捩《よじ》れがある。ハーンは典型的な男性「フェミニスト」作家としての道を歩んだが、『ユーマ』という先駆的なクレオール文芸は、その後の男性作家によっては継承されず、もっぱら今日のカリブ系女性作家の作品の中にその直系の継承者を見いだすに至っている。

「幽霊」Un Revenant

『ユーマ』と並んでマルチニーク時代の代表作である『フランス領西インドの二年間』(一八九〇)の中でも「幽霊」は、ハーンの「フェミニスト」性をはっきりとあらわした作品だ。

ジャン゠バチスト・ラバは、十七世紀生まれのドミニコ会宣教師で、マルチニーク布教と民衆の文明化にかかわったほかに、浩瀚《こうかん》な旅行記を書き残して、古典的な民俗誌にも手を染めた名高いフランス人だが、「幽霊」の中で、ハーンは「ラバ神父とは何者であったのか」をめぐって、その著書の紹介に入る前に、まず民衆の口碑《こうひ》に伝えられていたもうひとつのラバ像の紹介に分量を割いている。ラバ神父の生身の姿ではなく、その亡霊的な分身にこそ彼は心をひかれたからだ。

「〔…〕ラバ神父は何百年か前にこの地で暮らした坊様でした。そして自分で御覧になったことを御本にお書きとめになりました。マルティニークに奴隷制度を持込んだ最初の人でもございます。夜な夜なまた戻って来るのはそのためだと思われています。この島に奴隷制を敷いたことを悔いてその懺悔《ざんげ》の徴《しるし》に現れるのです。〔…〕」〔III: 182 平川祐弘訳〕

テレーズ婆さんなる老女の証言である。ラバ神父が「マルチニークに奴隷制度を持込んだ最初の人」であったとは、完全に史実をねじまげた記憶だが、ハーンは、マルチニークの山中に姿をあらわす火の玉を「ラバ神父の提灯の火」と呼んで怖れ、子供が悪さをするたびに「ラバ神父に来てもらって連れていってもらいますよ」と言って叱る、そんな母親たちの記憶の中のラバ神父をこそ問題の中心に据える。

「〔…〕ラバ神父さまは善良なお坊様で、ずっと昔ここに住んでおられました。それなのに皆がひどい目にあわせた――皆が中傷《ちゅうしょう》したのです。悪口でつけられた傷口は蛇に咬まれた傷口より性質《たち》が悪い。あの神父さまのことでは皆嘘《うそ》をつきました。あんまり中傷したものだから、とうとうここから送還されてしまった。それでお上《かみ》が船に乗せようとして岸壁まで引張って行った時、神父さまは片方の靴を脱いで中の埃を岸壁の上ではたいてこう言ったそうです。「私はお前、マルチニークを呪う。お前を呪う。ここでは食物は只同然となるだろう。だがお前の民はその食物すらも買えるまい。〔…〕」〔…〕ラバ神父

がおっしゃったことは、みんなその通りになった。〔…〕どう見てもラバ神父の祟《たた》りだね。」〔III: 185〕

こんどは、ロベール婆さんの証言である。ハーンは、こうした老女たちの語りの中に歴史的「権威《オーソリティー》」を見るわけではない。ハーンにとって、彼女たちは「女の記憶」という茫洋《ぼうよう》たる伝統の図書館を守る司書の一人ひとりにすぎないのだ。

これがマンム・ロベールことロベール婆さんが私に語ったすべてであった。では誰がその話をロベール婆さんにしたのかというと、その母親である。では母親は誰から聞いたかというと、そのまた母親からである。〔III: 186〕

ハーンは、オーラルな語りを支えてきた女たちの系譜に深い敬意を払いつづけた。かつてグリム兄弟〔↓164頁〕がそうしたように。同じ頃アイルランド西部で、イエイツ〔↓168・175頁〕が試みていたように。男性主導の図書館の充実が、「女の記憶」という図書館との交流を抜きにしてはもはや不可能であることに、ハーンもまた早くから気づいていた。ラバ神父の主著である『アメリカ島嶼《とうしょ》新紀行』*Voyage aux îles françaises de l'Amerique*（一七二二）は、いまや図書館の目録に不朽の名を刻んでいる。いわゆる歴史は、この図書館の黴《かび》臭い窖《あなぐら》の中で蒸留されてきた。

しかし「女の記憶」という図書館は、吹きさらしの大気の中で、あるいは寝室というぬくもりの中で、誰か他者を前にしたときにはじめて、声となって溢れ出し、風と共に散布されることによって、もうひとつの物語の束《たば》を編《あ》んできた。ハーンはこのもうひとつの図書館の記憶を、男たちの図書館へと媒介する役割をすでに来日以前から果たしていた越境的な「フェミニスト」なのであった。

ハーンと文字

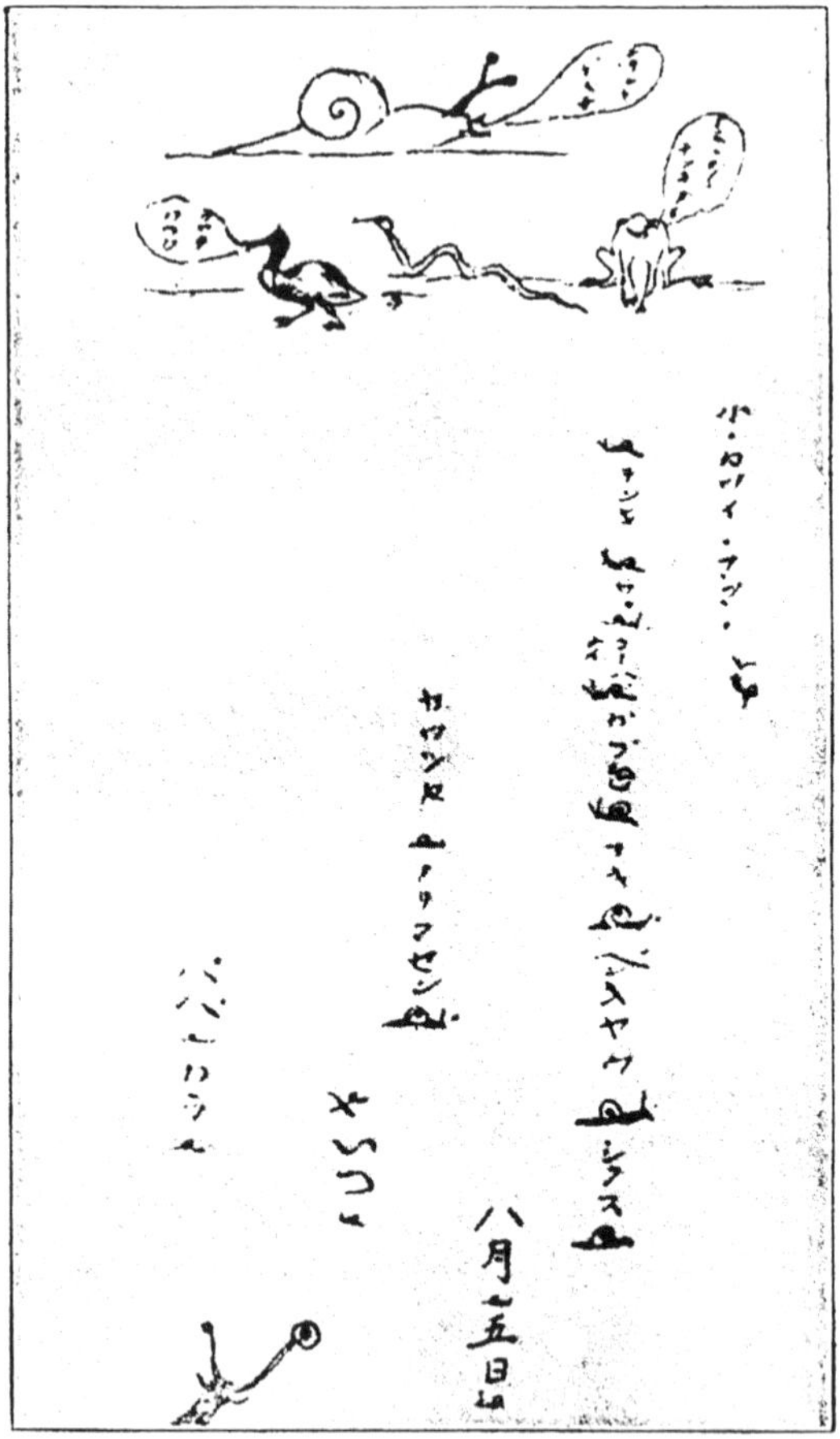

「クリスマスカードの署名代わりの挿絵」ハーンの挿絵

図版出典
Lafcadio Hearn in Japan. With the Japanese foot-notes,
The 'Ars' Book Shop, 1923. 国立国会図書館デジタルコレクション

文字所有者の優位から文字の優位へ

カフカ・ハーン・アルトー

LAFCADIO HEARN

1

『流刑地にて』*In der Strafkolonie*〔一九一九〕は、『判決』*Das Urteil*〔一九一三〕や『訴訟』*Der Process*〔死後刊行、一九二五〕と並んで、カフカならではの「法研究」のひとつである。「法」はいったいどんなふうに機能し、執行されるものなのか。カフカの「法」研究の方法的特徴は、その核心に直接せまることではなく、むしろ「法」の末端に属する門番《もんばん》だの、拷問《ごうもん》機械だのの研究から始めて、「法」に至る道筋を気長にみきわめようとするところにある。なかでも『流刑地にて』は、流刑地＝植民地という治外法権的な「法」のもとに置かれた政治空間を、旅行者の目を通して描くことによって、西洋的な「法」の相対化と告発をめざした作品と理解でき、またそうすることによって、カフカの文明批評的性格を抽出《ちゅうしゅつ》するには格好の作品である。

流刑地＝植民地において、「法」が特定の少数集団による多数支配の手段であることは自明のことがらである。つまり、少数者による多数の支配の構造を考える上で、流刑地＝植民地にまさる場所はないのである。カフカをとりまいていたプラハの政治状況は、「有産者と無産者」「ドイツ語使用者とチェコ語使用者」の共存競合からなり、広義の植民地的特徴を兼ねそなえていたが、『流刑地にて』では、これに「文字の所有と非所有」の対立が加算され、「法」と「文字」による三重の支配構造――(1)行政的支配、(2)言語的支配（公用語と現地語）、(3)文字による文字非所有者の支配――が綜合的に描き出される。

「法」とは、文字によって書かれたものであるというユダヤ律法学者的な先入観からどこか逃れられない面を持っていたカフカにとって、「文字による文字非所有者の支配」という主題は、大きな意味を持っていたのだろうと思われる。

「法」は、それじたいでは「法」としては機能しえない。「法」はまず何者かによって侵犯《しんぱん》される必要があり、これを契機として「法」と罪人の対立が「法」の圧倒的勝利によってしめくくられることによって、はじめて「法」はみずからを「法」として誇示できる。しかし、「法」は罪人に向かって、その優位を告げるだけでは足りず、その執行を教育的配慮のもとにおこなうことによって、「法」の周知徹底を目指す必要がある。「法」の執行が長い間、公開処刑というスペクタクル的な視覚性をまとっていたのは、そのためだ。

『流刑地にて』の拷問機械は、侵犯者の苦痛と「法」そのものを同時に観衆に向かって描いて見せるところに独創性があり、こうして罪人の皮膚に彼の侵《おか》＝犯した「法」の文句を刻みこむという至上命令が下る。もちろん、侵犯者や観衆のすべてが、そこに刻みこまれる装飾的な文字を読む文字教養を持ち合わせているわけではない。なにしろ、そこは流刑地＝植民地だ。そこでは、罪人たちは、みずからが耐えている責め苦の正当な理由を、あらかじめ知らされることもないし、ましてや皮膚に刻みこまれる文字を解読することなどもってのほかである。立法・司法・行政の三権を掌握《しょうあく》する文字所有者たちにとって、この拷問機械ほど理に適った処刑機械は存在しないが、文字を所有しないものたちからすれば、これほど不条理な機械もない。

もちろんカフカは、このような状況が二十世紀のヨーロッパ人にとって必ずしも身近でないことは理解していた。実際、流刑地＝植民地にさえ新しい風は吹きこもうとしており、近代的な司令官の到着とともに、旧来の拷問に対する民衆の関心は薄れ、拷問機械そのものも老朽化《ろうきゅう》して、修繕不能のポンコツと化してしまっている。しかし、だからといって新しい制度は、けっして旧制度に止めを刺そうとはせず、廃《すた》れるがままにまかせるという消極的否認をおこなうにすぎないのである。

カフカは、西洋の「法」を戯画的に描きながら、その起源の隠蔽《いんぺい》に熱心な時代精神をもまた同時に暴露することで、「法」そのものの機能を二重に告発して見せた。

『道徳の系譜』*Zur Genealogie der Moral*（一八八六）のニーチェは、「法＝道徳」がいかに少数者の支配に基づく一方的なものであり、しかも西洋の歴史がその起源をいかに抑圧し、その一方的な独善性を隠蔽してきたかを論じたが、カフカは、二十世紀という時代が、その原初的形態を流刑地＝植民地に生き延びさせながら、同時にそれがひっそりと滅びつつある時代でもあることを、旅行者の眼を通して報告させる方法を用いた。

近代以降の「法研究」(たとえばカント)は、「法」とは何であったかを探究する系譜学《けいふがく》的研究よりは、むしろ「法」とは何であるべきかの方が主流であった。少なくとも前者は後者に従属するものでなければならないというのが、カントからマルクスへと至る近代的「法」研究の方法意識であり、「法」そのものを過去遡及《そきゅう》的に問い直すことの必要から「法研究」に入ったニーチェやカフカの「法批判」は、この意味で、反近代的な特徴を有していた。

もちろん、カフカはニーチェから学びはしても、同じ道を歩んだわけではない。ニーチェが従来の「法」に対する理解を根底から転覆させるために系譜学的方法を用いたのに対して、カフカが試みたのは、エスノ中心主義的・文字中心主義的に成立した「法」を、「法」の執行の現場から遡《さかのぼ》って探究する方法であった。

『流刑地にて』の拷問機械は、植民地帝国主義時代にいっそう強化された西洋的な「法」の現実そのものであった。そして、ひとりの司令官の強い意志と図案構想力から生まれた装置の中で、官僚主義的歯車装置が忠実にプランを実行に移し、ガラスの尖端でできた精巧な筆記装置がこのシステムの末端に接続されることによって「法」の執行に直接関与する。カフカは、このガラスの筆記具という幻想の中に、「法」の真のありようを見出す。そして、最後に「法」を末端で支えていた刑執行吏《しっこうり》と拷問機械が同時に、ほとんど心中まがいのエロチシズムの中で没落していく。「法」はまったく無傷なままである。

「法」の何たるかを知るためには、「法」の中心にではなく、その辺境(末端)にみずからの場所を見出し、「法」の及ぼす力に身をゆだねる以外にない。これはカフカの倒錯《とうさく》ではなく、「法」研究の上での方法的選択であった。

2

ところで、このきわめて西洋的な「法」イメージとは逆に、きわめて東洋的な「法」イメージを描いた物語として、「耳なし法一の話」を取り上げたい。

『怪談』に収められることになる「耳なし法一の話」の執筆にあたってハーンが用いた典拠は江戸期のものだが、文明開化期の日本に西洋からやってきたハーンは、旧来の「法」イメージが払拭《ふっしょく》され、西洋的な「法」イメージによって置き換えられる過程を見据えながら、文明開化以前の日本人の「文字」体験を追体験するようにして、この物語を再話してみせた。

「色即是空」「空即是色」「無眼耳鼻舌身意」などの文言を含む「般若心経」〔→189頁〕は、西洋の「法」のように、何らかの禁止をあらわすわけでも、それを侵犯したものに対して処罰を施すような種類の「法」でもない。むしろひとを仏の道に向かわせ、怨霊《おんりょう》に取りつかれた琵琶法師《びわほうし》を異界の暴力から守護するための呪法のようなものである。写経に手抜きがあったために、「法」は十全に機能することができず、結果的に琵琶法師は耳を引きちぎられ、苦痛を味わうことになるが、この苦痛は、「法」がその侵犯者に対して及ぼす苦痛とはまったく異質である。そこでは「法」はひとに苦痛を与えるようなことはあってはならず、ひとびとを苦痛から遠ざけるためだけに発効すべきものであった。

この「法」イメージの対立は、『流刑地にて』と「耳なし法一の話」にあらわれる筆記具の質的差異にもはっきりとあらわれている。『流刑地にて』においては「法」の暴力性を最も直接的に指し示していたガラスの尖筆《せんぴつ》が、「耳なし法一の話」においては毛筆に代わっているからである。

『グラマトロジーについて』*De la grammatologie*（一九六七）のジャック・デリダは、文化人類学者クロード・レヴィ゠ストロースのエスノ中心主義批判の手がかりとして、『悲しき熱帯』*Tristes tropiques*（一九五五）のなかに置かれた「エクリチュールのレッスン」の章を取り上げている。ここでナンビクワラ族に文字レッスンをおこなったレヴィ゠ストロースは、ただ西洋人を真似て「線をひく」だけにすぎない教え子たちの中で、ただひとり部族の長だけが「エクリチュール」の機能を理解したと言い、文字の使用がいかに権力の行使と結びついたものであるかに思いをめぐらせている。しかし、デリダは、「線をひくこと」tracer と「書くこと」écrire のあいだに差をもうけ、それがあたかも「自然」と「文明」に対応するかのようにとらえてしまうのは、ルソーイズムの超克者であろうとしたはずのレヴィ゠ストロースにはあるまじき悪しきルソーイズムではないかと言うのである。

仮にこのレヴィ゠ストロースの区分に従うなら、「耳なし法一」のテクストは、「文字以前」の日本社会に帰属する物語を、文字によって記述したテクストだということになる。芳一の全身を覆った「般若心経」は、ボディー・ペインティングか身体装飾ではありえても、文字ではなかったというわけだ。

一方、『グラマトロジーについて』のデリダは、レヴィ＝ストロースのこのわずかな間隙《かんげき》をつき、ルソーからレヴィ＝ストロースへと至る西洋言語学者の音声中心主義ばかりか、男根中心主義をも二重に告発することによって、新しい「エクリチュール」の学への一歩を踏み出した。レヴィ＝ストロースは、同じ『悲しき熱帯』の中で、伝統的な身体装飾の習慣にも触れ、男女の分業に注目して、男性を「彫師」sculpteur、女性を「絵師」peintreと呼んで、尖筆を用いるものの男性性をやみくもに追認している。おそらくレヴィ＝ストロースの男根中心主義が、最も露呈《ろてい》されているのは、この部分であったろう。レヴィ＝ストロースにとって、「文字」とは「刻みを与える」ものでなければならず、「刻みを与える」ということはあくまでも「尖筆＝男根」に帰属する属性だということだ。

それでは、僧侶と弟子と琵琶法師という三人の男を登場させながら、たがいに「線をひきあう」だけで終わる「耳なし法一の話」は、男は男でも去勢者たちの物語なのだろうか。この物語は、尖筆（＝男根）を用いて、文字非所有者の身体に文字を書き込むことを生きがいとしていた男が、最後には、みずからの尖筆（男根）によって強姦《ごうかん》（＝去勢）される話――『流刑地にて』――とは、似ても似つかぬ物語だということになるのだろうか。少なくとも、レヴィ＝ストロースの尺度に照らせば、「耳なし法一の話」は、文字によって書かれた「文字以前」の物語であり、『流刑地にて』と「耳なし法一の話」の違いは、「文字以前」と「文字以後」の歴史的なズレだということになってしまうのだが、そうなのだろうか。

『怪談』の中には、おしどりの雄を矢であやめた男根的な狩猟家が、悪夢のなかで、残されたおしどりの片割れ（雌）の「骨の髄《ずい》まで突き刺す」ような声に射すくめられ、そればかりか、翌日、同じ雌鳥がくちばしで深くみずからを突き刺して自害する光景に立ち会うことよって、間接的に去勢され、仏門に下ることになる「おしどり」のように、尖ったものが説話的に重要な役割を果たす話がないわけではない。しかし、ここで男根至上主義はしかるべき断罪の対象として、反語的な形で表現され、これは「女性による男根の糾弾」というマゾヒスト的主題としてとらえるべきである。カフカにおいて、男根中心主義を外部から嘲笑《あざわら》い、処刑前の罪人に飴玉をしゃぶらせる趣味的な行動に走るくらいの役割しか果たさなかった女が、ハーンにおいては、世紀末文学の文脈の中で、男根中心主義に処刑をほどこすもうひとつの「法」の体現者にまで高まり、ハーンは、西洋的な「法」は母権制の残滓《ざんし》でもあったかのように理解したのである。

たしかに、「耳なし法一の話」にも、「般若心経」を使って、芳一を操縦しようとする僧侶（＝文字所有者）に対抗する力として、芳一の琵琶に涙を流す女たちの存在が入念に書きこまれている〔↓200頁〕。芳一に対して、ひたすらじぶんたちの鼓膜を愛撫せよ、琵琶をかき鳴らせ、と要求する女たちは、独自の「法」を芳一に対して適用する。この異界の「法」から芳一を守るために動いた僧侶の厚意《こうい》もむなしく、芳一は結果的にこの亡霊たちによって耳をひきちぎられることになるのだが、この行為は男根的な「法」の執行とは似ても似つかないものだ。亡霊たちは、「こぶとり」のオニがそうしたように〔↓172頁〕、目に見える耳を人質にとったにすぎないからである。

芳一は、僧侶たちから毛筆による愛撫を受け（彼はそこに何が描かれたかを知らない）、一方、異界の存在からも身体の一部を奪われる二重の忠誠を強いられる。ふたつの「法」の狭間《はざま》に置かれた身体。「耳なし法一」は、要するに、僧侶（＝文字所有者）と亡霊（＝文盲者）のあいだに引き裂かれた媒介者的身体の物語なのであった。

文字所有者と文字非所有者のあいだに身を置いて、その媒介者たろうとする夢は、きわめて十九世紀的なロマン主義的産物のひとつであるが、レヴィ＝ストロースが図らずもシャトーブリアンめいた伝導者的性格を露呈させてしまっていたのに対し、ハーンには、非西洋的・非男根的な「法」に対し、いたって無防備なところがあった。同じ民俗誌家の範疇《はんちゅう》に属するものとして、二人のあいだには、決定的なズレがあり、それは、外部の「法」に対して、あっさりと身をゆだねてしまうマゾヒスト的な受動性を方法として用いたか用いなかったかの差であった。

3

レヴィ＝ストロースとほぼ同世代のフランス詩人、アントナン・アルトーの初期作に「耳なし法一の話」の仏訳〔マルク・ロジェ訳〕を下敷きにしたシナリオ用スケッチがある。

晩年に『ヴァン・ゴッホ 社会の自殺者』*Van Gogh le suicidée de la société*（一九四七）をあらわし、また「器官なき身体」corps sans organes の夢を語ったアルトーにとって、この物語が身体毀損《きそん》の主題の面で特権的魅力を放ったと想像することは容易だ。また、世俗的な「法」の処置による身体毀損ではなく、未来の「法」を模索する手段としての身体毀損というきわめてアルトー的な戦略の中で、東洋の「法」を代表する「無眼耳鼻舌身意」の一句〔↓189頁〕が与えた衝撃について想像してみるのもおもしろい。

再話「哀れな楽師の驚異の冒険」L'Étonnante aventure du pauvre musicien のなかで、盲目の楽師は、ハーンの法一よりもはるかに明確に、地上の宗教と異界というふたつの「法」の中間に位置づけられている。地上では盲目である法一も、異界では光輝につつまれ、「まるでもうまぶたがなくなり、手足はぜんぶガラスになったよう」だという[57]〔篠沢秀夫訳、二二八頁〕。そして、この芳一の体験を、僧侶は「あなたは**生命の外に出たのだ**」と説明する〔二二九頁〕。

これは、後にバリ島演劇体験や、メキシコ旅行を通して、異界の「法」のもとで西洋的な「法」が崩れさる体験に何度も身をゆだねることになったアルトーの生涯を先取りしたかのようである。

西洋の植民地主義は、過去に「ペスト」のような勢いで非西洋に強姦をはたらいた代償として、非西洋の「ペスト」に感染する必要がある。アルトーは、みずからその感染をかってでたひとりであり、アルトーの身体は、この苦行の中、目に見えない力によってずたずたに引き裂かれ、凌辱《りょうじょく》され、種々の力の交錯する場へと変容していった。

晩年のアルトーにおいて、西洋の「法」であれ、東洋の「法」であれ、ありとあらゆる「法」は、「力」としか認識されなくなる。アルトーは、「耳なし法一の話」の再読を通して、「法」の複数性を肯定する手法を獲得し、少しずつ身体の「無法」性へと到達したのである。

なんびとであれ、身体に「法」を刻みこむことなどできない。ただ無数の「力」が身体の上を通過しながら、通過の痕跡を残すということがありうるだけである。アルトーは、もはやカフカにおけるようにそれらの「力」を手がかりにして「法」の中心へと向かおうとは考えない。文字とは、通過する「力」の形象にすぎず、「法」の表象《ひょうしょう》などではないからである。ただひとつの「法」の存在を信じたカフカとは違い、アルトーは最初からそんなものを信じようとはしなかった。

劇作家アルトーは、文字の克服こそがまず何よりも急務だと考えた。そして、演劇の上演システムの中で、長い間「法」として圧政をふるってきた文字(＝台本)の優位を断つことに演劇革命の最初の目標が置かれた。

しかし、アルトーはレヴィ＝ストロースのような意味における音声中心主義者ではなかった。「法」としての文字(＝台本)から解放された演劇の中では、こんどは身体が文字(「力」の痕跡とし

57―― この章と次の章「盲者と文芸／ハーンからアルトーへ」では、いわゆる「耳なし芳一」を下敷きにした『アントナン・アルトー全集』第一巻(現代思潮社、一九七一)に収録されたアルトーの初期作、「哀れな楽師の驚異の冒険」の翻訳を担当された篠沢秀夫氏の着想に敬意を払って、ハーンが用いた『臥遊奇談』で「芳一」が使われていることに依拠した慣例には従わないことにする。そもそも『怪談』の原文では、主人公の名前がHoïchiとローマ字書きされているだけで、それをどのような漢字に起こすかは、訳者の領分に属する。それこそ「法市」という訳語もまた十分にありえる。なお、上記、アルトーのテクストの翻訳に関しては、『全集』第一巻のページ数のみを引用文の末尾に記すこととする。

てのを通過させる場と化し、演劇空間に「線をひく」筆記具と化し、文字そのものへと変貌する。アルトーは文字そのものの抑圧を目指したのではなく、文字を「法」の支配から解放しようと試みただけなのである。

おそらくこんなアルトーからすれば、『流刑地にて』も「耳なし法一の話」も『悲しき熱帯』も、文字と身体との出会いを描いたテクストとして、とどのつまりは、同工異曲《どうこういきょく》であったと言うべきなのかもしれない。

いったい文字とは、特権的な文字所有者にのみ帰属するものなのだろうか。植民地主義や僧侶の支配を可能にしていたのは、「文字所有者の優位」という「法」以前の暗黙の前提だったのではないか。そして、この前提の上に成立した「法」体系のもとで、文字は一部の種族、一部の知識人のあいだにだけ集中的に蓄積され、結果的に何が起こったかと言えば、文字は本来の「力」を失い、文字非所有者を抑圧し、手なずける権力に仕えるための道具と化したのである。

おそらく、こうした文字の萎縮《いしゅく》に対して、文字の復権を企画できるのは、文字を所有するものたちではなく、むしろ文字を「力」として、「ペスト」として、受けとめうる文盲たちの身体の方である。カフカやハーンやアルトーは、文字所有者としての特権意識から癒《い》える契機として、みずからの身体の文盲性に出会った。ところが、レヴィ＝ストロースは生涯を通じて、音声に身を許すことはできても、文字に対してはあくまでも能動的な文字使用者でありつづけようとし、文字に身をゆだねる受動性を方法として選びとることができなかった。これこそが、レヴィ＝ストロースの尖筆中心主義・男根中心主義であった。

われわれは、「書く人」である以前に「書かれる人」であり、文字を所有する以前に、文字を授与される存在であるということ。おそらく同じことは音声についても言えるはずであり、われわれは「話す人」である前に「話しかけられる人」であり、音声を所有する以前に、音声によって刺し貫かれる存在である。この意味で、盲人（あるいは文盲）であることは決して文字から疎外されることを意味しないし、聾唖《ろうあ》者であることも音声から疎外される決定的な要因ではありえない。

盲人をつつむ明るい光。聾唖者の周囲にざわめく音響。「器官なき身体」とは、そのような光やノイズに感応する身体のことであり、こうした身体は「法」を越えた「力」の政治に身をゆだねようとするだろう。そこではペニスさえ「器官」（＝男根）であることを止めている。

『流刑地にて』と「耳なし法一の話」を、「文字所有者の優位」を告げるテクストとしてではなく、「文字所有者の優位」に死を宣告するべくして書かれたテクストとして読むこと。わたしたちが植民地主義的思考から癒《い》えていくためには、たとえばこのような作業がどうしても必要なのである。

盲者と文芸

ハーンからアルトーへ

LAFCADIO HEARN

「ハーンのパイプのコレクション」*Lafcadio Hearn in Japan. With the Japanese foot-notes*, The 'Ars' Book Shop, 1923. 国立国会図書館デジタルコレクション

「このシナリオは、たとえそれが微かな反響ではあっても、ある毒を含んだ、すでに旧聞と化した一冊の本から触発されたものですが、私はにもかかわらず、これがさまざまのイマージュを見出させてくれたことに感謝しております」〔大岡信訳、前掲『アントナン・アルトー全集』八四頁〕――シュルレアリスム運動、華やかなりし一九二五年、『冥府《めいふ》の臍《へそ》』*L'Ombric des limbes*（一九二五）として刊行されたアントナン・アルトー作品集に収められた書簡で言及されている「毒を含んだ〔…〕一冊の本」について、ガリマール版『アルトー全集』第一巻（*Œuvres Completes*, tome 1, Gallimard, 1970）の校訂者は、これがマルク・ロジェ訳の『怪談』（初版、一九一〇年）であったと書いている〔p. 389〕。同じ頃、アルトーは恋人だった女優ジェニカ・アタナジウ宛てに「ラフカディオ・ハーンの本を送ってあげよう」と書いてさえいて〔p. 420〕、「哀れな楽師の驚異の冒険」

は（残念ながら実在しない上記シナリオとともに）、『怪談』に対するアルトーからの応答としてなんとも興味深い。

「法一は、優れた楽師で不幸にも盲目だが、おまけに、夕陽のように赤い美しい両耳をしていたのを、古代日本の或る夜失ってしまった」〔篠沢秀夫訳、二二六頁〕――ハーンの「耳なし法一の話」は、盲目の琵琶法師の姿を視覚化する傍観者（カメラアイ）的な映像美と、物語を視覚を除く諸感覚によってしか経験できない琵琶法師自身の無明《むみょう》の世界を二重化して描くことで、きわめて高度な説話技法を駆使した作品である。そればかりか、魔除けの般若心経を全身にかきこまれた琵琶法師の裸形と、その裸形を見ることができず、ただまっさらな両耳だけが宙に浮いているかのような幻視に惑わされるサムライの視覚をまで描きこんだその語り口は、ハーンの独創というよりは「怪談」という語り形式の中から産み出された独特の話術をハーンが誠実に踏襲《とうしゅう》した結果だろう。そもそも、江戸期の噺家《はなしか》は、蠟燭《ろうそく》をはさんで観客＝聴衆と向かい合いながら、みずからの身体を、盲目に見せ、裸形にも見せ、しかもその裸形の全身に般若心経という文字のかたまりを浮かび上がらせて見せるのに、あるとあらゆる話術を駆使したにちがいない。坐っているのはひとりの噺家でしかないはずなのに、それが寺の縁側で亡霊の到来を待ち受ける琵琶法師であるかのような錯覚へと観客＝聴衆をおちいらせる。そのときに言葉が大活躍する。こうした怪談のしくみを、ハーンはたくみに話法の中に取り入れているのである。『怪談』を映像化する試みは、これまでに何度もなされてきたが、ハーンの文字テクストは、そのいずれの試みをも嘲笑《あざわら》うかのような言語表現の極北を示している。アルトーは、フランス語訳でこれを読むうちに、無数の幻視にめぐりあったに違いない。

「夕陽のように赤い美しい両耳」――「書でおおわれると、法一は黒いレースの衣を着たように見えた」〔二三〇頁〕――こうした箇所はアルトーの独壇場《どくだんじょう》である。

しかし、アルトーがハーンを越えて、さらに踏みこんでいくのは法一の視覚をゼロとしてではなく、むしろ過剰さとして描く試みにおいてである。

「強烈な光線の感覚が盲目の歌い手の肌に触れた。極めて明るい宮殿の中にいると感じた。だが目まいのするような恐慌が肌にあわを生じさせ、歩く一歩一歩よろめいてしまうのだった」〔二二七頁〕――ここで、いまだ触覚を介してしか光線は認識されていない。ところが「歌ってくれ、歌ってくれ」との要望を受けた琵琶奏者は、ついに「視覚が戻って来たような気がした」〔二二七－八頁〕という。「まるでもうまぶたがないかのようであり、手足が全部ガラスになったようだった。〔…〕そして映像は彼のまわりに、海の底で見る夢のように美しく、不思議に立ち現われるのだった。」〔二二八頁〕

アルトーに限らない。自動筆記を奨励した詩人であれ、盲者を頻繁《ひんぱん》に描いた画家であれ、シュルレアリストは、空間認識のために動員された晴眼者《せいがん》の視覚を断罪すべく、徹頭徹尾、内なる眼にこだわった。アルトーが琵琶法師の「赤い耳」や「黒いレースの衣」といった穏やかな映像美を越えて、琵琶法師の視覚的感情性に照準を定めようとするのは、ブルトンやマグリットの同時代人としての目論見の共通性ゆえだろう。「手足が全部ガラスになったようだった」というあたりはデュシャンをも連想させる。

そして、さらに亡霊との一夜を終えて、精を抜かれたような法一を発見した僧侶が、「棺桶かつぎの人足と泣き女を迎えにやらせ〔…〕通夜を始めた」〔二二八頁〕という箇所も、悪い冗談というよりは、盲者が視覚を取り戻すという経験の過酷さを語っていると言うべきだろう。死者や亡霊との交感が生きている人間のその生そのものをいかに蝕《むしば》むものであるかを、アルトーはことさらに強調した。そして、棺桶の中からいきなり立ち上がった法一は、「夢遊病者の足取り」で、墓場へと向かい、「墓石の上に身を横たえ〔…〕恍惚としたおももちで〔…〕琵琶を掻き鳴らす」〔二二九頁〕のだった。

そして、翌朝、僧侶は法一に向かって「あなたは**生命の外に出たのだ**」と言って聞かせる。琵琶法師の経験の非日常性を語りつつ、しかしながら、盲者の視覚をゼロとして退けてしまう傾向に対して徹底的に抵抗を試みるアルトーの実験は、まだまだ晴眼者の優位に浸る面の強いハーンのテクストを、さらに一歩前進させようとしている。

江戸時代の説経語りによって伝承された、たとえば「さんせう太夫」〔↓106頁〕は、京都から北の日本海側で、とくに瞽女《ごぜ》〔↓35・123頁〕たちによって広められたとされる。盲目と化した母親の開眼でハッピーエンドを迎えるこの話は、盲者たちの奇蹟願望にあたえられた表現だということができる。しかし、そこには瞽女たちの視覚のゼロ度だけが表現されているのかといえば、たぶんそうではない。安寿姫《あんじゆひめ》の美しさを「毫光《がうくわう》のさすやうな喜を額に湛へて、大きい目を赫《かがや》かしてゐる」〔『鷗外全集』第十五巻、一九七三、六七七頁〕と表現する修辞の中には、盲者だけが形容しうる圧倒的な光が指し示されているとはいえないだろうか。盲者たちは安寿姫の目の輝きを見知っていたわけではないだろう。しかし、逆に、盲者ならでは光の認知に従って、彼ら彼女らは安寿の眸《ひとみ》のかがやきを、おそらくは晴眼者のそれよりもはるかに強烈に、そして豊かに思い描いていたはずなのだ。彼ら彼女らは光を知らないわけではない。彼ら彼女らこそが、光の何であるかを知り抜いているのだ。盲者に晴眼者の視覚が宿ったとき、彼ら彼女らは視覚というものの新しい様態、新しい効用に慣れ親しむことになるだけで、盲目であった時代の視覚をゼロとしてはふりかえらないだろう。

つまり、アルトーが「耳なし法一の話」の翻案《ほんあん》の冒頭で書き記した法一の「夕陽のように赤い美しい両耳」とは、ひょっとしたら、だれの視覚が捉えたものでもない、まさに盲者的な視覚表現としての「赤」や「美」の具象化《ぐしょうか》かもしれないのである。盲者たちは夕陽の赤さを晴眼者のようには知らない。しかし、耳をひきちぎられた盲目の琵琶法師の両耳の「赤さ」なら、そしてその「明るさ」なら思い描くことができる。彼ら彼女らの目で見ることができるはずである。ひきちぎられる運命にある耳の熱さや感触こそが、彼ら彼女らには「赤」なのかもしれない。そして、盲者たちは夕陽の赤さをさえ、耳をひきちぎられた琵琶法師の両耳の「赤」を手がかりにして、思い描くのかもしれない。アルトーのテクストは、晴眼者によって書かれたテクストに見せかけて、じつは盲者の言語表現へと回帰する構造を持っているとさえ言える。シナリオに用いようとしたアルトーが結局、この話の映画化にまでたどりつけなかったのは、残念には残念だが、むしろ、当然のことであったというべきかもしれない。

「夕陽のように赤い両耳」ばかりではない、琵琶法師が纏《まと》った「黒いレースの衣」もまたただ文字を皮膚に書きこんだものではない。皮膚をなぞる筆が薄皮で蔽《おお》うようにしてむきだしの法一の全身に衣《ころも》をかけるのだ。僧侶は、蜘蛛が蜘蛛の巣をはるように筆をあやつり、盲目の琵琶法師は、般若心経という闇を衣のように身に纏う。この感覚をはたして晴眼者が晴眼者のためにこしらえる映画は表現できるだろうか？

アルトーがこうして推し進めた「耳なし法一の話」のさらなる盲目化は、ハーンが試みた盲人表象の延長線上にある。しかし、ハーンが盲者の身体性を描く上で、視覚を除く聴覚や触覚に重きを置いたのに対して、アルトーは視覚性を晴眼者に固有のものとしてわりふることをやめ、むしろ盲者の過剰なる視覚性を強調する方向へと「耳なし法一の話」を押し出したのだ。

私たちは晴眼者の立場から文字文芸を貴《たっと》ぶことに慣らされている。盲者は文字文芸の中ではあくまでも表象《ひょうしょう》される客体以外のなにものでもないかのように思いこまされている。盲者は口頭伝承の発展に大きくあずかりはしたが、それは彼ら彼女らの聴覚的な記憶能力の優位によるものだと、私たちはつい考える。盲者が用いる言語表現の中の視覚性をゼロへとひきずりおろしてしまうようなやり方が、おそらく盲者たちの世界を不当におとしめるものであることに、私たちはそろそろ気づかなければならない。そのとき、ハーン、そしてアルトーが試みた盲目の琵琶法師の物語に託《たく》した実験性は、けっして棄《す》て置くべきことがらではなくなるだろう。

盲学校における造形教育にはすでに長い歴史がある。ましてや盲学校においても国語教育の一環として文学教材の採用は積極的におこなわれている。ハーンの「耳なし法一」、あるいはアルトーの「哀れな楽師の驚異の冒険」はどのように活用できるのだろうか？　これはおそらく教材研究としても一度は通過すべき問いであるように思う。

付記

ラフカディオ・ハーンが亡くなって百年。私たちはハーンを通して、百年前の世界を、日本を含めてまるごとふりかえることにはある程度までなら習熟してきた。その後の百年を予測していたかのようなハーンの先見性を評価することも怠っていないつもりだ。しかし、案外にないがしろにされてきたのは、ハーンの新しさを掘り起こす作業だ。ハーンが百年前に着手した試みが、その後、百年の間、どのように継承され、いま実を結ぼうとしているのか？　ここでひとまず端緒《たんしょ》を拓《ひら》こうと試みたのは、「耳なし法一の話」というたぐいまれな伝承文芸にハーンが注目したことが、私たち晴眼者の盲者理解にどこまで貢献したかを考えるための第一歩である。日本で盲者を描いた作品としてすぐに思い当たるのは谷崎潤一郎《たにざきじゅんいちろう》の『盲目物語』〔一九三一〕や『春琴抄《しゅんきんしょう》』〔一九三三〕である。また盲者に関わった文芸としてはまっさきに『平家物語』が思い当たる。そういった日本における文芸活動全体の中にハーンを置いてみることがこれから必要になってくるだろう。そこで、今回はこれまでハーン研究の中であまり触れられてこなかったアルトーの作品を補助線として用いることで、ハーン研究の新方向をさぐってみた。

宿命の女

「雪おんな」（Blowing her Breath upon him 息を吹きかける）

チェンバレン宛てのハーンの書簡〔→125頁〕を再掲しておく——「わたしが眠っているあいだに、時として、雪おんな（Yuki-onna）が雨戸（amado）の隙間から布団の中に、そうっと真白い腕をさしこんで、いくら火を焚いても、わたしの心臓に触れて、笑うような気がしてならないのです。」

図版出典
Lafcadio Hearn, YUKI-ONNA, in *Kwaidan: Stories and Studies of Strange Things,* Houghton Mifflin Company, New York, 1904, p. 12.
The Public Domain Reviewデジタルコレクション

「おしどり」とマゾヒズム

LAFCADIO HEARN

糾弾する女たち

『怪談』に収録された「おしどり」における巧みな用語法のひとつに、動詞「突き刺す」pierceの二度の繰り返しがある。鷹匠《たかじょう》がおしどりを射止める場面で用いられた「突き刺す」〔XI: 175〕は、そのおしどりを鷹匠が調理して食らった晩の夢枕《ゆめまくら》にあらわれた「美しい女」の「骨の髄《ずい》を突き刺す」〔XI: 177〕声の中でもう一度繰り返される。朋輩《ほうばい》を突き刺した相手を、生き残った遺族が同じく突き刺しただけなら、それは単なる敵討《かたきう》ちでしかないが、「おしどり」の場合はそうではない。夫を殺害されたおしどりの妻は、あたかも辺境の森の中に西洋料理店を開き、「さあさあおなかにおはいりください」〔『校本 宮澤賢治全集』第十一巻、筑摩書房、一九七四、三五頁〕と地口《じぐち》を用いて、都会からきた紳士に復讐を試みた注文の多い料理店の山猫がしたように、象徴化された迂回的な方法を用いて、報復を果たすのである。

糾弾《きゅうだん》する女の系譜――「浦島太郎」と「おしどり」と「雪おんな」。日本に来てからの再話文学の中で、ハーンは、女によって糾弾される男を描くことに再三熱中した。

物語の世界で、掟《おきて》（＝禁忌《きんき》）はたいてい破られるためにあるが、ハーンの一連の再話文学においては、女が男を裁く結末を準備するために、あらかじめ最初に掟が提示されるしくみになっている。

「おしどりを殺すのはよくない」にもかかわらず、鷹匠は「空腹のあまり」〔XI: 176〕、思わず殺生をはたらく。女からの糾弾を待つために。

「亀を殺すのはよくない」〔VII: 7〕。浦島太郎は、はじめ世襲《せしゅう》的な掟（迷信）に忠実であったが、最後にとうとう「ぜったいに開けてはなりません」〔VII: 9〕と念をおされたはずの玉手箱の紐をほどいてしまう。やはり処刑の瞬間を待つためだ。

そして、「誰にも口外してはならない」〔XI: 227〕との戒《いまし》めを破った木樵《きこ》りは、「この子たちに不服をいだかせたら、そのときはただでは済ませませんよ」〔XI: 231〕の捨て台詞を残して消えていく愛妻の姿を、なすすべもなく見送る。

横たわる男たちの夢枕にあらわれ、威圧的にのしかかるようにして上位からことばを授ける女たち。これら三人の女たちは雄弁でも多弁でもないが、にもかかわらず、じつに効果的に「息＝声」で男を圧倒する。

誘惑的な乙姫。男を糾弾し、ぶきみな予言をつきつけるおしどり。死刑判決に執行猶予を与える代わりに、掟をさずける雪おんな。同じく、雪おんなの手口をそのままなぞるお雪（「雪おんな」の怪談としての独自性は、このパターンの繰り返しが必ずしも二度で終わる保証のないところにある）。みずからのさずける掟に忠実でありつづけよと男を促し、監視し、けっしてとらえて放そうとしない女たちは、その声の権能ひとつによって、いつのまにか、男に対して支配権を行使する立場に立っている。女たちは、けっしてじかに男たちに触れようとはせず、ただ声を介して間接的に触れるだけなのだが、相手の心をつかみ、ほろりとさせる声の権能に対してきわめて自覚的なのである。

おしどりには、凍てつくような冷気を箱の中にとじこめて浦島太郎に持たせる技術もなければ、男に息をふきかけて、凍死させてしまう能力もない。その代わりを嘴《くちばし》が果たすのである。嘴は、ことばで訴えるだけでなく、いざというときには、噛みついたり、突き刺したり、刳《えぐ》ったり、引き裂いたりすることにも用いられる便利な体《からだ》の一部である。

「あなたはなぜ、ああなぜ、あなたはあの人を殺したのですか？　あの人がどんな悪をはたらいたというのですか？　赤沼でのわたしたちはとてもしあわせでした。なのにあなたはあの人を殺した！　いったいあの人があなたに何をしたというのです？　あなたはじぶんのなすったことをおわかりですか？　ああ、なんてひどい、なんて残酷なことをして下さったのでしょう、おわかりですか？　あなたはこのわたしまで殺してしまわれたのです。わたしはもう夫なしでは生きていけません。このことだけを申し上げたくて、ここに参りました。」……それから女は声をあげて、ふたたび泣いた。その切々たる声は聞いているものの骨の髄まで突き刺した。〔XI: 176-177〕

おしどりの妻は、嘴《くちばし》でじかに突き刺す行動はあとにまわして、とりあえずは声によって「聞いているもの」を間接的に突き刺すのである〔↓110・201・290頁〕。そして、「日暮るればさそひしものを赤沼の真菰《まこも》がくれのひとり寝ぞ憂き」の一首を読みあげた女は、捨て台詞を残して、あっけなく消える。

「あなたはじぶんのなさったことがよくわかってはいらっしゃらないのです。ほんとうに。でも、あした赤沼にいらっしゃれば、〔おもしろい光景を〕ごらんになれるはずです (you will see)。〔そうすればあなただって〕おわかりになる…… (you will see....)。」〔XI: 177〕

翌日、赤沼を訪れた鷹匠は、予告通りの光景を目《ま》の当たりにする。耳ではなく、目を使って。川岸まで来てみると、雌のおしどりが一羽で泳いでいる。そのとき、おしどりの方でも尊允《そんじょう》の存在に気づいた。しかし、おしどりは逃げてはいかなかった。それどころか、じぶんからまっすぐに男めがけて突進してきたかと思うと、奇妙な目で尊允を見据え、突

然、おしどりは嘴でおのれの腹を引き裂き、そのまま鷹匠の目の前で果てた。〔同前〕

前夜の枕元では、言語的な道具としてしか嘴（＝口）を用いようとしなかったおしどりが、ここでは、こんどこそ鋭利な武器として嘴を用いる。しかも、相手を刺すのではなく、おのれを引き裂くためにだ。

報復行動は、二倍化され、二重に転移された「突き刺し」を用いて象徴的に遂行される。「おしどり」は、この象徴的な報復のプロセスに立ち会い、はからずも道徳性と官能性が同時に立ち上がるさまを目撃したひとりの男の物語だ。

自己犠牲と改心

ハーンの固定的な女性イメージとして、来日前の『ユーマ』から晩年の『怪談』まで途切れなく受け継がれたひとつに「自己犠牲的な女」がある。

他人のためにのみ働き、他人のためにのみ考え、他人に喜びをもたらすことだけが幸福である存在——人に冷たくしたり、わがままを言ったり、世襲《せしゅう》的に受け継いだ正義感覚に反することのできない存在——しかも、こうした柔和《にゅうわ》な優しさにもかかわらず、いつ何時でも自分の生命をなげうち、義務とあればすべてを犠牲にする心構えの備わった存在、それが日本女性である。〔XII: 347-348〕

この強引とも言えるハーンの日本女性賛美は〔↓223・229・238頁〕、その女性観を単なる保守主義として封建的なものに見せたまま、百年後の今日にも、ときおり時代錯誤的になぞられ復唱される。これでは、「おしどり」の雌鳥の自害は、夫を亡くした妻の貞節の証でしかないのだが、はたしてハーンの描く女たちの自己犠牲を、既成の制度、既成の道徳律に対する服従を、体を張って証し立てようとする秩序肯定的な自己犠牲だと単純に理解してしまってよいものだろうか。

巡査津田三蔵《つださんぞう》によるロシア皇太子暗殺未遂事件（大津事件）の余波をめぐる「勇子」[58] Yuko: A Reminiscence〔『東の国から』所収〕は、文字通り「烈婦」valiant woman〔VII: 254〕の行動に心を打たれたハーンの日本観察の成果のひとつだ。しかし、この事件に心を痛める明治天皇の不安をなぐさめたい、津田三蔵の非をロシアに対して深く詫びたい、ふたつの理由から果敢に自害を決意した猛女、畠山勇子《はたけやまゆうこ》の自己犠牲は、「義務とあればすべてを犠牲にする」といった意味での単純な自己犠牲ではない。それは決まりきった約束ごとの式次第に則った自己犠牲ではなく、ある種のパフォーマンスを演じることを通して世界の修復を狙った、いわば革命的な自己犠牲、要するに「諫死《かんし》」だったからだ。

同じく「おしどり」の雌鳥の自死は、亡くした夫のあとを追いかけた貞淑な妻の「殉死《じゅんし》」ではなく、畠山勇子の自己犠牲にも等しい「諫死」として評価されるべきである。

おしどりの夫を殺《あや》め、その妻の自害する光景を目の当たりにした鷹匠は、もはや安穏《あんのん》と鷹匠を続けることができず、頭をまるめて、後半生を悔悟《かいご》に費やすことになる。男を裁く代わりに男を諌《いさ》め、無法にもみえる世界に法的な秩序をもたらそうとする正義の女、それが「おしどり」の雌鳥なのである。

これらの女たちがいわゆる「新しい女」でなかったことは言うまでもない。畠山勇子は没落士族の娘であったから、多少の読み書きならできたものの、明治の新思想に染まるような良妻賢母的な女ではなかった。しかし、だからといって彼女の行動が教育的でなかったということにはならないのである。

まずは言語的に相手の耳を「突き刺し」、最後に、こんどはみずからの横腹を引き裂いたおしどりの行動は、呪術的だという以上に、教育的であった。

● 呪術を用いることで、男たちの攻撃的な行動様式の裏をかき、その構成原理を果敢に告発してみせ、よりよい世界秩序の方向性を身をもって指し示す女たち。

● そんな女たちに目をみはり、襟《えり》を正す男たち。

58――「勇子」をめぐっては、遠田勝氏の研究がきわめて精微である。しかも勇子の内面を描くにあたって、ハーンは勇子と同じく士族の家に生まれたセツによる助言を有効に活用したと氏は言う〔「小泉八雲と武士の女たち」、『國文學 解釈と教材の研究』一九九八年七月号〕。

ハーンの女性賛美は、すでに男性優位に構成された秩序に奉仕する従順な女たちに対する賛美ではなく、既成の秩序を告発し、その矯正・改良を試みる、そんな女たちに対する賛美である。

- 自己犠牲を演じてまで教育的であろうとする女たちの、無私《むし》とも自暴自棄《じぼうじき》とも言える演劇的なマゾヒズム。
- このマゾヒズムに釣りこまれるようにして改心する男たちの道徳的であると同時に性愛的なマゾヒズム。

この二種類のマゾヒズムを混同することは避けなければならないが、ハーンにおけるマゾヒズムの発動は、この二つがつねに一対なのである。

ザッハー＝マゾッホからの偏差

一八九三年の二月、チェンバレン宛ての私信〔↓125頁の註29〕の中で、書斎にふきこむ隙間風《すきまかぜ》を雪おんなの到来になぞらえながら、いきなりロシア文学の話題を持ち出したハーンは、「ザッハー＝マゾッホを知っていますか」〔XV: 376〕と、オーストリア作家の名前を挙げ、同じころ、フランスの文壇にまきおこっていた東方ロシア熱に自分もまた感染したひとりであるという熱烈な信仰告白を行なっている。

このとき、ハーンが読み耽《ふけ》ったのは、ザッハー＝マゾッホのユダヤ物と、ロシアの異端宗派の女預言者を描いた『聖なる母』*Die Gottesmutter*（一八八三）や『魂を虜《とりこ》にする女』*Die Seelenfängerin*（一八八六）の、それぞれ仏訳であったが、「勝ち誇るアマゾネス」を描くことにかけて当代一流の作家であったザッハー＝マゾッホの本質をとらえるのに、これらの小説にまさるものはなかった。

ザッハー＝マゾッホの女たちは、ロシアの土俗的な風俗の中で、神話やフォークロアをみずから体現しながら、その女主人公に自己を同化させ、「母＝乳母」（＝語り部的な養育者）として「息子」たちに向かい合う、そんな女たちだ。その口唇《こうしん》性は「語る女」の口唇性であると同時に、対話的に「糾弾する女」の口唇性でもある。

土俗的な道徳性の起源に置かれた女たちの遍在《へんざい》に目を奪われたロマン主義時代の男性詩人・作家たちは、「冷淡な女」への道徳的・性愛的服従を自己陶酔的・被虐《ひぎゃく》的に描きあげ、小ロシア（現在のウクライナ）で少年時代を送ったザッハー＝マゾッホは、まさしくそういった当時の西洋文学の潮流の中にみずからの文学を位置づけようとしたひとりであった。そして、同じ文学的嗜好《しこう》を持つハーンが、そのザッハー＝マゾッホに親近感（とライバル意識）をおぼえたことに、何ら不思議はない。

しかし、たとえばこのような大雑把な時代的視点から、ハーンとザッハー＝マゾッホをただ似ているとだけ無造作に結論づけるわけにはいかない。というのも、ハーンのそれと比べるとき、ザッハー＝マゾッホのマゾヒズムには、女の自己犠牲的傾向があまりにも希薄《きはく》だからだ。というよりも、むしろ父権的な権威の台頭を前にして、セクト的な結束を強化しながら果敢《かかん》に公権力と戦いぬく女たちを描くことこそが、『聖なる母』や『魂を虜にする女』のザッハー＝マゾッホにおいては最大の関心事だったのである。[59]

ザッハー＝マゾッホの女たちは父権的な権威に奉仕することを最後まで拒みつづける。女たちの権威を奪い取ろうとする強引な男たちに対して、ザッハー＝マゾッホの女たちは、はげしく抵抗する。青年サバディルに気分を害された『聖なる母』の女預言者は、青年に磔刑《はりつけ》を宣告しさえするのである。

しかし、これは個人的な復讐ではない。台頭する父権に対する母権的な権威によるリンチである。そして、この道徳的な制裁の中にエロスを見出し、制裁を脱《だつ》道徳化してしまうことが、ザッハー＝マゾッホのいわゆるマゾヒズムなのである。

一方、ハーンの女たちにこのような革命性は乏しい。ハーンの女たちは、あるときは愛国者として、あるときは貞節な妻として、父性的な権威に身をゆだね、まさにその果敢な自己犠牲的行動を通して、息子たちに道徳性を植えつけようとするそんな女たちだ（「雪おんな」のお雪に至っては、木樵りに向かって、「永久によい父親でありつづけよ」と命じる）。

ザッハー＝マゾッホのアマゾネス愛好趣味の背後にあるフェミニスト的革命性に対して、

ハーンのそれがきわめて反フェミニスト的な保守主義に見えるのは、そのためだ。

ラフカディオ・ハーンの女たちは、父性的な権威を転覆《てんぷく》しようとも、その台頭を阻止しようとも考えない。ただ、みずからを犠牲にしてまで、未来の父親たるべき男たちに教育者としてたちふるまうだけなのである。そのような女を好んで描いたハーンと、いわゆる「内助の功」の信奉者であったハーンとは矛盾しない。ハーンの「糾弾する女」に対する礼賛は、父権的な社会の悪を戒め、その矯正《きょうせい》を試みる、そのような女たちに対する礼賛という変形した男性中心主義なのである。

マゾヒズムの諸様態

ハーンは、道徳性を、家父長《かふちょう》的な権威による支配の原理としては理解しない。琵琶語りの芳一を寺に住まわせ、平家の亡霊の手から庇護《ひご》してやった阿弥陀寺の和尚に多少の「父性《パターナリズム》」が感

59―― ハーンの書簡にあらわれるザッハー＝マゾッホに関する言及をめぐっては、『耳の悦楽』所収の「ザッヘル＝マゾッホ偏愛」を参照されたいが、『聖なる母』と『魂を虜にする女』がいずれもハーンの蔵書の中にあり（富山大学のヘルン文庫所蔵）、この点は重要である。なお、この二冊はいずれも藤川芳朗訳が存在し（『聖母』（中央公論新社、二〇〇五）および『魂を漁る女』（中公文庫、二〇〇五））、さらにこの二作は、抄訳ではあるが、「聖なる母」「魂を虜にする女」として、平野嘉彦訳による新訳もある（『ザッハー・マゾッホ集成Ⅲ カルト』（人文書院、二〇二四）。

じられるにせよ、「耳なし芳一」は家父長制の支配というより、文字所有者の文字による世界支配の物語なのだ。ハーンが日本の教育機関や家庭の中で行なった教育者としての仕事がそうであったように、それは知的支配ではあっても、道徳的な支配ではなかった。しかも盲目の琵琶法師にとっての般若心経など、化粧ではあっても、言語的な何かであろうはずがなく、一見、ファロス状の形状を有しながらも、阿弥陀寺の和尚が芳一を怨霊《おんりょう》たちから守ったのは、芳一の全身を愛撫《あいぶ》する毛筆の力だったのである。

逆に、あくまでも口唇的でありつづけながら、結果的に相手に道徳性を接種し、しかもその口唇器官を、教育的なパフォーマンスの道具として用いるのは、ハーンの場合には決まって女なのである。

同じころ、ウィーンのフロイトは、性愛の起源、そして道徳の起源をあくまでも父性的権威のもとに理解しようと試み、『夢判断』*Die Traumdeutung*（一八九九）以降、極端なファロス中心主義に傾くことになる。晩年に至るまでフロイトは「超自我」を父性としてしか理解しようとしなかったのである。しかし、ハーンにおいて「超自我」的な何かが問題になりえたとしても、その「超自我」は男性的なそれではない。一方に、エロスによって男を飼いならしながら、それでも、警察的に、自己演出的に、他者の道徳的傀儡《かいらい》支配をもくろむ女たちがおり、もう一方に、そういった女たちの中にだけ、エロスと道徳性との結合を感じとるマゾヒスト的な男たちがいる。

誘惑的だが、それ以上に教育的な女たちを前にして、ハーンの男たちは、性的存在へと成熟を遂げようとしては、そのつど官能的であることを告発され、制止され、道徳的な存在への改心を強いられる。そして、そのとき女の声に周波数を合わせて、ただひとつだけ屹立《きつりつ》するのが、ハーンの耳なのである。口唇的な女たちがあってこそ、男たちは聴覚的に充実して生きることができる。

夢枕にあらわれた女たちは、男たちの耳に向かってだけ息を吐きかける。視覚的には官能性をかきたてるエロチックな女たちだが、同じ女たちが、男の耳に対してはひたすら道徳的だ。ハーンの女たちは、官能性をともなわない教育は、教育的ではないとでも言わんばかりの教育法を用いる。その結果、ハーンの男たちは、道徳性をともなわない官能性は官能性ではないと、いつのまにか考え始める。男たちは、まさにこの瞬間、マゾヒズム的な性愛の形式を受け入れる。

● 女たちの自暴自棄で演劇的なマゾヒズム――(a)
● 男たちの官能的でかつ道徳的なマゾヒズム――(b)

(a)にひきつけて読むかぎり、「おしどり」はいつまでたっても「鴛鴦《えんおう》の契り」の物語としてしか読むことができない。しかし(b)を考慮にいれたとき、「おしどり」にはおしどりの寡婦《かふ》と鷹匠のあいだのエロチックで、なおかつ道徳的な対話関係の物語として読む可能性がひらける。

ハーンを正確に読むには、この二重のマゾヒズムの物語の全体を、過不足なく読むことがどうしても必要だ。『古今著聞集』〔→111頁〕の挿話を下敷きに用いながら、ハーンがおこなった最大の変更は、これらマゾヒズムの二類型の明確な分離と接合という操作であったからだ。

ハーンの死後、日本では勇子のお株を奪うような、男たちの自己犠牲的行動が、武士道的伝統の近代的形態として浮上する。日本では「自暴自棄で演劇的なマゾヒズム」が男性中心的な国家主義の骨格をなし、日本的な滅私奉公の精神として生き延びるのだ。この文脈の中では、畠山勇子の死はもはや男勝りの女性による「憂国」の死でしかなく、日本女性の美徳を越えて、日本人の「模範的な死」のひとつにすぎなくなる。この意味で、ハーンは、日本的なマゾヒズムが武士道原理として男性によって独占される前夜の、マゾヒズムがいまだ異性愛の一原理として機能していた時代の名残として「おしどり」を描いたことになる。

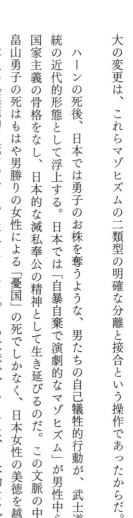

怪談 浦島太郎

LAFCADIO HEARN

一八九三年七月。熊本五高での夏休みを利用して、ハーンは人力車と汽船を用い、熊本から長崎まで単身での旅行を企てた。『東の国から』の冒頭を飾る「夏の日の夢」〔↓59・64頁〕は、この経験を下敷きにした印象深いエッセイだ。

この中で、ハーンは「浦島太郎」の再話を試みている〔↓110・161頁〕。そもそも海辺の民が、海を愛し海を畏《おそ》れる、世界いずこにも共通する人類的な感情に身を委ねることに異常なまでの執着を抱いたハーンである。ギリシャ時代に母とともに過ごしたイオニア海沿岸での最古の記憶をこの物語に託さないまでも、ハーンはアイルランドで、メキシコ湾岸で、そして「西インド」の海で、そして日本海や太平洋で、幾度となく、みずからを「浦島的存在」と感じつづけてき

チェンバレンによる英訳「浦島」（ちりめん本）表紙
The Fisher-boy Urashima, Translated by Basil Hall Chamberlain, 1886（The Internet Archiveより）

たであろう。海辺がみずからの生誕の地であると同時に、絶命の地としても夢想するというその性癖に、この昔話は鋭利に訴えかけたのであった。

ハーンが日本の民間伝承を英語で再話するという作業に持続的な時間を割くようになるのは、古書の入手が容易だった東京に移り住んでから後だが、「夏の日の夢」は、民間伝承を下敷きにしたかなり自由度の高い創作的再話の最初の試みとして、興味深い。ハーンの再話における「創作的な部分」を見るための一試論として読んでもらいたい。

千四百十六年

千四百十六年前のことです。住の江の岸辺から、漁師の子の浦島太郎が小舟に乗って海に出ていきました。〔VII: 5〕

ハーンはこの再話にあたって先行する英訳▼60にかなり大きく倚《よ》りかかっている。アストンやチェンバレンと言えば、言わずと知れた日本研究のパイオニアたちであり、ハーンは先達の業績を下敷きに、さらに屋上屋《おくじょうおく》を重ねることで、意図して競作を挑んだのだと考えられる。とりわけ、チェンバレンが明治十九年に発表した通称「ちりめん本」の『浦島太郎』と「夏の日の夢」中の「浦島」再話とは、ともに自由な再話形式をとっている点、二人の個性を比較対照するのに好都合である。したがって、折にふれ、両者の対比を試みながら論を進めたい。

「千四百十六年前のことです」という語りおこしは、「むかしむかし」から始まることを常とする「昔話」とは違い、日本語・英語のいかなる文献にも先例がない。ハーンはチェンバレンを通して、『雄略紀《ゆうりやくき》』にある「浦嶋子」の項（「雄略天皇二十二年七月丹波国餘社郡管川人水江浦島子乗舟而釣遂得大亀便化為女於是浦島子感以為婦相遂入海蓬莱山歴覩仙衆」）に触れ、念を入れてこの伝説の「史実」性にこだわった。「千四百十六」という数字の由来は、初出となったのが『ジャパン・メイル』一八九四年七月二十八日であったからその西暦一八九四年から西暦四七八年（雄略天皇の二十二年）を差し引けば「千四百十六」になる。そして、なにより、彼が長崎旅行を企てたのは夏季休暇に入ったばかりの「七月」であったから、『雄略紀』の記載はうってつけなのであった。

60―― 先行する英訳としてハーンが「夏の日の夢」の中で言及しているのは、以下の三点であると思われる。

①ウィリアム・アストン『日本語文語文典』William Aston, *A grammar of the Japanese Written Language*, 1877 ――『万葉集』の中の長歌の万葉仮名混じり漢文・仮名文・ローマ字転写を三つの書記例として挙げ、さらに語釈と逐語《ちくご》訳を付したもの。

②バジル・ホール・チェンバレン『日本の詩歌』Basil Hall Chamberlain, *The Classical Poetry of the Japanese*, 1880 ――右に同じく『万葉集』中の長歌の英訳だが、韻文訳を試みた点に新鮮さがある。なお、高橋虫麻呂《たかはしむしまろ》作のこの叙事詩をチェンバレンは「バラッド」として分類している。

③バジル・ホール・チェンバレン『日本昔話叢書』Basil Hall Chamberlain, *The Fisher-Boy Urashima : Japanese Fairy Tale Series* 8, 1886 ――こんどは『御伽草子』系列の浦島説話を下敷きにした翻案物。「ちりめん本」として知られる美しいこの本を通じて、ハーンは「浦島」の魅力にとりつかれる。

ハーンの愛したドイツの伝説のひとつに「ハーメルンの笛吹き」がある〔↓156頁〕。神戸時代に長男の一雄が、ちんどん屋について行って迷子になりかかったとき、戒《いまし》めにこの話を聞かせたというエピソード〔↓158頁〕も残っているほどだが、この伝説はしばしば「史実」性を強調して語られる。

グリムの『ドイツ伝説集』*Deutsche Sagen*を一例としてあげるなら、まずいきなり「一二八四年のこと、ハーメルンに……」〔前掲『グリム ドイツ伝説集（上）』二八三頁〕という年代設定から始まる。そして「主キリストの生誕の後一二八四年／ハーメルンで生を享けし子等百三十人／笛吹男に連れ出され／ケッペンの山中へと消ゆ」という市庁舎に刻まれた銘文と、「魔術師百三十人の子等を市より連れ出せしより／二百七十二年の後此門は建てられたり〔原文ラテン語〕」という同市の門にある文句が引かれて、結ばれるのである〔二八六頁〕。はたしてこの不思議な伝説が「史実」に忠実なものであったかどうかは疑問としても、後世のハーメルン市民が、ことあるごとにこの「史実」へと立ち戻ろうとしたことじたいは、確実に歴史的事実であった。

じつは、同じようなことが古代期の「浦島」文献についても指摘できるのである。『雄略紀』の記載や、『丹後国風土記逸文』中の「浦嶋子伝」は、この五世紀間にまたがる空想的な物語を「史実」として擬《ぎ》するうえで大きな役割を果たし、「此の人夫日下部首等が先祖の名を筒川の嶼《しま》子《のこ》と云ひき」というような箇所は、『風土記』編纂《へんさん》時代の地方権力との関わりの中で、この物語がいかに政治色の強かったものであるかを物語っている。

しかし、ハーンにはべつにこの伝説の「史実」性にこだわらなければならない理由などどなかったはずである。「千四百十六年前」という表現も、「西暦一二八四年」だの「雄略天皇二十二年」というような客観的な表記よりも、「史実」性よりも、語りの時代と語られる時代とをへだてる「距離感」を強調するための修辞《しゅうじ》のように思える。ハーンはこの書き出しに、独特の意味づけを加えることになるからである。

夏の日は昔も今も変わりがありませんでした。真っ白な雲が幾つか軽やかに、鏡のような海上にかかっているだけで、あとはただ眠るように穏やかな青一色でした。山もまた同じく、遥かな青いやさしい山々は青い空に融け入っていました。そして風はものうげでした。〔VII: 8〕

ここでは、「千四百十六年前」も「現在」も変わらない不変性の象徴として「夏の空」が用いられている。西暦一八九三年の夏、ハーンが、「千四百年」以上の年月のへだたりを越えて、古代の日本に想像力をはばたかせることができたのも、悠久不変の自然が目の前にあってこそであった。しかも、こうした自然の不変性（季節の循環性）は、「浦島」伝説の中では浦島の故郷を支配している時間とは対照的な龍宮的時間の特性であり、ハーンはここで時間の経過とともに変わりゆくものと、そうではない不変なものの対比を、ことさらに強調しているのである。

龍宮から戻った浦島太郎の前で、故郷の風景は地形を除いて、その表情を一変させている。一般に、浦島太郎の嘆きは一家眷族《けんぞく》を失ったものの悲しみとして語られることが多いのだが、ここでは、むしろ環境破壊の進んだ故郷を目の当たりにした人間の絶望に重点が置かれるのである。

> 今いる場所が昔に変わらぬながら、どこか昔とは違っていたからでした。〔…〕木々も野辺も人々の顔さえも、覚えのないものばかりでした。〔…〕神社はありましたが建てかえられて場所も変わっているようでした。近くの斜面にあったはずの森は姿を消していました。村を流れる小川の音と山々の形だけが昔通りでした。〔VII: 9〕

このあと浦島は村の老人から驚くべき真実を聞かされ、近くの墓地（この墓地も「いまはもう使われていない墓地」と書かれている）にみずからの墓をさがしにでかけることになる。苔《こけ》むして墓石の名前が読めなくなっているという部分は、当時の日本人の埋葬形式や当時の漁民の文字読解能力を考えると荒唐無稽にすぎる気がするが、ハーンは五世紀から九世紀にかけての歴史の流れを、自然破壊と風景の変化をともなう四百年として、きわめて具体的に理解したことがここからわかる。こういったこまやかな観察や描写は、明治以前のどの「浦島」にも見られなかった要素である。ましてや、先行する英訳に並ぶものはない。

西洋から来たハーンは、文明開化の途上にある日本にあって、まさに環境論的な視点から、歴史的時間の侵食作用を語り、そういった時間の不可逆性に逆らってまで、想像力を用いた過去遡及《そきゅう》の冒険を語ろうとしたのである。

＊＊＊

はたして、明治二十六年七月の有明海《ありあけかい》と雄略二十二年七月の古代日本の浜辺とを重ね合わせることによって、「千四百年」を超す長い時間を遡及的に踏破《とうは》することは可能だろうか。やすやすと循環的な時間をくりかえし生きてしまう自然にとって、「千四百」だかの時間は、ほとんど取るに足りないものであろう。しかし、人間的な時間は、けっしてそうではない。「今は昔」と語りはじめる説話的な想像力だけが、過去への遡行を可能にするのである。「千四百十六年前」は、説話的な語りがかきおこす過去遡及の欲望に、具体的な距離感覚を回復させるための物差しの役割を果たしている。

「夏の日の夢」の第四節には、ハーンがいきなり自身の幼児体験を振り返る感動的な場面が用意されている。「わたしはある場所とある不思議な時間を覚えている」〔VII: 17〕という謎めいた告白調から始まるその一節は、「その女性は、頭の天辺から爪先まで嬉《うれ》しさでぞくぞくさせてくれるような話をいっぱい聞かせてくれた」〔VII: 19〕という母ローザ〔→230頁〕の思い出へと発展し、その女性から忘れ形見に授かった守り札はいつのまにか失せ、「私は愚かしい齢《よわい》を重ねているのだった」という中年男の慨嘆《がいたん》で終わる〔→230頁〕。さらに第五節には「若返りの泉」の伝説が置かれて、このエッセイ全体が時間を遡《さかのぼ》ることの困難さを語るために捧《ささ》げられていることを考えると、「千四百十六年前」という書き出しの持つ含みは予想外に大きい。

それはけっして「千四百十六年前のことです」というような「史実」性を強調するだけの出だ

しでも、お決まりの「むかしむかし」でもない。そこには、文明開化と富国強兵の国策がしだいに実を結び、翌年には日清戦争の開戦へと至る膨張主義をあらわにしていた近代天皇制国家の確立期から、一気に古代国家日本の成熟期へと空想をはばたかせるハーンの想像力が踏破《とうは》しなければならなかった途方もない時間が、きわめて具体的に計測されているのである。

やがて浦島はものうくなって、釣糸を垂れながら波のまにまに漂っていました。それは奇妙な舟でした。彩色もなく舵《かじ》もなく、こんな形の舟は読者の皆さんには馴染みがないと思われますが、千四百年後の今日も、日本の海の古い漁村の浜辺にはこのような舟が見られるのです。〔VII: 8〕

ここでハーンが「読者の皆さん」と呼んでいるのは、日本のことをほとんど知らないに等しい英語圏の読者のことである。この第三段落で、ハーンは、「千四百年」という時間を、こんどは一本の歴史の流れの中にではなく、西洋と日本という異なった歴史を歩んできた二つの文明圏のあいだの平行的な進化の時間としてとらえている。

日本に来てからのハーンが、フランスの歴史家フュステル・ド・クーランジュの『古代都市』*La Cité antique*（一八六四）に傾倒し、日本の民間宗教を、キリスト教以前のヨーロッパにあった古代宗教との類縁関係性の中で記述するというアイデアに取りつかれていたことは知られている。▼61 その遺作となる『日本——一つの解明』は、その計画を本格的に実行に移した満を持した観のある「日本論」であったし、合衆国時代からハーバート・スペンサーの社会進化論を支持し、その説に則して、日本の社会を宗教的基礎から説明しようという意図を持っていたハーンにとって、『古代都市』は、ハーンの日本理解に決定的な方向性を与えた。

ハーンは、「千四百十六年」という時間のへだたりを現実界で遡行することの不可能性をひとまず認めながらも、十九世紀西洋文明を背負った西洋人として日本を訪れ、まるで「千四百年前」にタイムスリップしたかのような錯覚にとりつかれた自身の印象を、この再話そのものの中に投入しようとしている。

「千四百年後の今日も、日本の海の古い漁村の浜辺にはこのような舟が見られるのです」という箇所は、地球上を大移動することによって、結果的に歴史を遡ることができたかのような錯覚に陥る西洋人の非‐西洋体験にありがちな「文明人」の驚きのあらわれである。「千四百年」を不可逆的な歴史的進化のプロセスとして生きてきた西洋に、同じタイムスパンをまるで内実の異なる時間として生きてきた日本という国を対置することで、ハーンはまさに自身を浦島太郎になぞらえたのだ。

「浦島」の中で、地上での時間の流れと龍宮における時間の流れとは、これと同じ対比の中

61――クーランジュがハーンに与えた影響については、東大比較文学会）や平川祐弘「ギリシャ人の母は日本研究者田所光夫「ハーンの理想社会――スペンサーとフュステル・ド・クーランジュを越えて」（『比較文学研究』第四十七号、ハーンにとって何を意味したか」（前掲『ラフカディオ・ハーン―植民地化・キリスト教化・文明開化』）などを参照。

で理解されており、ハーンという西洋から来た浦島にとっては、日本のちっぽけな漁村こそが龍宮なのであった。そして日本における祖先崇拝のありようは、クーランジュのいう「古代社会」のそれに酷似《こくじ》しており、血の上では「ギリシャ人」の血を引きながらも、十九世紀西洋の知識に裏打ちされたこの浦島は、日本に来てはじめて真の「ギリシャ」の何であったかを現実に則して理解するようになった。

ハーンは、日本を「蓬萊《ほうらい》」の観念によって説明するという夢に長いあいだとりつかれていた。▼62 にもかかわらず、近代化の推進によって、「蓬萊」国としての日本を見殺しにしてまで旧習を排し、急速な西洋化を推し進める明治の日本の恐るべき現状を目の当たりにしたハーンは、そうした日本の将来に対して警告を発しつづけた。

長崎の西洋ホテルでいたたまれない思いをしたという「夏の日の夢」の冒頭部が触れるエピソードは、こういった文脈に沿って「夏の日の夢」を読みなさいというエッセイ解読の指標的な役割を果たしている。西洋と日本のあいだの時間的距離は、長崎の西洋風ホテルをとびだして三角《みすみ》の浦島屋〔→64頁〕という和洋折衷旅館にたどりつくまでの距離に相当し、それを西洋を中心にした社会進化論の枠組に即した歴史的時間に換算すれば、「千四百年」という数値に相当するというわけなのである。

海神・龍王・龍神

ずいぶん待たされて、ようやく何かがかかりました。ひっぱりあげてみると、一匹の亀でした。亀は今日では海中の龍神の聖獣とされ、寿命は千年あるいは万年という人もあって、亀を殺すのはよくないことです。少年は釣糸から亀を外し、神々への祈りと共に逃がしてやりました。〔VII: 8〕

ここでハーンの記述の特徴のひとつは、浦島が亀を逃がしてやる「放生《ほうしょう》」行為の動機が、いわゆる動物愛護精神ではなく、動物神の祟《たた》りを畏《おそ》れるアニミズム的な庶民信仰として説明されている点にある。「夏の日の夢」の第四節では、浦島が死後に「明神《みょうじん》」化して、衆生済度《しゅじょうさいど》のために降りたつ中世から近世にかけての「浦島」像に重点を置いた分析がなされているが、再話に関してだけ言うなら、極力仏教的な香りを排除したような観がある。

62――『怪談』に所収の「蓬萊」Hōraiはこの着想に基づく決定版だが、ここで「まぼろし」としての「蓬萊」は「消えゆく」ものとして記されている。ハーンは近代化が「蓬萊」を地球上から消し去ると考えていた。

「龍神の聖獣」としての「亀」という把握も、キツネが稲荷《いなり》の「ミサキ神」[63]であるというのと同じ意味で、日本の動物信仰に広く関心をいだいたハーンならではの日本研究の成果のひとつとして見ることができる。しかもキツネをはじめ「ミサキ神」的な特徴を有する動物たちが人間の姿をまとう場合には必ずと言ってよいほど女性化して表象されることを考えれば、ハーンがここで亀を乙姫の前身として位置づけているのは、きわめて周到な計算に基づいたもののようにさえ思われる。少なくとも、浦島の行動を道徳的な判断として説明するチェンバレンの、ちりめん本『浦島』の説教臭さとは対照的だ。

亀は千年生きるとされています。少なくとも日本の亀はそうです。そこで浦島はひとりごちました……「晩飯にするなら亀を食うより魚を食った方がましだ。まだ九百九十年生きられる亀を殺してかわいそうな目に遭わせてもしかたがない。そんなかわいそうなことができるものか。母上も同じことを言うに決まっている。」〔ちりめん本『浦島』*Japanese Fairy Tale Series, No.8, Urashima, the Fisher-boy* (English Version), translated by B. H. Chamberlain, Hasegawa Takejiro, 1886, pp. 3-4.〕

チェンバレンの「浦島太郎」は、巖谷小波〔↓256頁〕以降の「浦島太郎」の基調となり、明治三十年代になると「浦島太郎」は国定教科書の教材となり、動物愛護・弱者救済的な教訓譚《たん》として定着する。[64] この意味でも「ちりめん本」が明治以降の「浦島」解釈に及ぼした影響力の大きさを軽視することはできない。しかし、ハーンは「浦島」から一切の教訓性を排除するのだ。

そしてハーンの「浦島」の中で何よりも注目すべきなのは、海中に住まう異類《いるい》（＝神格）の名称である。ハーンは、「龍神」Dragon God以外に、「海神」Sea Godと、「龍王」Dragon Kingを併用している。「海神」は『万葉集』の翻訳から入ったアストンやチェンバレンの「浦島」の英訳で統一的に用いられている呼称で、「わだつみの神」の訳語としてとらえれば容易に納得がいく。また「龍王」については、古代には「とこよのくに」と呼ばれ、中国神仙譚《しんせんたん》風に「蓬萊《ほうらい》」と呼びならわされてきた海中の王国が、しだいに仏教の影響下で「龍宮《りゅうぐう》」と呼ばれるに至った中世期以降の「浦島」に即した表現としては、ごく自然な呼び名である。「女人成仏《にょにんじょうぶつ》」の伝説として『法華経《ほけきょう》』の「龍女」の物語に深い関心を示していた▼65ハーンが、その知識を「浦島」の中で応用したと考えることも可能だ。

それでは「龍神」とは何か。ここでは、ハーンが「海神」のイメージに、さらに「龍神」信仰

63――「キツネは元は稲荷のお使い姫に過ぎなかった〔…〕今でもカメが金毘羅のお使い姫であるように、またシカが春日大神のお使いであるように、あるいはネズミが大黒天の、タイが恵比寿の、白蛇が弁天の、ムカデが戦の神である毘沙門のお使い姫であるように」という『グリンプシズ』〔↓27頁〕所収の「キツネ」の中の分析を、小泉凡は「日本では中世にミサキガミ信仰が流布し、その残存ともいうべき習俗が散見できるという事実は、今でこそ周知であるが、日本に来てまもない外国人がこの点を指摘し得たことは驚くべきことかもしれない」〔前掲『民俗学者・小泉八雲――日本時代の活動から』、一一七－八頁〕。

64――三浦佑之『浦島太郎の文学史』〔五柳書院、一九八九〕は、古代の「浦島」説話についての分析にもすぐれているが、明治以降の「浦島」受容に関しても先駆的な研究である。

の要素をからめあわせた意図をさぐっておこう。

「龍神」信仰は日本各地に分布するが、中国では、龍は鳳凰《おおとり》や麒麟《きりん》や亀とともに霊獣として知られ、龍は、一般に雲をおこし、雨を呼ぶ神だと言われる。日本の「浦島」の中で、雲をともなって「女」があらわれ、玉手箱の中身についてもまたそれが「雲」であったと明示しているのは、神仙思想の影響が強い古代期の「浦島」だけだ。ところが、ハーンはまさにこの「雲」に着目しながら「浦島」の再話を試みる。三角《みすみ》から熊本に向かう道中、雲仙普賢岳《うんぜんふげんだけ》を一望に見渡せる有明海《ありあけかい》の上空には、雲ひとつない土用の日の青空が広がっていたからである。

「夏の日の夢」のクライマックスのひとつは、高鳴る雨乞い太鼓の音の中へ人力車を突入させていく、次のような箇所に見ることができる。


暑さはたいへんなものだった。あとで知ったが、華氏《かし》百度は優に越えていた。遠くでは炎暑そのものの鼓動のように、大きな雨乞い太鼓の音が間断《かんだん》なく響いていた。そしてわたしは龍宮の乙姫のことを思った。〔VII: 23〕

明治二十六年は九州一円が旱魃《かんばつ》にみまわれ、各地での雨乞い行事にも力がはいっていたらしい。雨乞いの風習は、地方によって多少形態は異なるが、祈願の対象は一般に「龍神」とされ、「龍宮訪問譚《たん》」のひとつ甲賀三郎《こうがさぶろう》伝説で有名な諏訪《すわ》地方には、蛇の御神体《ごしんたい》を川に流して降雨を祈願するという風習が長く伝わっているほどだ。諸神混淆《シンクレティスム》を特徴とする日本の民間信仰の中で

「龍宮訪問譚」と「龍神信仰」が風俗の上で交錯することも稀《まれ》ではなく、ハーンの直接の弟子ではないが、ハーンの衣鉢《いはつ》を継ぐかたちで九州の民間信仰の研究の分野に踏み込んだ丸山學〔↓250頁〕は、熊本地方の「龍神」信仰について、こんなふうに述べている。

竜神は海岸では海の神であり、内陸の方では水の神の性格を持っている。この二つが別のものではないことは、たしかである。激しく気味の悪い大蛇の形をとる中国の「竜」と結びつく前に、日本人が本来持っていた水の神の姿は、たとえば浦島伝説に見られるようなやさしい女性であったのではないかと思う。日本の古典(『古事記』や『日本書紀』)では、竜は豊玉姫の化身ということになっている。日本の伝説では池や淵のヌシが人間の姿をとって現れる場合には、美しい女性の姿をとることが多いのも周知の通りである。

〔『丸山学選集／民俗編』古川書房、一九七六、三二二頁〕

「浦島」再話の中に「龍神」の名を登場させることは、そもそも臨海漁撈《ぎょろう》民の信仰対象であった「海神」信仰に、内陸農耕民の「水神」信仰を重ね合わせる習合《しゅうごう》現象を「浦島」のテクスト内

65――『東の国から』所収の「永遠に女性的なもの」のなかで「仏教にしても、西洋の修道士中心のキリスト教よりも、心霊的に低い位置に女性を追いやったという非難はあたらない」とするときの根拠に、『法華経』から「龍女」伝説の英訳を引いている〔V-83〕。

部にも取り入れることを意味する。はたしてハーンがそこまで意図したうえで「夏の日の夢」を書いたのかどうか、確証はない。しかし、仮にそれが単なる偶然であった可能性も残しておくとして、「浦島」の再話と雨乞い太鼓の記述を並列することで成り立っている「夏の日の夢」というテクストを、日本の民間信仰の多元性を総合する試みとして恣意《しい》的に読む権利がわれわれにはある。

丸山學が敬意をこめて語ったようにハーンは「フォークロリスト」(『小泉八雲新考』講談社学術文庫、一九九六、一六四－一九二頁)であるにはあった。しかし、非常に中途半端な形でそうであったにすぎないこともまた確かである。ハーンの日本紀行の中には、日本の民間伝承に関する卓抜な洞察が散見される。しかし、それはあくまでも印象記もしくは再話の形をとってカムフラージュがほどこされている。従って、未整理な日本研究の断片が、文学趣味の勝ちすぎた想像力によってパッチワーク的に並置されているという印象がどうしても否めない。

しかし、この中途半端さにハーンの最大の特徴が見出せると結論づけるのは、皮肉っぽすぎるだろうか。「夏の日の夢」ひとつを取ってみても、それはまるで万華鏡のように次から次へとくり出される洞察の羅列《られつ》に魅力がある。「浦島」再話に含まれた複雑な含意を見るにつけても、ハーンがいかに欲張りな作家であったかが見て取れる。

世紀末の女 Femme Fatale

ところが、そのあとは何も釣れませんでした。その日はとても暑く、海も風もすべては音ひとつない静けさでした。どっと眠気に襲われた浦島は、ただよう舟の中で眠りこんでしまいました。

そのとき、まどろむような海中からすっくと美しい娘が立ち上がったのです。〔…〕深紅と青の衣装をまとい、長い黒髪を背中から足首まで垂らして、千四百年前のお姫様そのままでした。娘は海上を滑るようにして、まるで風のごとく近づき、舟の中で眠りこくっている少年の枕元に立ち、やさしく揺り起こしたのです。〔VII: 8〕

ハーンは、作家である以前に、十九世紀後半の西洋文学の流行にきわめて敏感な文学通であった。その知識の全容は、東京帝國大学での講義内容の幅広さからうかがえるが、それは合衆国時代に文芸コラムの執筆やフランス文学の翻訳にたずさわる中で身につけた教養に負うところが大きかった。来日以前のハーンの大きな仕事のひとつには、フランスの作家テオフィル・ゴーチェの英訳作品集『クレオパトラの夜』（一八八三）もある〔↓245頁〕。

この翻訳は評判もよく、幾度も版を重ね、彼の代表的な翻訳作品とされるに至った。しかも

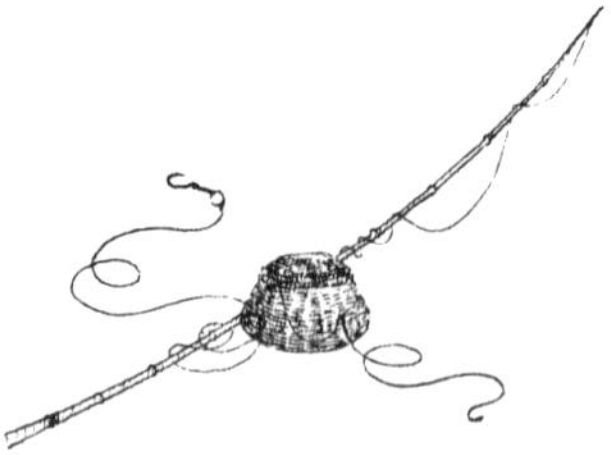

「晩飯にするなら亀を食うより魚を食った方がましだ。まだ九百九十九年生きられる亀を殺してかわいそうな目に遭わせてもしかたがない。そんなかわいそうなことができるものか。」

舟で眠りこんでいる
浦島のところへ
一人の女があらわれる

あの亀は
わたくしだったのです
そして父は海神です
…… 舟を漕ぐ二人

浦島が龍宮から
村へ戻ると……
兄弟もその孫たちも
とっくに死んでいた

図版出典
チェンバレンによる英訳「浦島」（ちりめん本）
The Fisher-boy Urashima, Translated by Basil Hall Chamberlain, 1886（The Internet Archiveより）

この翻訳はハーンの文学技法の確立にも大きく貢献したと考えられ、のちの再話作品の中にもゴーチエ作品の技巧は隠し味的に用いられている。短編のひとつ「アリア・マルチェラ」Arria Marcellaは、古代都市ポンペイ滅亡の犠牲者であった遊女が十九世紀の観光客の夢想の中に忍びこみ、その男とのあいだにかりそめの愛を交わす恋の物語で、古代回帰とエロチシズムの融合という点において、「浦島」の再話（および「夏の日の夢」全体）の主題とも密接に関わる。

「おしどり」におけるフローベールの影響を指摘しながら、平川祐弘氏が指摘しているように、「ハーンの再話は日本の伝説や民話の単なる翻訳ではなかった〔…〕そしてその中には〔…〕原作の日本女性を西洋化することをあえてした再話も含まれていた」のである〔『破られた友情』新潮社、一九八七、一三四頁〕。

ハーンの再話を検討する際に、日本の物語を彼がいかに「西洋化」したかという問いを立てないわけにはいかない。ここでは、こうしたハーン再話の比較文学的な影響関係をめぐって、一点についてだけ指摘しておきたい。

ハーンは、長崎旅行のあと一カ月以内に「夏の日の夢」を完成させており、しかも執筆にかかる前に、チェンバレン宛ての書簡の中で、いわゆる筆ならしをおこなっている。次は、その長文の書簡からである。

二十日の朝、ひとりで熊本を発ち、百貫《ひゃっかん》経由で長崎への旅に出ました。熊本から百貫まではは人力車で一時間半ほど、稲田の海の中のみすぼらしい田舎村が百貫です。村人は純朴です。〔…〕そこからはしけに乗って汽船に向かいました。その舟は鼻がこぼれ、入江を出ると、あのコールリッジの詩の中に描かれた静寂《せいじゃく》の海にも似た海を四里の沖まで身をくねらせながら進みました。じつに退屈でした。[▼66]　〔XVI: 3〕

「夏の日の夢」では長崎行きの往路《おうろ》に関する一切が省かれ、このエピソードそのものもほとんど痕跡《こんせき》をとどめてはいないが、長崎行きの連絡船の到着を待つあいだに経験した有明海の静けさは「夏の日の夢」全体の基調として取り入れられ、「浦島」再話の舞台づくりに「コールリッジの詩の中に描かれた静寂の海」は効果的に用いられることになった。

「コールリッジの詩」とは、この英国詩人がワーズワースとともに発表した『抒情《じょじょう》バラッド集』の中の「老水夫行《ろうすいふこう》」The Rime of the Ancient Marinerをさす。これは英国ロマン派を代表する詩のひとつであるばかりか、十九世紀後半の耽美《たんび》主義を先取りしたグロテスクなイメージ性によっても知られる名詩である。一羽の信天翁《あほうどり》を射殺したばかりに呪われた水夫たち一行は、大海をあてもなく漂流することになる。

66――　この一八九三年七月二十二日付書簡〔XVI-3～10〕は、仙北谷晃一の前掲『人生の教師ラフカディオ・ハーン』に全文が訳出されている〔二三一－二三九頁〕。氏の論文「ハーンと浦島伝説」からは、本論を構想するうえで、多くのことを教えられた。

Day after day, day after day,
We struck, nor breath nor motion;
As idle as a painted ship
Upon a painted ocean.

(*The Portable Coleridge*, Penguin Book, 1977, p. 85)

来る日も来る日も
風もなく、動きもなく、はりついて
画にかいた船が、画にかいた海に
あるように所在《しょざい》なく

〔一一五―一一八〕

「静寂の海」とは、要するに呪われた存在を途方に暮れさせる海であり、浦島がうっかりと小舟の中で眠り呆《ほう》けた結果、異界の女性と出逢うことになるあの海である。そんなある日、海の向こうに船影があらわれ、一人の妖女が「死神」Deathと二人で骰子《サイコロ》を転がしながら人間の運命を占っている様子が明らかになる。

Alas! (thought I, and my heart beat loud)
How fast she nears and nears!
And those her sails that glance in the Sun
Like restless gossamers?

〔*op. cit.*, p. 88〕

なんということだ（心臓が高鳴った）
彼女はぐんぐん近づいてくる
帆布《はんぷ》は太陽を浴びて輝き
ひらめく薄布《うすぬの》のようだ

〔一八一―一八四頁〕

ここに書かれている「彼女」とは、字面《じづら》では「船」をさす（英語では船を女性としてあらわす）が、タナトスと対になったエロスの予感は、早くも濃厚にたちこめている。

Her lips were red, her looks were free,
Her locks were yellow as gold :
Her skin was as white as leprosy,
The Night-mare LIFE-IN-DEATH was she,
Who thicks man's blood with cold. 〔*ibid.*〕

彼女の唇は赤く、眼差《まなざし》はみだらで、
髪の房《ふさ》は金のように黄色い
肌は癩《らい》病病みのように白い
女は男の体の血を凍りつかせる
「死の中の生」という悪夢だ〔一九〇－一九四頁〕

「水面上を滑《すべ》るようにやって来る女」のイメージ、あるいは「男の血を凍《い》てつかせる女」のイメージは、「おしどり」や「雪おんな」のエロチシズムを支える主旋律《しゅせんりつ》としてハーンの晩年の作品へと受け継がれる。

女をながめているだけで、浦島はますます不思議な気分になりました。その美しさはとても人間とは思えないほどで、愛情を抱かずにはいられませんでした。そして女が櫂を握り、少年がもう一本を握って、二人を乗せた船は沖へと漕《こ》ぎ出していきました。〔VII: 9〕

この部分と「ちりめん本」のチェンバレン訳とを試しにくらべてみよう。

そこで浦島は櫂を握り、海神の娘も櫂をとって、二人は漕ぎ出しました。〔*op. cit.*, p. 9〕

チェンバレンの再話は、子ども向けということもあってか禁欲的な処置がなされ、浦島と乙姫の関わりそのものもいかにも淡白に扱われているが、それに対して、ハーンの描く女性には、浦島を完全に受身の存在に変えてしまう能動性が顕著《けんちょ》である。二本の櫂《かい》を前にして、ハーンは浦島と乙姫の動き出す順番を故意に入れ替えたと考えるしかないからである。獣性と聖性をあわせ持った上位の世界からの来訪者を前にして、地上民のひとりとしてひたすら受動的であるしかない浦島。世紀末的な西洋の美学を手がかりにしながらハーンが日本の民間信仰の中にさぐりあてたのは、アニミズム的な女性崇拝の側面であった。裏を返せば、ハーンは、日本の異教的な信仰の中に世紀末的な美学に奉仕しうるエキゾチックな主題を悦《よろこ》びとともに見出し、それを英文による文学的創造の中に生かそうとしたのである。ハーンの再話は英語でなされているというだけでなく、内容的に見ても西洋的である。

南方憧憬

二人の漕ぐ舟は青い静かな海を、滑るようにぐんぐん南に向けて進んで行きました。そして二人は常夏《とこなつ》の島に着いたのです。そこが龍宮城でした。

〔VII: 9〕

元来、浦島が訪問した海中世界はかならずしも南方にあるとは限らなかった。中国の神仙思想で、「蓬萊《ほうらい》」は渤海《ぼっかい》湾にあると言われ、古代の漢文脈の「浦島」が丹後国《たんごのくに》の物語としているのは、このことを地理的にふまえたものであった。「どこにもない理想郷」である「龍宮」は、歴史方位を越えた時空に横たわり、具体的な方位によっては示しえない世界だとみなされてきたのである。

ところがハーンは、龍宮と日本の位置関係を南北軸に沿ってとらえることを、まるで既定の方針であるかのように受け入れている。ギリシャ生まれで、アメリカ時代には西インド諸島で二年近くを過ごした経験のあるハーンは、日本にいるあいだにも再三再四、南方への憧れを私信の中にもらした。▼67

そして、ハーンの南方好きは、さらに「南北問題」というときに言うような歴史的な意味における「南」に対する関心の形をまといさえした。マルチニーク時代に書き上げた小説『リス』*Lys* は、南方での暮らしに慣れ親しんだ人間が、北の文明国に渡ったために激しい郷愁《きょうしゅう》にかられる物語であったほどだ。針路を北にとって帰郷を果たした浦島が味わうことになる絶望感についても、ハーンはすでにそれに心から共感できるだけの人間観察を行なっていたのである。

67――『ラフカディオ・ハーン再考』（熊本大学小泉八雲研究会編、恒文社、一九九三）所収の拙稿「マニラ行きの夢」を参照〔一七九－一九四頁〕。一八九八年フィリピン独立戦争への干渉にふみきった米軍の作戦行動に、ハーンは友人マクドナルドを通じて好奇心をかきたてられていた。

十九世紀最後の十年に突入していたこの時代、「南」という場所は、もはや歴史と無関係な無時間的な楽園ではありえない時代を迎えていた。これはひとえに大航海時代以降の植民地主義の結果であり、いわゆる帝国主義による世界の分割が完了しようとしている時代だったからである。文明国の人間が、いかにエキゾチシズムにとりつかれ、南方と関わりを求めようと、それしきでは、「北による南の支配」に歯止めをかける力にはなりえなかった。

ハーンの「浦島」再話よりも多少遅れる形ではあるが、明治期を代表する作家たちは、「浦島」を素材にさまざまな角度から、改作翻案《ほんあん》を試みている。そのうちのひとり島崎藤村《しまざきとうそん》は、連作詩「海草」(『落梅集』所収)の中で、「詩人=遊子」が海辺で乙姫と出逢う「人魚姫」さながらの近代的「浦島」を創造している。

浦島の子とぞいふなる　遊ぶべく海邊《うみべ》に出でて
釣《つり》すべく岩に上りて　長き日を絲垂《いとた》れ暮す

流れ藻《も》の青き葉蔭に　隠れ寄る魚かとばかり
手を延べて水を出でたる　うらわかき處女《をとめ》のひとり

名のれ名のれ奇《く》しき處女よ　わだつみに住める處女よ
思ひきや水の中にも　黒髪の魚のありとは

かの處女嘆《なげ》きて言へる　われはこれ潮《うしお》の兒《こ》なり
わだつみの神のむすめの　乙姫といふはわがこと
龍《たつ》の宮荒れなば荒れね　捨てて来て海へは入らじ
あゝ君の胸にのみこそ　けふよりは住むべかりけれ

〔『島崎藤村全集』第二巻、新潮社、一九四九、三一八頁〕

また、森鷗外〔↓106頁〕が明治三十五年に書き上げた歌舞伎と楽劇の折衷作「玉篋兩浦嶼《たまくしげふたりうらしま》」の中には、こんな浦島の台詞《せりふ》も見られる。

ここのみやゐの　しづけさは／えだをならさん　風だになく／ひでりもせねば　あめもふらず／いとめでたしとは　おもへども／たえまなく咲く　湯津《ゆず》桂の／はなのかをりに息つきて／沍《ゐ》てずぬるまぬ　ゐのみづに／ひびにのんどを　うるほさんは／たひらかなるにも　やすきにも／ほどもこそあれ

〔『鷗外全集』第三巻、岩波書店、一九七二、一八五頁〕

日本では、龍宮的なユートピア世界を地上世界の上位に置く価値観の転倒とともに近代が成立した。南方世界の荒廃と停滞は、近代国家日本に属する作家・詩人たちの眼に、もはや理想郷としてのイメージをもたらさず、性的な欲望充足を約束する「女護ヶ島《にょごがしま》」にも等しい夢想郷として理解されている。そして、こうした近代日本の意識変革とともに、西洋人の眼に映る日本観そのものもまた変容をとげようとしていたのが、明治の日本なのである。

ハーンがどれだけ日本の農村・漁村を「蓬萊《ほうらい》」になぞらえようと、それもまた歴史の不可逆的な進歩に逆らう想像力のあがきにすぎないことは明白だった。西洋人ハーンの眼に、はじめは楽園的属性をそなえるように映っていた日本も、まさにハーンの眼の前で、たった十四年のあいだにも急速な近代化を遂げ、極東の覇者たらんとして、西洋列強と張り合い、帝国主義的な侵略をたくらんでいた。日本は、「蓬萊」でありつづけるどころか、日本の南方にそれを見出し、しかもその「蓬萊」世界に土足であがりこむような真似をしでかす国へと変貌《へんぼう》を遂げようとしていたのだ。

要するに、ハーンにとって、明治期の日本とは「南と北」の中間に位置し、「南北問題」というときの意味における「南」から「北」へと移行する過渡期にある国であった。その日本から「南」に針路を向けて旅立った浦島は、長崎の西洋風ホテルから三角《みすみ》の浦島屋に向かって逃避したハーンと同じく、近代文明からの逃避を夢見た男であり、ヴェスヴィオ火山の熔岩がのみこんでしまった古代都市ポンペイへの追憶の旅を通して、古代女性とめぐり逢った十九世紀人にもなぞらえうる夢想家であった。しかも、その夢から覚め、ふたたび「北」へと生還した浦島は、もはや故郷の変貌した姿に絶望を感じるしかなく、文明の重みにおしつぶされるようにして無残な死を迎えるのである。しかもそれはこともあろうに「凍死」なのであった。

最後にハーンによる「浦島」の再話から末尾のみ引いて、分析を終えよう。

次の瞬間、浦島はすっかり姿を変えていました。冷気が全身の血を凍らせ、歯は抜けおち、顔は皺《しわ》でおおわれ、髪の毛は雪のような真っ白になって、手足から生気が失せ、潮が引くように全身の力が抜けていったのです。砂浜に骸《むくろ》となって身を横たえた浦島は、すなわち四百回分の冬の重みに圧しつぶされたのでした。〔VII: 10〕

こうして見ると「夏の日の夢」とは文明批評家ハーンが試みた西洋世紀末芸術の総決算のような作品であったことがわかる。そして、それは文明の極北に到達した西洋の読者ばかりか、その極をめざして歴史的生存競争の中で悪あがきをはじめた明治日本の読者にとっても、ひとごとではすまされない警告を含んだ文明論的エッセイだったのである。

玉手箱を開けてしまう……
髪は雪のように真っ白に
顔はしわくちゃに

図版出典
チェンバレンによる英訳「浦島」（ちりめん本）
The Fisher-boy Urashima, Translated by Basil Hall Chamberlain, 1886.
（The Internet Archiveより）

ハーンと世紀末

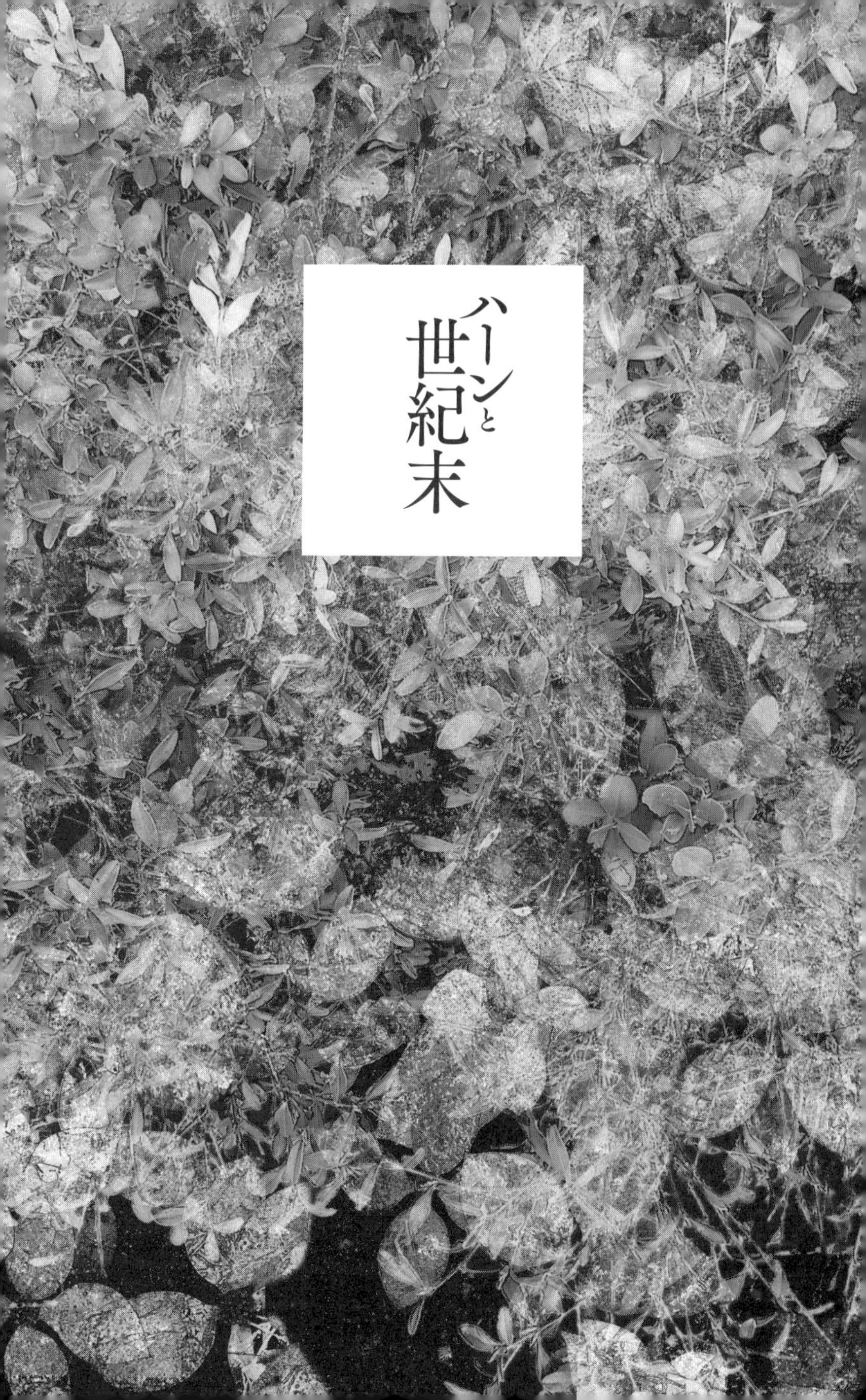

ラフカディオ・ハーンの世紀末

黄禍論を越えて

LAFCADIO HEARN

あなたがた／彼ら

ハーンは、西洋の十九世紀末と日本の十九世紀末を二重に生きた越境者のひとりとして興味深い。これに対して、一八八〇年代にドイツで四年間を送った森林太郎《もりりんたろう》（鷗外）は、ドイツに高まりつつあった「黄禍《こうか》論」的イデオロギーとまともにぶつかりあい、「彼ら」（＝西洋人）の中で「わたしたち」（＝日本人）を擁護《ようご》すべく論陣を張ったし、十九世紀最後の年の秋、英国での留学生活を始めた夏目金之助《なつめきんのすけ》（漱石）は、みずからを「五百万粒の油の中の一滴の水」（漱石全集）としてとらえ、「水と油」の不親和性をいとも簡潔に「不愉快」と名指して、陰鬱《いんうつ》な独身生活に苦しんだ後、「不愉快」なことでは何ら変わりのない日本に戻ってくる。彼らはそれぞれ明治の日本人越境者として、すぐれて「インデペンデント」な才能たちではあったが、ハーンと彼らのあいだを隔《へだ》てていたものは想像以上に大きい。その差は、彼らがそもそも西洋に生まれたかアジアに生まれたかというような差、西洋の言語で書いたかアジアの言語で書いたかの差にとどまらず、より決定的な差を内包していた。

あらかじめ結論を先まわりしてしまえば、ハーンは基本として「あなたがた」(=西洋の読者)のために「彼ら」(=日本人)の風俗を描くことをみずからに課した。その操作の中で、ハーンという「わたし」はあくまでも媒介者に徹するよりほかなく、彼はみずからの「わたし」が際立つことをおそれながら、「あなたがた」が「彼ら」の何にどういらだとうと、「あなたがた」が「彼ら」にいかなる幻想をいだこうと、そこには直接関与しないニュートラルなスタンスを装うことで、匿名《とくめい》的な「わたし」の影武者性を演じつづけた存在なのである。

前世紀末といえば、要するに百年前、第二次世界大戦終結という折り返し点をはさんで五十年を二度遡《さかのぼ》った昔のことがらになる。ということは今世紀末から前世紀末をふりかえるものは、あのファシズム戦争、あの植民地主義戦争、あのホロコースト戦争の経験を度外視しては何も語ることができない。東アジアからヨーロッパまでの広大な領域を戦争がかけぬけたこの百年間を考えるときに、約百年前に日本軍の大勝利に終わった戦争の前後をふりかえるに越したことはないだろう。じつはこの時代は、まさにハーンが次から次へと英文の日本論を西洋世界に問い、英語圏ばかりでなく、それ以外の西洋諸語へも翻訳紹介されて、西洋人の日本イメージに大きな影響力を及ぼした時代だった。おそらくこれは偶然というよりも、むしろこの時代の符合がなければ、ハーンは十分にはハーンとは言えなかった。

ここでは日清戦争前後のハーンの日本論をとりあげながら、日本と西洋のふたつの世紀末について考えてみたい。

ジャーナリスト／フォークロリスト

まずは『東の国から』に収録された「願望成就」A Wish Fulfilledからである。

市街地は白の軍服にあふれ、進軍喇叭《らっぱ》が耳をつんざき、砲兵隊の通過する音がとどろいた。日本の軍隊が朝鮮《コリア》を制圧したのは、これで有史以来三度目である。清国《チャイナ》に対する宣戦の詔勅《しょうちょく》は深紅《しんく》の用紙に刷られ、土地の新聞各社を通じて配布された。帝国の軍隊は総動員体制に入った。予備役《よびえき》にも第一グループに召集がかかり、つぎつぎに部隊が熊本に集結しつつあった。通過する大軍を宿泊させるのに兵舎と旅館と寺院だけでは間に合わず、何千人もが民家に割りふられた。特別列車が北の下関に待機する輸送船まで兵士たちの緊急輸送にあたっていたが、それでも受け皿にことかいた。〔VII: 215〕

日清戦争開戦直後の日本の風俗を観察するのに、当時、熊本第五高等学校のポストについていたハーンは、絶好のポジションにあった。西南戦争後、第六師団〔↓87頁〕の駐屯地として栄えたばかりか、日本のアジア侵略の歴史的シンボルとも言える加藤清正《かとうきよまさ》〔↓87頁〕に対する神格

化が風土として定着した熊本は、日本の武装化を支えた民間信仰の観察にも適した選ばれた都市であったからだ。▼68

開戦から一カ月後、熊本には京都から本願寺門跡《もんぜき》がよばれ、幾万もの出征兵士に帰教式《ききょうしき》（儀礼的な剃髪《ていはつ》）がほどこされることになり、明治初期の廃仏毀釈《はいぶつきしゃく》運動以降、冷遇《れいぐう》されてきた仏教界にふたたび日があたるようになる。きらに、ハーンの関心は熊本の市民や兵士などのあいだに広まった不思議な噂へと向かっていく。ルポルタージュ作家としての仕事をこえて、日本人（＝彼ら）の「こころ」を見つめようとしていたハーンが巷《ちまた》の噂に対してかなりの注意を払ったとしても不思議ではない。

> 清正の鎧《よろい》と兜《かぶと》は、三百年間、ずっと本殿《ほんでん》に安置されてきたのだが、このところ、その姿が見えないという、軍の士気を高めるためにだれかが朝鮮《コリア》に送り届けたというものもあれば、夜になると寺の境内《けいだい》に蹄《ひづめ》の音がなりわたり、長い眠りの塵埃《じんあい》の中から巨大な人影が立ち上がって、「天の子」の軍隊にいま一度征服の夢を叶えさせようと、通り過ぎていったと作り話を話すものもいた。〔同前〕

世紀末西洋の「黄禍論」の背景には、日本や清国で近代化に付随して台頭した反植民地主義的な排外主義や、急速な武装大国化という、同時代の動向に対する西洋諸国なりの政治的な状況判断があった。日本滞在中のハーンには、そういった西洋人のアジア観に、より正確なアジ

68―― 日清戦争を近代日本最初の「総力戦」とみなす論調は、今日の日本ではめずらしいものではなくなったが、その「総力戦」性を身近な地点からつぶさに記述した文章として、「願望成就」は卓越したルポルタージュであったと言える。参考のために、以下にさわりの一部を引いておく。

「出陣前のあわただしい中でも、ひとびとは奇妙なくらい冷静沈着であった。外見から市中の雰囲気をうかがい知ることは、余所者にはむずかしい。公共の場での水を打ったような静けさは、日本ならではの特徴で、日本人ひとりひとりがそうであるように、この種族は、深く沈潜した感情を抱けば抱いただけ、うわべは自制的に映るのである。日本の皇帝は、朝鮮《コリア》駐留の自軍に物資を贈り、家父長的愛情に満ちたことばを送った。一般市民もこれに倣い、米のワイン《さけ》や食糧、くだもの、珍味、煙草など、差し入れの品を送った。輸送船はそうした物費で満載だった。高価なものに手のでないものも草鞋を送った。ひとびとは軍資金の足しにと国を挙げて募金活動に応じた。熊本は決して裕福な町ではなかったが、忠国の誠意をあかすためになら、貧富のへだてなく町ぐるみでなしうることのすべてを行った。商人が拠出した小切手は、職人の懐から取り出された紙幣や、労働者の銀貨や、車屋の銅貨とともに、だれにも見えない暗がりの中で混ざりあった。だれに命じられたわけでもない、自己緊縮の精神によって結ばれた兄弟関係の和の中で。おとなばかりではなく、子どもたちさえもが施しを与えた。なんともいじらしい光景だが、義援金の醵出を拒むものはいなかった。愛国精神の発露を意欲の上で殺ぐことがあってはならなかった。しかし、それでも、予備役の出征兵士を送り出した家族を救援するための寄付が、町内ごとに、別途募られた。予備役の兵士には妻帯者が多く、もともと倹約な暮らしをしていたところに、いきなり召集がかかり、食い扶持のないまま妻子を残していかなければならなかったからである。となれば、市民はみずから動き出すしかなく、ひとびとは神妙に寄付に応じたのである。」

なお、「願望成就」の拙訳は「悲願達成」の題で『光は東方より』（平川祐弘編、講談社学術文庫、一九九九）に収録されている。ハーンと教え子との英語を介しての会話を訳するにあたって、ハーンが教え子の「日本人英語」〔↓160頁〕に過剰な添削を加えていないことを読み取れる訳文を心掛けたつもりである。

ア理解を促す最前線からの情報提供者としての使命が課されていた。

ところが、ハーンの日本論は、単なる軍事評論家の状況分析から、日本人の死生観・戦争観にまでふみこむ新境地をねらうものであった。これは、文献資料中心の日本研究に偏《かたよ》りがちであったチェンバレンやアストン、さらにはフェノロサらの日本研究と比べた、ハーンの日本論の特徴として強調すべきところである。日本研究と軍事評論のあいだに境を設けない、その高度にジャーナリスティックで、ルース・ベネディクトを先取りしたような姿勢にこそ、熊本から神戸時代にかけてのハーンの最大の特徴があった。

そして、ハーンが単なる戦況報告や分析的な軍事評論から始めて、戦時下にある「彼ら」の内面の観察に向かえば向かっただけ、その日本論は、加藤清正の亡霊という超自然的な存在をまきこんでまで、大陸に攻めこむ霊的な日本軍という幻想的な像を西洋に定着させる皮肉な役割を演じることになるのである。

黄禍論的な西洋が恐れた「増殖するアジア」は、死者をまで戦場に動員する、きわめてスピリチュアルな死生観に裏打ちされたアジア国家の亡霊的なイメージそのものであった。

日本論／戦争論

熊本で日本軍兵士の出征を見送ったハーンは、翌年、こんどは神戸で凱旋《がいせん》する日本軍兵士を迎える〔↓142頁〕。「戦後」〔↓142頁〕は、「願望成就」の続編ともいえる神戸時代の作品だが、そこでは、その後の五十年間、日本の軍国主義を支えることになるその独特の死生観がとりあげられ、いっそう予言的な不吉さを含んだ作品となっている。

しかし、皇紀二千五百五十五年のこの春の日の鯉のぼりは、ただ世間の親たちの希望を象徴《しょうちょう》するというよりも、大きな戦勝によって再生した日本国民の信念を象徴するものとして見た方がよいだろう。帝国日本の軍事的復活、新日本の誕生は、じつに、こんどの清国に対する勝利から始まったからである。〔VII: 332〕

植民地獲得競争にいきづまりが見えはじめ、間もなく米西戦争やボーア戦争によって、破局の始まりが現実に見えはじめる西洋の前世紀末の思潮が、終末論的な悲観論を内に含んでいたことは知られている。そして、これとはまさに裏腹の現象として、日本の世紀末はきわめて楽観主義的なナショナリズム幻想によって彩られていった。下関《しものせき》条約締結（一八九五）後に、西洋列強と日本の利害と野心が対立した三国干渉は、ふたつの世紀末の衝突にほかならなかった。そして、衝突ということで言えば、「増殖するアジア」の脅威を計測する軍事評論家にも近い使命を帯びながら、同時に、世界通のひとりとして「西洋植民地主義」の悪習と弊害《へいがい》を批判する文明批評家としての位置をも買ってでたハーンは、じつにこのふたつの世紀末のはざまにあったのである。

ハーンのこの二重のスタンスは、「あなたがた」（＝西洋人）に対して彼ら（＝アジア人）の真実を伝えながら、同時に、「あなたがた」の自己中心的な世界観に反省と修正を強いようとしたハーンの位置そのものであった。ハーンが「あなたがた」の「彼ら」に対する世紀末的な幻想に異議を呈し、修正を加えようとすればするほど、彼はかえってその幻想と偏見を増大させることになる言説ばかりを書き送ることになった。

「西洋のかたは死んだものは帰らないとお思いでしょうが、わたしたちはちがいます。日本人はだれでも死ねばまた帰ってまいります。どこからだって帰りかたを知っているのです。清国からだろうが、朝鮮からだろうが、海の底からだろうが、戦死したものはみな帰ってまいりました。みんなはもうわたくしどもといっしょです。そして、日が暮れると、故郷へ呼び戻す喇叭《らっぱ》の音を聞きに集まってまいります。いまにまた天子様の軍隊がロシアと一戦を交えることになれば、そのときはやっぱりみんなして、あの喇叭の音を聞くのでございます。」〔VII: 346〕

群れはつねに増大をめざす。だれかの死を追悼《ついとう》する群れでさえも、その喪失感を埋め合わせるために、結束を強化することで、増殖を夢見る。それどころか生者の群《む》れから死者の群れへと移行したひとりは、死者たちの群れを増大させるための供犠として、群れ全体の中では祝福されるべきひとりでさえある。

じつはこの種の死生観は、今日の目からふりかえるなら、かならずしもアジアに固有の野蛮さとはいいきれない何かである。というのも二十世紀を通じて、戦争とは、まさに古代の遺物のような、この死生観をよりどころとしながら戦争肯定論をふりかざす事例を数多く含んでいるからである。

『群衆と権力』[69] Masse und Macht（一九六〇）で知られるエリアス・カネッティは、ヒトラーの反ユダヤ主義が、ワイマール共和国時代のインフレに悩まされつづけたドイツ国民の数字恐怖症と、すさまじい繁殖力を有する害虫・害獣に対する恐怖の合体のうえに成立したと説明する。旧約聖書の時代以来、長い過去をひきずりながら二十世紀の初頭においてもなお時代錯誤的な呪術性にしがみついているかに見えた東ヨーロッパ・ユダヤ人のおびただしさは、現実の数値をはるかに越えた数的脅威として、まさに一網打尽《いちもうだじん》に撲滅《ぼくめつ》すべき対象としてみなされるにいたった。黄禍論以降、現代的な形をとるようになった東方の異教徒に対するドイツ人の恐怖症は、ユダヤ人という隣人の中に、その増殖する現実を見出し、その脅威を数値を挙げながら説くことによってナショナリズムを強化したのである。

しかも、ドイツ第三帝国は、第一次世界大戦におけるドイツ軍戦死者の数をお題目《だいもく》のように

69――『群衆と権力』は、群衆と権力の発動様式を多面的に論じながら、戦争の力学をミクロ・レベルでとらえるためのヒントを与えてくれる刺激的な書物だ。参照部分を細かく記すことはしないが、死者と生者の間の権力関係については、至る箇所に言及がある。邦訳は法政大学出版局から岩田行一訳がある。

唱えながら、ヴェルサイユ体制に対する反発として、みずからの侵略行為を正当化する算術的戦術の面にもたけていた。[70] こうして第三帝国は、「増殖する非アーリア人」の脅威から身を守るために、「哀悼《あいとう》するドイツ国民」を「戦闘的なドイツ国民」へと改造し、みずからの増殖可能性に賭ける格好で第二次世界大戦の戦端《せんたん》を開くことになった。

生きている国民の古代的な宗教感情に訴えることによって死者をまで動員し、そうすることによって戦われる戦争には大きな利点がある。というのも、戦争は生者の中からかならず犠牲者を生み出すことになるだろう。しかし、戦争を生者と死者とが束になって攻めかかる幻想的な国民集団の総力戦としてとらえるかぎりにおいて、戦争は国民をひとりとしてそこなうことなしに、ただ生者と死者の配分に変更を強いるだけにとどまるはずだからだ。

はたして、このような想像の論理にしがみつくことによって遂行された戦争は、そうした幻想の力を過信しすぎた国家の大敗北に終わった。これらの国家は生者たちの戦争に破れたばかりか、あまりにも多くの生者を死者に変えたが故に、無数の浮かばれない亡霊を生み出して、その死者のおびただしさによっても完敗を喫《きっ》したからである。

日清戦争の戦後から、第二次世界大戦終結後の戦後にかけて、このふたつの戦後のあいだの五十年間をふり返りながら、いまハーンの「戦後」が予言的に見えるのは、そういった経緯が世界史を動かしてしまったという史実が頑《がん》としてそこにあるからだ。

わたしはべつに、こう書くことでハーンが戦争賛美に走ったと結論するつもりはない。ただ、世紀末の西洋人読者に向けて、日本論を展開することに成功したハーンの特異性は、まさに黄

70――「ナチズムの残虐と、それを容認しあるいは免罪する心性は、しばしば、悲しむ能力の欠如として、死者を想起し内面化する作業の回避として説明されてきた」ことを踏まえながらも、池田浩士《いけだひろし》氏は、「死者を哀悼し想起することこそは、ナチズムの文化表現にとってもっとも本質的なテーマのひとつだった」ことを、一九三三年四月一三日の復活祭の前の木曜日にドイツ全国にラジオドラマとして放送されたオイリンガーの『ドイツ受難劇・一九三三年』などを分析しながら、論文「死者たちとともに行進する」(『ファシズムの想像力』所収、人文書院、一九九七)の中で指摘している。このことは近代以降の「総力戦」の中でありとあらゆる国民がとりこまれていった「死者たちの動員」の物語の一例にすぎず、日本においては、いわゆる招魂祭《しょうこんさい》こそが、戊辰《ぼしん》戦争・西南戦争を経る中、「死者の動員」を国民の祭事として神道の枠組の中に制度化していく最も大きな手がかりになったことは異論の余地がない。

いうまでもなく現在の靖国神社(明治二年に東京招魂社として設立)は、この招魂祭を管轄《かんかつ》する神社として、各地の護国神社(各地の招魂社が昭和一四年にこの名に改称)とともに、いまなおその務めを果たしている。これは古来、八幡宮その他、逆賊の鎮魂を目的に勧請《かんじょう》された神道系神社とは、そもそも目的を異にする。いわゆる「無名戦士の墓」の日本版が、靖国神社系の護国神社群なのである。

熊本時代、第五高等中学校の外国人教師であったハーンは、五月はじめの招魂祭を見物し、背嚢《はいのう》を背負った生徒たちの姿を間近に見ている。平将門の鎮魂のため勧請された藤崎八幡宮から、その菩提寺の本妙寺に代わって加藤清正を祀《まつ》るべく、明治四年に独立した錦山神社(今日の加藤神社)を含め、招魂社まで、軍都熊本において、明治以降の神社が国家神道の歩みをそのままなぞる発展を見せたさまを、ハーンは、松江における神道の古代的残滓とはかなり異なるものとして観察していた。「願望成就」はこの意味でも、熊本時代のハーンを代表するエッセイだとみなせる。

なお図版は『九州日日新聞』に掲載された軍神祭の広告。

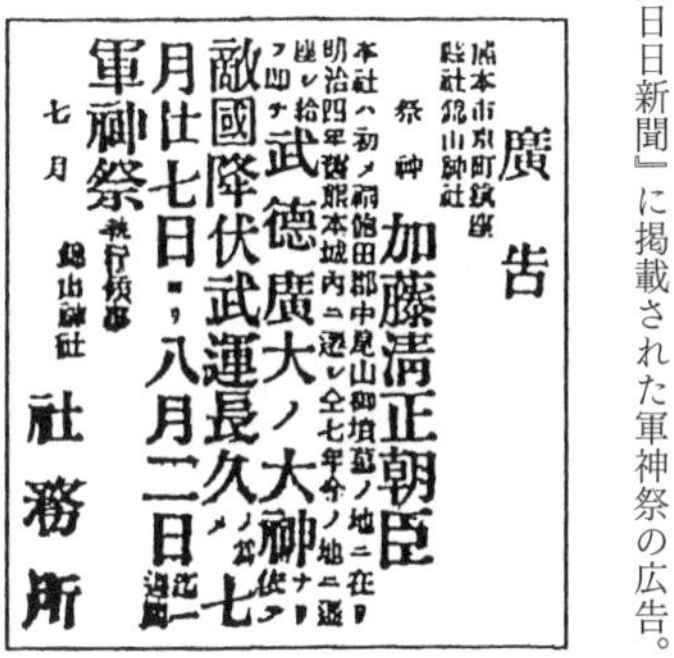

禍論や人種主義によって、終末論的な幻想を高めようとしていた西洋社会の中で、予言的な戦争論として機能しうる何かではなかったかと考えたいのである。

「彼ら」について書き続けることによって、「わたし」は「彼ら」に対する判断を「あなたがた」にゆだねるしかない。少なくとも、このオリエンタリズムのしくみを脱構築《だつこうちく》する戦略をともなわないかぎり、ハーン的言説は、そのまま「あなたがた」の「彼ら」に対する世紀末的な神話の増大に加担するしかなかったのだ。

わたしたちへ

ひょっとしたら、みずからの置かれた位置のこうした危うさに気づいてのことか。『神戸クロニクル』*Kobe Chronicle* の専属記者を辞して東京の帝國大学に移ったハーンは、ジャーナリスティックな仕事から意図して遠ざかるようになる。彼はもっぱら哀悼《あいとう》する日本人の祈りに耳を傾け、増殖する日本国民の幻想に古代性を見ることにだけ専念し、終末論的な予言者としての状況判断からは遠ざかるみぶりを装うのである。

東京に移ってからのハーンは、夏が来ると焼津《やいづ》へと保養に出かけたが、ちょうど灯籠流《とうろうなが》しのあった晩に、海の潮騒《しおざい》に耳を澄ましていたハーンは、その轟《とどろ》く音の中に「「日昇る国」から繰り出した広大無辺の〔…〕突撃突進」〔IX: 368 森亮訳〕を聴く。しかも、それは武装をほどこして攻めかかる群れの音のようでもあり、同時に、それは「水死者」の声のようにも聞こえたという〔↓115頁〕。

死んだ人たちの話し声が海のどよめきだという昔の人の信仰には少なからぬ真理が含まれている。実際、死んだ過去の人たちの恐れや苦しみが、海のどよめきの呼び覚ますさだかならぬ深い恐れの中で私たちに語りかけるのだ。
〔IX: 369〕

戦争とは「わたし」と「わたし」のあいだの戦いではない。それはまずは「私たち」と「彼ら」——言い換えれば「わたしたち」であろうとする国民と、もうひとつの「わたしたち」であろうとする国民とのあいだの戦いである。百年前のハーンは、まさにこの「わたしたち」と「わたしたち」のあいだにあって、その戦争状態の予感の中で、「彼ら」と「あなたがた」のあいだに立つ一個の「わたし」として書くことを選び取った作家であった。

しかも、そのハーンが「焼津にて」の中では、ついに「わたしたち」を用いることで、とうとう「彼ら」と「あなたがた」の区分を捨てようとしている。ここでのハーンは、もはや軍事評論家でも、日本研究者でもなく、古代的な恐怖に脅える、きわめてナイーヴな「わたし」として姿をあらわしている。この「わたし」はふたつの文明のあいだに引き裂かれた媒介者的な「わたし」の残骸《ざんがい》なのであり、この「焼津にて」の書かれた時期が、ハーンが英国籍を捨て、日本国籍を取得したばかりの時期であったことも、これには関係しているのかもしれない。

「生者の群れ」と「死者の群れ」のはざまで書くこと。「生者の群れ」と「死者の群れ」のあいだに引き裂かれながら生きてきた日本の民衆の伝統に依拠しながら、世界の読者一人ひとりに向かって書くこと。そのときハーンが念頭において書いた文章の宛先は、同じ〈you〉でも「あなたがた」ではなく、強いて言うなら「あなた」の一人ひとりである。

このときハーンははじめて「想像の共同体」〔ベネディクト・アンダーソン〕の外部で書くことを実践したと言ってもよいだろう。遺作《いさく》『日本――一つの解明』を書いたときの「わたし」よりもはるかに前方を歩きながら。

ふたつの文明、ふたつの世紀末のあいだで、ニュートラルな「わたし」としてあることの困難さ。しかし、その困難さの中にこそ「わたしたち」があらわれる重大な契機がひそんでいるのだということ。二十世紀末に、いまさらながら、わたしたちがハーンを読むことの意義のひとつはそのあたりにあるような気がする。

ハーンから宮澤賢治へ

「わたしたち」――ここは敢《あ》えて「わたしたち」と言わせてもらいたい――は、この百年間、ハーンの日本論を読みながら「彼ら」の中に「わたしたち」を見出すことにあまりにも慣らされてきた。『怪談』を読むときにさえ、「わたしたち」はその選ばれた読者であるかのような錯覚の中で、その中に「わたしたち」のあいだに受け継がれてきた伝承を聴き取り、読み取ってきたように思う。

しかし、たとえば「耳なし芳一」の中で、阿弥陀寺の和尚や寺男たちと平家の浮かばれない亡霊のあいだに置かれた芳一は、さらにその芳一の物語を語るハーンという十九世紀人は、あくまでも、「生者の群れ」と「死者の群れ」のあいだに引き裂かれたひとりの「わたし」にすぎないのだということを踏まえないかぎり、あの物語は誰の物語にもなりえない。その物語は、ある共同体にとっての「彼らの物語」もしくは「わたしたちの物語」なのではなく、心有る一人ひとりにとって「わたしの物語」でありうるか否かの瀬戸際に立つことに、みずからの価値を問い続ける、要するに、純粋に文学的な作品なのだ。

「カレワラ」から「タルムード」の伝説まで、フランス領西インド諸島の口承伝統から日本の民間伝承まで、ハーンは生涯を通じて、さまざまな地域の物語を「あなたの物語」として読むように促しつづけた。「彼ら」のあいだに培《つちか》われた風俗と伝説をこそ「あなたの物語」として促すことによって、「わたしたち」の環《わ》を広げようとした。このことを無視したハーン読解は、完全な誤りであると、わたしは思う。


ハーンが東京で急逝《きゅうせい》してまもなく、柳田國男は日本の民間伝承に対して深い関心を抱き、生半可な近代文学よりは民間伝承の中にこそ庶民の文学の真髄《しんずい》が潜んでいると考えた、どこかハーンの後継者と呼んでみたくなるような日本研究者であった。しかし、『遠野《とおの》物語』(一九一〇)の序文で、「山人」(=彼ら)の物語を再話することで「平地人」(=あなたがた)を「戦慄《せんりつ》」せしめようと企んだ柳田は、「山人考」(一九一七)になると、「山人」の存在を「平地人」(=わたしたち)の中に内面化する方向で、「わたしたち」の一体性を保証する一国民俗学の確立に全力を投入する展開を見せる。

私は〔…〕日本人の文明史に於て、まだ如何にしても説明し得ない多くの事蹟が、此方面から次第に分つて来ることを切望いたします。殊に我々の血の中に、若干の荒い山人の血を混じて居るかも知れぬといふことは、我々に取つては実に無限の興味であります。

〔『柳田國男全集』第三巻、筑摩書房、一九九七、六〇八頁〕

国民国家の中に統合される途上にある「あなたがた」に向かって一様に「我々」と言って呼びかけ、「彼らの血」は「我々の血」の中にしか存在しないと言いながら、柳田は、「彼ら」に向かって語ることも、「生きる彼ら」について語ることをもみずからに禁じてしまう。柳田のこのような「我々」の修辞こそが、「日本人」という「想像の共同体」の現実である。

これとは対照的に、大正期から昭和期にかけて、「山人」と「平地人」、「イーハトヴ」の人間と動物、生きる住民と死んだ住民のあいだで、その調停を試みては挫折し、その群れと群れのあいだの媒介者として生きることの困難を耐えつづけたのは、私見によれば、宮澤賢治《みやざわけんじ》の方であった。宮澤賢治の「イーハトヴ」童話とは、人間と動物が、生者と死者が、一個の共同体を形成しようとしては、その夢が悪夢にすりかわる瞬間瞬間を耐え、再現し、そういった瞬間を耐える経験を積み重ねてきた「あなた」の一人ひとりに向けて、差し出された献《ささ》げ物である。

民間伝承とは、「わたしたち」による「彼ら」をめぐる文学の形を否応なしにとる。それは言い古され、紋切型《もんきりがた》にはまった異文化との接触の物語として終わりがちなのだ。しかし、文学とは、この「わたしたち」を、「わたし」と「彼」（もしくは「彼（女）」と「彼（女）」）のあいだの衝突の物語として関係性の中に置き直し、そうしたうえで、さらに「わたしとあなた」（作者と読者）という個と個のあいだの関係性を生きるサスペンスの中に「わたしたち」を宙づりにすることによってはじめて文学となりうる。

この意味で、日本に来てからのハーンの歩みは、民間伝承の異国への紹介者としてのジャーナリスト稼業《かぎょう》から、正真正銘の作家へと向かう歩みとして評価されるべきであり、これを参照基準とするかぎりにおいて、「彼ら」を「我々」の内側にしか見ようとしなかった柳田國男は、ハーンの位置からはるかに後退したところに日本の確立をめざしたナショナリストであり、逆に、宮澤賢治は、ハーンが民間伝承の中にしか見出しえなかった媒介者の物語を、同時代を背景にした寓話《ぐうわ》的な物語の中に再創造することによって、「わたしたち」と「彼ら」の彼方をめざした冒険者であった。

ハーンを交えて議論してみたいこと

あとがきに代えて

LAFCADIO HEARN

日本の戦後史には、政治ばかりではなく社会風俗にまで大きな影響を及ぼした二つの奇妙な「符合《ふごう》」がある。

ひとつは「終戦の日」と月遅れのお盆が重なり、祖先崇拝系列の仏事と戦没者慰霊《いれい》の国事とがもつれあうようになったこと。

もうひとつは、昭和天皇（裕仁）は粘菌《ねんきん》の研究者でもあったが、戦後の「人間宣言」を経て、一九五〇年以降は全国植樹祭に出向かれるようになり、いつしか「日本国の象徴」であるだけでなく、「環境保護の象徴」とでも言うべき存在にもなったということだ。水俣病《みなまたびょう》対策を契機としてレールが敷かれた日本の環境行政は、一九七一年の環境庁設置を経て本格的に起動し、いまでは国立公園や生物多様性センターから千鳥ヶ淵の戦没者墓苑《ぼえん》までが環境省（二〇〇一年から）の管轄になっている。

こうした戦後日本ならではの「符合」は、一九〇四年、日露戦争のさなかに急死したラフカディオ・ハーンには予想しえなかったことのはずだが、自然化された民衆的習俗を近代文明の破壊的作用から守ることの大切さを、米国の南部でも、フランス領マルチニークでも、熱心に説きつづけたハーンが、日本の欧化主義にも警鐘《けいしょう》を鳴らしたのは、首尾一貫した態度であったし、まさにそうしたなかで「盂蘭盆会《うらぼんえ》」や「樹木信仰」、さらには「山川草木悉皆成仏《さんせんそうもくしっかいじょうぶつ》」といった土着思想に彼が傾倒したのは、ある意味で当然のことでもあった。

そして、ふしぎなことに、敗戦後にも生き延びた天皇制や神道は、これら二つの「符合」を介して日本人の情緒《じょうちょ》のなかに、いっそう根を下ろしているかにも見える。これら新旧ともどもの伝統を抜本的に見直そうと考える革新勢力もこの国には存在するが、日本が代議制をとる民主国家であるかぎり、一足飛びにこうした情緒性と深く結びついた国民的伝統を覆《くつがえ》すことは容易なことではなさそうだ。

これからの日本では、「第九条」を中心に、戦後憲法を見直そうという論議がさかんになると思われるが、この議論がどの方向へ向かおうと、習俗《しゅうぞく》に属する「神道的なもの」と憲法に謳《うた》われた「天皇制」の結びつきにどう向き合うかという問いは、日本人にとって避けて通れない問いである。

そうしたときに、たとえば「昭和天皇崩御」のタイミングで平川祐弘氏が雑誌『文藝春秋』の特別号に寄稿された「御神木が倒れた日」（一九八九年三月）は、西洋の論客を前にして、日本人としての言い分を過不足なく主張するという姿勢を永きにわたってご自分に課してこられた平川氏ならではの力作だと思った。キリスト教的な世界観が席巻《せっけん》する以前のヨーロッパにも「樹木崇拝」の伝統はあったはずだから、そういった遠い記憶を呼び覚ましながら、今日的な西洋的文明と「樹木信仰」が両立可能な道をさぐることこそが、これからの「環境保護論」の要諦《ようてい》をなすはずである。「核汚染」（核兵器の使用を含む）であれ、「公害」であれと闘おうという議論を深めようと思っても、「天皇制」をめぐる議論とこれとを容易には切り離せないという戦後日本的特性が、どこまで国際的な説得力を持てるかが、そこでは試されると言ってもよいだろう。

それでは、前に挙げた二つの「符合」のうち、前者のことを考えておこう。

私がまがりなりにもハーンに学問的関心をいだくようになったのは、熊本大学の文学部に赴《ふ》任《にん》してからだ。一九八四年の春のことだったが、赴任直前、東京大学人文科学研究科比較文学比較文化専攻の親睦会で、平川氏から「熊本に行くならハーンのことをやりたまえ」と発破《はっぱ》をかけられ、手始めに『小泉八雲／西洋脱出の夢』を読むことから出発し、以来、徐々にその魅力にとりつかれていった。

そのころ、熊本大学にはまだハーンを本格的な研究に据える上で必要とされる基本文献が乏しく、大学内の予算などを活用しながら、少しずつ資料を拡充していったことを覚えている。

しかも、ハーンは一八九一年から九四年までのほぼ三年間を、旧制第五高等中学校の外国人教師として過ごしたにもかかわらず、滞在期間が一年余りで終わった松江と比べても、その土地における研究には十分な蓄積も活気も、当時はなかった。一九九一年のハーン来熊百周年を前にして、熊本大学の有志で小泉八雲研究会を立ち上げてから、『ラフカディオ・ハーン再考』〔恒文社、一九九三〕の完成にこぎ着けるまで、私たちはまさしくがむしゃらにハーン研究に勤《いそ》しんだのだった。

同書のなかで、熊本時代の「年譜」の作成に従事した私は、日々、百年前の地方新聞にあたるなど、「考古学者」のような仕事に喜びを見出しながら、いつしか西南戦争の後、九州随一《ずいいち》の軍都と化していた熊本ならではの巷《ちまた》の空気が、ハーンの日本理解を松江時代に劣らず深いものにしたと確信するようになった。

たとえば、一八九二年の五月にハーンは、招魂祭《しょうこんさい》の見聞記を、横浜の英字新聞『ジャパン・メイル』に書き送っている。熊本の「招魂祭」は西南戦争の戦没者慰霊《いれい》の意味合いが強かったようだが、競馬やにわか芝居、打上花火など、数々の余興《よきょう》が市民たちを大いに楽しませたようだ。

それから後、ハーンは遺作となる『日本——一つの解明』のなかで、「戦争に召集される幾千もの若者」が異口同音《いくどうおん》に口にするのは「招魂社（Spirit-Invoking Temple）に長く名をとどめたいということだけである」〔XII: 440〕と記し、明治期の日本に定着しつつあった靖国神社信仰の本質を単刀直入に書き記すことになるが、熊本時代から神戸時代を経て、東京への移動、そして亡くなるまで、ハーンが東京の招魂社（＝靖国神社）に言及することはかならずしも多くなかった。熊本時代の「願望成就」や神戸時代の「戦後」などに描かれた「戦死者の霊魂がかならず故郷に戻ってくる」という信仰、そして「戦死者が戻るのは靖国神社を頂点に戴《いただ》く招魂社だ」という戦前の日本に流布《るふ》していたイデオロギー――これらを、ハーンはあくまでも「霊的な日本」の代表的な事例として取り上げるにとどめていた。そうした日本の軍国主義論が、かえって西洋の読者に「黄禍論」的な日本観を植えつけた可能性も否定はできないが、ハーンはどちらかと言えば、そういった役まわりを演じることには消極的だった。

そして、日露戦争開戦の報を聞き、『日本――一つの解明』〔↓42頁〕を書き上げてから間もなく、彼はあっけなくこの世を去る。

となると、「天皇制」とともに「靖国神社信仰」を支えていた「霊魂」をめぐる日本的理解の様式が、いかに無謀な戦争へと日本を導いていったかを見定めるにあたって自身は見届けられなかったハーンの代わりを果たすべきは、私たちだろう。

私は熊本時代のハーンのことを思いながら、一九四五年八月十五日の「終戦」によって二つに区分された日本の近・現代代史全般について考えないではおれなかった。「立憲君主制」から「象徴天皇制」への移行を私たちはどう理解すればいいのかということだ。

カトリックの国々では「死者の日」をめぐる風習が今も生きている（アイルランド起源のハロウィンなど）が、これとも通じるところの多い「月遅れのお盆」と「終戦記念日」とが、ぴったりと重なるこの日本で、この地に独特な「霊魂観」についてどのように語り、そして未来へと語り継いでいくのか。この問いを解くことは容易ではない。

にもかかわらず、たとえば「ヤスクニ」は日本軍国主義を美化する象徴であったとみなすアジア諸国のまなざしが重たい意味を持つために、その本質をめぐる議論が、表面化しにくいまま、今に至っている。私などは新しい「安保法制」の下で万が一自衛隊員が「戦死」したときに、その戦死者はどこに帰ってくるのか、その戦死者はどう祀《まつ》られるのか、たとえばそういうことが気になってならないが、そのような立ち行った議論が、国会であれ、新聞紙上であれ、しっかりと闘わされたという話を聞いたことがない。

こういったある種の「思考停止」が戦後の日本には確実に生じていて、平川氏は、まさにそうした「思考停止」と闘いながらハーン研究を続けておられる第一人者である。

「小泉八雲と霊の世界」〔初出は『文學界』一九九一年三月号〕のなかで氏が引き合いに出したのは、フランスの思想家アランが、そのライフワークでもあった『プロポ』*Propos*のなかで何度か言及した「死者崇拝」に関する記述である。「死者崇拝は人間がいる限り世界中いたるところで行なわれている。そしてその内容は同じである。これだけが崇拝の名に値する崇拝であって〔…〕といったあたりは、アランの透徹《とうてつ》した人文主義に親しんでいないクリスチャンが読んだら卒倒《そっとう》しそうな一文かもしれない。[71]

しかし、そんなアランであればこそ、一九二六年の万聖節《トゥサン》（十一月一日）に因《ちな》んだ記事のなか

71――「一九二二年一月十五日」〔Alain, *Propos*, Bibliothèque de la Pléiade, NRF, 1956, p. 352〕訳文は引用者である平川氏のものを用いた〔『西洋人の神道観』河出書房新社、二〇一三、七九頁〕。

では、「万聖節と十一月二日の死者の祭りは所詮一つの祭りを二つの考え方に分けたに過ぎない」〔Alain, p. 691 平川訳、八二頁〕とした上で、さらに「私たちの思いを戦死者の方へと導いてゆく第三の祭り」にも思いをめぐらせる。フランスでは万聖節の十日後がちょうど第一次世界大戦の休戦記念日に当たった。キリスト教の普及以前からあったに違いない「祖先崇拝」や「死者崇拝」という古い伝統と、「戦没者慰霊」という新しい国民的行事の「符合」が、まさにアランのエッセイをスリリングなものに変えている。

人類のだれもが共有できるかもしれない「聖人崇拝」や「死者崇拝」の伝統と、敗者にも勝者にも、要するに戦争に関与した共同体全体にのしかかるトラウマとの闘いでもある「戦没者慰霊」の儀礼は、簡単に一本化できるものだろうか。

平川氏は、この『プロポ』の主旨を次のように要約されている――「聖人とは伝説が高貴なるものとして埋葬した人々である。死者は生者がそこに良き模範を見ようとして祀る人々である、死はその両者にあっては共に故人を美しく浄化し汚れを落とす働きをする。また故人を生者のごとくに考えることによって人はさらに先へ進む。それは良き典型と化した故人が範として我々を導いてくれるからである」と〔前掲、八二頁〕。遠まわしではあるが靖国神社のことを平川氏は思い浮かべながらこれを書かれただろうと想像できる。

しかし、『プロポ』をあらためて読み返してみると、それは単純に「生者は故人のうちにあった良きもの、正しきもの、賢きものをもっぱら想い出し、他のつまらぬものはこれを忘れ去る」〔前掲書、八〇頁〕と、哀悼行為の浄化作用だけを語っている文章ではないことが分かる。

一九二二年一月十五日の記事で、アランは「種は追悼することによってみずからを立て直す（se redresser）」といい、まさに死者を「範」とみなすというような「寛容さが後味の悪さや〔まわりの〕非難や恥辱感から目を転じさせる」と、そうした意味での「寛容」の効用を重視しようとしている。だからこそ「寛容」を経由させた「浄化」が必要だというのである〔Alain, *op. cit.*, p. 354〕。また一九二六年十一月一日の記事の方では「一般人の死」を「聖人の死」に近づけるのは「一種の赦し《パルドン》を通してだ」とも言っている〔Alain, *op. cit.*, p. 692〕。つまり、遺《のこ》されたものが死者を敬《うやま》い崇拝するができるのは、死者が生前に犯したかもしれない恥ずべき過ちの数々を、何者かが「赦す《パルドネ》」という手続きを踏むことによってなのだ。

平川氏は、天皇制の未来に関して一家言を持っておられる。私は機会があれば天皇制の未来について、氏と、そして能《あた》うることならハーンをも交えて議論してみたいと思う。

それでは「靖国神社」のことはどう扱えばいいのだろうか。この点に関して、平川氏は一貫して発言に慎重でいらしたように思うが、それは平川氏なりの戦後民主主義者としての良心なのだと私は考えている。「異文化を生きた人びと」〔初出は『叢書比較文学比較文化2』中央公論社、一九九三年〕のなかで、『菊と刀』のルース・ベネディクトや、その追随《ついずい》者を難じて、「敗戦後の日本では、自虐的な日本論が日本人によっても〔…〕書かれた」〔傍点引用者〕と、激烈な口調で言い放った勢いを借りられてなのかどうなのか、「戦地で仆《たお》れた者も、英霊となって招魂社へ戻って来る」〔三四頁、傍点引用者〕と続けておられるが、そうした「英霊」を前にして、私ならば、アランが言うように「寛容」をもって「後味の悪さや（まわりの）非難や恥辱感から目を転じる」のはよいとしても、そこからは完全には目を背けないことこそが、私たちの所業《しょぎょう》だという立場に立つだろう。そして、なぜ「赦《ゆる》す」などという立場に身を置かねばならない他者が存在する世界に存在するのかに思いを馳《は》せることこそが、本当の「慰霊」なのだと主張したい。そして、その他者たちがはたして「赦す」かどうかに私たちの側からは口を出すべきでないとも思う。

これからの日本では、「天皇制」をめぐって、日本国民が公に議論すべきテーマはいくつもある。「環境問題と天皇制」、「死者崇拝と天皇制」——これらはなかでも優先順位の高い話題だと思う。そして、その議論の場に冥界《めいかい》からでもゲストを招待できるものなら、ハーンこそがそのゲストにふさわしいと思う。

きっとこの意見には平川氏も間髪《かんぱつ》入れず同意してくださることだろう。

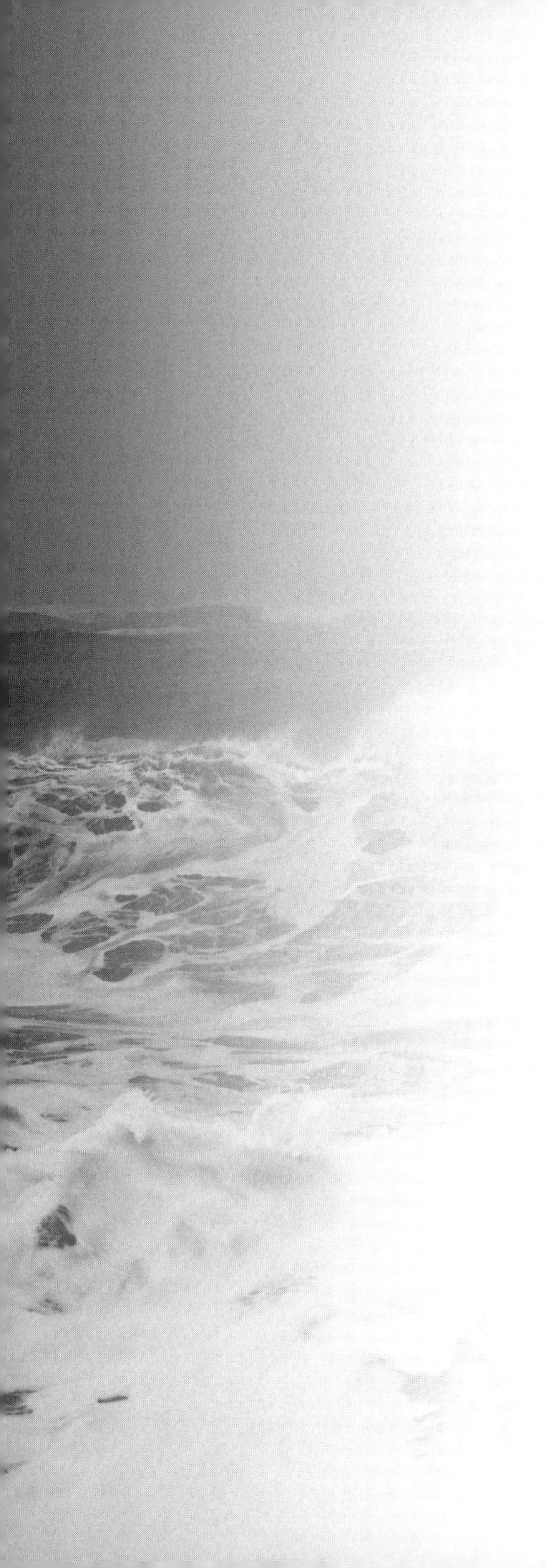

わ

ら

や

ま

は

な

た

か

索　引

人名と事項を分けずに示した。→の記号は関連する項目を指す。

あ

著者　西　成彦　Nishi Masahiko

1955年、岡山県生まれ。兵庫県出身。東京大学大学院人文科学研究科比較文学比較文化博士課程中退。1984年より、熊本大学文学部講師から助教授、1997年より、立命館大学文学部教授を経て2003年より同大学院先端総合学術研究科教授を歴任。立命館大学名誉教授。
専攻はポーランド文学、比較文学。

著書（単著）として——

- 『マゾヒズムと警察』（筑摩書房、1988）
- 『ラフカディオ・ハーンの耳』（岩波書店、1993／岩波同時代ライブラリー、1998／熊日文学賞）
- 『イディッシュ　移動文学論 I』（作品社、1995）
- 『森のゲリラ　宮澤賢治』（岩波書店、1997／平凡社ライブラリー、2004／日本比較文学会賞）
- 『クレオール事始』（紀伊國屋書店、1999）
- 『耳の悦楽——ラフカディオ・ハーンと女たち』（紀伊國屋書店、2004／芸術選奨文部科学大臣新人賞）
- 『エクストラテリトリアル　移動文学論 II』（作品社、2008）
- 『世界文学のなかの『舞姫』』（みすず書房、2009）
- 『ターミナルライフ　終末期の風景』（作品社、2011）
- 『胸さわぎの鷗外』（人文書院、2013）
- 『バイリンガルな夢と憂鬱』（人文書院、2014）
- 『外地巡礼——「越境的」日本語文学論』（みすず書房、2018／読売文学賞）
- 『声の文学　出来事から人間の言葉へ』（新曜社、2021）
- 『死者は生者のなかに——ホロコーストの考古学』（みすず書房、2022）
- 『多言語的なアメリカ　移動文学論 III』（作品社、2024）
- 『カフカ、なまもの』（松籟社、2024）　ほか

訳書として——

- ゴンブローヴィッチ『トランス＝アトランティック』（国書刊行会、2004）
- コシンスキ『ペインティッド・バード』（松籟社、2011）
- ショレム・アレイヘム『牛乳屋テヴィエ』（岩波文庫、2012）
- シンガー『不浄の血』（共訳、河出書房新社、2013）
- 『世界イディッシュ短篇選』（編訳、岩波文庫、2018）
- 『ザッハー＝マゾッホ集成 I　エロス』（共編訳、人文書院、2024）　ほか

Lafcadio Hearn's Ear, Voicing Women

ラフカディオ・ハーンの耳《みみ》、語《かた》る女《おんな》たち——声《こえ》のざわめき

2024年 9月26日 初版 第1刷発行　四六判・総頁数395頁（全体400頁）

発行者　竹 中 尚 史

本文組版　装幀と装画　洛 北 出 版

著 者　西 成彦

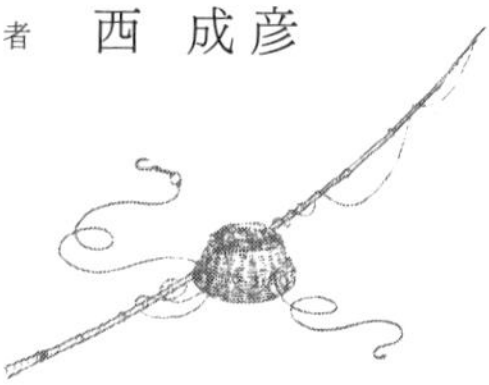

発行所　洛北出版

606-8267

京都市左京区北白川西町 87–17

tel / fax 075-723-6305

info @ rakuhoku - pub. jp

https://rakuhoku-pub.jp/

印刷　シナノ書籍印刷

Printed and bound in Japan

ISBN 978-4-903127-35-4 C0095

排除型社会　後期近代における犯罪・雇用・差異

ジョック・ヤング 著　青木秀男・岸 政彦・伊藤泰郎・村澤真保呂 訳

四六判・並製・542頁　定価（本体2,800円＋税）

「包摂《ほうせつ》型社会」から「排除型社会」への移行にともない、排除は3つの次元で進行した。⑴労働市場からの排除。⑵人々のあいだの社会的排除。⑶犯罪予防における排除的活動——新たな形態のコミュニティや雇用、八百長《やおちょう》のない報酬配分を、どう実現するか。

レズビアン・アイデンティティーズ

堀江有里 著　四六判・並製・364頁　定価（本体2,400円＋税）

生きがたさへの、怒り——「わたしは、使い古された言葉〈アイデンティティ〉のなかに、その限界だけでなく、未完の可能性をみつけだしてみたい。とくに、わたし自身がこだわってきたレズビアン（たち）をめぐる〈アイデンティティーズ〉の可能性について、えがいてみたい。」——たった一度の、他に代えられない、渾身《こんしん》の一冊。

妊娠　あなたの妊娠と出生前検査の経験をおしえてください

柘植あづみ・菅野摂子・石黒眞里 共著

四六判・並製・650頁　定価（本体2,800円＋税）

胎児に障害があったら……さまざまな女性の、いくつもの、ただ一つの経験——この本は、375人の女性にアンケートした結果と、26人の女性にインタビューした結果をもとに、いまの日本で妊娠するとはどんな経験なのかを、丁寧に描いています。

不妊、当事者の経験　日本におけるその変化20年

竹田恵子 著　四六判・並製・592頁　定価（本体2,700円＋税）

不妊治療は、少しずつ現在のような普及に至った。昔と比べ、治療への敷居《しきい》は低くなった。とはいえ、治療を実際に始めるとなると、ほとんどの人は、戸惑い、不安、迷い、焦《あせ》りなどの、重い感情を経験する。不妊治療に対するこのような感情は、何が原因で生じるのか。このような感情は、不妊治療が普及していったこの20年間で、どのように変化していったのか。

この本は、二つの時代（2000年代と2010年代）に不妊治療を受けた当事者への、インタビュー調査とアンケート調査をもとに書かれている。日本の家族形成、労働環境、インターネット（情報通信技術の進展）、公的支援などを視野に入れ、医療の素人《しろうと》である当事者が編《あ》み出す、不妊治療への対処法を明らかにしている。

2024年9月1日時点
在庫のある書籍

何も共有していない者たちの共同体

アルフォンソ・リンギス 著　野谷啓二 訳　田崎英明・堀田義太郎 解説

四六判・上製・284頁　定価（本体2,600円＋税）

私たちと何も共有するもののない——人種的つながりも、言語も、宗教も、経済的な利害関係もない——人びとの死が、私たちと関係しているのではないか？ すべての「クズ共《ども》」のために、出来事に身をさらし、その悦《よろこ》びと官能を謳《うた》いあげるリンギスの代表作。

食人の形而上学　ポスト構造主義的人類学への道

エドゥアルド・ヴィヴェイロス・デ・カストロ 著　檜垣立哉・山崎吾郎 訳

四六判・並製・380頁　定価（本体2,800円＋税）

ブラジルから出現した、マイナー科学としての人類学。アマゾンの視点からみれば、動物もまた視点であり、死者もまた視点である。それゆえ、アンチ・ナルシスは、拒絶する——人間と自己の視点を固定し、他者の中に別の自己の姿をみるナルシス的な試みを。なされるべきは、小さな差異のナルシシズムではなく、多様体を増殖《ぞうしょく》させるアンチ・ナルシシズムである。

親密性

レオ・ベルサーニ ＋ アダム・フィリップス 著　檜垣達哉 ＋ 宮澤由歌 訳

四六判・上製・252頁　定価（本体2,400円＋税）

暴力とは異なる仕方で、ナルシシズムを肥大《ひだい》させるのでもない仕方で、他者とむすびつくことは可能なのか？　クィア研究の理論家ベルサーニと、心理療法士フィリップスによる、「他者への／世界への暴力」の廃棄をめぐる、論争の書。

荷を引く獣たち　動物の解放と障害者の解放

スナウラ・テイラー 著　今津有里 訳　四六判・並製・444頁　定価（本体2,800円＋税）

もし動物と障害者の抑圧がもつれあっているのなら、もし健常者を中心とする制度と人間を中心とする倫理がつながっているのなら、解放への道のりもまた、交差しているのではないか。壊れやすく、依存的なわたしたち動物は、ぎこちなく、不完全に、互いに互いの世話をみる。本書はそのような未来への招待状である。アメリカン・ブック・アワード（2018年度）受賞作品！

立身出世と下半身　男子学生の性的身体の管理の歴史

澁谷知美 著　四六判・上製・605頁　定価（本体2,600円＋税）

少年たちを管理した大人と、管理された少年たちの世界へ——。大人たちは、どのようにして少年たちの性を管理しようとしたのか？　大人たちは、少年ひいては男性の性や身体を、どのように見ていたのか？　この疑問を解明するため、過去の、教師や医師による発言、学校や軍隊、同窓会関連の書類、受験雑誌、性雑誌を調べ上げる。